STEVE ALTEN

Apocalipsis maya

Steve Alten es natural de Filadelfia y licenciado por Penn State University. Autor de varios bestsellers de *The New York Times*, actualmente vive con su familia en Boca Ratón, Florida.

www.stevealten.com

Apocalipsis maya

Apocalipsis maya

La era del miedo

STEVE ALTEN

Traducción de Alfredo Gurza

VINTAGE ESPAÑOL
Una división de Random House, Inc.
Nueva York

PRIMERA EDICIÓN VINTAGE ESPAÑOL, MAYO 2011

Información de catalogación de publicaciones disponible en la Biblioteca del Congreso de los Estados Unidos.

Vintage ISBN: 978-0-307-74349-7

www.vintageespañol.com

Impreso en los Estados Unidos de América
10 9 8 7 6 5 4 3 2 1

Para mi amigo y agente literario,
Danny Baror,
con amor y respeto…

Todos deben marcharse de Ginebra. Saturno se transforma de oro en hierro. El rayo contrario positivo exterminará todo. Habrá señales en el cielo antes de que esto ocurra.

NOSTRADAMUS 9 44

El Gran Colector de Hadrones [en Ginebra] es, ciertamente, y por mucho, el mayor salto a lo desconocido.

BRIAN COX, físico del CERN

Nota del autor

Éste es el tercer libro de la Trilogía Maya que comenzó con *El Testamento* en 1999 y continuó con *La Resurrección* en 2004. En 1999 pocas personas sabían de la profecía de 2012 y todavía a menos les importaba. A lo largo de los años me han preguntado a menudo si en verdad creo que la humanidad dejará de existir en el solsticio de invierno de 2012. Mi respuesta consiste siempre en explicar que tanto los desastres naturales (impactos de asteroides, erupciones de la caldera de Yellowstone) o las amenazas de origen humano (armas biológicas; véase Ft. Detrick y Batelle Labs) podrían realizar esa tarea. A medida que se aproximaba 2012 y el ego humano generaba codicia desenfrenada, corrupción y nuevas simas de inmoralidad, empecé a preguntarme si llegaríamos siquiera a 2012.

Apocalipsis me espanta. De haber sabido de esta amenaza tan real en 1998, cuando escribí *El Testamento,* habría escrito en ese entonces el libro que ahora tienen ustedes en las manos. Pero esa amenaza no existía en 1998 y a fin de cuentas la serie resultó mejor así. De todos modos, este libro me genera pesadillas, lo mismo que sus conclusiones espantan a una pequeña minoría de científicos que intentan un recurso legal para cancelar un experimento de 10 mil millones de dólares. Por desgracia, a menos que la mayoría silenciosa respalde su gallardo esfuerzo, algo mucho peor que la profecía maya podría hacerse realidad. Teóricamente, quizá ya esté en marcha.

Siempre que ha sido posible he buscado la asesoría de expertos cuyas opiniones puedan mejorar elementos clave de la trama. Después de leer las conclusiones originales de este libro, un físico cuántico mucho más listo que este ex alumno de educación física de Penn State hizo el siguiente comentario:

> Steve, estoy maravillado. Además de la trama en torno a CERN-Hadrones, si (¡si!) tu historia fuera un fenómeno natural (y percibo que bien podría ser el caso) entonces el supuesto que se desprende de tu descripción es ciertamente el proceso de expansión planetaria, con el "monstruo" transformándose en un cuasi-hoyo blanco, también conocido como un hoyo gris en equilibrio —Estrella-Núcleo—, convirtiendo al planeta en una versión de un reactor de brecha de plasma transdimensional de percolado. Y esos reactores sí EXISTEN y los SUPERCOLISIONADORES son COPIAS "sin querer" del ANILLO ELECTROMAGNÉTICO en "general" que son en realidad esos reactores de brecha de plasma de lóbulo de hipergravedad...

Permítanme aclarar sobradamente dos puntos: no tengo idea qué demonios quiso decir y me duele el cerebro cuando lo leo. Lo que sí sé es que como autor de ficción científica factual me enorgullece investigar mis temas hasta el cansancio, antes de redactar conclusiones digeribles diseñadas para entretener a mis lectores y soportar el escrutinio de los expertos. Y por eso me espanta este libro; primero porque sé que la trama es plausible, y segundo porque cuando se combina el ego humano con la fisión o la colisión de átomos tienden a ocurrir cosas malas (véase la Cábala).

Mientras ustedes leen este párrafo, están ocurriendo ahora mismo.

Ginebra

Steve Alten

Advertencia

Acceder o ver el siguiente documento sin las autorizaciones debidas resultará en encarcelamiento permanente o sanción mediante el uso autorizado de fuerza letal.

Máximo secreto/MAJESTIC-12

PROYECTO VELLOCINO DE ORO

SUBESPECIE HUMANA EXTRATERRESTRE (HUNAHPÚ)

&

ACCESO A ENERGÍA PUNTO CERO

6 de noviembre de 2042

El siguiente informe resume VELLOCINO DE ORO, un programa de la NASA de NIVEL UMBRA iniciado fuera de los parámetros MJ-12 en enero de 2013 por el presidente Ennis Cheney, tras el descubrimiento de una nave extraterrestre *(Balam)* sepultada bajo la Pirámide de Kukulcán (maya, *circa* 900 a. C.) en la Península de Yucatán (Chichén Itzá). La investigación subsecuente de los sujetos involucrados en el descubrimiento y la activación de la nave espacial condujeron a la confirmación de una nueva subespecie de *Homo sapiens*; clasificación: Hunahpú. Los orígenes del ADN señalan la inseminación en el acervo genético humanoide hace 10 mil años (aproximadamente). La subespecie Hunahpú tiene acceso (potencial) a Energía de Punto Cero. Por la presión ejercida por el presidente Cheney, fueron prohibidos todos los experimentos de colisión de átomos y se ordenó el cierre del Gran Colector de Hadrones (GCH) en el CERN (Ginebra).

Antecedentes

El 14 de diciembre de 2012, aproximadamente a las 14:30 horas, tiempo del este, un campo de fuerza electromagnética equivalente a varios miles de millones de amperes se activó a través de la ionósfera, destruyendo más de 1200 misiles ICB y SLB lanzados desde plataformas estadounidenses, rusas y chinas. NORAD rastreó la gama EM a nódulos y puntos de reenvío situados en o abajo de estructuras antiguas en Angkor Wat (Camboya), la Gran Pirámide de Giza (Egipto), Stonehenge (Gran Bretaña), la Pirámide del Sol en Teotihuacán (México) y el complejo de Tiahuanacu (Perú). La triangulación de los puntos de reenvío de EM permitió ubicar el origen del pulso en la Pirámide de Kukulcán, en Chichén Itzá, específicamente en una nave sepultada bajo la estructura. El descubrimiento/acceso a la nave espacial y la subsecuente activación de la gama EM fueron atribuidos a MICHAEL GABRIEL y DOMINIQUE VÁZQUEZ.

Biografía de Michael Gabriel

Estadounidense, caucásico, de 35 años de edad al momento del incidente. Hijo único de los arqueólogos Julius Gabriel y María Rosen-Gabriel. La madre murió de cáncer en el páncreas (1990); el padre murió de falla cardiaca en 2001, mientras participaba en una conferencia en Harvard encabezada por PIERRE BORGIA (secretario de Estado, 2008-2012). Gabriel y Borgia habían sido colegas investigando la inseminación extraterrestre en culturas antiguas, hasta que una disputa personal rompió su relación. Según los testigos presenciales, los ataques verbales de Borgia durante la conferencia antecedieron el paro cardiaco del profesor Gabriel y la subsecuente agresión física de Michael Gabriel. Pierre Borgia perdió el ojo derecho en el ataque. El juez sentenció a Michael Gabriel a 15 años en un asilo mental. Gabriel pasó la mayor parte de los siguientes 11 años en confinamiento solitario, antes de escapar con la ayuda de la psicóloga interna DOMINIQUE VÁZQUEZ.

Biografía de Dominique Vázquez

Guatemalteca, mesoamericana, de 31 años de edad al momento del incidente. No hay información disponible sobre sus padres biológicos. Emigró a Estados Unidos a los nueve años de edad tras la muerte de su madre. Vivió con un primo en Tampa, Florida, hasta que las autoridades escolares presentaron cargos de abuso sexual contra su pariente. Adoptada por padres temporales (Edith e Isadore Axler) en 1998. Se graduó en psicología en la Universidad Estatal de Florida. Comenzó el internado en el Centro de Evaluación y Tratamiento del Sur de la Florida, en Miami, en septiembre de 2012, donde fue asignada al paciente Michael Gabriel. La señorita Vázquez ayudó al escape de Gabriel en diciembre de 2012.

Vinculación de sujeto con el incidente del apocalipsis maya

El 21 de diciembre de 2012 un ser biológico extraterrestre "transdimensional" fue liberado desde una nave ubicada bajo el cráter de impacto Chixulub (Golfo de México). El ser biológico atacó de inmediato el pulso EM que se originaba en Chichén Itzá. Las fuerzas armadas de México y Estados Unidos no pudieron detener al ente. Michael Gabriel logró desactivar al ser biológico usando un rayo de energía que se originaba en la nave enterrada. Acto seguido, Gabriel penetró el orificio del ente liquidado. Al hacerlo, apareció un agujero en la ionósfera que absorbió al ente y a Michael Gabriel por su propia apertura. El estatus de Michael Gabriel sigue siendo desconocido.

DESPUÉS DEL INCIDENTE DEL APOCALIPSIS MAYA la nave espacial *Balam* (VELLOCINO DE ORO) fue excavada en secreto y reubicada en unas instalaciones supersecretas en Cabo Cañaveral. El DOCTOR DAVE MOHR (NASA/

MJ-12) fue nombrado director de VELLOCINO DE ORO en 2013. El 22 de septiembre de 2013 DOMINIQUE VÁZQUEZ dio a luz a gemelos varones (MICHAEL GABRIEL, padre).

BIOGRAFÍA DE LOS GEMELOS GABRIEL

Jacob Gabriel

Cabello blanco, ojos turquesa (azul maya). Intelecto superior, lindando con la esquizofrenia. Atributos físicos avanzados (véase gen Hunahpú). Tras una fingida "muerte pública" en 2027, el sujeto fue alojado a petición suya (de los 14 a los 20 años de edad) en las instalaciones VELLOCINO DE ORO, donde asesoró al doctor Mohr acerca de tecnologías de la nave extraterrestre, mientras "se entrenaba" para lo que afirmaba era el viaje profetizado de los gemelos a Xibalbá (pronunciado Shi-Bal-Ba; véase inframundo maya). El 23 de noviembre de 2033 *Balam* se activó por primera vez y voló al espacio terrestre con Jacob y el doctor Mohr a bordo. Dos días después, el 25 de noviembre de 2033, *Balam* aterrizó en el campo de futbol del estadio de los Huracanes de la Universidad de Miami. El doctor Mohr salió de la nave, la cual despegó momentos después con Jacob Gabriel y su madre, Dominique VÁZQUEZ, a bordo. Testigos de este hecho fueron: doctor DAVE MOHR, EVELYN MOHR (esposa), RYAN BECK (guardaespaldas), MITCHELL KURTZ (ex CIA), ENNIS CHENEY (ex presidente), LAUREN BECKMEYER (prometida de Immanuel Gabriel) e IMMANUEL GABRIEL (hermano gemelo de Jacob).

Immanuel Gabriel

Cabello oscuro, ojos negros. No obstante que el sujeto se clasificó en el uno por ciento superior de la población tanto intelectual como físicamente, el gen Hunahpú permaneció latente en Immanuel. Tras su "muerte pública" en 2027 el sujeto recibió una nueva identidad como SAMUEL AGLER. Asistió a la Universidad de Miami becado como atleta en dos deportes. Comprometido con LAUREN BECKMEYER, quien también es atleta-estudiante. El 25 de noviembre de 2033 el sujeto se negó a abordar *Balam* con su gemelo. Momentos después de que *Balam* despegara, Lauren Beckmeyer fue liquidada con un cartucho biocida. El sicario fue liquidado a su vez por los guardaespaldas del sujeto.

Localización actual del sujeto: DESCONOCIDA.

SUMARIO DE LA INVESTIGACIÓN SOBRE LA SUBESPECIE: HUNAHPÚ

Origen extraterrestre

Desconocido.

Origen terrestre

Su linaje se remonta a tres "maestros" antiguos. KUKULCÁN (maya), QUETZALCÓATL (azteca) y VIRACOCHA (inca). Estos tres varones fueron descritos como caucásicos altos de cabello blanco, vello facial correspondiente, ojos color turquesa y cráneo alargado. A Kukulcán se le atribuye la construcción de su pirámide y la astronomía factorizada en el calendario maya. A Quetzalcóatl se le atribuye la Pirámide del Sol usada en la retransmisión de EM. A Viracocha se le atribuyen los dibujos y las líneas de Nazca.

Histórico-mitológico

El relato de la creación en el *Popol Vuh* maya describe a UNO HUNAHPÚ (Primer Padre) como una figura similar a Adán, que fue decapitado por los Señores del Inframundo en Xibalbá. GÉNESIS 6 (Antiguo Testamento) describe figuras similares como "Hijos de Dios" (Nefilim) que se aparearon con mujeres humanas. MJ-12 clasifica a estos extraterrestres como "NÓRDICOS".

Adn hunahpú-características

* Intelecto superior.
* Fuerza superior.
* Los sujetos que poseen rasgos genéticos Hunahpú dominantes son capaces de acceder a una dimensión superior (corredor) de conciencia física, a la que se alude como "el Nexo". Los sujetos que ingresan al corredor experimentan una reducción de 57 por ciento del espacio/tiempo, correlativa a un aumento de 33 por ciento en gravedad (véanse las investigaciones de DAVE MOHR sobre el sujeto JACOB GABRIEL).
* El ADN Hunahpú se asocia con *tipos de sangre Rh negativo.*

Extracto de los estudios de DAVE MOHR:

> El factor Rh es una proteína hallada en la sangre humana que vincula el ADN del *Homo sapiens* a los primates, específicamente al mono Rhesus. 85 por ciento de la población mundial es Rh positivo. 15 por ciento de la población humana de la Tierra es Rh negativo, lo que significa que el vínculo evolutivo con los primates NO EXISTE. Se confirmó el factor Rh negativo en los sujetos MARÍA ROSEN-GABRIEL (exhumada), MICHAEL GABRIEL, DOMINIQUE VÁZQUEZ, y JACOB e IMMA-

NUEL GABRIEL. Una amplia investigación del linaje materno Rosen revela un árbol genealógico que se remonta a la civilización inca y posiblemente a Viracocha mismo. Si bien el árbol genealógico de la familia VÁZQUEZ (la madre de los gemelos Gabriel) permanece desconocido, el ADN y la evidencia circunstancial respecto del linaje de DOMINIQUE VÁZQUEZ presenta una alta correlación con el linaje Kukulcán/maya. El "Comodín Hunahpú" es LILITH AURELIA (MABUS), la "compañera de juegos" de Jacob en el Nexo durante sus años de infancia. Los cuerpos exhumados de MADELINA AURELIA y su madre, CECILIA AURELIA, confirman un linaje materno que se remonta a la cultura azteca.

Biografía de Lilith Aurelia Mabus

Nacida el mismo día que los gemelos Gabriel. Mitad mesoamericana (madre), mitad afroamericana (padre). Cabello oscuro, ojos color turquesa (azul maya). La madre (MADELINA AURELIA) fue asesinada por el padre (VIRGIL ROBINSON) poco después de su nacimiento. El clan Aurelia se remonta a los primeros aztecas, posiblemente a Quetzalcóatl. La sujeto encaja con el perfil Hunahpú, con tendencias psicóticas extremas, exacerbadas durante una infancia y adolescencia marcadas por el abuso. A los 18 años de edad Lilith se casó con LUCIAN MABUS, CEO de Mabus Tech Industries. Lilith asumió el cargo de CEO del PROYECTO HOPE (organización de turismo espacial) dos años más tarde, tras la muerte de Lucian (parientes acusan a Lilith de envenenar a su esposo; no se presentaron cargos). En 2034, Lilith dio a luz a DEVLIN AUGUSTUS MABUS, cuyo padre se cree que es JACOB GABRIEL. Si bien los exámenes médicos de Lilith y su hijo están estrictamente prohibidos, científicos genetistas de MJ-12 han formulado la siguiente historia familiar genética Hunahpú:

LINAJE HUNAHPÚ

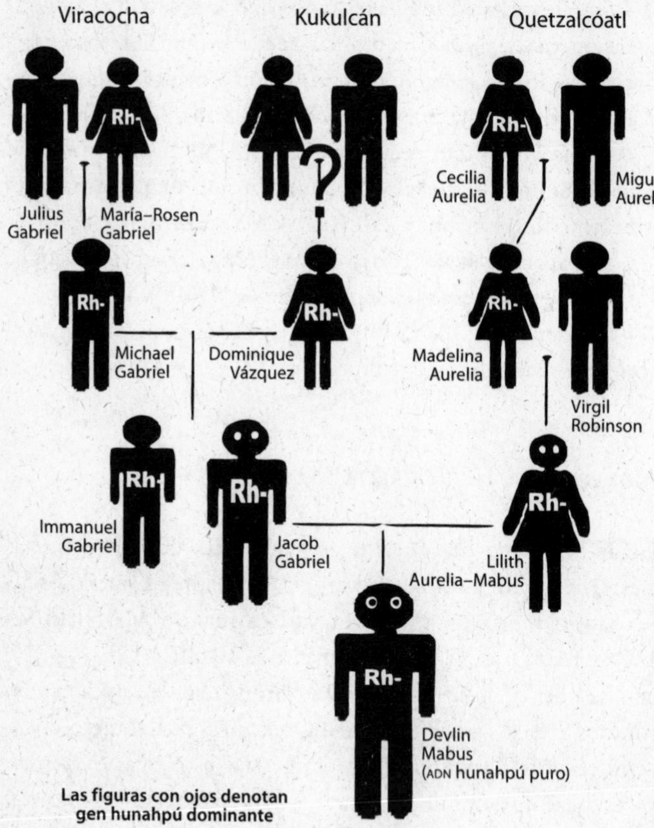

RECOMENDACIONES

La nave *Balam* poseía ENERGÍA PUNTO CERO, el medio para lograr viajes transgalácticos más allá de la velocidad de la luz. Esta información es vital para MAJESTIC-12 y los intereses de Estados Unidos, ya que puede ser empleada para proveer energía limpia ilimitada a una población mundial (10 mil 200 millones) que ahora padece grave escasez de alimentos y combustible. Es muy probable que los sujetos IMMANUEL GABRIEL y DAVE MOHR posean al menos un conocimiento limitado de la Energía Punto Cero. Ambos sujetos son fugitivos y aún no han sido capturados. Además de maximizar los esfuerzos para aprehender a los sujetos y/o a sus allegados, MAJESTIC-12 recomienda *levantar ahora mismo* todas las suspensiones del GRAN COLECTOR DE HADRONES y reiniciar lo antes posible los experimentos de colisión de átomos del CERN en Ginebra, para permitir a los físicos de MJ-12 el acceso a la Energía de Punto Cero.

W. Louis McDonald (ret.)
Vellocino de Oro
6 de noviembre de 2042

La existencia y el exterminio tienen una cosa en común: ambos están sujetos a la ley de causa y efecto.

Profesor Julius Gabriel
24 de agosto de 2001

SEGUNDA PARTE

El efecto

La cuenta regresiva al día D ha comenzado. Nuestro grupo se ha estado preparando para los datos del Gran Colector de Hadrones (GCH) desde hace varios años y en verdad estamos muy emocionados por la perspectiva de por fin echar un vistazo a las sorpresas que la Naturaleza nos tiene preparadas.

Doctor PEDRO TEIXEIRA-DIAS,
líder del grupo Atlas
de la Universidad Real Holloway
de Londres

CERN

Los papeles finales del profesor Julius Gabriel. Archivos de la Universidad de Cambridge

23 de agosto de 2001

Phobos: Del griego, significa "miedo morboso".
Miedo: Estado mental que induce ansiedad. La trepidación que antecede un resultado no deseado. El miedo es el mata-mentes que trastorna los aspectos más elevados de la actividad cerebral, avasallando al sentido común.

Se sostiene que el hombre moderno padece seis fobias básicas: miedo a la pobreza, a la vejez, a perder el amor, a las críticas, a la mala salud y, por supuesto, nuestro miedo más abrumador: el miedo a la muerte.

ME LLAMO Julius Gabriel. Soy un arqueólogo, un científico que investiga el pasado de la humanidad en busca de la verdad. La verdad es la luz que elimina las tinieblas engendradas por el miedo. En contraparte, las mentiras son las armas de las tinieblas, diseñadas para esparcir el miedo.

Lo que leerán a continuación es la culminación de más de medio siglo de investigaciones que revelan verdades asombrosas acerca de la existencia de la humanidad, nuestro propósito y nuestra profetizada desaparición. Esta evidencia nunca ha sido hecha pública, pues ello violaría una docena de acuerdos de no divulgación que habría resultado en mi encarcelamiento y muy probablemente en mi discreta ejecución disimulada como un aparente suicidio. Una visita reciente a mi cardiólogo ha vuelto irrelevantes dichas ramificaciones.

A decir verdad, mi decisión de hacer públicos estos papeles se basó más en el enojo que en mi estrategia de salida. Me asquea el programa de operaciones encubiertas, ilegal y anticonstitucional, que sólo existe para empoderar y enriquecer a miembros del sistema militar-industrial y de la industria de combustibles fósiles. Estos seudoemperadores han cometido alta traición contra el conjunto de nuestra especie. Han mentido al Congreso y siguen operando fuera de los límites de la Constitución de los Estados Unidos, anulando con ello los acuerdos de no divulgación ya mencionados. Peor aún, han asesinado a un presidente, interrumpido la administración de otro y se han rehusado a rendir cuentas a cualquier oficina federal, a pesar de recibir un presupuesto anual que supera los 100 mil millones de dólares. Con el fin de preservar sus secretos asesinaron a personas de fama y fortuna lo mismo que a espectadores inocentes, y han orquestado falsos incidentes patrióticos que han desembocado en guerras. De mayor importancia para el futuro de la humanidad es que ambicionan y han demorado avanzadas tecnologías en el campo de energía y propulsión que brindarían no sólo energía gratuita e ilimitada para todos, sino que impedirían una catástrofe global inminente.

Para garantizar la supervivencia de sus "Torres de Marfil de Poder" están dispuestos a provocar un último incidente falso de patriotismo que provocará un miedo planetario y la proliferación de armas en el espacio.

Antes que eso ocurra, o tal vez a resultas de ello, todos los seres vivos de este planeta morirán.

¿Exagero el dramatismo? Sigan leyendo y descubrirán como yo lo que es el miedo *real*.

En estas páginas les revelaré todo, lo bueno, lo malo y la verdad desconcertante, desde los secretos de la existencia que anteceden al Big Bang hasta el Big Bang que habrá de erradicar a nuestra especie. En el proceso, ustedes llegarán a comprender que el universo no es lo que parece, como tampoco lo es la especie humana, y que el tic-tac del reloj de nuestra naturaleza física, que comienza en la concepción y termina con nuestro último aliento, no es ni el principio ni el fin, sino una complicada treta construida por nuestro Creador... a manera de prueba.

Y la estamos reprobando abismalmente.

El Día del Juicio Final se aproxima y nosotros mismos nos hemos acarreado esta destrucción. Codicia, corrupción, odio, egoísmo, avaricia... sobre todo ignorancia absoluta; todo ello producto de aquella debilidad humana que sigue definiendo y envenenando a nuestra especie al tiempo que nos atrae hacia el precipicio de nuestra propia extinción: el ego.

Las páginas que están a punto de leer revelan 40 años de mentiras y engaños, pero la iluminación tiene un precio: no ambicionen la verdad. Esparzan la información a los cuatro vientos, sean la causa de su salvación obtenida con un enorme esfuerzo. Lo que está en juego es nada menos que un destino profetizado por todas las civilizaciones antiguas y todas las grandes religiones... el Final de los Días.

Phobos: miedo.

El miedo es el elefante en la sala. Para sobreponerse a la parálisis mental del miedo tienen que dominarlo, tienen que consumirlo en cierto sentido. Pero, ¿cómo podemos consumir algo tan grande como un elefante?

La respuesta, desde luego, es un bocado digerible a la vez.

Para digerir el Evento del Apocalipsis es necesario no sólo que yo provea los hechos, sino que lo haga en su contexto adecuado, para que ustedes no desechen este documento como una mera obra de ficción, una fuente de entretenimiento. ¡No lo es! Cuestionen al autor, no den por sentado nada de lo que contienen estas páginas. Investiguen cada hecho. Hagan referencias cruzadas de cada afirmación y cada conclusión que los haga enfurecer. Sólo entonces podrá su mente comenzar a aceptar la verdad; sólo entonces se darán cuenta de que hay entidades perversas que acechan en las sombras y juegan con cerillos, y a menos que ustedes abran los ojos y actúen, ellos incinerarán el mundo.

Les guste o no, acéptenlo o no, el Evento del Apocalipsis se avecina. ¿Cómo puedo estar tan seguro? Porque, queridos lectores, el evento *¡ya ocurrió!* Y algo incluso más extraño: algunos de ustedes que leen estas palabras estuvieron ahí para presenciar el final.

¿Confundidos? Así lo estuve yo hasta que dejé de pensar como una criatura tridimensional atrapada por nuestras propias percepciones del tiempo y desenmarañé la verdad.

Antes de emitir un veredicto, permítanme presentar mi argumentación.

Como dije antes, soy arqueólogo. En 1969, luego de recibir mi doctorado en la Universidad de Cambridge, inicié un viaje de descubrimiento motivado más por la curiosidad que por el miedo. Mi inspiración fue el calendario maya, un instrumento del tiempo de dos mil años de antigüedad que predecía el fin del reinado de la humanidad para el 21 de diciembre de 2012.

El Apocalipsis.

Hagamos una breve pausa para que ese bocado de carne de elefante sea más digerible. Un calendario, por definición, es un instrumento para medir el tiempo, en este caso el tiempo que tarda nuestro planeta en girar alrededor del Sol. De alguna manera, una sociedad de indios habitantes de la jungla logró crear un instrumento del tiempo y el espacio que a pesar de ser 1 500 años más viejo que nuestro actual calendario gregoriano, es *más* exacto por una diezmilésima de día.

El calendario maya no es un instrumento sencillo. Está compuesto por tres ruedas dentadas que operan como los engranes de un reloj, más un cuarto calendario —el Conteo Largo— que detalla épocas de 20 años, llamadas *katunes*. Cada *katún* es una profecía por sí misma, detallando acontecimientos en la Tierra conforme al flujo y el reflujo astrológico del cosmos.

El evento del Apocalipsis está alineado con la precesión. La precesión es el lento "cabeceo" de nuestro planeta sobre su eje. La Tierra tarda 25 800 años en completar un ciclo de precesión, la cifra exacta de tiempo que define los cinco grandes ciclos del calendario maya, de los cuales el actual y último termina el día *4 Ahau, 3 Kankin*, el solsticio de invierno de 2012.

¿Cómo lograron los mayas, una raza de indios que nunca dominó la rueda, crear un instrumento científico tan avanzado que profetiza acontecimientos a lo largo de miles, y tal vez millones de *katunes*? ¿Cómo pudieron trazar nuestra posición exacta en el cosmos, comprender conceptos como el de la materia oscura y vislumbrar la existencia del hoyo negro en el centro de nuestra galaxia? Y lo más importante: ¿cómo fueron capaces los antiguos mayas de describir acontecimientos que aún no ocurrían?

La respuesta simplista es que no pudieron. En realidad, sus dos líderes misteriosos eran quienes poseían el conocimiento.

El primero fue el gran maestro maya Kukulcán, quien llegó a la Península de Yucatán hace mil años. Descrito como un hombre caucásico, alto, de cabello blanco y sedoso, barba blanca y ojos de un azul intenso, este "mensajero del amor" que predicó contra el sacrificio de sangre sigue siendo una paradoja de la existencia, pues no sólo sus conocimientos de ciencia y astronomía empequeñecen los nuestros, sino que su presencia en Mesoamérica antecede por 500 años la llegada de los primeros exploradores (invasores) blancos.

¿Aún están convencidos de estar leyendo una ficción? Viajen a Yucatán y visiten Chichén Itzá. En esa ciudad maya, largo tiempo perdida, está la Pirámide de Kukulcán, un perfecto zigurat de piedra, manchado con la sangre de 10 mil sacrificios humanos cuyo propósito era aplazar el apocalipsis tras la muerte del gran maestro. Noventaiún escalones adornan cada uno de los cuatro costados del templo; a ello sumen la plataforma de la cima y tendrán 365, como los días del año. Lleguen en el equinoccio de otoño o de primavera y presenciarán la aparición de la sombra de una serpiente en la balaustrada norte, un efecto especial de mil años construido para advertir al hombre moderno del cataclismo que está por llegar.

El segundo maya misterioso es Chilam Balam, el más grande profeta en la historia de Mesoamérica. *Chilam* es el título que daban a un sacerdote que hacía profecías. *Balam* significa jaguar. El Profeta Jaguar nació en Yucatán a finales del siglo xv y es conocido por sus nueve libros de profecías, una de las cuales presagia la llegada de extranjeros del oriente que establecerían "una nueva religión".

En 1519 Cortés y su flotilla española invasora llegó a Yucatán, armado con cañones, sacerdotes y biblias, tal como Chilam Balam lo había profetizado.

Aunque no se le atribuye, yo sospecho que Chilam Balam es el autor del *Popol Vuh,* el equivalente mesoamericano de la Biblia, cuyo núcleo vital es el relato de la Creación. Muy a la manera del Antiguo Testamento, los relatos del *Popol Vuh* contienen mitología histórica que tensan al máximo los confines de la credibilidad. Como nuestra Biblia, el relato maya de la Creación no fue ideado para tomarse en sentido literal (abundaré en ello más adelante). Al contrario, encripta un conocimiento ancestral que revela la verdad acerca del futuro y el pasado de la humanidad.

Luego de décadas de trabajo logré decodificar el relato de la Creación. Ahí yace otra paradoja, pues el texto descifrado revela detalles increíbles respecto de la misteriosa ascensión del *Homo sapiens* como fuerza de la naturaleza inteligente, pero los acontecimientos que describe ocurrieron hace millones de años.

En arqueología lo llamamos una paradoja. En la terminología de los legos podríamos llamarlo *déjà-vu.* Por definición, el *déjà-vu* es la sensación inquietante de que ya hemos presenciado o vivido una nueva situación, como si el acontecimiento *ya hubiera ocurrido.*

Ya ocurrió.

Por increíble que parezca, he descubierto que nuestro universo físico está atrapado en un bucle del tiempo que comienza y termina con nuestra destrucción en el solsticio de invierno de 2012, y el instrumento que una vez más será responsable del evento apocalíptico ha sido construido bajo nuestras propias narices... financiado con nuestros impuestos.

JG

Nota: la publicación o reseña pública de los papeles finales del profesor Gabriel fue prohibida por una sentencia de la corte superior de Massachusetts (Borgia *vs.* Herederos Gabriel; presidió el honorable juez Thomas Cubit). El Departamento de Arqueología de la Universidad de Cambridge solicitó y recibió los papeles tras la muerte del profesor Gabriel, el 24 de agosto de 2001, y el encarcelamiento de su hijo Michael en el instituto psiquiátrico estatal de Bridgewater para delincuentes declarados dementes. El Pentágono apeló con éxito la decisión ante los tribunales británicos, que ordenaron sellar los papeles, y prohibió cualquier reseña. Permanecieron archivados hasta 2032.

1

2047
(35 años después del evento apocalíptico profetizado)

16 de abril de 2047
Océano Atlántico
107 millas náuticas al suroeste de las Bermudas
(Triángulo de las Bermudas)

Desplazando 130 mil toneladas, el crucero *Paraíso Perdido* surca las aguas intensamente azules del Atlántico; sus hélices mellizas dejan un rastro espumoso de un cuarto de milla. El trasatlántico de mil pies de eslora, con una viga de 120 pies que sostiene 13 cubiertas para invitados, es impulsado por el más avanzado diseño de sistemas NICE (las siglas en inglés de ingeniería de combustión no contaminante). En lugar de las viejas turbinas a vapor (un galón de combustible por cada 50 pies de propulsión) las turbinas del barco obtienen energía de la primera fase del sistema NICE, una planta solar de un megavatio. En la cubierta de popa, ocupando un acre de espacio de cubierta, hay una torre de agua rodeada por 1 700 espejos solares giratorios. Cuando el sol se refleja en los espejos el calor magnificado es redirigido a la torre y su calentador integrado, elevando la temperatura al nivel supercaliente de 470 grados centígrados. El vapor así generado es usado para girar las dos turbinas ubicadas en el cuarto de máquinas, que a su vez impulsan las hélices del barco.

La fase dos del sistema NICE arranca una vez que el barco se pone en marcha. Las chimeneas que antes arrojaban columnas tóxicas de bióxido de carbono han sido remplazadas por turbinas de viento. Al avanzar el barco, estas enormes hojas con forma de bombilla capturan el suministro constante de viento, convirtiendo la energía cinética en suficiente electricidad para todos los aparatos del hotel flotante.

Como todos los cruceros, el *Paraíso Perdido* es antes que nada un barco de placer. Dentro de la enorme nave las suites de realidad virtual se suman a los restaurantes de cinco estrellas, los espectáculos de Broadway y los casinos. Afuera, las seis cubiertas al aire libre están dominadas por las "actividades de hidroentretenimiento", en cuyo centro hay dos cascadas que dan lugar a un río sereno, unos rápidos y unas paradas de "pits" con bufés abiertos.

Para los invitados que desean algo un poco más sedentario, hay "sillas inteligentes" alrededor de la laguna y de las áreas de privacidad exclusivas para adultos. Diseñadas para gravitar 20 centímetros por arriba de una cubierta que genera un colchón levmag (levitación magnética), estas sillas no son sólo lujosas sino que también eliminan el mareo. Rodillos y dedos robóticos colocados en los cojines de microfibra de las sillas brindan desde un masaje relajante hasta un shiatsu a profundidad. Al activar el "rociador corporal" de la silla, el invitado se refresca con un rocío de agua pura o, por una cuota adicional, un emoliente rico en vitaminas (los dips dermales eliminaron la necesidad de lociones bloqueadoras del sol una década antes).

Para los 2400 pasajeros a bordo del *Paraíso Perdido,* el viaje redondo de ocho días de Fort Lauderdale a las Bermudas es un paraíso recobrado.

⋆ ⋆ ⋆

Las cubiertas de privacidad que rodean la *Laguna de los Delfines* están ocupadas a su máxima capacidad; 500 pasajeros tendidos en las sillas, vagando entre el sueño y la vigilia, en espera del siguiente llamado que los arreará como ganado para la primera cena.

Jennifer Ventrice está acostada boca arriba, de cara al sol de la tarde; su reclinador asignado está entre la baranda de estribor y el río aletargado. La nativa de Brooklyn, de 73 años, está despierta viendo una película en optivisión proyectada en sus i-anteojos envolventes. A pesar de sus comodidades sensoriales, Jennifer está nerviosa. Hace 14 años ella y su esposo se vieron obligados a huir de Estados Unidos y aunque su pasaporte y su chip inteligente reflejan su nueva identidad, sabe que los enemigos de su marido tienen largos tentáculos y otros medios "menos convencionales" para localizarlos.

Relájate, Eve. Ya cruzaste los controles de seguridad en Londres y Miami sin ningún problema y la seguridad en las Bermudas debe ser...

¡No! Aprieta los ojos y el gesto de autorreproche provoca que la película se detenga. *Es Jennifer, no Eve. Jennifer... ¡Jennifer!*

Apaga la película, deslumbrada momentáneamente por el reflejo del sol en el océano hasta que los lentes inteligentes ajustan el tinte. *Es culpa de Dave. ¿Por qué no le permitió usar su nombre de pila verdadero como alias? ¿No se daba cuenta de lo difícil que le resultaba pensar en sí misma con cualquier otro nombre que Eve?*

Por milésima ocasión piensa en aquella fecha —el 25 de noviembre de 2033—, el día que Evelyn Mohr dejó de existir, el día que Lilith Mabus obligó a marchar al exilio a su marido y al resto de sus allegados. De apenas 20 años en ese entonces, la desenfrenada viuda del billonario Lucian Mabus se había instalado firmemente como CEO de Mabus Tech Industries (MTI) y su compañía de turismo espacial, Proyecto HOPE. En unos cuantos meses, Lilith se valió de su recién adquirida influencia en Washington para obligar al presidente John Zwawa a permitir que MTI tomara el control de Vellocino de

Oro, un proyecto secreto de la NASA supervisado por Dave, el esposo de Evelyn.

Lo que Lilith Mabus ambicionaba era la energía punto cero, un sistema de propulsión que alimentaba la nave extraterrestre excavada en 2013 de por debajo de la Pirámide de Kukulcán y que ella esperaba usar en sus transbordadores a las colonias de Marte.

En cambio, lo que encontró fue a su alma gemela, largo tiempo perdida, Jacob Gabriel.

Jacob había fingido su muerte varios años antes, temeroso de que su prima Hunahpú interfiriera con sus planes de viajar a Xibalbá con su hermano gemelo Immanuel para resucitar a su padre. Intoxicado por las feromonas de Lilith, Jacob sucumbió al acto del cual su padre le había advertido específicamente: copular con esa belleza esquizofrénica.

Jacob logró escapar de Cabo Cañaveral a bordo de la *Balam*, reuniéndose dos días después con su hermano, Evelyn y los dos guardaespaldas conocidos como Sal y Pimienta. En el momento profetizado para su partida se manifestaron los poderes Hunahpú de Manny; el gemelo de cabello oscuro, repentinamente poderoso, se negó a acompañar a su hermano en su viaje al "infierno" maya que les deparaba su destino. Al saber que Mick, su alma gemela largo tiempo perdida, estaba vivo y en comunicación con Jacob, Dominique se ofreció a ir en lugar de Manny.

Fue una decisión que desafió la profecía maya y creó otra bifurcación en la urdimbre del tiempo, que de pronto se estaba deshebrando.

Una vez que Jacob y su madre partieron, Manny, sus dos guardaespaldas y los Mohr se volvieron fugitivos. Cambios de identidad acompañaron reubicaciones en Canadá, México, Honduras y Perú. Evelyn Mohr hizo el papel de esposa abnegada mientras su marido seguía fungiendo como asesor y tutor del moreno hermano gemelo de Jacob, que aún estaba evolucionando.

Seis años atrás, Evelyn declaró que ya estaba harta. Si bien entendía que Manny era "especial", anhelaba echar raíz y establecer una vida; algo que el gemelo anclado en la Tierra, lleno de ira y angustia, no estaba dispuesto a hacer. Dave cedió finalmente y aceptó dejar a su protegido para que Eve y él pudieran vivir el resto de sus días en paz.

Sigerfjord era una isla de barrera, una entre cientos alrededor de la costa de Noruega. Aislada de tierra firme, con una población que rara vez sumaba más de 800 habitantes, esa remota localidad parecía estar incluso más allá del largo alcance de Lilith Mabus. Dave se ganó el aprecio de la comunidad local luego de reparar una turbina de la planta geotérmica de Sigerfjord, mientras "Jennifer" usó su experiencia legal para obtener un empleo bien remunerado en un bufete.

⋆ ⋆ ⋆

Escudada en sus lentes inteligentes, Evelyn Mohr da un vistazo a la chica que está en topless en la silla a su derecha. May Foss era la hija de su jefe, una "hija de papá", de la isla vecina de Gjaesingen. Como regalo por graduarse de la escuela de derecho, el papá de May había prometido a su hija y su mejor amiga, Anna Reedy, dos semanas de vacaciones con todos los gastos pagados en cualquier lugar del mundo, y las chicas de 24 años habían elegido Miami.

El empresario aceptó, pero con una condición: Jennifer, la asistente estadounidense de Foss, haría las veces de escolta.

Dave protestó, naturalmente, pero negarse a la petición del jefe de Jennifer habría encendido focos rojos. El empleo era bueno y volver a mudarse sería arriesgado, así que la ex Evelyn Mohr empacó sus maletas y aseguró a su esposo que estaría a salvo.

Después de seis años de vivir en Noruega, el calor del sur de la Florida era un paraíso.

—¿May? ¿May, dónde estás?

May se endereza y hace señas a su amiga.

—Aquí.

Anna Reedy se apresura por el pasillo, su belleza italiana encendida por correr.

—¡May, estoy enamorada!

—¿Otra vez?

Evelyn sonríe para sus adentros mientras oye la conversación de las chicas.

—Se llama Julian. Es alto, mide 1.98, tiene el cabello largo, castaño, y el aspecto de un dios griego. Y esos ojos…

—¿Cuántos años tiene?

—Veintinueve. Y es soltero. Y viaja con un amigo.

—¿Ya viste al amigo?

—No, ¿y qué? Quieren conocerte. Y a ti también, Jen.

La piel de Evelyn se estremece.

—¿A mí? ¿Por qué?

—No sé. Les mostré nuestra foto, donde salimos las tres en South Beach, y me dijo que quería conocerte.

May la codea.

—Quizá al dios griego le gustan las mujeres mayores.

¡Jodemierda! Lilith tiene nuestras imágenes descargables por doquier, junto con una jugosa recompensa. ¿Y si…?

—Esperen aquí. Voy por él.

—¡Anna, aguarda! —Evelyn está a punto de ir tras ella cuando el zumbido del i-phone reverbera en sus oídos. Toca el control en su sien derecha, aceptando la llamada.

El rostro lleno de manchas de David Mohr sustituye el horizonte del este del Atlántico.

—¿Jen, dónde diablos estás? Según mi GPS, estás en algún lugar ¡del *jodemaldito* Triángulo de las Bermudas!

El intento de su esposo de usar obscenidades juveniles la hace sonreír.

—Cálmate, *Erik*. Las chicas querían un crucero. Eran las Bermudas o Cuba.

—¡Caramba! No, fue la mejor elección. ¡Cuba, cielos! Si cometes una infracción de tránsito, la seguridad de la isla exige una revisión anal.

—No te voy a preguntar cómo lo sabes. ¿Me echas de menos?

—Intensamente.

—¿Sabes qué echo de menos?

—Jennifer…

—No lo puedo evitar. Estar de regreso en Florida… el clima cálido… las palmeras…

Sin mediar advertencia, el barco se sacude violentamente como si la quilla se hubiese varado. May grita al caer violentamente, junto con cientos de otros pasajeros; todos miran alrededor, confundidos y temerosos.

—¿Chocamos con algo?

—¿Nos estamos hundiendo?

Dave Mohr grita para atraer de nuevo la atención de su esposa.

—Jen, ¿qué fue eso? ¿Qué pasa?

—No sé. Fue como si los motores se detuvieran. Quizá golpeamos… ¡Cielos!

El barco comienza a volcarse con fuerza a babor. Los pasajeros gritan. La inclinación de la cubierta hace que cientos de sillas leviten y giren como círculos concéntricos de fichas de dominó.

Evelyn se tropieza y se golpea contra la baranda de estribor. Los pasajeros son lanzados aquí y allá en la cubierta movediza, en tanto que el barco hace un radical cambio de curso.

Tras un largo y aterrador momento, el crucero se nivela y continúa por su nuevo derrotero, al oeste.

May ayuda a Eve a incorporarse.

—Jennifer, ¿qué está sucediendo?

—No lo sé. Encuentra a Anna.

La chica se acomoda el top de su bikini mientras corre.

Eve dirige su atención nuevamente hacia su esposo. Dave aparece en su lente derecho, el físico opera frenéticamente su laptop para precisar la localización del barco mediante una transmisión satelital en vivo.

—Dave, ¿qué ocurrió? ¿Por qué cambiamos de curso? ¿Fue un tsunami? ¿Una ola gigante?

—No hay actividad sísmica. No hay ondas que así lo indiquen. No hay otros barcos en el área. No sé... —el científico hace una pausa, su complexión de por sí pálida pierde más color—. ¿Qué es eso, por Dios?

* * *

Robert Gibbons Jr. corre al puente, el demudado capitán exige respuestas.

—Señor Swartz, informe.

El primer oficial Bradly T. Swartz se inclina sobre su tabla de navegación, en evidente desconcierto.

—Señor, no fuimos nosotros. El barco parece haber sido atrapado por una corriente salvaje.

El capitán Gibbons enfoca sus binoculares en la superficie del Atlántico, surcada de ondas como un río de curso acelerado.

—Capitán, la brújula se ha vuelto loca. Señala cero grados... al oeste.

—¿Qué?

—¡Señor, el vigía avistó algo! Solicita su inmediata presencia.

Gibbons sale corriendo del puente y sube una estrecha escalera hasta el puesto del vigía. Un enseña estabiliza el telescopio montado en la cubierta, la mirada llena de miedo.

—Está a una milla de nuestra proa, señor. Nunca vi nada parecido.

El capitán apoya su ojo derecho en el protector de goma del telescopio. Y entonces lo ve.

No es un remolino ni un *maelstrom,* parece simplemente un agujero en el océano, su oscura circunferencia mide varias millas de diámetro. El Océano Atlántico se drena por su garganta como unas Cataratas del Niágara de 360 grados. Su vórtice inhala el mar que lo rodea, junto con el *Paraíso Perdido.*

El capitán toma el teléfono interno.

—¡Cambien de curso! ¡40 grados en timón de estribor! —sin aguardar una respuesta, desciende corriendo la escalera circular hasta el puente—. ¿Señor Swartz?

—Ejecutando cambio de curso.

Gibbons mira la proa del barco. *¡Vamos, gira!*

El crucero se mece hacia la derecha y encuentra resistencia. La nave se estremece pero es incapaz de escapar de las fuerzas gravitacionales en juego.

—Sin cambio, señor.

—Paren las máquinas. ¡Reversa total!

—Reversa total, a la orden.

Las hélices se detienen, la proa se desliza hacia popa. Gibbons enfoca sus binoculares en la descomunal anomalía que se abre amenazante a sólo 700 yardas de distancia; su borde abarca todo el horizonte. *Un precipicio... ¿hacia dónde?*

El *Paraíso Perdido* se sacude mientras sus dos turbinas se revierten y tratan de sujetarse al mar. El movimiento del barco hacia adelante pierde velocidad, pero no logra liberarse.

El corazón del capitán trepida en su garganta.

—Señor Halley, envíe un SOS. Informe a la guardia costera que necesitamos helicópteros de emergencia. Advierta a todas las embarcaciones que se alejen de esta área.

El azorado radio operador apenas logra proferir un carrasposo "A la orden, señor".

Los oficiales de cubierta se agolpan ante las ventanas, mirando con miedo e incredulidad. Algunos intentan llamar a sus seres queridos, pero no obtienen señal.

Un coro de gritos se eleva en un crescendo a medida que los pasajeros advierten lo que hay por delante.

Como entre sueños, tembloroso, el capitán Gibbons se abre paso a la silla de mando; una sensación de náusea invade su vientre mientras el crucero de 130 mil toneladas lentamente se desploma por el borde del vórtice de la cuarta dimensión... hacia la nada.

* * *

Los gritos de protesta enmudecen en la conciencia de Evelyn Mohr. Al repentino silencio se suma el rostro angular y extrañamente familiar de un hombre de cabello oscuro, cuyos ojos azules irradian intensamente detrás de los anteojos de sol. Sus poderosos brazos la cargan en la cubierta inclinada y la llevan al interior del barco; su cuerpo musculoso se mueve desafiando las leyes de la física. Hay un segundo cuántico de ingravidez, hasta que las desatadas fuerzas de la gravedad se imponen, fragmentando y dispersando simultáneamente todas las células de su cuerpo.

Si seguimos como hasta ahora tal vez no sobrevivamos el próximo siglo.

Cuando hay un claro peligro enfrente, el sentido común dicta poner el freno; pero los científicos a menudo quieren pisar a fondo el acelerador.

Doctor Marvin Minsky

2

Manalapan, Florida
1º de mayo de 2047

La palaciega mansión de Lilith Mabus, viuda del billonario Lucian Mabus, se extiende en un lote privado frente al océano en Manalapan, un pequeño poblado isleño al norte de Boynton Beach. La casa de 31 habitaciones y tres pisos tiene una piscina junto al mar, con cascada y bar acuático, dos canchas de tenis, un gimnasio, un gran salón de 400 metros cuadrados iluminado por un candelabro de cristal de 2700 kilos, importado de un castillo francés del siglo XIX, un domo observatorio y una cochera para ocho automóviles, con piso de mármol de Saturnia. Cada una de las seis recámaras tiene un balcón con vista al Atlántico. Las ventanas de la mansión son de autolimpieza, hechas con una delgada capa de óxido metálico electrificado para ayudar a que la lluvia arrastre las partículas. Hay una pequeña estación eléctrica NICE en el norte de la propiedad que se alimenta del sol y el viento.

La más reciente adición a la lujosa casa frente al mar es una configuración de antenas satelitales en un búnker de concreto ubicado en el jardín del sur. Los receptores permiten a Lilith Mabus y su equipo de inteligencia piratear una red de satélites de vigilancia del Pentágono, desde la comodidad de su oficina en casa, aunque "oficialmente" sólo sirven para que la CEO de MTI se comunique con la flota de aviones espaciales que pertenecen a y son operados por su compañía subsidiaria, el Proyecto HOPE.

* * *

Los orígenes del programa espacial estadounidense pueden rastrearse a la primera guerra fría, cuando las ideologías contrapuestas de los Estados Unidos y la Unión Soviética dieron pie a una desenfrenada carrera espacial. El presidente John F. Kennedy elevó la apuesta en 1961 cuando fijó la meta de desembarcar a salvo un astronauta en la Luna; meta que se logró el 20 de julio de 1969.

Durante las siguientes cuatro décadas, la exploración espacial se estancó.

Parte del problema fue la falta de objetivos claramente definidos, exacerbada por contratistas militares que monopolizaron la industria del espacio, elevando los costos. El presidente Nixon hizo depender el futuro de la NASA del transbordador espacial; un vehículo no exploratorio para orbitar la Tierra, cuyos defectos de diseño provocarían los desastres fatales del *Challenger* y el *Columbia*. Con el resto de la obsoleta flota reservada para "tareas de transbordo" a la Estación Espacial (otra tortuga limitada a orbitar la Tierra), el interés del público por el programa espacial decayó.

Lo que los funcionarios de la NASA sospechaban y las futuras administraciones nunca supieron era que las misiones a la Luna habían sido canceladas de manera permanente como parte de una directiva supersecreta de la época de Lyndon Johnson. No sería sino hasta 2029 que una compañía privada rompería el control exclusivo que el complejo militar-industrial tenía sobre la exploración espacial. La revuelta fue encabezada por el hijo de un millonario, empeñado en su propia destrucción.

Lucian Mabus nació con una cuchara de platino en la boca. Hijo único del millonario Peter Mabus y su ahora difunta esposa Carolyn, Lucian fue educado por tutores privados y entrenadores atléticos durante gran parte de su niñez, mientras su padre viajaba por negocios y montaba una campaña política para desafiar al presidente Ennis Chaney por la Casa Blanca. Amargado por su derrota en la elección de 2016, Mabus buscó otras aventuras para deshacerse del líder del país, pero fue "sancionado" por los guardaespaldas de los gemelos Gabriel.

Conmocionado por el asesinato de su padre, Lucian Mabus pasó el resto de sus años de adolescencia bajo la mirada vigilante de un tío que prefería mantener a su sobrino desafiante confinado en centros de rehabilitación en vez de lidiar con sus adicciones a las drogas y el alcohol. Lucian celebró su emancipación cuando cumplió 18 años abandonando el centro de reclusión y echando de su casa al guardián que la corte le había asignado. Ahora en posesión de la fortuna familiar, Lucian apaciguó su angustia con el abuso autodestructivo que acarrea un estilo de vida que depende de la gratificación inmediata.

Después de seis años, dos malos matrimonios y una sentencia de cuatro meses de cárcel, Lucian se halló en compañía de Lilith Aurelia. La dominatrix de piel color moka se volvió su obsesión. La despiadada ambición de Lilith lo arrastró consigo como un río furioso. Nacida en la pobreza, Lilith ambicionaba el poder de la nueva élite social; globalizantes patológicos que de manera lenta pero segura manipulaban a las potencias internacionales para ceñirlas a un solo gobierno mundial.

Para participar en el Nuevo Orden Mundial se requería de un nicho, y Lilith habría de hallarlo en el Proyecto HOPE, las siglas en inglés de Humanos por un Planeta Tierra, un programa espacial concebido en 2016 por un grupo de ex astronautas, ingenieros diseñadores y científicos espaciales que habían abandonado la NASA por las políticas de "amiguismo" de la agencia. A diferencia de otras compañías privadas que se dedicaban al negocio de lanzar satélites, HOPE quería ser pionera en la industria del turismo espacial; su equipo había completado los diseños para un nuevo vehículo de pasajeros capaz de despegar horizontalmente como un jet, elevarse a su máxima altitud turbojet y a continuación usar propulsores para impulsar la aeronave al espacio. Una vez en órbita, los clientes disfrutarían de 12 horas de gravedad cero y los recuerdos para toda una vida.

Todo lo que HOPE necesitaba era un gran inversionista.

A instancias de su prometida, Lucian Mabus negoció asociarse con los directores de HOPE, adueñándose de la compañía como inversionista mayoritario. El 15 de diciembre de 2029 el primer "autobús espacial" del mundo despegó desde su nueva pista de 500 metros en el Centro Espacial Kennedy. Iban a bordo 120 VIP, incluyendo accionistas clave, dignatarios políticos, miembros de los medios de comunicación, Lucian y Lilith y 12 tripulantes. Nada real o imaginario podría haber preparado a esos civiles para la magia el espacio. El viaje transcurrió sin perturbaciones, las comodidades eran de primera clase y las panorámicas fueron impactantes e inspiradoras. A mitad del viaje, Lucian y Lilith se casaron y consumaron sus votos nupciales en la cabina de luna de miel, en gravedad cero, convirtiéndose así en los primeros miembros oficiales del club de las 22 mil millas.

No serían los últimos. En cuestión de meses, HOPE ya lanzaba cuatro autobuses espaciales a la semana, a un costo de 100 mil dólares por boleto. A pesar del elevado precio, había una lista de espera de 14 meses. Rápidamente añadieron tres naves a la flota y anunciaron planes para el Puerto Espacial 1, el primer hotel espacial diseñado para su clientela. Cuando se incluyó un transbordador lunar al folleto, el Departamento de Defensa intervino, declarando que la Luna quedaba prohibida.

Lucian enfureció. Tal vez el Nuevo Orden Mundial podía controlar sus libertades en la Tierra, pero nadie era dueño de la Luna. Contrató un costoso bufete de abogados y hubo amenazas de demanda.

Lilith siguió su propio trayecto para romper el asedio, reuniéndose en secreto con el presidente John Zwawa.

Una semana antes de cumplir 26 años, Lucian Mabus murió de un infarto cardiaco. Su médico lo atribuyó a una década de abuso de las drogas y el alcohol. Semanas después del funeral, la nueva CEO de Mabus Tech obtuvo acceso a Vellocino de Oro, un programa espacial supersecreto supervisado por MAJESTIC-12 y el Departamento de Defensa.

Tres meses más tarde comenzaron a circular reportes de que Lilith estaba embarazada. Devlin Mabus nació 11 meses después de la muerte de Lucian, confirmando las sospechas de que la madre había sostenido un romance. El consenso popular en los corredores de la Casa Blanca y alrededor del distrito de Columbia era que el presidente Zwawa era el padre del niño de cabello blanco y ojos color ébano.

Estaban equivocados.

★ ★ ★

La limusina negra sigue a su escolta policial rumbo al norte por la autopista panorámica A-1-A, virando en el portón de la propiedad Mabus.

La presidenta Heather Stuart sale del vehículo. Escoltan a la demócrata de cabello color caoba su jefe de gabinete, Ken Mulder, y su asesor de Seguridad Nacional, Donald Engle. Ignorando el timbre y el intercom, Engle —de 140 kilos de peso— golpea varias veces con el puño las puertas dobles de roble. Aguarda. Vuelve a golpear.

Mulder, un ex guardia nacional, mira con preocupación a la presidenta. "¿Acaso esto es un juego para ellos?"

La segunda mujer presidente de los Estados Unidos y la primera homosexual en encabezar el Poder Ejecutivo asiente con la cabeza. "Es póker, Ken. Tenlo por seguro, están observando y evaluando nuestras respuestas."

Mulder alza la vista hacia la cámara de vigilancia. "El póker es un juego de azar. Yo prefiero el ajedrez."

La puerta se abre, revelando a un hombre de cerca de 70 años, con complexión de plastilina. Su cabello, cortado al ras, es rizado y color gris ratón. Sus ojos porcinos lucen pesados tras los anteojos de tinte rosado. Está descalzo y viste una camisa hawaiana y bermudas. Sus labios delgados chupan un churro.

Donald Engle proyecta su enorme sombra sobre el umbral. "¿Lilith Mabus?"

Una sonrisa arrugada se convierte en una risita detrás del artefacto portátil para la *cannabis*, que se aparta de la boca con dedos manicurados. "No, grandulón, yo soy el asistente personal de Lilith. Benjamin Merchant, a sus órdenes. Pasen, los estábamos esperando." Su acento es sureño, de Alabama, con una dosis de sacarina.

Merchant los conduce por el gran vestíbulo. El piso es de mármol ónix bien pulido. Las ventanas del fondo de la casa revelan la piscina, sus líneas invisibles se funden perfectamente con los matices de turquesa del Océano Atlántico.

—Si me permite decirlo, señora presidenta, es un gran honor conocerla finalmente. Yo soy una loca total. Probablemente por la forma en que me criaron. ¿Su sacerdote católico también la manoseó?

Heather Stuart se sonroja.

—No, por supuesto que no.

—Sí, supongo que se limitan a los niños. ¿Y qué me dice de las monjas? —pasando junto a una enorme escalera de roble, avanza con un andar de drogadicto hasta un juego de puertas interiores—. La señora de la casa está adentro. Pasen mientras nos consigo algo de beber.

Ken Mulder aguarda hasta que el sujeto irritante se haya marchado antes de abrir la puerta.

El estudio es un pentágono de 300 metros cuadrados. Los muros están recubiertos de caoba y el alto techo arqueado está surcado por vigas de teca. Un escritorio que hace juego alberga una estación de cómputo envolvente, con una pantalla de plasma de 270 grados. Del otro lado de la habitación hay un área para sentarse; tres sofás de piel y dos sillas de bambú forman un cuadrado.

Sentada en el sofá del centro, frente a ellos, está Lilith Mabus. Ojos de un azul turquesa brillante los reciben; el fulgor azul-Hunahpú exuda la luminiscencia de los ojos de un gato en la noche. Su cabello ondulado, negro como un cuervo, fluye como una enredadera sobre su kimono negro, cuya tela ciñe apretadamente sus senos.

Los ojos de Mulder y Engle se ensanchan. La presidenta Stuart se limita a menear la cabeza.

La parte inferior del cuerpo de esa diosa de 34 años y piel color moka está desnuda bajo el kimono que le llega a la cadera. Con sus pies desnudos sobre la mesa del café, Lilith ostenta su sexo claramente, desafiando a sus huéspedes a mirar.

La devoradora de hombres sonríe.

—Bienvenida a la oficina oral, señora presidenta.

—Ingenioso. Pero yo no me apellido Zwawa y ésta no es una visita social, así que si no te molesta…

—Oh, no me molesta en lo absoluto. Fue usted quien solicitó una reunión en persona y la ropa formal me parece demasiado ortodoxa. Puede tomar asiento o quedarse parada mirándome, como guste.

Heather Stuart hace una indicación a sus dos miembros del gabinete. Los hombres comparten un sofá a un lado de Lilith y la presidenta elige una silla de bambú directamente enfrente de su anfitriona.

Lilith se inclina hacia el robusto asesor de Seguridad Nacional y le guiña un ojo.

—¿Qué tienes, Donald? ¿No confías en ti mismo? Nunca apartabas la vista cuando visitaba a John en la Oficina Oval.

—No estabas desnuda, Lilith.

—Ah, pero tú me imaginabas desnuda, ¿no es cierto, Donald? La manera en que te quedabas viendo mi escote… la manera en que inspeccionabas mi trasero cada vez que cruzaba la habitación. Dime, ¿yo era buena en la cama?

—¿Qué?

—Cuando te masturbabas esa noche, ¿yo era buena en la cama?

—¡Ya fue suficiente! —la presidenta se voltea hacia su asesor de Seguridad Nacional—. Infórmala.

Donald Engle coloca su portafolios en la mesa junto a los pies desnudos de Lilith y lo abre, revelando un proyector holográfico.

—El informe que estás a punto de ver ha sido clasificado UMBRA, más allá de supersecreto. Si revelas su contenido serás susceptible de arresto.

—¡Qué emocionante!

Engle activa el aparato y un video aéreo de 360 grados del Parque Nacional Yellowstone aparece sobre el área donde están sentados. "Si bien el Parque Nacional Yellowstone es conocido por sus géiseres y manantiales calientes, para los científicos representa una bomba de tiempo de la Madre Naturaleza, con una potencia explosiva 10 mil veces mayor que la del Monte St. Helens. Sepultado a ocho kilómetros de la superficie, alimentando esos géiseres y manantiales, hay un supervolcán sin cono, más comúnmente conocido como una caldera."

La imagen cambia, se convierte en una animación con códigos de colores que revela un inmenso bolsón de magma subterráneo. "De hecho, hay tres calderas sepultadas debajo de Yellowstone. La mayor y más letal mide 180 kilómetros de largo y 78 de ancho, abarcando casi todo el parque.

"Yellowstone ha hecho erupción tres veces en la historia del planeta. El primer evento ocurrió hace 2.1 millones de años, el segundo hace 1.2 millones de años y el tercero hace 630 mil años. Las erupciones arrojaron una cantidad combinada de 9 500 kilómetros cúbicos de material. La lava expelida provocó que las cimas de los volcanes se colapsaran, formando estas tres depresiones inmensas."

Las erupciones animadas cambian a una vista aérea en tiempo real de un bosque inundado.

"Nuestros científicos han sabido desde hace décadas que las calderas de Yellowstone ya tienen que volver a hacer erupción. Lo que vemos aquí es el Lago Yellowstone. En la sección norte del parque, directamente bajo el bolsón de magma, hay un promontorio descomunal, del tamaño de una colina, que ha estado creciendo desde el primer estudio geológico del parque a fines de la década de 1920. Los científicos se alarmaron en los años de 1990 cuando el promontorio empezó a alzar el extremo norte del Lago Yellowstone, provocando que las aguas se derramaran hacia el bosque en la ribera del sur.

"Un promontorio que crece y se derrama sobre el bosque." Lilith le guiña un ojo a Engle. El asesor de Seguridad Nacional la ignora. "Cuando la caldera vuelva a hacer erupción la explosión será equiparable al impacto de un asteroide. El estallido piroclástico matará instantáneamente a decenas de miles de personas que viven en el área. La nube de ceniza resultante que se elevará a la estratosfera cubrirá casi todos los Estados Unidos, afectando principalmente las Grandes Planicies, la cesta del pan de nuestro país. Las cosechas serán aniquiladas de la noche a la mañana. La pluma de humo abarcará finalmente el planeta entero, cubriendo la atmósfera e impidiendo el paso de los rayos del Sol, condenando a nuestro planeta a una era del hielo de cien mil años."

—Brrrr.

—Me alegra que esto te divierta.

—Donald querido, cualquiera que haya estudiado la primaria sabe de la caldera de Yellowstone. El cuerpo de ingenieros del ejército se ha enfocado en ese problema durante una década. Esta administración desvió mil millones de dólares del programa de subsidios agrícolas del Medio Oeste para ventilar el bolsón de magma.

"Por alguna razón desconocida las ventilas fallaron. Las cámaras volcánicas de la cadera se colapsaron hace cuatro semanas, creando un bolsón de magma descomunal. La presión en el interior sigue en aumento. Nuestros geólogos predicen que la caldera hará erupción en los próximos cuatro o seis meses. Quizá antes."

—Claro que eso ya lo sabías —dice la presidenta, la mirada fija en los desconcertantes ojos color turquesa de Lilith—. Sabemos que tienes contactos que te han dado información directa del Servicio Geológico desde mucho antes de que te casaras con tu difunto millonario y mucho después de que montaras a John Zwawa en la Oficina Oval. Debes haber sido una fantástica amante. O fue eso o en verdad le infundiste el temor de Dios al ex presidente. Cien mil millones al año desde 2032, desviados en secreto desde el barril sin fondo que es el Pentágono, para el proyecto de colonias en Marte de HOPE. Contratos de arrendamiento extremadamente favorables en Cabo Cañaveral y Houston… e incluso acceso a Vellocino de Oro. Todo ese apoyo y aún así estás rezagada.

—El problema, señora presidenta, es que Lilith contaba con Vellocino de Oro para equipar sus transbordadores con energía punto cero —Mulder menea la cabeza—. Fue una apuesta arriesgada, Lilith. Los sabihondos de MAJESTIC-12 han intentado lograr eso mismo desde hace un siglo; de hecho, fue por insistencia de ellos que la moratoria sobre el Gran Colector de Hadrones fue levantada durante el primer mandato de la presidenta Stuart.

Lilith se queda callada, sus pensamientos vuelan a la velocidad de la luz. Mulder continúa.

—Ésta es la realidad, Lilith. Errores de ingeniería retrasaron los primeros transbordadores de suministros a Marte por tres años. Hace cuatro semanas, apenas unos días después del colapso de la caldera, HOPE aceptó nuevos inversionistas de Moscú y Beijing. ¿Coincidencia? Tal vez. Lo más probable es otra escasez de efectivo por el alza repentina de las materias primas y los astroingenieros. Después de 15 años apenas has logrado terminar dos biodormitorios en Marte y tres unidades agrícolas, reduciendo tu capacidad para mantener una población de nueve mil a sólo poco más de 1 500. Para complicar el problema, sólo tienes una docena de transbordadores operacionales y cada uno puede llevar un máximo de 52 pasajeros.

—Doce transbordadores —reitera la presidenta—. Ir a Marte requiere un mínimo de seis meses y otros seis de regreso. Un año entero para transportar a los primeros 800 VIP que ya pagaron, mientras terminas tu flota; pero los temperamentales residentes volcánicos de Yellowstone han decidido que no habrá más lanzamientos de transbordadores. Eso significa que de los nueve mil inversionistas que aportaron unos 850 mil millones de dólares, menos de 10 por ciento podrá hacer el viaje para huir de nuestro planeta condenado.

—Si se llegara a saber… —Mulder menea la cabeza—. Te enfrentas a personas muy poderosas, Lilith; líderes mundiales y banqueros que podrían ponerte un alto mucho antes de que esos 12 transbordadores estén listos para despegar en la pista de HOPE dentro de 28 días.

—Desde luego que nosotros mismos podríamos hacerlo también —añade Engle—. Inspecciones sanitarias, violaciones al código de seguridad. Eso podría causar retrasos lamentables.

—Vamos, Donald, todo es negociable. —la presidenta Stuart se apoya en el respaldo de la silla y pone sus zapatos de tacón plano en la mesa del café, imitando a su anfitriona.

Lilith sonríe con frialdad.

—¿De eso se trata esto, de una negociación?

—Es más bien una asociación para garantizar nuestra supervivencia mutua. Mis términos son sencillos: quiero pasajes y alojamiento para 200 de mis principales allegados y sus familias. Hazlo y no tendrás de qué preocuparte el día 29.

La sonrisa de Lilith contradice la malicia de sus ojos. Se pone de pie y camina descalza hasta colocarse detrás de la presidenta. Se inclina y le susurra en el oído a la comandante en jefe: “Heather querida, en verdad no tienes idea de quién o *qué* soy, ¿verdad?”

La presidenta Stuart se dispone a responder cuando algo se mueve en su visión periférica, una mancha blanca que la deja con una sensación de vértigo y algo más extraño: la sensación de que el aura de la habitación ha cambiado repentinamente.

Devlin Mabus observa a la presidenta y su séquito desde el otro lado de la habitación. Tiene 14 años, es de piel clara y su cabellera blanca y sedosa, atada en una cola de caballo, le llega a los hombros. Sus pómulos altos y labios gruesos semejan los rasgos de su madre, pero los ojos Hunahpú del adolescente son muy diferentes. Cada esclerótica presenta un abigarrado entretejido de gruesos vasos sanguíneos coroides, haciendo que el blanco de los ojos sea rojo. Sus iris son negros como la pez, por lo que sus pupilas parecen los agujeros del cañón de una escopeta. Mide más de 1.85. Viste un traje de acondicionamiento sensorial blanco y muy ceñido, que acentúa su masa muscular superdesarrollada de 90 kilos.

Lilith lo besa en la mejilla. "Señora presidenta, ¿ya conoce a mi hijo Devlin? Dev, ella es Heather Stuart, la líder más poderosa del planeta."

Los ojos del hombre-niño atraviesan fríamente a la presidenta.

—Los líderes no extorsionan a sus ciudadanos.

—Los líderes corruptos, sí.

—¿Quién quiere limonada? —Ben Merchant irrumpe en el estudio empujando un carrito de bebidas y una bandeja llena de pasteles y dulces. Sirve las bebidas y pone un cuadrado de chocolate en un plato—. Señora presidenta, tiene que probar una de mis brownies, son para morirse.

Stuart bebe medio vaso y aparta de sí los dulces ofrecidos.

—Corrupción es un término relativo viniendo de una mujer que envenenó a su propio marido para adueñarse de su compañía —mira al chico de cabello blanco—. ¿Qué le pasó en los ojos?

—El padre biológico de Devlin es Jacob Gabriel. Mi hijo es el primer posthumano de pura cepa de nuestra era, el siguiente paso evolutivo arriba del *Homo sapiens.* Sus ojos son normales para su especie. Los vasos sanguíneos aumentados nutren a sus órganos de la vista con una mayor cantidad de oxígeno, permitiéndole ver de maneras que ustedes nunca podrían entender.

—¿En serio? Y qué nombre tan apropiado: Devlin. ¿Por qué no le pusiste Lucifer o Satanás, ya sin andarte con rodeos? —la presidenta se inclina hacia adelante en su silla de bambú—. ¿Entonces, mamá? ¿Estás interesada en cooperar o tendremos que…?

Se le cierra la garganta. La habitación da vueltas hasta que queda completamente envuelta por una blanca neblina. Siniestros haces de luz roja avanzan entre la densa niebla hacia ella. Voces distorsionadas hacen eco en su cerebro drogado.

—Es peligroso. Tu plan de acción deja demasiados cabos sueltos.

—Y el tuyo no resuelve nada.

—Sin embargo, esta decisión me correspondía. Traspasaste tus límites.

—Hice lo que era necesario. Tú, en cambio, te has vuelto demasiado tolerante con estas sanguijuelas humanas. El presidente Zwawa te tenía miedo y por eso su gente mantuvo el secreto de la caldera por tanto tiempo. Te has vuelto débil y descuidada, madre. Y eso me preocupa.

—Sería prudente que supieras cuál es tu sitio.

—Y sería prudente que no me subestimaras.

Una sensación nauseabunda de vértigo obliga a la presidenta a despertar. Arroja los restos de su almuerzo hasta que las arcadas se apagan en un gemido, y entonces abre los ojos llenos de lágrimas.

Está atada a la silla de bambú. Manchas moradas reducen su visión. Entre la bruma de luces irritantes ve a Mulder y Engle. Ambos están amarrados bajo una de las vigas del techo. El nudo que les aprieta el cuello está tensado al máximo, obligándolos a sostenerse sobre las puntas de los pies.

Ben Merchant camina lentamente alrededor de ellos, como si el homosexual estuviera inspeccionando un par de caballos alistados para ser enviados a la fábrica de pegamento. "Dev, creo que le diste demasiado fenobarbital al señor Engle. Acaba de orinarse."

Ya completamente despierta, la presidenta Stuart se retuerce en sus ligaduras.

—Es una locura. ¡Libérennos!

—Liberarlos sería una locura —dice Lilith dulcemente—. Y por favor, no pienses ni por un instante que sigues viva por tu cargo público o por los agentes del Servicio Secreto apostados afuera de mi casa. Mi hijo podría deshacerse de ellos tan fácilmente como si tirara la basura —Lilith se arrodilla junto a la presidenta, que es de más edad que ella, apoyando su mentón en las rodillas de Stuart—. Ahora bien, en cuanto a tu generosa oferta de extorsión, me temo que voy a tener que rechazarla. Tienes toda la razón; por supuesto, la Colonia de Marte sigue siendo vulnerable, al menos hasta que salgamos de órbita. Si hubieras pedido lugares para ustedes tres, probablemente habría accedido para que las cosas marcharan sin problemas. Si hubieras querido un sitio adicional para tu pareja yo habría por lo menos considerado la petición, ya que el compromiso con un ser querido es un rasgo deseable cuando se aspira a extender el reinado de una especie en peligro. En vez de eso, exigiste pasaje y alojamiento para 200 personas. Tal vez era tu propuesta inicial, un medio para negociar 100 lugares o quizá 50; tal vez fue simple codicia. De cualquier modo, una vez más has demostrado la diferencia entre un político y un líder: éste antepone las necesidades del pueblo y aquél siempre está dispuesto a canjear las necesidades de la mayoría por los privilegios de unos cuantos.

—¿Quién eres tú para juzgarme? ¡Engañaste a tus inversionistas! ¡Asesinaste a tu esposo para adueñarte de su compañía!

—Mis inversionistas viven sus vidas esplendorosas gracias al trabajo de las clases bajas. Al tomar su dinero para preservar nuestra especie los ayudo a purificar sus almas. En cuanto a mi querido y difunto esposo, él también pagó el precio de una vida manchada por el egoísmo. Lo que le di fue un legado del cual puede estar orgulloso. Desafortunadamente, lo único que puedo ofrecerte es una droga que simula un infarto masivo.

Le quita a la presidenta la sandalia izquierda e inyecta un elíxir cristalino entre el cuarto y el quinto dedos del pie de Heather Stuart.

Su rostro se contrae durante algunos instantes hasta que la cabeza cae sobre su pecho que aún se convulsiona.

Satisfecha, Lilith atraviesa la habitación para encargarse de los dos horrorizados hombres.

—Necesito un testigo del desafortunado deceso de la presidenta. ¿Algún voluntario?

—Nos conocemos desde hace 15 años —suplica Donald Engle—. Sabes que puedes confiar en mí para lo que sea que necesites.

Ken Mulder fija la mirada en los ojos de Lilith.

—Tenemos a Dave Mohr.

Por un brevísimo instante, los ojos Hunahpú de la mujer brillan con un tono anaranjado quemado.

Ben Merchant, reclinado en uno de los sofás, arquea las cejas.

—¿Dave Mohr? No había oído ese nombre en mucho tiempo. ¿No era el jefe de aquel difunto proyecto de MJ-12?

—VELLOCINO DE ORO —Mulder se esfuerza por mantenerse de puntas—. Su esposa estaba a bordo del crucero que se hundió la semana pasada. Interceptamos su conversación justo antes de que la nave desapareciera con todos los pasajeros y tripulantes. El doctor Mohr está en custodia, fuera de la red. Ha estado… conversador.

Lilith se coloca detrás del jefe de gabinete.

—Te escucho.

—Mohr nos dijo todo acerca del gen Hunahpú. Los gemelos Gabriel lo tenían, tú también. Y tu hijo.

—Dime algo que no sepa.

—Jacob se fue hace mucho a rescatar a su padre conforme al mito maya de la Creación. Resulta que su gemelo no hizo el viaje.

—¡Mentiroso! —la seductora Hunahpú tensa aún más la cuerda desde atrás—. El *Popol Vuh* profetizó el viaje de los gemelos. ¡Los hijos de Gabriel habitan ahora en Xibalbá!

Mulder carraspea, su cuerpo se mece bajo el nudo.

—Manny se rehusó a ir. Mohr dice que sus poderes se manifestaron el día que Jacob partió. Nos dijo que Manny iguala genéticamente a Jake… y que cada día es más fuerte.

Lilith se voltea hacia su hijo, sus pensamientos son telepáticos.

—¿Cómo pudiste permitir que Immanuel no fuera detectado todos estos años?

—La única manera en que puedo localizar a otro Hunahpú es cuando ingresan al Nexo. Immanuel nunca interactuó con los mundos superiores. Al menos no durante mi tiempo de vida.

—Tu cuchillo.

Con un veloz movimiento Devlin saca de su cinturón un cuchillo de obsidiana de 20 centímetros y se lo lanza a su madre, quien lo atrapa en el aire por la empuñadura y en un solo movimiento hunde su extremo letal en el corazón de Donald Engle. El desconcertado asesor de Seguridad Nacional se tambalea hacia adelante, ahorcándose en el proceso.

—Ben, el señor Engle ha decidido quedarse con nosotros por un lapso extenso.

—Prepararé un cuarto de huéspedes después de recoger sus restos. ¿Qué hay de nuestro amigo de rostro morado?

Lilith extrae la daga del pecho de Engle y la usa para cortar la cuerda de Mulder.

El jefe de gabinete se derrumba sobre sus rodillas. Cada ávida bocanada de aire le devuelve el color al rostro. Mira a sus compañeros muertos, le tiembla el cuerpo.

—¿En verdad crees que puedes salirte con la tuya?

—Eso depende de ti. Si guardas el secreto tendrás un pasaje para dos. Yo en tu lugar elegiría cuidadosamente entre tu esposa y tu amante haitiana. Tráeme al doctor Mohr y podrás incluir a tus dos hijos en el viaje.

Limpia el cuchillo en el cuerpo de Donald Engle y se lo lanza a Devlin, que lo atrapa con tal velocidad que los ojos de Mulder no detectan el movimiento de su brazo.

—Encuentra a Immanuel Gabriel y tráemelo, y toda tu familia recibirá la salvación. Ésos son mis términos, señor Mulder. Acéptalos o únete al señor Engle en sus inesperadas vacaciones de tres semanas.

Los papeles finales del profesor Julius Gabriel. Archivos de la Universidad de Cambridge

23 de agosto de 2001

Si creen en un Ser Supremo entonces les planteo que el Final de los Días, aunque instigado por el hombre, tiene que ser un acontecimiento supernatural, pues ¿cómo podría cualquier poder de este universo físico ser mayor que Dios? Esta conclusión exige la secuela: ¿por qué Dios habría de destruir lo que Él creó?

Para entender y por lo tanto impedir un Evento del Apocalipsis necesitamos hacer una pregunta aún más importante: ¿por qué fuimos creados?

Por el momento eliminemos a Dios de la ecuación de la Creación. Desde una perspectiva puramente científica sabemos que el Big Bang engendró el universo físico, que el universo físico produjo galaxias y sistemas solares y planetas, que el agua fue traída a nuestro yermo mundo volcánico por el bombardeo de asteroides durante millones de años, cada roca espacial cargada de moléculas de H_2O. Gradualmente el planeta se enfrió y se formaron los océanos, la vida se afianzó en el mar mediante una combinación de reacciones químicas y tal vez un relámpago producto del azar. Otros mil millones de años de prueba y error engendraron organismos más complejos que evolucionaron hasta formar corales productores de oxígeno, trilobites y peces. Los anfibios exploraron la tierra, convirtiéndose en reptiles y dinosaurios... y evolucionó una frágil especie nueva: los mamíferos.

Y entonces, hace 65 millones de años, ocurrió otro hecho de causa y efecto aparentemente casual: un meteorito de 10 kilómetros de diámetro. Impactó nuestro planeta en el Golfo de México, cerca de la futura Península de Yucatán. El polvo de la colisión cósmica envolvió la atmósfera de la Tierra, bloqueando la luz y el calor del sol. Cesó la fotosíntesis y la era del hielo resultante aniquiló a los dinosaurios. Cuando regresó el sol, el planeta había barajado de nuevo sus naipes, permitiendo que nuestros ancestros mamíferos parecidos a ratones evolucionaran como primates; a un eslabón perdido de distancia del hombre primordial, a la larga nos convertimos en *Homo sapiens sapiens*: el hombre moderno.

Si bien este método científico en reversa resulta conveniente como un gancho donde colgar nuestro sombrero, poco nos ayuda a entender *quién* hizo el sombrero y *por qué* necesitaba un sombrero para empezar. Así que el hombre inventó la religión y la religión nos dio al "Gran Tipo en el Cielo", junto con la guerra, el odio y el resto de cosas maravillosas que nuestros egos exigían, para salir a obligar a los demás a creer que nuestro "Gran Tipo" era el correcto. Y sí, como la religión requería organizaciones y establecimientos para rezar, se necesitaba dinero. No sólo diezmos para ayudar a los pobres, sino fondos y donativos para sembrar sedes de inmenso poder e influencia política, junto con inquisiciones y cruzadas. Porque nada brinda mayor elevación espiritual que torturar, robar y masacrar a otros seres humanos en nombre de Dios y el patriotismo, y que los 10 mandamientos se vayan al demonio.

Pero seguimos sin un concepto de por qué nuestro Gran Tipo nos creó o por qué estamos aquí o por qué nuestra especie tiende tanto a hacer todo contra lo que la religión formalizada nos dice que debemos hacer; es decir, amarnos los unos a los otros.

Me crié como cristiano y cuestioné el dogma religioso, pero estaba más que dispuesto a rociar mis teorías de la evolución con un "ser supremo", sobre todo porque mis donantes se sentían más cómodos firmando sus cheques a un "científico temeroso de Dios". Lógicamente no veía ninguna razón para excluir del proceso evolutivo a un Creador; siempre y cuando, por supuesto, se encontrara alguna evidencia.

María Rosen era una amiga y condiscípula en Cambridge que iba a graduarse en estudios religiosos. Mi futura esposa nació en Londres, de padre británico y madre española; junto con sus dos hermanas fue educada como judía reformada. Durante unas vacaciones de verano María viajó a Tierra Santa en busca de una comprensión más profunda de la espiritualidad.

Por el destino o por el azar conoció al rabino ortodoxo Yehuda Tzvi Brandwein, que vivía en Tel Aviv.

En claro desafío a los ultraconservadores, Brandwein enseñaba abiertamente una antigua sabiduría secreta que durante dos mil años había estado rigurosamente restringida a varones judíos ortodoxos devotos y mayores de 40 años. El rabino Brandwein creía que había llegado la hora de que todo el mundo, sin importar su credo particular, tuviera la oportunidad de la plenitud espiritual. Bajo su propio riesgo comenzó a ofrecer a las masas ese conocimiento que por tanto tiempo había permanecido oculto.

La antigua sabiduría secreta: la cábala.

La palabra cábala significa "recibir", en el sentido de recibir la plenitud de la luz del Creador. Aunque algunos definen la cábala como "misticismo judío", de hecho es un manual ecuménico de espiritualidad que antecede a todas las religiones organizadas. Hace cuatro mil años Dios le entregó esta sabiduría a Abraham, el patriarca imprevisto del judaísmo, el cristianismo y el Islam. Abraham codificó ese saber en el Libro de Formación, por medio del cual pasó secretamente a lo largo de los tiempos. Su información era demasiado "mística" para que el hombre antiguo la comprendiera.

Moisés recibió la sabiduría en el Monte Sinaí. Catorce siglos después, al tiempo que los mayas desarrollaban su calendario, un cabalista, el rabí Akiva, comenzó a enseñar la antigua sabiduría a una nueva generación de judíos en Tierra Santa, en abierto desafío a las autoridades romanas y a los rabinos ortodoxos. Akiva fue desollado y muchos de sus alumnos también fueron asesinados, incluyendo al rabí Juan ben José, mejor conocido como Jesús. Otro discípulo, el rabí Shimon bar Yochai, logró escapar a las montañas con su hijo, el rabí Elazer. Pasaron los siguientes 13 años viviendo en una cueva, estudiando la "Torat HaSod," la sabiduría oculta encriptada en los pasajes en arameo del Antiguo Testamento.

El fruto de la labor del rabí Shimon fue el Zohar, el texto principal de la cábala.

El Zohar colocó a Dios firmemente detrás de la evolución, revelando los secretos de la existencia y brindando respuestas a cómo y por qué fue creado el hombre, junto con la "Causa y Efecto" que condujo al Big Bang y la creación del universo físico.

Visto a la distancia, no es de extrañar que esa sabiduría haya sido ocultada a las masas durante tanto tiempo, ya que contiene conceptos avanzados que abarcan desde la estructura atómica hasta la física cuántica de los hoyos negros. Durante los siguientes 20 siglos han abrevado de la sabiduría del Zohar algunos de los mayores pensadores de nuestra especie, incluyendo a Galileo, Copérnico, Albert Einstein y sir Isaac Newton. (El ejemplar del Zohar propiedad de Newton se exhibe en Cambridge, un hecho que me hizo saber María a su regreso de Tierra Santa.)

El tiempo no me permitirá parafrasear todo lo que he aprendido, pero para los fines de este documento me limitaré a decir esto: para comprender en verdad el concepto de nuestro Creador debemos entender primero que nuestro universo físico representa apenas uno por ciento de la existencia. El cómo y el porqué están descritos en el relato bíblico de la creación decodificado. Digo decodificado porque los relatos del Antiguo Testamento (lo mismo que el *Popol Vuh* maya) no están hechos para tomarse en sentido literal.

El Zohar incluye un pasaje que se refiere al Final de los Días. Según la antigua sabiduría, cuando la balanza de la humanidad se incline finalmente hacia la luz todos obtendremos la plenitud y la inmortalidad. Pero cuando la negatividad supere a las fuerzas positivas se avecinará el Final de los Días. Tal como está transcrito en el Zohar, esta época de la existencia humana comenzará en nuestra era actual: la Era de Acuario, el día 23 de Elul en el año hebreo de 5760. Dará inicio con un gran acontecimiento descrito como *"una gran ciudad, sus varias torres derrumbadas por las llamas, cuyo estruendo habrá de despertar al mundo entero"*.

La fecha hebrea corresponde al 11 de septiembre de 2001... dentro de 19 días.

Cómo se relaciona esta fecha con el evento apocalíptico pronosticado para el 21 de diciembre de 2012 me será revelado dentro de tres semanas. Anticipando los hechos que se avecinan, Michael y yo hemos regresado a los Estados Unidos, aceptando una invitación de mi rival y antiguo colega, Pierre Borgia, para debatir la profecía del Apocalipsis en un simposio de Harvard.

Lo que Pierre ignora es que mi verdadero propósito al aceptar su invitación es aprovechar el simposio para denunciar los actos ilegales y atroces que están ocurriendo en una remota base de la Fuerza Aérea en el desierto de Nevada. Estos actos y las operaciones encubiertas financiadas ilegalmente con nuestros impuestos sólo tienen un objetivo: incrementar el poder de la élite y sujetar al resto de nosotros a la servidumbre. Armado con impactante evidencia en video le demostraré al mundo, de una vez por todas, que no estamos solos en el universo y que los avances que hemos logrado mediante el uso de potentes recursos de nuestros primos cósmicos son, en realidad, un regalo que debía beneficiar a toda la humanidad... e impedir nuestra autodestrucción.

Mañana será apenas el primer disparo. En las semanas venideras más de 300 testigos presenciales se sumarán a un valeroso físico que encabezará un simposio en Washington, D. C., que cambiará para siempre el mundo tal como lo conocemos.

Los nomios no nos favorecen. Nuestros enemigos son una legión, con vastos recursos e influencia en los corredores del poder. Nuestro propio vicepresidente alimenta esta maquinaria al monopolizar las políticas energéticas con las mismas empresas que acumulan fortunas personales al tiempo que truncan nuestro futuro. Temo por mi familia pero también tengo la responsabilidad ante mi Creador de hacer lo correcto. De modo que me preparo para la batalla inminente, consciente de que el fracaso no es una opción.

Como escribió el rabino Brandwein: "¿De qué vale una vida si no se tienen enemigos?"

JG

Nota: el profesor Gabriel sufrió un ataque cardiaco fatal momentos después de pronunciar su discurso en Harvard, el 24 de agosto. Todos los financiamientos para realizar investigaciones arqueológicas acerca del calendario maya fueron suspendidos tres semanas más tarde, tras los ataques terroristas del 11 de septiembre de 2001.

Cuando le preguntaron qué hacía Dios antes de crear el universo, San Agustín no contestó: "Preparaba el infierno para las personas que hacen ese tipo de preguntas". Repuso, en cambio, que el tiempo era una propiedad del universo que Dios creó y que el tiempo no existía antes del inicio del universo.

STEPHEN HAWKING, físico teórico británico

3

Noticias de la Tierra

Mayo 2, 2047: El Servicio Geológico de E. U. registró un maremoto de 7.9 grados de magnitud a las 11:40 PM (tiempo local de Indonesia). El epicentro se localizó en el Mar Banda, 200 kilómetros al NO de Saumlaki (Islas Tanimbar, Indonesia). Poblaciones costeras de las Islas Tanimbar, Ambon, Jakarta y el Territorio Norte de Australia fueron alcanzados por tsunamis de entre dos y cuatro metros. Las autoridades evacuaron las zonas, reduciendo al mínimo el número de víctimas.

Peki'in, Israel

Peki'in, en el oeste de Galilea, es una de las aldeas más antiguas de Israel. La mayoría de sus 12 mil habitantes son drusos; árabes de religión ortodoxa griega que viven en paz (por lo general) con sus vecinos cristianos, musulmanes y judíos. Peki'in tiene casas antiguas, algarrobos y viñas tan gruesas como una persona, que se trenzan en puertas y ventanas. En la sinagoga hay tallas que se remontan al segundo templo de Jerusalén, después de la destrucción romana.

En Peki'in se halla también una cueva antigua, empleada por un gran sabio hace dos mil años para canalizar energía del Mundo Superior.

* * *

La multitud se impacienta. Cada año, 33 días después de la última noche de la Pascua, en una fiesta conocida como *Lag B'Omer,* peregrinos de todo el mundo se reúnen en Peki'in para tomar energía de la cueva. Muchos acampan afuera bajo las estrellas, con la esperanza de canalizar el espíritu del santo que bendijo ese sitio con su presencia hace más de dos mil años.

Este año, su búsqueda les será negada.

Al aproximarse el ocaso aparecen señales anaranjadas de seguridad, indicando que el sitio sagrado cerrará a las 5:00 PM; las advertencias aparecen en árabe, hebreo e inglés. Los caminos que conducen a la montaña quedan cerrados, con policías apostados en los senderos peatonales. Hay escaramuzas entre las fuerzas de seguridad locales y los visitantes decepcionados. El alcalde de Peki'in asegura a los turistas que el sitio reabrirá mañana a las siete, a tiempo para la fiesta de *Lag B'Omer.* Presionado para que dé una explicación, farfulla algo acerca de una amenaza a la seguridad.

Habiendo recibido 75 mil dólares para impedir el acceso a la cueva desde el ocaso hasta el amanecer, el alcalde no tiene empacho en lidiar con unos cuantos extranjeros disgustados.

* * *

Los 49 días del Omer que siguen a la Pascua corresponden al periodo entre la emancipación física de los israelíes de Egipto y el descenso de Moisés del Monte Sinaí, hace 3400 años. Las siete semanas del Omer son considerados días oscuros, un tiempo en el que la incertidumbre de los israelíes respecto de Dios les costó el don de la inmortalidad, condenando a toda una generación a errar por el desierto durante 40 años.

El día 33 del Omer conmemora dos acontecimientos históricos importantes, que involucran a grandes sabios espirituales que vivieron 14 siglos después del Sinaí, cuando la Tierra Santa era regida por Roma y había leyes muy severas que prohibían estrictamente el estudio de la Torá.

Akiva ben Yosef no estaba interesado en estudiar la Torá. Akiva era un pobre pastor, hijo de un converso, que se enamoró de la hija de uno de los hombres más ricos de Israel. Bajo amenaza de ser desheredada si se casaba con el pastor, Rachel repudió a su padre y aceptó la propuesta de Akiva, pero a condición de que él aprendiera la Torá; una hazaña nada fácil para un analfabeta de 40 años de edad.

Akiva cumplió su palabra y se despidió de su esposa para ir a estudiar fuera de la jurisdicción romana. A su regreso, 12 años después, ya era un rabino con un gran número de seguidores. Con la bendición de Rachel habría de proseguir sus estudios durante otros 12 años, llegando a ser un gran sabio con 24 mil discípulos.

En el año 132 d.C., un líder judío llamado Shimon bar Kokhba encabezó una revuelta contra los opresores romanos en Tierra Santa. El movimiento tuvo el respaldo de su líder espiritual, el rabí Akiva. Cuando llegaron los días oscuros del juicio de Omer, trajeron consigo una peste que mató a todos menos a cinco de los discípulos de Akiva. Los sabios interpretaron esta epidemia como una señal del creciente ego de los estudiantes y su falta de respeto recíproco mientras estudiaban la Torá.

La devastación de la peste cesó el día 33 del Omer.

A pesar del horror de sus pérdidas y en violación directa de la ley romana, Akiva continuó enseñando a sus discípulos supervivientes. Tres años después fue capturado y desollado vivo en frente de su pueblo, muriendo como mártir. Antes de perecer le reveló a su discípulo preferido, el rabí Shimon bar Yochai, que la Torá estaba encriptada con una sabiduría oculta que era, esencialmente, el manual de instrucciones de nuestra existencia.

La revuelta de Bar Kokhba habría de fracasar; 580 mil judíos fueron masacrados. Huyendo de la persecución romana, el rabino Shimon y su hijo Elazar escaparon a una cueva en las montañas de Peki'in. Alimentándose con los frutos de un algarrobo y el agua de un manantial, se consagraron a desvelar la "Torat HaSod", una antigua sabiduría que el rabí Akiva afirmaba haber sido secretamente encriptada conforme al orden de las letras arameas en la Torá. Cada mañana los dos hombres se despojaban de sus ropas para preservar la tela y se sepultaban hasta el cuello en la arena, canalizando al profeta Elías para que los ayudara en su misión.

Durante 13 años padre e hijo permanecieron ocultos hasta que tuvieron noticia de la muerte del gobernador romano. Cuando volvieron a la civilización llevaron consigo un conocimiento secreto que más tarde transcribirían en el libro del esplendor: el Zohar. Sabedores de que el mundo aún no estaba preparado para su conocimiento, los rashbi y sus discípulos ocultaron el texto sagrado.

El Zohar no resurgiría sino hasta el siglo XIII.

El rabino Shimon bar Yochai falleció en el día 33 del Omer.

★ ★ ★

Los tres estadounidenses pasan en fila junto al alcalde de Peki'in y su escolta policial, siguiendo el empinado sendero que conduce por la montaña hasta la cueva. El negro robusto va a la cabeza, seguido por el caucásico de más edad que llegó dos días antes con una maleta llena de dinero en efectivo. Ambos llevan mochilas a la espalda.

El tercer hombre es mucho más joven, blanco y de poco más de 30 años. Tiene su larga cabellera negra atada en una cola de caballo. Unos lentes oscuros ocultan sus ojos. Por alguna razón le resulta vagamente familiar al alcalde. A diferencia de sus compañeros asciende con la gracia de un atleta.

Mitchell Kurtz resiente sus 62 años mientras camina torpemente detrás de Ryan Beck. Su barba y bigote, otrora negros, se han encanecido en la última década, haciendo juego con su cabello cortado al ras. El asesino adiestrado por la CIA, de 1.78 metros de estatura y 70 kilos de peso, parece todo menos peligroso. Lo que a Kurz le falta en estatura lo compensa de sobra con aparatos avanzados y la sangre fría para utilizarlos. Oculto en la manga derecha del sicario, abrochado a su antebrazo y alimentado con una batería en su cintura, hay un "cañón de dolor".

El arma, diseñada para control de motines, dispara pulsos de ondas milimétricas que calientan la piel de la víctima como si hubiera tocado una bombilla eléctrica ardiente. El aparato puede dispersar a todos los seres vivos en un radio de 300 metros o asestar un golpe letal a un blanco específico a poco menos de un kilómetro de distancia. Kurz se mantiene en forma "carbonizando ratas de callejón".

El "compañero de fechorías" de Kurtz es Ryan Beck, un afroamericano inmenso cuyos dos metros de altura soportan sus 125 kilos de peso. En otro tiempo lucía un cuerpo de fisicoculturista, pero el perfectamente afeitado Beck ha perdido la figura a causa de la edad. Sin embargo, su experiencia y su adiestramiento en las artes marciales siguen haciendo de él un oponente formidable.

Conocidos afectuosamente como "Sal y Pimienta", el dúo ha pasado los últimos 14 años protegiendo a un solo cliente, no por dinero sino por lealtad, amor y una devota comprensión de que el joven al que conocen desde su nacimiento hace 34 años quizá represente la última oportunidad de salvación de su especie.

★ ★ ★

Ha oscurecido para cuando llegan a la entrada de la cueva. El aire frío apenas llega a los 11 grados. El viento aúlla por entre la accidentada abertura de roca. Kurz agacha la cabeza y entra usando el modo de visión nocturna de sus lentes inteligentes para comprobar que la cueva esté vacía. Beck escanea la cima y las laderas circundantes con un dispositivo de imágenes termales.

Están solos.

El hombre de 34 años y un cuerpo cincelado se hinca en la arena y cierra sus ojos de un azul intenso. Entra en un estado de meditación trascendental, reduce los latidos de su corazón y altera el ritmo de su cerebro, bajándolo de las ondas beta de 40 ciclos por segundo a la frecuencia alfa de 13 hertzios. Desciende aún más hasta un trance theta; las señales eléctricas transmitidas entre sus células nerviosas se alinean con las ondas electromagnéticas presentes en la atmósfera terrestre, en una frecuencia constante de 7.8 hertzios.

Capta las desviaciones electroestáticas alrededor de la cueva, abre los ojos y señala un "punto caliente" ubicado justo afuera de la entrada de la cueva. "Ahí."

Los dos guardaespaldas sacan unas palas telescópicas de sus mochilas y se ponen a trabajar, cavando en la apretada arena. El hombre más joven se despoja de su ropa.

* * *

Immanuel Gabriel nació en medio de un torbellino de caos. Su padre, Michael, quien "desapareció" días antes de su concepción, había sido llamado de todo, desde Mesías maya hasta paranoico esquizofrénico. Su madre, Dominique Vázquez, se convirtió en la Eva mesoamericana del Adán de Mick Gabriel; la partida de su alma gemela hizo que ella tuviera que criar sola a Manny y a su gemelo de cabello blanco y ojos color turquesa, Jacob.

Jacob e Immanuel: los gemelos héroes mayas.

Uno rubio y empoderado con un gen activo posthumano que hacía de él un Supermán; el otro, perturbado y de cabello oscuro, un híbrido que sólo quería tener una vida normal.

Jake y Manny: Yin y Yang.

Polos opuestos, compartiendo una relación simbiótica. Jacob era un ser espiritual atrapado en una forma física; su dedicación a la que "percibía" como la misión de su vida a menudo anulaba sus emociones humanas. Immanuel era la condición humana con todos sus defectos; emoción impulsada por el ego. Manny, un atleta esforzado, había "descubierto la dinamita" al desarrollarse en su adolescencia; un remanso de tranquilidad donde todo se desaceleraba, un estado de la existencia donde la plenitud era abundante y el más alto desempeño estaba garantizado.

Los atletas lo llamaban la zona.

Jacob lo llamaba el Nexo.

El Nexo era una dimensión superior, un canal no desvelado hacia la Luz del Creador. Como su *alter ego*, Samuel *la Mula* Agler, Manny había usado el Nexo para anotar *touchdowns* y conectar jonrones descomunales aparentemente a voluntad. El "Grandulón del Campus" de la Universidad de Miami se convirtió rápidamente en el atleta amateur más codiciado de la historia moderna y un héroe de culto que podía tener a la mujer que eligiera. La fama y la fortuna estaban a sus pies y su ego se deleitaba en esa luz; su caída de la gracia estaba garantizada.

Como cualquier alma intoxicada de poder, *la Mula* cayó estrepitosamente. En unas cuantas semanas antes de cumplir 20 años, el gemelo Gabriel de cabello oscuro perdió su carrera atlética, su futuro, su identidad, su familia… y su prometida.

Lauren Beckmeyer fue una víctima inocente. Una atleta becada, motivada por el altruismo, una chica con un futuro brillante que amaba a Sam desde que estaban juntos en segundo de secundaria. En la fatídica mañana del cumpleaños 20 de su prometido, Lauren descubriría su verdadera identidad. Más tarde, momentos después de que Immanuel Gabriel se rehusara a subir a la nave espacial *Balam* con su hermano, Lauren fue ultimada por la bala de un francotirador disparada contra él.

Aunque el asesino había sido contratado por Lilith Mabus, Manny culpó a Jacob por la muerte de Lauren.

Forzado repentinamente al exilio, incapaz de asimilar la pérdida de la única mujer a la que había amado, Manny se hundió en una profunda depresión que mantuvo a Beck y Kurtz en guardia de suicidio las 24 horas del día. Dave Mohr y su esposa Eve eran los padres sustitutos de Jacob, pero apenas conocían a Manny y ni ellos ni los dos guardaespaldas se sentían preparados para lidiar con el dolor del gemelo deprimido. Desesperados, concertaron una reunión clandestina entre Manny y su padre sustituto, el hombre que lo había criado desde su muerte fingida siete años antes.

El gemelo fugitivo pasó dos semanas escondido con Gene Agler en un motel de las montañas Pocono, verbalizando su odio y desprecio hacia su hermano ausente, cuya insistencia en seguir el "Legado de los Héroes Gemelos" había destrozado la vida de Manny.

Agler consoló a su hijo adoptivo comparando a los hermanos Gabriel con otros gemelos célebres.

—Sam, ya sé que no eres religioso, pero conoces la historia de Abraham, Isaac y Jacobo, ¿verdad? Jacobo también tenía un hermano gemelo, Esaú, ¿recuerdas?

—Jacobo era el hijo bueno y dócil. Esaú era como un cazador peludo que quería matar a su hermano luego de que Jacobo engañó a su padre para que le diera lo que le correspondía.

—Básicamente sí, pero eso es sólo el relato bíblico simplista. El pasaje encierra un sentido mucho más profundo. Jacobo estaba sintonizado con la Luz del Creador. Esaú, un hombre de un ego enorme, representa el aspecto negativo de la existencia. El odio de Esaú hacia su hermano gemelo surgió de los celos y la ira, su fuego interior era avivado por una voz en su cabeza que clamaba: "¿Por qué mi vida no es perfecta? ¿Por qué no tengo dinero o riquezas o buena salud?" Es una voz sintonizada con las tinieblas.

—Bueno, papá, ¿qué estás diciendo? ¿Que yo soy el gemelo negativo? ¿Yo soy Esaú?

—La metáfora de Jacobo y Esaú es aplicable a todos. La luz y la oscuridad no pueden coexistir en el mundo físico. Entra a un cuarto oscuro con una vela y la luz supera a la oscuridad según su relativa intensidad. Mientras más oscuro esté el cuarto, más intensa es la luz.

"En un nivel metafísico, la luz es amor y la oscuridad es odio. El amor es la única arma que puede vencer a nuestro enemigo. Cuando Jacobo se robó la herencia de su hermano, Esaú quería matarlo; la madre de Jacobo se vio obligada a mandarlo al exilio. Cuando Jacobo regresó, Esaú había adquirido más poder y comandaba un ejército. Pero en el momento en que los gemelos se vieron frente a frente, el amor de Jacobo disipó el odio de Esaú y lo atrajo de nuevo hacia la Luz y Esaú perdonó a su hermano. En el fondo, Esaú aún amaba a su hermano, lo que significa que había Luz en él.

"Ahora consideremos a ti y tu hermano. Jake te ha eclipsado desde que nacieron. Te forzó a entrenar duro desde que aprendiste a caminar. Seguramente te sacaba de quicio con sus necedades de la profecía maya, pero también te advirtió del peligro de usar el Nexo para fines egoístas, y tenía razón. Tu ego te avasalló y te volviste adicto a la Luz; en tu caso, a los reflectores que la fama trae consigo. Las cosas cambiaron cuando llegó el momento de la verdad y Jacob insistió en que lo acompañaras al inframundo maya, pero tú te rehusaste. No tenemos manera de saber las ramificaciones de esa decisión, pero sospecho que algo positivo puede resultar de ella."

—¿Cómo lo sabes?

—Piénsalo, Samuel. Jacob se excedió, intentó usar su superioridad física para meterte por la fuerza a la *Balam*; al hacerlo, te despojó de tu libre albedrío. ¿Y qué ocurrió? Tu genética se activó de pronto, alcanzaste su mismo nivel físico y lo detuviste.

—¿Crees que debía suceder así?

—No hay accidentes, hijo. Tal vez no lo entendamos, pero Dios tiene una razón para todo.

Manny estalló.

—¿Eso incluye la muerte de Lauren?

—La muerte de Lauren fue un guijarro arrojado a un estanque. No tenemos idea adónde irán las ondas en el agua ni qué resultado deben afectar, así como tu decisión de no seguir el Legado de los Héroes Gemelos ha enviado ondas en la urdimbre del espacio y el tiempo. Lo que importa aquí es que, como Esaú, abandones el odio y la negatividad y completes tu transformación avanzando hacia la Luz.

—¿Y cómo hago eso?

—Viviendo una vida sin egoísmo. Usando los poderes que Dios te dio para el bien mayor. ¿Sabes? Recuerdo cómo eran las cosas antes de los sucesos de 2012. La codicia y la corrupción campeaban en Wall Street y Washington. Mientras las personas perdían sus empleos y sus casas, los dos partidos políticos estaban más concentrados en combatirse uno al otro, todos se disputaban el control. Los medios de comunicación arrojaban gasolina a las llamas, dividiendo al país por la mitad. Dos guerras seguían su terrible curso, fomentadas por el odio y la codicia corporativa, mientras el detonador de la tercera Guerra Mundial se avistaba en Irán. El miedo imperaba cuando el polvorín estalló en llamas finalmente. Sólo un milagro, precipitado por tu padre, impidió el fin de nuestra especie. Pero de esa oscuridad… de esa negatividad abrumadora, de ese divisionismo que orillaron a la sociedad al borde de la aniquilación surgió una nueva doctrina. La energía alternativa, limpia, remplazó a los combustibles fósiles, forjando nuevas industrias y ayudando a sanar el medio ambiente. La gente se movilizó para cambiar el proceso político, eliminando de la ecuación la variable del dinero. Cabilderos y grandes corporaciones quedaron vedados en los corredores del gobierno, Washington empezó a trabajar para mejorar a la sociedad, no para sus propios intereses. Una vez que la gente se puso a trabajar para ayudarse unos a otros, la oscuridad que velaba la Luz se disipó.

—Papá, yo no soy Jake. ¡Mírame! Estoy perdido física y emocionalmente.

—Concéntrate en el aspecto espiritual, Samuel. El resto vendrá por añadidura.

★ ★ ★

Completamente desnudo, Immanuel Gabriel salta al agujero de 1.50 metros.

Los dos guardaespaldas se miran.

—¿Estás seguro de esto, chico?

—Estaré bien. Vamos. Entiérrenme hasta el cuello.

La arena es fría y pedregosa; cada palada le raspa la piel. Manny enfoca su mirada en la oscura silueta del algarrobo; de sus ramas penden vainas de semillas comestibles. En tiempos romanos, la pureza de una moneda de oro se medía contra el peso de las semillas: 24 quilates o semillas equivalían a una moneda de oro puro; 12 quilates indicaban mitad oro, mitad aleación. El rabí Shimon bar Yochai y su hijo subsistieron con esas semillas durante 13 años.

Al igual que el célebre sabio, el propósito de Immanuel Gabriel es canalizar el espíritu de un hombre justo, con la esperanza de descubrir así su propio camino a la plenitud.

La arena le llega al cuello. Beck oculta las palas detrás de un arbusto mientras Kurtz recoge las mochilas y le ofrece a Manny un trago de agua embotellada.

—Pimienta estará apostado abajo y yo vigilaré el sendero desde arriba.

—Estaré bien.

—Estarás en un estado trascendente, lo que implica que estarás vulnerable —Kurtz toma de su mochila un transmisor del tamaño de una cajetilla de fósforos; el aparato está conectado a un tridente. Cuenta cinco pasos desde la cabeza de Manny y encaja el objeto en el suelo—. Cada cuarto de hora barreré el perímetro con mi cañón de dolor. El transmisor te aislará de las microondas y todo lo que esté afuera del perímetro se encenderá como un árbol de Navidad. Así que si tienes que orinar, hazlo en el agujero.

Manny sonríe.

—Eres como una madre judía sobreprotectora.

—Alguien tiene que cuidarte el trasero. Es decir, ¿qué haría yo sin ti?

—Tendrías una vida.

—Tengo una vida. Y tengo sexo muchas más veces que tú.

—¿La mesera israelí de Carmel?

—De hecho, conocí a una nueva. Es estadounidense. Arlene Lieb. Da clases de inglés en la Margen Occidental. De 42 años, divorciada, con un par de tetas que podrían alimentar a una hambrienta nación africana. Y hablando de eso…

Beck se les une.

—El perímetro está asegurado. ¿Sal está hablando otra vez de su nueva mujer?

—Te mueres de envidia.

—¿Sabes qué le dijo? Que era productor de cine y estaba buscando locaciones para la nueva película de Zach Bachman. Deberías ver los carteles que se inventó.

La risa procaz de Kurtz es contagiosa.

—Le dije que no podía conseguirle un papel con parlamentos, pero que si podía actuar sexy, podría usarla como extra en la escena inicial en el burdel.

—Nunca cambias. Recuerdo que hiciste lo mismo cuando Jake y yo vivíamos en el búnker.

—¿Qué puedo decir? Soy un viejo rabo verde.

Beck sonríe burlonamente.

—Viejo sí, sin duda.

—Uno es tan viejo como su pene. ¿Recuerdas tu pene, Pimienta? Es esa cosa oculta debajo de tu barriga.

—Bueno, ya váyanse. Los veré al amanecer.

Manny aguarda a que se hayan ido antes de cerrar los ojos y ajustar el biorritmo de su cerebro a la frecuencia theta, en espera de la medianoche, cuando se abrirán los canales que le permitirán comunicarse con las dimensiones superiores.

Cabo Cañaveral, Florida
2 de mayo de 2047; 4:56 PM (Tiempo Estándar del Este)

Las instalaciones están situadas en un santuario silvestre de 140 mil acres en dos islas de arrecife al noreste de Cocoa Beach, Florida. La masa de tierra más pequeña que forma una cuña entre el río Banana y el Océano Atlántico es Cabo Cañaveral. Al oeste del cabo está la isla Merritt, un área mucho más grande entre los ríos Banana e Indio. Hace dos décadas, la isla Merritt albergaba al Centro Espacial Kennedy y a su organización hermana, la NASA. Ahora ambas islas son propiedad del Proyecto HOPE.

El sitio, de propiedad privada, está protegido por una pequeña milicia y una cerca electrificada de 12 metros alrededor del perímetro. En cada esquina hay torres artilladas, así como dos más en la playa aledaña y otra a orillas del río Banana. Aeronaves no tripuladas patrullan a todas horas, todos los días. Nadie entra o sale de HOPE sin permiso.

Los transbordadores a Marte ya terminados están en 12 de las 22 estructuras de acero y concreto ubicadas en la punta sur de Cabo Cañaveral. Tan anchos como un campo de futbol, y tres veces más largos, cada uno de estos edificios de siete pisos tiene dos monstruosas puertas que conducen a una de las dos pistas de lanzamiento. A diferencia de los anticuados transbordadores STS usados por la NASA, la flotilla de Marte está compuesta por aviones espaciales diseñados para despegar y aterrizar horizontalmente.

La oficina privada de Lilith Mabus está en el quinto piso del edificio 1. Desde las ventanas panorámicas se ve uno de los 12 transbordadores de pasajeros a Marte ya terminados, cuatro veces más grandes que los diseñados hace 70 años por los ingenieros de la NASA y de más del doble de circunferencia que el primer avión espacial de HOPE, que sólo orbitaba la Tierra. La CEO trabaja en su computadora, afinando cuidadosamente la lista de 875 pasajeros y 24 pilotos a quienes se concederá la salvación en la Colonia de Marte.

El resto de los ocho mil elitistas a quienes se había garantizado el pasaje, junto con los otros nueve mil millones de habitantes de la Tierra, se quedarán en la Tierra y morirán.

★ ★ ★

Seleccionar a los supervivientes ha sido un asunto complicado. Diseñar y construir la Colonia de Marte y la flotilla de aviones espaciales necesarios para completar la empresa había requerido de 15 años, dos billones de dólares y una pequeña ciudad de trabajadores calificados, ingenieros y científicos espaciales. Adquirir el talento y el dinero, al mismo tiempo que salvaguardar el plazo límite de Yellowstone —que cambiaba rápidamente— había exigido astucia. Lilith sabía jugar ese juego, ofreciendo pasaje a cambio de favores, amenazando con cancelaciones para garantizar la secrecía. Nunca la inquietó abandonar en la Tierra a sus inversionistas y socios del Nuevo Orden Mundial, porque no tenía necesidad de esas sabandijas en Marte. La prioridad era acaparar a los expertos más calificados en los campos deseados de la ciencia, la agricultura y la medicina, y después escudriñar el acervo genético. La variedad era tan importante para garantizar la supervivencia y la futura expansión de la colonia, como las decenas de miles de semillas congeladas que ya estaban en ruta al planeta rojo. Igual de importante era la compatibilidad. La democracia era un lujo reservado a las grandes poblaciones, una herramienta útil que brindaba a las masas una ilusión de libertad. La Colonia de Marte funcionaría mejor bajo un régimen autocrático.

No se permitiría que subiera a bordo nadie que pudiera representar una amenaza para el liderazgo del clan Mabus.

* * *

Lilith está revisando las historias clínicas de 300 ingenieros eléctricos cuando el videocomunicador se enciende en uno de sus monitores, estableciendo una conexión con Marte.

Aparece el rostro de Alexei Lundgard; la expresión del ingeniero ruso es sombría.

—Llegaron los transbordadores de suministros. Nos siguen faltando 700 toneladas de acero.

—Dos naves más despegarán el día 10.

—De poco me sirve eso ahora.

—¿Qué hay de las operaciones mineras en las dos lunas?

—Estamos extrayendo agua y compuestos orgánicos de Deimos. Fobos parece ser una masa hueca de hierro. Destruimos tres perforadoras intentando excavar su superficie. Hay una buena noticia en potencia. Uno de nuestros satélites tomográficos detectó una veta de mineral metálico aproximadamente 220 metros bajo la superficie de la cuenca de Vastitas Borealis. Si es utilizable debería ser más que suficiente para terminar el tercer biodomo.

Lilith accede a un mapa de Marte en su monitor y localiza rápidamente la cuenca.

—El área no es volcánica, fue un mar primordial. ¿Cómo puede...?

Devlin irrumpe en la oficina, con los pómulos sonrojados y los ojos surcados de vasos sanguíneos rebosantes de emoción.

—¿Lo sentiste? Hay una perturbación en las regiones superiores.

—¿Qué clase de perturbación? ¿Immanuel ingresó por fin al Nexo?

—No es Immanuel, es Jacob. Su Luz se está filtrando desde los Mundos Superiores.

Sueña que recolectas hasta el día en que seas llevado de la Tierra. Los sueños son la sustancia del jugo celestial, del rocío celestial. La flor amarilla del cielo es sueño. ¿Acaso te despojé de tu tiempo, te despojé de tu sustento?

Chilam Balam, El Libro de los Enigmas

4

Medianoche

Esperando la llegada de *Lag B'Omer* se quedó dormido. Ahora, cuando una onda de energía hace vibrar su cerebro como un afinador neurológico, abre los ojos y ve un cielo de ébano salpicado de mil millones de estrellas —un tapiz de centelleante perfección— arruinado por una rasgadura cósmica. Dividiendo el cielo como una espina dorsal espacial, la oscura brecha zigzagueante se hincha con cúmulos esporádicos parecidos a nubes; cada uno representa un millón de soles.

Tan cautivado está Immanuel Gabriel con el vientre galáctico de la Vía Láctea que pasan varios instantes antes de que advierta que ya no está enterrado. Mira a su alrededor, desconcertado. No hay agujero. Ni cueva. Está tendido en el suelo. Tiene puesto un taparrabos de algodón. Se sienta y descubre que le duele el pecho y le arde el hombro derecho y sus manos están cubiertas de sangre.

—¿Beck? ¿Kurtz?

Está en un claro rodeado de selva densa y oye una fuerte respiración. En la oscuridad ve un jaguar, revelado por la luna menguante que se eleva por encima de la espesura de la jungla. Un macho grande. Está sobre un costado, jadeando sangre una daga de obsidiana asoma en su pecho. De una de sus patas delanteras chorrea sangre, sus afiladas garras explican las cuatro marcas en el hombro herido de Manny.

La selva se agita.

Se arrodilla junto a la fiera agonizante y extrae la cuchilla. El depredador lanza un gruñido y gira la cabeza.

El corazón del gran felino se deja de latir antes que la gravedad regrese su cráneo al suelo duro de piedra caliza.

Débil, Manny se pone de cuclillas en una posición defensiva y aguarda.

Los conquistadores españoles salen de la jungla. Hombres blancos y vello facial y palos de fuego que arrojan insectos ardientes. Su rostro se drena de sangre. El cielo da vueltas, la selva se desvanece y su cuerpo se dobla; sus ojos llorosos miran el oscuro cañón que parte en dos el cielo de medianoche.

* * *

La luz del día arde en tonos rojos detrás de sus párpados cerrados. Los abre a la mañana que se filtra por un agujero rectangular en lo alto de la choza de paja y lodo.

—¿Balam?

La nativa sentada a horcajadas sobre su pecho alza los ojos para verlo, ojos como estanques de un marrón profundo. Su larga cabellera negra está despeinada. Está desnuda, su cálida piel es sepia... como la de él.

—¿Otra visión? —habla en el lenguaje náhuatl de los toltecas y de alguna manera él puede entenderla: sus ondas cerebrales vibran conforme a su conciencia cambiante, completando la transformación de su identidad alterada.

Él es Chilam Balam.

Él es el Profeta Jaguar.

Comunicándose en la lengua nativa de la mujer, responde la pregunta de su alma gemela.

—Vi al hombre blanco barbado.

—¿El gran maestro regresa?

—No, Mujer Sangre —se desliza por abajo de ella. Las heridas del sueño están ausentes de su cuerpo—. Los blancos barbados son invasores. El Uno Imix llegarán por el mar desde el oriente, portando un símbolo de su dios. Por medio de la violencia y la muerte introducirán su nueva religión.

Se arrodilla junto al largo pergamino que yace en el piso y comienza a trazar nuevas pinturas, traduciendo a glifos mayas su visión más reciente.

—Ve con el Consejo. Avísales que esta noche buscaré la asistencia del gran maestro en su templo sagrado.

⋆ ⋆ ⋆

Ya casi es el ocaso cuando Chilam Balam sale de su morada.

Sigue el *sacbé,* el camino de tierra que atraviesa la densa jungla de Yucatán. Los campesinos trabajan la tierra, siembran maíz y otros cultivos. Los peones despejan la selva para nuevos caminos. Voltean las caras, inclinan las cabezas. Chilam Balam es venerado.

Se encamina al sur, a la pirámide rojo-sangre de Kukulcán, que se alza a la distancia como un enorme hormiguero de 30 metros en la vasta explanada. Miles atestan el centro ceremonial, intercambiando mercancías. Los alfareros exhiben sus platos y jarrones, los campesinos sus alimentos, los tejedores sus taparrabos y sus faldas teñidas; obtienen la tela de la ceiba, un árbol pentandra cuyo fruto es una vaina de 12 centímetros que contiene semillas envueltas en una fibra amarillenta parecida al algodón.

Treinta mil mayas reunidos para desalentar incursiones enemigas, vinculados por su afiliación al clan Itzá, con la tarea de servir a sus dioses y a su comunidad.

Chilam Balam se abre paso entre artesanos y curanderos hasta que llega a la balaustrada norte de la pirámide. El profeta es el asesor más importante de los Hombres-J, los Hombres-Ix y los sacerdotes mayas que rigen el Consejo. Es el arquitecto de los katunes, cada época de 20 años que anuncia una visión del futuro... visiones que llegan en sueños al Profeta Jaguar. Ha visto a los hombres barbados llegar en barcos de madera. Ha presenciado cómo sus palos de fuego escupen muerte entre su pueblo. Ha visto a los guerreros Itzá colgados de cruces de madera, torturados por el dios de los hombres blancos.

Lo que confundía a Balam era que el gran maestro, Kukulcán, había sido un hombre blanco y barbado. Su llegada había elevado a los Itzá, su sabiduría había garantizado el alimento en los tiempos de hambruna. Y más importante aún, su conocimiento de los cielos los había provisto de las ruedas sagradas que servían para organizar y preparar a los Itzá para lo que se avecinaba. Antes de marcharse, el Profeta Pálido había prometido a los mayas Itzá que algún día regresaría.

La capacidad de Chilam Balam para canalizar el espíritu del gran maestro hace de él un vidente poderoso. El gran maestro había sido un hombre de paz. Los hombres blancos barbados claramente no lo eran.

En busca de respuestas, Chilam Balam sube los angostos peldaños de la cara norte de la pirámide e ingresa al templo sagrado. Un fuego arde en el piso de madera calcinado. Hay vasijas llenas de frutas y cacao.

El Sacerdote Jaguar cierra los ojos y murmura un canto antiguo, en espera de la llegada de Kukulcán.

* * *

El cielo nocturno revela el camino tenebroso a Xibalbá, el vientre galáctico está a sólo un día de converger con el horizonte. El fuego se extingue, queda reducido a brasas humeantes.

—Balam.

Kukulcán aparece ante él, el pálido ser ataviado con una

túnica tan blanca como su larga y sedosa cabellera y su barba. Sus ojos azul celeste comparten la luminiscencia del jaguar.

Chilam Balam se inclina reverentemente, su frente toca la cálida piedra.

—Gran maestro, te pido ayuda para interpretar estas últimas visiones. ¿La llegada de los hombres blancos barbados augura tu regreso o nuestra extinción?

—Ambas cosas. Pues estoy aquí contigo ahora y ofrezco salvación.

—Instrúyeme, maestro.

—Reúne a los mayas Itzá mañana al atardecer en el cenote sagrado. Di a los campesinos que lleven semillas suficientes para garantizar abundantes cosechas por al menos tres *tuns*. Di a los curanderos que hagan lo mismo con sus plantas medicinales. Di a los trabajadores que traigan sus herramientas. Di a la gente que sólo traiga las pertenencias que puedan cargar en la espalda. Dejen todo lo demás, incluyendo sus libros. Los invasores conquistarán a los aztecas, cuya sed de sangre rivaliza con la de ellos. Cuando entren a Chichén Itzá hallarán una ciudad de fantasmas.

—Maestro, ¿adónde iremos? ¿Quieres que nos ocultemos en la selva?

—A la medianoche llegará el camino tenebroso a Xibalbá. Todos los que se aventuren por esa senda serán conocidos en lo sucesivo cómo Hunahpú. Los Hunahpú sembrarán el sexto gran ciclo de la humanidad. Mil veces mil katunes habrán de pasar antes de que regresen los Hunahpú. Cuando la raza blanca se hunda en las tinieblas de la ignorancia, el olvido y la desesperanza, la sabiduría de la luz cósmica volverá, ofreciendo a la humanidad un medio de salvación al final del quinto ciclo.

El fuego se reaviva de repente, chisporrotea con energía.

El gran maestro ha desaparecido.

★ ★ ★

El Consejo se reúne al mediodía en la plataforma del Templo de los Guerreros. Chilam Balam refiere las palabras del Gran Maestro y enseguida es desafiado abiertamente por Napuctun, un sacerdote rival.

—La llegada de los barbados desde las tierras del sol debe ser bien acogida por los hijos de Itzá. Son portadores de una señal de nuestro Dios Padre. ¡Traen bendiciones en abundancia!

Balam adelanta su pecho.

—¿Quién eres tú para desafiar las palabras de Kukulcán? El estandarte de madera vendrá. Será mostrado en todo el mundo, para que el mundo se ilumine. Ha habido el inicio de una disputa, el inicio de una rivalidad, cuando el sacerdote trae la señal de Dios en el tiempo por venir. A un cuarto de legua, a una legua de distancia se halla. Mira al ave *mut* sobrevolar el izado estandarte de madera. Un nuevo día despuntará en el norte, en el oeste. Los hombres barbados traerán derramamiento de sangre y muerte a los hijos de Itzá, reduciendo a polvo las vasijas de barro. Yo soy Chilam Balam, el Sacerdote Jaguar. Yo digo la divina verdad.

El Consejo hace corro aparte con Napuctun.

Tras unos minutos, el archirrival de Balam se dirige al profeta.

—Reúne a los hijos de Itzá tal como el gran maestro te instruyó.

El Sacerdote Jaguar se inclina.

—Napuctun es sabio. Así se hará.

* * *

Cae el atardecer en Chichén Itzá, convocando a decenas de miles de hombres, mujeres y niños a la gran explanada. Se organizan jerárquicamente en largas filas, delante de cientos de vasijas de barro llenas de tinta azul. El llamativo pigmento color turquesa es una combinación de índigo y paligorskita; los ingredientes son calentados a altas temperaturas. El color, conocido como azul maya, iguala el tono intenso de los ojos del gran maestro.

Los indios de piel azul siguen el *sacbé* al norte, a través de la densa jungla. Los que van al frente llevan antorchas y conducen a las masas al cenote sagrado, una fosa de agua dulce; una de las miles creadas hace 65 millones de años cuando un asteroide se estrelló en el mar poco profundo que habría de convertirse en la punta norte de la Península de Yucatán. El objeto celeste era tan grande que cuando uno de sus extremos tocó el agua, el extremo opuesto estaba todavía 10 kilómetros más arriba, en la atmósfera devastada.

La luz de una luna color anaranjado-sangre ilumina capas de surcos geológicos esculpidos en el interior de la blancuzca fosa de caliza. La vegetación ha teñido las plácidas aguas del cenote en un tono verde de sopa de guisantes. Cuatro siglos antes, desesperados por la repentina partida de Kukulcán y en franca violación de la ley de su gran maestro, los mayas recurrieron a los sacrificios humanos con la esperanza de forzar así el regreso del Profeta Pálido. Miles de hombres, mujeres y niños fueron asesinados en la cima de la pirámide; sacerdotes estrictos les arrancaron el corazón y sus cuerpos fueron pateados escaleras abajo.

El cenote estaba reservado al sacrificio de las vírgenes.

Doncellas inmaculadas eran encerradas en un baño purificador de vapor de piedra, para luego ser conducidas por los sacerdotes a la plataforma elevada. Los mercaderes de la muerte las desnudaban y las tendían sobre la estructura de piedra, donde les arrancaban el corazón o las degollaban con sus dagas de obsidiana. El cuerpo de la virgen, cargado de joyas, era arrojado ceremonialmente al pozo sagrado.

Esos rituales cesaron sólo a instancias del Sacerdote Jaguar.

En el claro circular que delimita el cenote sagrado, Chilam Balam está de pie en el techo del cuarto de baño y observa la marea humana azul. La multitud ocupa cada centímetro cuadrado de la selva hasta donde alcanza la mirada.

Y refunfuñan.

—¿Quién es el gran maestro para exigir que abandonemos nuestra patria por el inframundo?

—¿Por qué debemos escuchar a quien desertó a nuestro pueblo hace más de 20 katunes?

—¿Y si Chilam Balam se equivoca? ¿Y si los hombres barbados traen prosperidad?

Miembros del Consejo se reúnen con Napuctun en el borde opuesto del cenote. El profeta rival gesticula en dirección del Sacerdote Jaguar.

Chilam Balam mira el cielo. La oscura brecha de la Vía Láctea corre de norte a sur en el cosmos, su senda negra toca el horizonte.

La medianoche queda atrás. Nada sucede.

Una piedra pasa a un lado de la oreja de Chilam Balam. Otra le golpea la pierna.

Los leales seguidores del profeta cierran filas a su alrededor, formando una valla protectora. Su alma gemela, Mujer Sangre, se coloca a su lado.

Napuctun hace una señal desde la otra orilla del cenote y silencia a la multitud.

—Los Itzá se han reunido, Chilam Balam. La medianoche llegó y pasó. ¿Por qué nos has engañado?

—¿Napuctun cuestiona a nuestro gran maestro?

—¡Te cuestiono a ti! Demuéstranos que eres un canal digno de Kukulcán. ¡Arrojen al hereje y sus seguidores al cenote!

La multitud reunida en el *sacbé* avanza impetuosamente, empujando a los simpatizantes de Balam al borde de la fosa. Los gritos desgarran el aire nocturno.

¡El Sacerdote Jaguar toma de la muñeca a su pareja y salta!

Chilam Balam y Mujer Sangre caen 12 metros hacia la superficie, el agua ya violada por cientos de cuerpos, cuando el tiempo se detiene de repente. El profeta observa, transido, una gota de agua suspendida frente a su ojo derecho. Su mente deslumbrada capta una instantánea de la expresión horrorizada de su alma gemela, su cabellera tensada hacia arriba, cada pelo congelado en el momento, mientras las aguas del cenote se convierten en una furiosa catarata que se hunde en una garganta de serpiente —Xibalbá Be—, la oscura senda del inframundo.

El agujero de gusano se materializa y absorbe a Chilam Balam y sus seguidores hacia un universo paralelo que no existía apenas unos segundos antes.

Dios no sólo juega a los dados: a veces los lanza adonde es imposible verlos.

Stephen Hawking, físico teórico británico

5

Peki'in, Israel
3 de mayo de 2047

—¡Aah! —Immanuel Gabriel abre sus ojos azules. Tarda un inquietante momento en advertir que ya no es Chilam Balam, que es él mismo otra vez, enterrado hasta el cuello en la arena frente a la cueva del rabí Shimon bar Yochai.

El grisáceo horizonte oriental calma sus nervios; la luz tenue revela una figura solitaria junto al algarrobo. Viste una túnica blanca, podría ser el gemelo de Kukulcán si no fuera por la ausencia de vello facial.

—¿Jake?

—Te he echado de menos, Manny. Me alegra que por fin te hayas comunicado.

—¿Cómo llegaste aquí? ¿Eres real o se trata de otra visión?

—Yo existo, aunque ya no formo parte del plano físico. Lo que ves es la luz reflejada de mi alma.

—¿Es tu manera de decirme que estás muerto?

—La existencia tal como tú la conoces es muy diferente de la realidad del mundo infinito. Pero sí, fallecí en Xibalbá.

Manny reclina la cabeza, sus ojos se nublan por el llanto.

—Es mi culpa. Debí haber ido contigo.

—No. Yo fui quien se equivocó. Te hice miserable la vida. ¿Podrás perdonarme de todo corazón?

—Te perdono, hermano. Te echo de menos.

—Nuestras almas siempre estarán entrelazadas.

—Tuve una visión, Jake. Se sentía muy real.

—La visión no fue obra mía. Canalizaste una vida anterior.

—Sí, seguro.

—Cada ser humano que vive hoy ha experimentado por lo menos una vida anterior.

—Jake, no te ofendas, pero ya bastante difícil me resulta creer que estemos conversando, ya no digamos…

—La reencarnación no es cuestión de creer, sino de entender la naturaleza misma del alma. El alma es eterna, una chispa del Creador que desea existir en el mundo superior. Esto conlleva mucho más, pero el mundo físico fue creado con un propósito: para que cada alma tuviera oportunidad de ganarse su propia plenitud. El proceso se llama *Gilgul Neshamot.* Un alma desciende al mundo físico porque necesita enmendar algo, a veces un pecado cometido en una vida anterior. Si un alma pasa una vida sin cumplir esa enmienda, puede regresar otras tres veces para completar su *tikkun,* su reparación espiritual.

—¿Y mi alma en una vida anterior fue Chilam Balam?

—Sí.

—¿Y cuál es mi propósito? ¿Qué se supone que debo enmendar?

—La destrucción del mundo.

—¿La destrucción del mundo? ¿Nada más? Eso lo puedo hacer sin despeinarme.

—Manny, éste es un desafío que aceptaste el día que te rehusaste a viajar conmigo a Xibalbá. Al quedarte en la Tierra alteraste el futuro de la humanidad. Y al hacerlo, también cambiaste el pasado.

—Ya no te entendí nada.

—El universo físico está atrapado en un bucle del tiempo, un bucle del tiempo creado por un dispositivo apocalíptico que fue probado varios años antes de que naciéramos. Sin que sus operadores lo advirtieran se creó una anomalía. El 21 de diciembre de 2012 la anomalía apareció en la dimensión física destruyendo el planeta.

★ ★ ★

El amanecer quema los ojos de Mitchell Kurtz. Desde su puesto de vigía en la carretera desierta de la montaña ve cómo los jirones de niebla se acumulan en las copas de los árboles. La aldea de Peki'in sigue dormida. El guardaespaldas bosteza, luego se pone de pie y se estira. Considera hacer otra serie de flexiones, pero elige mejor una barra energética.

Los sensores de movimiento en sus lentes le advierten de un intruso una fracción de segundo antes de que active su cañón de dolor.

—¡Aah!

Rastrea el grito de la mujer y se sorprende al ver a su nueva amiga tendida en el suelo junto a su bicicleta de montaña, cuyo metal chispea todavía.

—¿Arlene?

—¿Albert?

El nombre lo toma desprevenido. Kurtz ha olvidado momentáneamente su nuevo alias. *Albert Phaneuf... eres productor de cine.*

—Arlene, ¿qué estás haciendo aquí?

—Doy mi paseo matutino en bicicleta. ¿Qué haces *tú* aquí?

—Acabamos de rodar una escena, por eso cerraron el camino. ¿No viste las camionetas?

—No.

La ayuda a incorporarse. Es de cabello castaño y sus senos bien dotados lucen aún más prominentes en el traje de neopreno.

—Arlene, ¿cómo lograste pasar por el control de la carretera?

Ella se le cuelga del cuello, sus labios quedan a centímetros de los de él.

—Les dije que actuaba en tu película.

Kurtz se colapsa en sus brazos. El guardaespaldas paralizado nunca ve la punta del anillo de la divorciada, que se encaja en su nuca.

* * *

—Jake, eso no tiene sentido. Si la humanidad fue exterminada en 2012, ¿cómo nacimos? ¿Por qué seguimos aquí en 2047? ¿Y qué clase de anomalía puede aniquilar a todo un planeta?

—No puedo darte todos los detalles, pues hacerlo pondría en riesgo tu misión. Lo que puedo decirte es que el nacimiento y la expansión de la anomalía en el universo físico provocó que se manifestaran agujeros de gusano. Como sabes, un agujero de gusano es un portal de espacio-tiempo. Son inestables y en general irrelevantes… a menos que alguien penetre en ellos. En ese caso se crea un universo alterno cuyas repercusiones pueden afectar a la totalidad de la existencia física.

—Sigo sin entender. ¿Quién ingresó al agujero de gusano?

—Tú. Como Chilam Balam.

El rostro de Manny se drena de sangre.

—El *cenote*… Pero eso ocurrió hace más de 500 años.

—Como lo demostró Einstein, el tiempo no es lineal. El dispositivo apocalíptico abrió varios agujeros de gusano; algunos aparecieron en el pasado y el presente, otros en el futuro. Eso fue, en última instancia, lo que ofreció a la humanidad una segunda oportunidad de salvación. Un agujero de gusano se abrió en el espacio próximo a la Tierra el 4 de julio de 2047, también como resultado de una anomalía creada por el dispositivo apocalíptico. La flotilla de Lilith de transbordadores a Marte fue absorbida por el vórtice del túnel del tiempo, depositándola en la Tierra, pero millones de años en el futuro. El planeta y el cosmos eran tan extraños que los colonos no tenían idea de que habían aterrizado en su propio planeta.

—¿Qué fue de ellos?

—A pesar de que la superficie era yerma, el cielo albergaba una magnífica ciudad con domos que flotaba en el aire. Su tecnología era tan avanzada que resultaba inaccesible para los colonos. La ciudad en las nubes había sido abandonada, o al menos eso pensaron los colonos. Con el tiempo, el consumo del abasto de agua alteró genéticamente a los colonos, permitiéndoles el acceso a las extrañas estructuras. Una de esas bóvedas contenía los restos físicos de una avanzada especie de humanoides de cráneos alargados. La sociedad posthumana se había dividido. Una secta abandonó su planeta de origen para explorar el universo; la otra quería explorar las dimensiones superiores de la existencia. Para ello, este grupo abandonó su forma física para desatar su conciencia hacia los planos más elevados del ser... lo cual violaba las leyes de la creación.

"Corrompidos por sus propios egos, Lilith, mi hijo Devlin y casi todos los colonos supervivientes usaron ADN posthumano para volverse más poderosos de lo que ya eran. Al hacerlo, estos seres caídos —los Nefilim— se condenaron a sí mismos a una existencia parecida al purgatorio en un plano espiritual; una onceava dimensión regida por las fuerzas negativas de la creación. Ese reino tiene por nombre Xibalbá."

—¿Xibalbá es el infierno? Jake, ¿cómo pueden acceder al infierno unos seres vivos?

—Los colonos no estaban vivos. El ADN posthumano los mató, pero ellos simplemente no lo supieron. Las fuerzas negativas que se nutrían de su conciencia colectiva los hicieron creer que seguían varados en ese mundo extraño. Devlin se convirtió en el *alter ego* de Satanás, torturando a los colonos para absorber su luz. Ése era el inframundo donde nuestro padre se halló exiliado; su ser quedó albergado en un arbusto de jícaros y su alma fue custodiada por Lilith. Mamá y yo logramos liberarlo, pero yo resulté mortalmente herido en el proceso.

—Dijiste que la existencia está atrapada en un bucle del tiempo. ¿Cómo...?

—Antes de inyectarse el ADN posthumano, los científicos de Lilith habían lanzado una nave de transporte por otro agujero de gusano. En ella viajaba una criatura biológica capaz de puentear el espacio-tiempo, permitiendo potencialmente que los colonos varados pudieran regresar a la Tierra del presente. Cuando el transporte Nefilim ingresó al agujero de gusano fue perseguido por la nave espacial de los posthumanos, la *Balam*. A bordo de esta inteligencia artificial se hallaban los Guardianes; colonos que se habían negado a ser corrompidos por Lilith y Devlin y que habían huido al extremo más remoto de la Luna. El ingreso de *Balam* al agujero de gusano alteró su trayectoria, enviando a ambas naves de regreso en el tiempo 65 millones de años. El transporte se convirtió en el objeto que se estrelló en el Golfo de México y exterminó a los dinosaurios.

"Los científicos de Lilith habían establecido la abertura del agujero de gusano en su propio tiempo; ahora sólo era cuestión de esperar hasta que el punto de salida regresara al espacio de la Tierra en el solsticio de invierno de 2012. Sabiendo que la criatura biológica se despertaría en esa fecha, los Guardianes que orbitaban la Tierra en la *Balam* pusieron en marcha un plan: permanecerían dormidos hasta que el hombre moderno evolucionara, luego aterrizarían la *Balam* y comenzarían a cultivar civilizaciones para erigir monolitos que ocultaran todos los aparatos de la nave. También sembraron entre los mayas, aztecas e incas pequeñas dosis de ADN Hunahpú, por su proximidad a la nave de transporte sepultada en el Golfo de México. Uno de los colonos, haciéndose llamar Kukulcán, desarrolló el calendario maya como una advertencia acerca del año 2012. Nuestro padre emergió mil años después como su mesías genético."

—Déjame ver si te entendí: ¿la humanidad en verdad fue destruida en 2012, pero el dispositivo apocalíptico abrió un agujero de gusano en 2047, creando un universo alterno que evitó el evento apocalíptico?

—No lo evitó del todo. Cuando nuestro padre activó la *Balam*, el 21 de diciembre de 2012, no sólo destruyó la criatura biológica sino que destruyó también la anomalía apocalíptica.

—Entonces estamos bien, ¿verdad?

—No, Manny. Al no venir conmigo a Xibalbá, destrenzaste un extremo del bucle del tiempo. Ese extremo libre será el que aparezca dentro de dos meses, el 4 de julio. Si los transbordadores de Lilith ingresan, el tiempo volverá a rizarse, pero ahora a un pasado alterno donde no hay una criatura biológica sepultada en el Golfo de México, ni una nave *Balam* que activar. La anomalía simplemente aparecerá en el solsticio de invierno de 2012, destruyendo el planeta.

Manny cierra los ojos, su mente se esfuerza por asimilar esos extraños escenarios de causa y efecto.

—¿Qué necesitas que haga yo?

—Que ingreses al agujero de gusano cuando aparezca el 4 de julio. Como la Tierra ya no existe en el futuro, el agujero de gusano debe abrirse en algún punto del pasado del planeta, antes del evento de 2012. Debes ingresar al agujero de gusano y regresar en el tiempo, para después hallar la manera de destruir el dispositivo del apocalipsis antes de que sea activado.

—¿Y cómo demonios se supone que lo voy a hacer?

—Busca la ayuda de Lilith.

—¿La ayuda de Lilith? Jake, ¿por qué crees que he evitado acceder al Nexo durante estos 14 años? Tu estrafalaria novia es una psicópata. Su alma es tan tenebrosa como la que más.

—El alma es una chispa de la perfección. La oscuridad de Lilith tiene su origen en su propio pasado mancillado. Si nuestras almas están entrelazadas, Manny, entonces ella también es tu alma gemela.

—Oh, no. No, no, no. Esa perra desquiciada mató a mi

auténtica alma gemela minutos después de que te fuiste de la Tierra. ¡Su sicario asesinó a Lauren!

—Regresa en el tiempo y Lauren podrá vivir de nuevo.

—¿Qué? —los pensamientos de Manny se desbocan—. Sí... es cierto. Aguarda, ¿qué hay de Chilam Balam y su pueblo... es decir, mi pueblo? ¿Qué fue de ellos?

—Cuando Chilam Balam y sus seguidores cayeron en el cenote sagrado, la fosa se manifestó como un agujero de gusano creado por el dispositivo apocalíptico que destruye la Tierra en 2012. Al ingresar al agujero de gusano, tú y tus hermanos mayas crearon otro universo alterno que elude el apocalipsis pero que los depositó en un futuro en el que la Tierra se estaba descongelando después de una era del hielo de 10 mil años de duración, provocada por la erupción de la caldera de Yellowstone.

—¿La caldera? Jake, Lauren estaba trabajando en una solución para la caldera. La Universidad de Miami financiaba su trabajo.

—Quizá la muerte de Lauren era necesaria; sirvió al universo alterno creado cuando Chilam Balam y su gente ingresaron al agujero de gusano en el siglo XVI.

—¿Necesaria? ¿De qué demonios estás hablando?

—Chilam Balam y su pueblo llegaron a una existencia alterna postcaldera. Su colonia maya floreció. Como vivían libres de guerra y codicia pudieron avanzar a la civilización Tipo II después de tan sólo cuatro siglos. Mil años más tarde sus avances científicos les brindaron la tecnología para utilizar la energía punto cero y colonizar otros planetas. Manny, fueron las generaciones futuras de Chilam Balam las que evolucionaron hasta ser Hunahpú, la especie posthumana que encontraron los colonos de Lilith. Habiendo trascendido la muerte, esos inmortales avanzaron al nivel de civilización Tipo III, el pináculo de las sociedades avanzadas. Fueron los Hunahpú quienes construyeron la nave *Balam*. La construyeron para nosotros, Manny. Y la nombraron en tu honor.

Manny reclina la cabeza en la arena. Siente vértigo.

—Jake, acerca de Lilith...

—La mayor transformación de la oscuridad genera la mayor Luz. Lilith se transformó en Xibalbá. Después de mi muerte purifiqué su alma.

—¿Qué hay de nuestros padres? ¿Purificaste también el alma de Mick?

—Nuestros padres nunca murieron. Su conciencia colectiva continúa atrapada.

—¿Atrapada? ¿Dónde? Jake, ¿dónde están atrapados?

—En Phobos.

—¿Phobos? ¿En la luna de Marte? ¿Esa Phobos? ¿Cómo demonios fueron a dar allá?

—Nuestros padres fueron llevados a bordo de un transporte Guardián antes de que el Sol se convirtiera en una supernova. El transporte entró al agujero de gusano, seguido por la *Balam*. El agujero de gusano depositó ambas naves en el pasado remoto. Phobos es la nave de transporte. Nuestros padres están en el interior, en suspensión criogénica.

—¿Viven todavía? Jake...

El brillo del sol cubre el horizonte. Jack se dispersa en la luz dorada, y su presencia es remplazada por comandos armados. Vestidos de negro, apuntan sus armas a Sal y Pimienta, los dos guardaespaldas maniatados con esposas neurales. El líder del comando se hinca frente a Manny y le coloca un collar sensorial.

—Immanuel Gabriel, estás arrestado por traición. Este collar monitorea tus ondas cerebrales. Si intentas acceder al Nexo el cambio en tu actividad cerebral activará las esposas neurales de tus amigos, electrocutándolos.

En cada etapa de nuestra mejor comprensión del universo los beneficios para la civilización han sido inmensurables. Ninguno de esos grandes saltos fueron dados a sabiendas de lo que habría de ocurrir.

Brian Cox, físico del CERN

6

Nepal
5 de mayo de 2047

La República Democrática Federal de Nepal es un país sin salida al mar, con la forma de una tira de tocino de 800 kilómetros de largo de este a oeste entre China e India. Las llanuras del sur de Nepal, en la frontera con la India, tienen un clima tropical; en las dos regiones elevadas del norte la temperatura se precipita a niveles alpinos, a medida que la geología asciende a los Himalaya. Formado por la colisión tectónica del subcontinente indio y Eurasia, el arco de los Himalaya forma el norte de Nepal y contiene ocho de las mayores cimas del planeta, incluyendo el Sagarmatha, mejor conocido como el Monte Everest.

La partida estaba formada por ocho escaladores. Los dos estadounidenses, Shawn Eastburn y su sobrino Scott Curtis, provenían de Oklahoma y eran los miembros más débiles. Su patrón, Sean Cadden, era canadiense y su compañía de viajes patrocinaba el viaje. Jurgen Neelen y Karim Jivani se les habían unido en Katmandú; los dos europeos eran montañistas mucho más experimentados. En última instancia, desde luego, el éxito del ascenso dependía de los tres sherpas contratados, quienes no sólo eran los guías sino que cargaban con el peso de sus pertenencias: cada mochila de nylon azul pesaba más de 30 kilos.

Los cinco extranjeros habían llegado a la capital de Nepal el jueves. Los permisos para escalar costaban 14 mil dólares por persona. Gastaron otros 16 mil en la renta del equipo, oxígeno, seguros y honorarios de los sherpas.

Si bien Sean Cadden aseguraba que su asalto a la montaña más alta del mundo tenía como fin promover sus negocios, en su interior sabía que era algo personal. Sean era adicto a la adrenalina y había intentado escalar el Everest tres años antes, cuando hubo una vacante en una expedición en febrero. El clima había estado atroz; una avalancha había cobrado dos vidas y puesto fin al intento en el Campamento Base III. Impertérrito, el CEO prometió a sus empleados que regresaría a escalar la montaña. Ahora había vuelto, aunque en mayo, cuando el clima es mucho más estable, si es que puede definirse así una temperatura de 10 grados bajo cero y vientos de más de 150 kilómetros por hora.

Luego de dos semanas de preparación y pruebas del equipo, el grupo llegó finalmente a Lukla, ascendiendo al Campamento Base a 5 600 metros. Shawn Eastburn, una diabética dependiente de insulina, fue la primera en sufrir la enfermedad de la altitud. A instancias de Cadden, la gerente de distrito de 42 años y madre de dos, continuó con valentía el ascenso de la cascada de hielo de Khumbu, a seis mil metros. Cuando llegaron a descansar al Campamento I en el Valle del Silencio, declaró que ahí terminaba su escalada.

Los demás prosiguieron. Ascendieron al Campamento II a 6 500 metros. Superaron la atroz Ladera Lhotse al atardecer y llegaron al Campamento III, a 7 100 metros. Ahí descansaron, permitiendo que sus cuerpos se aclimataran para el ascenso de casi mil metros al Campamento IV, ubicado en la "zona de muerte".

La altitud en la zona de muerte del Everest sobrepasa los ocho mil metros. El aire es helado y es necesario cubrir hasta el último centímetro de piel para evitar la congelación. La presión atmosférica es apenas un tercio de la que hay al nivel del mar, lo que obliga a usar oxígeno a todos los que no son sherpas. La nieve está densamente congelada y la superficie gélida provoca una mayor incidencia de accidentes por resbalones y caídas. Los montañistas que se lastiman en la zona de muerte tienen una alta tasa de mortandad. Quienes mueren ahí suelen ser abandonados. Más de 160 cadáveres congelados forman parte permanente de la geología del Everest.

Scott Curtis está tiritando en su tienda de campaña, sometida al asalto del viento que aúlla. El nativo de Oklahoma desearía haberse quedado en el Campamento II con su tía o, mejor todavía, en Tulsa. Exhausto por tener que jadear entre 80 y 90 inhalaciones por minuto en ese aire escaso de oxígeno, ha estado usando su tanque de oxígeno desde que salió del Campamento III. Ahora, mientras sale el sol y el viento se arremolina en una neblina blanca, sabe que su cuerpo agotado ya no tiene reservas para considerar siquiera los últimos mil metros.

La ventana del clima se abre una hora más tarde. Los tres montañistas que quedan y dos guías sherpa inician el asalto final. Los guantes de plumas sujetan los bastones y los rostros están cubiertos por las mascarillas de oxígeno y los *goggles* oscuros.

Exactamente 17 minutos después del mediodía, bajo un cielo azul cobalto, los cinco hombres llegan a la cima de 8 850 metros, el punto más alto de la Tierra.

La vista no tiene comparación. Cumbres nevadas y densos bancos de nubes. Cielos que insinúan la oscuridad del espacio exterior.

Durante 20 minutos se videograban unos a otros y toman fotografías, a la misma altitud que el avión comercial que los llevó a Katmandú. No dejarán ni rastro de su presencia: cada artículo tirado pondría en peligro su depósito ambiental de cinco mil dólares y el buen karma de la montaña.

El karma cambia a las 12:37 PM.

Comienza con el redoble de un trueno, bajo y profundo, que hace eco en el valle de cumbres nevadas. Sean Cadden se hinca en la nieve, 10 kilómetros de montaña se cimbran bajo él. "¡Terremoto!"

Los tres montañistas se sujetan unos a otros mientras el rumor se acrecienta. Jurgen Neelan siente que su cuero cabelludo le irrita; piensa en sus compañeros en los campamentos ladera abajo que son más vulnerables a una avalancha. La cabeza le sigue dando comezón. Se frota el gorro de lana de esquiador con una mano enguantada, generando chispas de electricidad estática. El gorro sale volando de su cabeza, impulsado por una ráfaga de aire gélido.

La nieve vuela frente a su rostro, seguida por partículas de roca que rebotan en sus *goggles* antes de ascender como lluvia hacia el cielo.

Los ojos grises de Jurgen siguen el movimiento de las rocas que se elevan ¡hasta la cola de un tornado blanco en formación! La columna giratoria de aire se eleva mucho más allá de la cima del Everest; un inmenso vórtice rotatorio que se retuerce hacia el cielo como una serpiente monstruosa, desapareciendo en el horizonte de eventos de un gélido *maelstrom* localizado cientos de kilómetros sobre la montaña, en el espacio de la Tierra.

Sean Cadden mira atónito el agujero en el cielo. "En el nombre de Dios, ¿qué...?" Se voltea hacia sus compañeros.

Karim Jivani está grabando en video. Jurgen Neelen se escuda el rostro de las rocas voladoras. "¡Oigan!... ¿qué fue de los sherpas?"

Aumenta la intensidad del torbellino, que le arranca la cámara de la mano de Karim.

La mascarilla de oxígeno de Cadden se desprende, aleteando arriba de sus ojos. La sujeta de la manguera y la aprieta contra su rostro mientras se agacha, siguiendo a sus compañeros por el sendero que usaron para ascender y que ahora se desintegra rápidamente.

Pedazos de nieve congelada se desprenden como icebergs miniatura, girando en el aire. Un tabique de hielo de 15 kilos golpea el rostro de Karim, destrozando sus *goggles,* que salen disparados de su cabeza.

Jurgen llega primero a las cuerdas. Coloca en la línea el mosquetón que traía en el cinto e inicia un rápido descenso a *rappel,* con sus dos compañeros justo atrás de él.

La succión del tornado les arranca mascarillas y cascos. La cumbre de la montaña se sacude, liberando un millón de toneladas de nieve en una avalancha cegadora que arrastra a los tres hombres de la roca hacia el aire, con los pies colgando sobre sus cabezas. La cuerda de nylon es lo único que aún los ata al Everest.

En medio de la tormenta de hielo que desafía la gravedad, Sean Cadden alza la mirada hacia el radio de 450 kilómetros de la anomalía, cuyo límpido y gélido orificio está definido por los materiales que absorbe. ¡Su horizonte de eventos se aproxima cada vez más!

El estruendo es ensordecedor; mil trenes de carga desprendiendo todos los átomos del cuerpo del canadiense ávido de emociones, tragándose su alarido, y de pronto hay silencio.

El cielo se aclara, la anomalía ha desaparecido. Los tres hombres se miran, suspendidos de sus cuerdas todavía, sin saber a ciencia cierta qué acaba de ocurrir y cómo es que siguen vivos.

ORGANIZACIÓN EUROPEA PARA LA INVESTIGACIÓN NUCLEAR CERN

JUNTA DE INVESTIGACIÓN DEL CERN

MINUTAS DE LA 162 REUNIÓN DE LA JUNTA
DE INVESTIGACIÓN, CELEBRADA
EL JUEVES 6 DE FEBRERO DE 2003

ESTUDIO DE POSIBLES EVENTOS PELIGROSOS DURANTE LAS INTENSAS COLISIONES DE IONES EN EL GCH

J. Iliopoulos informó del estudio realizado por un comité presidido por él, respecto de la posibilidad de provocar eventos peligrosos durante las colisiones intensas de iones en el GCH. Un estudio previo realizado para el CRIP (Colisionador Relativista de Iones Pesados, en el Laboratorio Nacional Brookhaven, Estados Unidos) concluyó que los mecanismos candidatos para escenarios de catástrofe están firmemente excluidos por la evidencia empírica, por argumentos convincentes o por ambas cosas. A resultas de su propia investigación, el comité coincidió con esa conclusión. Estudiaron la posible producción de hoyos negros, mono-polos magnéticos y *strangelets*. También revisaron los límites astrofísicos provenientes de la interacción de rayos cósmicos con la Luna (o entre sí) que bajo supuestos plausibles excluyen la posibilidad de procesos peligrosos en los colisionadores de iones pesados. Los hoyos negros producidos en teoría con dimensiones extracompactas, para las cuales la escala fundamental podría ser tan baja como 1 TeV, podrían ser producidos copiosamente en el GCH. Sin embargo, sólo los hoyos negros masivos —que rebasan el alcance de cualquier acelerador— serían estables. Se ha especulado que los monopolos magnéticos podrían catalizar la degradación de protones. En cada evento de catálisis el protón que se degrada libera energía, causando que el monopolo se mueva. Calcularon el número de nucleones que el monopolo destruiría antes de escapar de la Tierra y hallaron que es tan pequeño que puede obviarse. La mayor parte del estudio del comité se refiere a los *strangelets,* una nueva forma hipotética de la materia que contiene en términos generales el mismo número de quarks arriba, abajo y extraños. Podrían llegar a ser peligrosos si son producidos en el GCH, si son lo suficientemente longevos, si tienen carga negativa de modo que puedan atraer y absorber núcleos ordinarios, y finalmente si pueden crecer de manera indefinida sin volverse inestables. El comité halló que, a partir de principios generales, si de hecho existieran *strangelets* con carga negativa no crecerían de manera indefinida: muy pronto se volverían inestables. Concluyeron además que cualquier sistema hadrónico con un número baryon del orden de 10 o más está fuera del alcance de un colisionador intenso de iones, y el GCH no será más eficiente para producir *strangelets* que el CRIP. Para ser peligroso, el *strangelet* necesitaría estar estable desde un número baryon muy bajo, donde la producción es posible, hasta uno infinitamente alto, una posibilidad excluida por los estudios de estabilidad.

L. Maiani agradeció a J. Iliopoulos y su comité por su trabajo y la Junta de Investigación tomó nota de su informe.

FIN DE LAS MINUTAS

Nota: la postura oficial del CERN presupone que la teoría de la evaporación de hoyos negros es correcta, aunque debe hacerse notar que *no hay evidencia empírica que respalde dicha teoría.*

7

Noticias de la Tierra

8 de mayo de 2047: Residentes de Albania siguen saliendo de entre las ruinas tras el terremoto de ayer de 7.7 grados. El epicentro se localizó 35 kilómetros en dirección ENE de la ciudad de Tirana. Funcionarios del gobierno calculan que las víctimas sumarán más de 30 mil.

Centro Espacial HOPE
Cabo Cañaveral, Florida

El transporte militar de 18 ruedas sigue a su escolta policial al este de la NASA Parkway, cruzando el puente del río Banana hacia Cabo Cañaveral. La caravana de vehículos pasa sin detenerse los tres controles de seguridad y después es conducida a una estructura de 22 pisos de acero y concreto que domina el extremo sur del Centro Espacial del Proyecto HOPE.

El Hangar 13, mejor conocido como "la fortaleza", es tan ancho y largo como tres campos de futbol; sus dos enormes puertas fueron diseñadas originalmente para acomodar el transbordador espacial mientras estaba en posición vertical sobre su grúa de pórtico rodante.

La puerta izquierda está abierta. El transporte militar ingresa en la instalación, avanzando por entre un páramo de concreto antes de llegar a la estructura de 10 pisos y un túnel interior sellado por una puerta de bóveda de siete metros de diámetro.

Una docena de ciberguerreros se baja del camión. Visten de botas a capucha una "piel de camuflaje" a prueba de balas y explosivos. La presencia de los soldados indica la importancia de los tres individuos encerrados en la prisión sensorial portátil del vehículo.

El líder del escuadrón se acerca a las puertas traseras del transporte y toca el teclado de la computadora con una enguantada palma de la mano. Los códigos de seguridad encriptados son transmitidos desde la Casa Blanca a través de conductos neurales en el guante del soldado. La señal debe coincidir con sus propios biorritmos antes de poder descargarla.

La compuerta se abre y activa una rampa. La prisión sensorial —un cubo de 2.5 por 3.5 metros, sin ventanas, de acero y acrílico color gris plomo, colocado en una plataforma magnética— es extraída del camión.

Devlin Mabus observa todo desde su balcón del sexto piso. La puerta de acero de siete toneladas se abre; las bisagras magnéticas producen apenas un murmullo.

La prisión sensorial, escoltada por el escuadrón de ciberguerreros, es conducida al interior.

* * *

Aunque sólo mide 30 metros cúbicos, el interior de la celda holográfica de reubicación parece tan vasto como un balneario de playa en Jamaica. La luz artificial de los páneles del techo recrea el sol; los bulbos emiten luz ultravioleta. Ventiladores de temperatura controlada brindan una salada brisa de mar, con ráfagas ocasionales que proveen un rocío tropical.

A la sombra de un cocotero cuya fronda se mece suavemente, Mitchell Kurtz se reclina en su silla de playa, disfrutando de las núbiles mujeres en bikini que caminan delante de él sobre la espuma del mar que les llega a los tobillos.

—Si esto es una prisión, quiero dos cadenas perpetuas.

—Cállate, necio. Tú y tu libido inducida por fármacos nos metieron en este lío —Ryan Beck tiene el oído sobre la terraza de la cabaña; los "huéspedes" del hotel se distorsionan al pasar a través de su cuerpo—. Están apagando los apareamientos magnéticos. Dondequiera que sea que estamos, yo diría que ya llegamos a nuestro destino. Manny, despierta.

Immanuel Gabriel sale de su trance de movimiento ocular rápido y se endereza en la arena holográfica. Ha pasado la mayor parte de las últimas 18 horas en un estado hipnótico de descanso, preparándose para la batalla que se avecina.

Las luces interiores parpadean, la escena de playa es sustituida por cuatro paredes grises porosas, un techo y un piso. Una compuerta se abre en una de las paredes, revelando un escuadrón de soldados fuertemente armados.

—Los prisioneros saldrán del vehículo. ¡Muévanse!

Manny sale de la celda, seguido por sus dos compañeros. Están en el antiguo patio del juego de pelota de Chichén Itzá, sobre las cálidas piedras de mil años bajo el cielo azul sin una nube de Yucatán.

Kurtz mira alrededor.

—Esto parece un mal *déjà-vu*.

La cancha de juego mide de largo lo que un campo y medio de futbol y es un poco menos ancha; el rectángulo de césped está aprisionado por cuatro paredes de piedra caliza. Anclado en cada una de las dos paredes perpendiculares, como una dona gigante vertical, hay un anillo de piedra de 50 centímetros de diámetro. Bajo las metas gastadas por el tiempo hay terraplenes inclinados, adornados con relieves mayas alusivos al juego de pelota. En la parte alta de la pared oriental hay una estructura de ocho metros conocida como el Templo del Jaguar. Imponente a la distancia se ve la Pirámide de Kukulcán.

Manny cierra los ojos e inhala profundamente, sus sentidos procesan los alrededores.

—Estamos en una arena holográfica, la misma donde Jake se entrenaba hace 20 años.

Beck maldice por lo bajo.

—Hangar 13. Tu hermano derramó mucha sangre y sudor en este lugar.

Manny asiente. Percibe el aroma de su gemelo tan claramente como se detecta el humo de un incendio forestal cercano.

La prisión móvil es sacada de la arena por ciberguerreros armados. Uno de ellos apunta su cañón de dolor hacia Sal y Pimienta.

—Ustedes dos vendrán con nosotros. Gabriel, tú te quedarás aquí. Si triunfas en el combate, tus amigos serán liberados. Si pierdes, tendrán una muerte dolorosa.

—¿No pueden regresarnos a la celda con una buena provisión de cervezas?

Encarando a Kurtz, el soldado dispara una breve ráfaga de energía con el dispositivo que tiene en el antebrazo, provocando que el guardaespaldas se doble de dolor. Luego se dirige a Manny:

—Puedes quitarte el collar neural una vez que hayamos salido de la arena. Ya no tienes prohibido el uso del Nexo.

Los militares escoltan a Beck y Kurtz fuera del campo de entrenamiento, donde dejan una armadura corporal, un exoesqueleto negro idéntico al que Immanuel usó 15 años antes cuando Jacob intentó entrenarlo para el combate en Xibalbá. La capa exterior del traje es de nanofibras de cerámica con soporte de carbón liviano, una tela tan fuerte como el acero pero tan ligera como el algodón.

El arma es una espada cuya hoja de doble filo está cuajada de conductores eléctricos del tamaño de una moneda. Mientras más rápido se blanda la espada, más se calentará el acero.

Manny toma el arma, haciendo caso omiso de la armadura.

El guerrero se acerca desde el extremo oeste de la arena. Un exoesqueleto blanco. Larga cabellera blanca e intensos ojos negros, surcados por gruesos vasos sanguíneos. La espada en una mano, el casco en la otra.

—Hola, tío.

—Te pareces tanto a tu padre que da miedo.

—Ponte tu armadura.

—No la necesito.

—Es un combate a muerte.

—¿Por eso percibo tu miedo?

Devlin aprieta los dientes. Arroja a un lado su casco y blande la espada con las dos manos, haciéndola girar delante de él en un patrón repetitivo de ochos. El acero se calienta hasta que se pone de un color rojo brillante.

Con un grito de guerrero, ataca.

La patada de Manny es tan veloz que casi no se ve. La suela de su bota golpea la placa pectoral de su sobrino como un escopetazo. El golpe cuartea la armadura de Devlin y lanza siete metros hacia atrás al adolescente.

El chico de 14 años resuella. Tiene dificultades para respirar; su esternón está severamente lastimado.

Manny se yergue sobre él. Coloca su espada sobre la placa pectoral cuarteada.

—Entonces, ¿a muerte?

Los ojos de Devlin se llenan de lágrimas.

—Hazlo, tío. ¡Dale fin a mi agonía!

—Oops, dijiste tío. Eso significa que yo gano —Manny sonríe y arroja a un lado la espada.

El adolescente confundido se sienta con gran dolor.

—Aguarda. Esto aún no termina.

—Dijiste tío. En mis tiempos, decir tío significaba rendirse —se aleja caminando hacia la salida.

La fuerza G que lo golpea por atrás equivale a una locomotora estrellándose contra una camioneta pick-up, mucho más poderosa de lo que Manny había esperado. De no haber estado esperando el ataque en el Nexo, la fuerza trituradora de huesos habría sido letal.

Refugiado en el gélido corredor que conduce a las dimensiones superiores, Immanuel Gabriel para el golpe y sujeta por atrás a su desconcertado sobrino con una maniobra de candado en la cabeza.

Y es entonces cuando siente una fuerza oscura que bulle en lo profundo del aura de Devlin, un manantial de energía que supera con mucho la suya propia y que impulsa el forcejeo del adolescente, a pesar de que el candado es más letal a medida que se resiste.

Manny tiene que usar toda su fuerza para dominar a su sobrino que se retuerce y finalmente se desvanece en sus brazos. *Tan obstinado como tu padre…*

Los dos Hunahpú emergen del Nexo.

Manny deja al chico inconsciente en la arena holográfica y usa su intensificado sentido del olfato para rastrear a la madre.

El mal no existe, o al menos no existe por sí mismo. El mal es simplemente la ausencia de Dios. Es como la oscuridad y el frío, una palabra creada por el hombre para describir la ausencia de calor. Dios no creó el mal. El mal es el resultado de lo que pasa cuando el hombre no tiene el amor de Dios presente en su corazón. Es como el frío que llega cuando no hay calor, o la oscuridad que llega cuando no hay luz.

ALBERT EINSTEIN

8

El olfato, el proceso de localizar mediante el olor, es un sentido que varía mucho entre las distintas especies. Los tiburones son capaces de oler una gota de sangre o aminoácidos entre miles de millones de gotas de agua de mar. El olfato de un perro es mil veces más poderoso que el de un ser humano.

El proceso evolutivo que transformó al hombre primitivo en el hombre moderno redujo en gran medida el sentido del olfato en la nariz del homínido, de 80 millones a sólo cinco millones de receptores. En cambio, la sociedad posthumana que evolucionó a partir del *Homo sapiens* en la "Tierra futura" desarrolló un sentido del olfato intensificado, para seleccionar una pareja compatible y rastrearla a grandes distancias.

Al avanzar por el Hangar 13, Immanuel Gabriel detecta rápidamente el aroma embriagante de las feromonas de Lilith Eve Mabus. El mestizo Hunahpú entra en un estado de excitación que carga cada terminación nerviosa vasomotora de su cuerpo.

La encuentra esperándolo en un área de reparaciones en el lado noreste del complejo. Siente que el corazón le late en la garganta al acercarse a ella, su almizcle mana bajo el ceñido jumper rojo y blanco de HOPE, la cremallera bajada lo suficiente para revelar un asomo de escote desnudo. Su negra cabellera, larga y ondulada, cae sobre uno de sus hombros en una cola de caballo.

Excitada por la presencia de Manny, Lilith se recarga jadeante en un montacargas.

Nacidos el mismo día hace 35 años, los dos primos nunca se han visto antes, ni han hablado. Reunidos de pronto, caminan en círculos como depredadores en celo, cada uno inhalando el aroma del otro; el espacio entre ellos se va reduciendo y se carga de electricidad. Supuestos enemigos, luchan para abstenerse del contacto físico, pero su abstención se torna inútil por obra de sus sentidos, que rápidamente confirman la coincidencia genética perfecta. Cada exhalación los intoxica con una locura que arrasa con cualquier lógica y cualquier agenda; todo es parte de un ritual de apareamiento que ninguno de los dos había conocido antes de este preciso instante, pero predestinado por su ADN Hunahpú.

Immanuel Gabriel y Lilith Mabus dejan de existir, su angustia es remplazada por la ciega lujuria animal. Con los ojos en blanco se atacan en un arranque de pasión. Sus lenguas se trenzan, el beso es tan violento que aplasta sus labios y les saca sangre. Las piernas de Lilith ciñen la cadera de Manny. Sus gemidos se prolongan hasta que la descarga de endorfinas casi los deja desmayados.

Manny intenta quitarle el jumper, desnudar la parte inferior de su cuerpo, pero Lilith se lo impide y lo aparta de sí jadeando.

—¿Por qué permaneciste oculto para mí?

—Intentaste matarme.

—Estaba confundida. Tu hermano me rechazó. Un acto de crueldad que engendró mil represalias.

—Jacob te rechazó impulsado por el miedo. Nuestro padre le dijo que eras peligrosa.

—He cambiado.

—¿Por qué habría de creerte?

—Porque es lo que quieres. Porque fuiste el responsable —retrocede, jadeando como un pez fuera del agua, hambreando a sus centros de placer sobrecargados—. Tu hermano y yo éramos niños cuando nos comunicamos por primera vez en el Nexo; teníamos 20 años cuando nos vimos en persona y él me inseminó con Devlin. Fue un acto de seducción de mi parte, nacido de un oscuro pasado que ambicionaba una agenda que yo misma no establecí. Esa agenda ha sido cancelada, y todo porque tú desafiaste tu destino y no emprendiste el viaje. Jacob era poderoso, pero padecía un desequilibrio emocional y era fácil explotarlo. Tú no. Quizá nos perdamos en aras de la lujuria, pero yo no podría seducirte nunca, porque eres el ancla de restricción que me transformó en algo que nunca imaginé que podría ser.

—¿Y qué es eso?

Sus ojos se llenan de lágrimas.

—Alguien capaz de amar.

Su aroma se disipa con la testosterona, permitiéndole a Manny absorberla con la mirada. Se acerca un poco más, le besa los labios delicadamente y la estrecha contra su pecho. Su ansia genética es saciada por algo mucho más profundo.

Permanecen abrazados hasta que el sol de la tarde se desangra en el ocaso.

★ ★ ★

—Manny, necesito mostrarte algo. La razón por la que te traje aquí.

—Primero mis dos guardaespaldas.

Lilith oprime el botón intercomunicador de su collar.

—Los guardaespaldas de Gabriel… ¿dónde están?

—En la celda del Nivel 2.

—Libérenlos y denles de comer. Quiero que los traten como invitados. Díganles que Manny los verá mañana en la noche.

—Entendido.

Los ojos de Manny se ensanchan.

—¿Adónde me llevas?

* * *

Durante más de cuatro décadas el Transbordador Espacial Orbital fue el núcleo del Sistema de Transporte Espacial (ste) de la nasa. Diseñado en la década de 1970, la voluminosa nave de 37 metros de largo era lanzada verticalmente como un cohete y aterrizaba como un avión espacial. Sus 7 800 kilos eran impulsados por tres motores de propulsión Block II y 31 750 kilos de combustible. Planeado como vehículo espacial reutilizable, el orbitador transportaba una carga promedio a un costo de 1 500 millones de dólares. A pesar de las mejoras era un medio de transporte anticuado y finalmente fue retirado en 2010.

El avión espacial de hope era mucho más aerodinámico y eficiente. Medía el doble de largo que el viejo transbordador y era de mucho mayor envergadura, pero sólo de la mitad del diámetro y un tercio del peso. La nave supersónica parecía un Concorde recargado. Despegaba como un avión comercial, volaba hasta el lindero del espacio y después los propulsores verticales la ponían en órbita. Fue diseñada específicamente como transporte para turistas y un viaje de 12 horas tenía un costo operativo de menos de 500 mil dólares, cifra fácilmente eclipsada por los cuatro millones que cobraban a los pasajeros.

Lilith y Manny están solos en la cabina principal, en asientos de cubo diseñados para soportar una fuerza de 4-G. El piloto se comunica con ellos desde la cubierta de vuelo a través del videocom.

—Señora Mabus, tenemos permiso para despegar. ¿Están listos?

—Preparados para partir —Lilith aprieta la mano de Manny—. Nunca has estado en el espacio, ¿verdad?

—No. Pero una vez estuve cerca.

—He estado en más de 100 vuelos y nunca deja de emocionarme, aunque probablemente sea más impresionante cuando despegas de día.

El avión espacial acelera por la pista desierta y se eleva tersamente en la noche. Reducen las luces de la cabina. Los ojos azules de la pareja Hunahpú brillan con un matiz grisáceo en la penumbra.

—Dime, ¿esto es un negocio de cruceros, mitología o placer?

—Tal vez sea las tres cosas. Manny, cuando te enfrentaste a mi hijo en el Nexo, ¿qué sentiste?

Manny reclina la cabeza en la almohadilla ergonómica.

—Fue extraño, como si una fuerza malévola provocara un conflicto interno. Por un momento registré dos señales genéticas, diferentes pero simbióticamente compatibles. Era como si a tu hijo lo guiara una energía espiritual más fuerte y oscura, pero la potencia superior…

—…es su propia conciencia.

—Sí. ¿Cómo es posible?

—De alguna manera, dentro de muchos años, Devlin y yo existiremos en otra realidad; un inframundo descrito en el *Popol Vuh* como Xibalbá. En esa existencia alterna nuestras almas serán corrompidas por fuerzas oscuras atribuidas a Satanás, aunque la verdad es que mi alma fue mancillada hace mucho tiempo. Debo haber muerto en Xibalbá, pero Jacob logró purificar mi alma. Eso produjo ondas que surcaron el espacio-tiempo para afectarme apenas unos días después de que él se marchó. El alma de Devlin nació pura y se oscureció al llegar a la adolescencia, tal como le ocurrió a mi alma a esa edad. Lo que sentiste en él fue al adulto maligno que atraviesa las dimensiones superiores para corromper el alma del adolescente. Cada día lo pierdo un poco más.

—Es peligroso. Como Hunahpú puro es mucho más fuerte que cualquiera de nosotros dos; sólo le falta el desarrollo neural necesario para coordinar sus poderes. Es necesario neutralizarlo antes de que eso ocurra.

Lilith le sujeta el brazo con fuerza.

—Sigue siendo mi hijo, carne y sangre de tu propio hermano. ¡Es posible salvarlo!

Lo suelta y le acaricia el bíceps.

—Lo siento. Ya sé lo que debes estar pensando: ¿puedo confiar en esta perra loca? ¿Ella es Dalila y yo soy Sansón? ¿Me corromperá como lo hizo con Jacob?

—Esa idea ha pasado por mi mente.

—La respuesta es la oposición de naturaleza y educación. ¿Por qué campea el mal? ¿Está en nuestra naturaleza, en nuestro ADN? ¿O es el resultado de la forma en que fuimos educados, los valores que nos inculcaron y que nos guían cuando es una cuestión del libre albedrío?

—Yo nací en la violencia. Mi padre, si es posible llamarlo así, asesinó a mi madre de una puñalada en un arrebato alcohólico de rabia, minutos después de que nací, porque esperaba un hijo varón que garantizara su legado. El hombre que me crió finalmente, mi abuelo adoptivo, me prefería como niña: empezó a sodomizarme cuando yo tenía ocho años.

—Jesús…

—Jesús no tuvo nada que ver con eso, pero yo ciertamente nunca vacilé en culparlo, pues desde el crucifijo colgado sobre la cama veía cómo me violaba mi tutor legal. Como te podrás imaginar, mi mente fue diezmada por el abuso. Estaba atrapada y aprendí a hibernar mentalmente durante la tortura física, escapando hacia la luz tranquilizante del Nexo. Un día sentí otra presencia que compartía el vacío y así fue como entré en contacto con Jacob por primera vez, o al menos con su conciencia. Tu gemelo era mi único amigo; me ayudó a sobrellevar el tormento hasta que tuvimos la edad de Devlin y entonces Jacob me abandonó repentinamente.

—Asesinaste a nuestra tía.

—Mi mente estaba envenenada. La inesperada ausencia de Jacob me sumió en un estado suicida. Una presencia oscura llegó a mí bajo la forma de un brujo *nagual,* un espíritu llamado Don Rafelo. Dijo ser mi tío abuelo y me enseñó a usar mi belleza física como un arma. Desde ese día dejé de ser una víctima. A medida que se acrecentaban mis poderes Hunahpú me perdí en la tentación; el brujo me instaba a adorar a Satanás. Pero también fui creada para la consecución de una agenda Hunahpú; en mi caso se trata de la preservación de nuestra especie. Podrías pensar que eso va directamente en contra de Satanás, pero de hecho fue el ángel caído el que me impulsó a triunfar, ya que sin el ser humano y sus actos de negatividad Satanás no es más que un conducto desinflado y sin vida.

—¿Qué te hizo creer que la humanidad estaba en peligro?

—En algún momento, poco antes de cumplir 17 años, comencé a tener unas pesadillas muy intensas, con imágenes detalladas de un cataclismo, una destrucción masiva. El calendario maya profetizó el evento apocalíptico que aparecía en mis visiones, pero las fechas no tenían sentido. El quinto ciclo culminaba el 21 de diciembre de 2012, nueve meses antes de nuestro nacimiento, pero la humanidad había sobrevivido de alguna manera. Sin embargo, era obvio que la amenaza seguía latente y a través de mis visiones rastreé la destrucción presagiada por mis sueños hasta la caldera de Yellowstone. Como una Noé moderna puse en marcha un plan para construir una flota de arcas espaciales, primero casándome con Lucian Mabus y después usando su compañía y su fortuna para revolucionar la industria del turismo espacial. Me ha tomado 17 años alistar una docena de transbordadores y una colonia en Marte, y ahora, por ti, todo ha cambiado. Si bien la amenaza apocalíptica es más real que nunca, la causa del cataclismo se ha desplazado.

La voz del piloto la interrumpe.

—Aproximándonos a 15 mil metros. Activando propulsores en 10 segundos. 9... 8... 7...

—¿Cómo que la causa del cataclismo se ha desplazado?

—Te lo voy a mostrar.

De pronto, el cuerpo de Manny es aplastado contra el respaldo de su asiento al encenderse los cohetes propulsores del avión, acelerando la nave a cuatro mil kilómetros por hora. Durante 20 segundos el estruendo de los motores abruma la cabina y después el silencio se apodera de la nave y su cuerpo flota, desprendiéndose del asiento.

Lilith se desabrocha el arnés y Manny sigue su ejemplo. Nadan en aire líquido, juguetean en la gravedad cero. Él maniobra hasta la ventana más cercana y mira la Tierra, cautivado por la belleza del planeta, conmovido por la realidad emocional que supera la guerra y el odio y la codicia; que el cálido planeta azul rodeado del vasto y helado vacío del espacio es un don que sustenta la vida y nosotros lo destruimos sistemáticamente.

Lilith se apretuja a su lado. Señala la curvatura del planeta que revela la atmósfera de la Tierra, una envoltura protectora, azul y delgada, que contrasta con el negro cosmos. Esa pequeña capa de atmósfera es lo único que separa a la Tierra de Marte.

El rostro del piloto aparece en los monitores de la cabina.

—Nos acercamos a una órbita cuasipolar, como ordenó. Todo está dispuesto para su caminata espacial.

Manny mira a Lilith.

—¿Caminata espacial?

* * *

El astronauta Ryan Matson de HOPE los espera en la compuerta hermética ubicada a la mitad de la nave, justo abajo de la cabina de pasajeros. Seis trajes espaciales de distintos tamaños están asegurados en la pared. Matson echa un vistazo rápido al físico de Manny y luego flota hasta el traje más grande y lo libera de su sujetador.

—¿Seguro que quieres hacer esto, amigo?

—¿Por qué? ¿Es peligroso?

—Si estar atado a una nave en el espacio que viaja a través de una galería de tiro de detritos a 10 veces la velocidad de una bala te parece peligroso, entonces sí. ¿Alguna vez has usado uno de estos trajes?

—Sólo para limpiar mi piscina.

A Matson no le parece gracioso.

—Este traje tiene 11 capas, incluyendo una prenda de enfriamiento de líquidos y ventilación, y una vejiga presurizada para que no te hierva la sangre. Hay cinco capas de aislamiento que te permiten operar en temperaturas que van desde -160 hasta +120 grados centígrados. Respirarás oxígeno puro; lo hemos estado bombeando a la cabina, así que ya debes estar bastante aclimatado. No sientas pánico si oyes que el ventilador interno se enciende y se apaga; está diseñado para retirar el exceso de calor corporal para que tu casco no se empañe y evitar la deshidratación. La piel exterior de Kevlar debe bastar para protegerte de los micrometeoritos, pero hay varios millones de objetos mucho más peligrosos orbitando la Tierra, así que procura mantenerte cerca de la nave.

—De acuerdo; una situación hipotética: digamos que perforo por accidente mi traje espacial.

—En ese caso, el traje se despresurizaría de inmediato, provocando anoxia y una muerte rápida.

Manny mira a Lilith, quien ya se ha puesto el traje.

—Estarás bien.

—Eso es alentador. ¿Las caminatas espaciales son parte de tu paquete estándar para los clientes?

—No ofrecemos EVA a nuestros clientes. Son demasiado peligrosas —Matson le da unos audífonos a Manny—. Conforme a las órdenes de Lilith, ajusté los enlaces de comunicación para que ustedes dos puedan hablar en privado. En tu cinturón hay un botón de anulación para abrir un canal con la cabina de mando, por si acaso.

El astronauta rocía la cara interior del casco de policarbonato de Manny con un compuesto antiniebla, revisa las luces interiores y luego se lo coloca en la cabeza.

—¿Listo?

* * *

Salen de la bahía de carga hacia el silencio. En el espacio no hay viento ni sonido, ni pista alguna acerca de la velocidad en que se mueven. La nave pasa sobre el Medio Oriente siguiendo una órbita de casi 90 grados diseñada para sobrevolar los dos ejes polares del planeta cada 90 minutos. Manny hace un rápido cálculo mental, determinando que su velocidad es de 7.45 kilómetros por segundo. Esa información lo deja mareado.

—Manny, ¿te encuentras bien?

—¿Por qué estoy aquí, Lilith?

—Para responder eso necesitamos observar la Tierra desde el Nexo.

Manny siente que su rostro se drena de sangre.

—Eso es extremadamente peligroso. La presión simplemente… será como nadar en plomo.

—Lo he hecho tres veces. Te desorientarás un poco al principio, y sí, será difícil moverse, pero es necesario. Supongo que a fin de cuentas es una cuestión de confianza. ¿Estás dispuesto a confiar en mí? Si la respuesta es no, entonces no tenemos ningún futuro juntos, y lo digo en más de un sentido.

—¿Por qué mataron a Lauren Beckmeyer?

—¿Quién es Lauren Beckmeyer?

—Era mi prometida, estudiaba geología en Miami. El papá de Lauren era ingeniero. Trabajaban juntos en un plan para ventilar la caldera de Yellowstone mediante un dispositivo robótico llamado Gopher.

—No habría funcionado.

—¡Fue asesinada, Lilith! Junto con su mentor, el profesor Bill Gabeheart. ¿Reconoces ese nombre?

Durante un largo momento los dos astronautas flotan silenciosamente en el espacio. El Océano Atlántico pasa abajo de ellos.

—Yo no fui quien dio la orden, pero estuve involucrada en la decisión de mantener todo en silencio. Gabeheart se dio cuenta que los datos procedentes de Yellowstone habían sido manipulados. Imagino que se lo dijo a tu prometida y por eso también la mataron. Quizá esto no signifique mucho para ti, pero en verdad lo lamento.

—¿Lo lamentas? —las lágrimas fluyen de sus ojos y el cambio de humedad hace que el ventilador interno de su traje lance aire fresco a su rostro—. ¿Dónde está la justicia en este mundo? ¿Quién paga el precio por decisiones que privan de la vida a los inocentes?

—Todos lo pagamos. Al menos déjame mostrarte. Después, si aún quieres venganza, podrás hacer conmigo lo que te plazca —pasa su brazo izquierdo por el asa formada por el codo derecho de Manny, antes de que él pueda protestar—. Juntos a la cuenta de tres. Uno... dos...

Manny cierra los ojos y por un acto de voluntad transporta su conciencia a una dimensión superior; sus entrañas son aplastadas de inmediato por una fuerza de varias G. El dolor se disipa cuando abre los ojos; su mente queda subyugada por su repentina percepción alterada de la realidad.

La rotación de la Tierra se ha reducido al punto de ser apenas perceptible, a consecuencia de la velocidad incrementada al interior del Nexo; un corredor de tiempo-espacio que los conecta a las nueve dimensiones superiores. Mientras el mundo físico a su alrededor se desacelera, Manny ahora puede ver cosas que se movían demasiado rápido apenas hace unos momentos.

Los detritos vuelan en órbita alrededor del planeta como un río de basura. Gránulos diminutos de polvo, hojuelas de pintura y gotas de enfriador expulsadas de los propulsores de cohetes forman un anillo geosincrónico en el Ecuador, mientras que objetos más grandes, dispersos en una órbita más baja, revolotean como satélites. Detecta un destornillador que gira a 40 metros de sus pies, arrastrando su cable roto como la cola de un cometa.

Después, cuando el transbordador pasa sobre Rusia, aparece ante su mirada otro objeto que hace que se le hiele la sangre.

A 16 mil kilómetros del Polo Norte hay un punto negro sin estrellas; su horizonte de eventos es aproximadamente de 20 por ciento de la circunferencia de la Luna. Se funde con el espacio y es visible sólo por su distorsión arremolinada y un delgado rastro de detritos verde-grisáceos que parece desmadejarse a lo largo de su perímetro, ciñendo una apretada cuerda de energía que perfora la atmósfera. Siguiendo el eje planetario, la singularidad continúa a través del núcleo terrestre y emerge por el Polo Sur como un cordón de ígneas moléculas rojas que retorna al espacio, curveándose en torno al orificio en expansión de un segundo hoyo negro ubicado sobre el hemisferio sur, cuyo horizonte de eventos es del doble de tamaño que el de su gemelo que se encoge.

—Dios mío...

—Sigue mirando.

Mientras la anomalía gravitacional posicionada sobre el hemisferio norte se vacía, un objeto nuevo aparece sobre el Mar de Japón.

—¿Un agujero de gusano?

El agujero de gusano permanece estable durante los siete minutos y 42 segundos que tardan los restos de la singularidad del norte en ser absorbidos a través del núcleo del planeta y salir del otro lado. Entonces el agujero de gusano desaparece.

Permanece el punto negro sin estrellas ubicado sobre el hemisferio sur. El horizonte de eventos del hoyo negro es ligeramente mayor que su gemelo canibalizado.

—¿Lilith?

—Lo llaman un *strangelet;* es un tipo de hoyo negro. Probablemente fue creado por uno de los Colisionadores de Hadrones. La primera vez que lo vi fue durante mi luna de miel, en el viaje inaugural de HOPE, en 2031. Sobrevolábamos la aurora boreal. En aquel entonces no era más grande que una pelota de baloncesto; era demasiado pequeño para generar un agujero de gusano. Si noté su presencia fue porque el ala de estribor de la nave pasó por la singularidad al momento de salir del eje terrestre del norte.

—¿Dañó la nave?

—No. No existe en la dimensión física, al menos no todavía, pero la densidad de su masa va en aumento y mientras más crezca mayor será su efecto sobre las placas tectónicas de la Tierra. Es la razón de que hayamos tenido tantos terremotos y tsunamis.

—¿Y qué hay de la caldera?

—Hace dos semanas se colapsó la cámara de magma. La anomalía nos empuja a una erupción catastrófica. Tan grave como es eso, no es nada comparado con lo que se avecina. En algún momento el *strangelet* acumulará suficiente masa para ejercer una atracción gravitacional en el mundo físico. Cuando eso ocurra, el hoyo negro completamente formado pasará una última vez por el eje terrestre y devorará el planeta entero.

—¿Quién más sabe de esto?

—Sólo nosotros dos, Devlin. Los humanos no pueden detectarlo aún.

Manny mira hacia abajo mientras pasan sobre Groenlandia y siente que su ser se colma de furia. A pesar de todas las advertencias, la humanidad lo había hecho finalmente; pero el evento apocalíptico profetizado no sería provocado por un arma nuclear o una peste de ingeniería biológica, sino por el intelecto sin trabas del hombre, alimentado por su enorme ego.

Pasan sobre los bloques de hielo del extremo sur del Círculo Ártico.

—Manny, tenemos que salir del Nexo.

Manny no la escucha, su mente está demasiado concentrada en la misión que su hermano le encomendó en Tierra Santa. *El* strangelet *fue desencadenado hace años. Necesito descubrir cuál colisionador de hadrones lo hizo y cuándo.*

La sola idea de los físicos responsables de esto le repugnaba. Mientras recibían elogios y premios, la mecha apocalíptica de partículas creada por ellos seguía encendida.

¡Manny! La voz de Lilith, quien se comunica con él telepáticamente dentro del Nexo, lo arranca de sus pensamientos. *Estamos pasando sobre el eje polar. Tienes que salir del Nexo, es demasiado…*

No hay sonido ni advertencia alguna, sólo un ojo que se abre sobre el eje del norte bajo sus pies. Durante una aterradora fracción de segundo ve una mancha anaranjada rojiza que revela el núcleo violado del planeta, cuando la singularidad irrumpe fuera del globo terráqueo ¡y avanza hacia ellos como un cohete a la velocidad de la luz!

Su mente brinca fuera del Nexo; su conciencia se ve atrapada en un tsunami cósmico de partículas de protones que atraviesa su ser y lo envuelve en su serena luz blanca.

Quiero saber cómo creó Dios este mundo. No me interesa este o aquel fenómeno, ni el espectro de este o aquel elemento. Quiero conocer sus pensamientos; lo demás son detalles.

Albert Einstein

9

Quizá fue la cascada lo que lo despertó. La niebla que se disipa sobre la laguna azul deposita en su piel frescas perlas de precipitación. O quizá el canto de las aves a la distancia, confundiéndose con el rumor de las palmeras que ocultan el cielo. De cualquier modo, Immanuel Gabriel abre los ojos y se estira en la arena rosada junto a la laguna alimentada por la cascada en ese jardín exuberante. Sonríe al pensar que su alma ha trascendido, liberándolo de su carga terrenal.

No, Manny. Tu alma ha desalojado temporalmente su receptáculo físico, pero no has trascendido.

"¿Mamá?" Se pone de pie de un salto, no por un esfuerzo físico sino por su mera voluntad. Nunca se mueve, es el follaje el que se aparta a su alrededor y el paisaje que se despliega ante él en una burbuja de la existencia donde el tiempo ha sido remplazado por la causalidad.

El árbol invertido es montañoso, su gloria enraizada en el cielo y más allá del alcance de su vista; sus troncos superiores entrelazados descienden en un cúmulo de seis hasta terminar en uno solo.

Y ese uno, directamente frente a él, se funde en un hombre y una mujer.

Están parados de espaldas, cual si sus vértebras estuvieran fusionadas como los dientes de una cremallera, su desnudez estratégicamente oculta por las parras que los ciñen. La mujer, una belleza mesoamericana de cabello negro, está a la izquierda; el hombre, juvenil, de unos 30 años y cuerpo de atleta, está a la derecha.

Michael Gabriel.

Dominique Vázquez Gabriel.

Manny se postra de rodillas en el Jardín del Edén, delante del Árbol de la Vida del que brotan sus padres y habla por un acto puro de su volición, sólo que el pensamiento es vocalizado telepáticamente antes de que sus cuerdas vocales entren en acción.

—*¿Cómo es que estoy aquí?*

—*Porque ésa fue nuestra voluntad* —su padre no se mueve nunca. Sus ardientes ojos de ébano no parpadean.

—*¿Esto es real?*

—*No* —le comunica su madre—. *Lo que percibes es una manifestación de energía mental. Estamos atados a ella por nuestra existencia terminal en el Malchut.*

—*¿El Malchut es una prisión?*

—*El Malchut es el universo físico* —responde su padre—. *El más bajo de los diez Sefirot, las 10 dimensiones formadas por la Tzimtzum... la contracción.*

—*¿La contracción?*

—*El efecto que ustedes llaman el Big Bang.*

La mente de Manny da vueltas.

—*¿Cuál fue la causa de la Tzimtzum?*

—*La causa fue el deseo del Conducto Adán de ser como el Creador y compartir. Pero el Conducto Adán fuè creado sólo para recibir plenitud ilimitada. Y así el Conducto Adán repudió la Luz del Creador y la Tzimtzum ocurrió.*

¿El Conducto Adán? Están revelando el relato de la creación, el verdadero...

—*Madre, antes del Big... de la contracción, ¿qué había?*

—*"Antes" se refiere al tiempo. El tiempo no existe en el infinito, de modo que no hay un antes, sólo hay causa y efecto. En la infinita realidad de la existencia, donde el tiempo no existe, está el Creador, la incognoscible Esencia del Creador y la Luz que emana del Creador. La Luz existe en el Sin Fin. La Luz es perfección. Nunca podemos conocer al Creador, pero en Su Esencia está la naturaleza del compartir. Como no había nada en qué compartir, una energía recíproca era necesaria para completar el circuito, un Conducto para recibir la Luz infinita del Creador. Y así fue creado el Conducto Adán y su único propósito era recibir. El Conducto Adán era el alma unificada y todas las almas que hoy existen son una chispa de Adán.*

Ahora interviene su padre:

—El Conducto Adán fue dividido en dos aspectos. El aspecto femenino, Eva, estaba compuesto por electrones de carga negativa; el aspecto masculino, Adán, era la carga positiva de protones del Conducto. Y el Conducto sólo tenía el deseo de recibir y la Luz sólo daba, así que había plenitud sin límites. Pero conforme la Luz siguió llenando el Conducto, le transmitió la Esencia del Creador, el deseo de compartir. El Conducto Adán no tenía modo de compartir. El Conducto Adán también sentía vergüenza porque no se había ganado la plenitud sin límites que recibía. Y así fue que el Conducto Adán repudió la Luz del Creador. Sin la Luz, el Conducto Adán se contrajo a un punto singular de oscuridad que era la Tzimtzum.

—Pero, padre, si la Tzimtzum era la contracción, ¿qué causó la repentina expansión que engendró al universo físico?

—Hallarse de pronto sin plenitud fue demasiado para el Conducto Adán. En su precipitación por recuperar la Luz del Creador, el Conducto Adán se expandió demasiado rápido y se hizo añicos. Su estructura molecular explotó hacia afuera, liberando protones y electrones en una burbuja de existencia física. Lo infinito dio a luz a lo finito.

—Pero, ¿por qué permitió el Creador que el Conducto Adán se hiciera añicos?

—El Conducto Adán deseaba ganarse su propia plenitud. El Creador, que amaba incondicionalmente al Conducto, le dio la oportunidad que deseaba.

—¿Qué oportunidad?

—Manny, cada ser viviente tiene un alma, una chispa del Conducto Adán hecho añicos. La vida en el Malchut es una oportunidad de ganar la plenitud ilimitada. Es la razón por la que estamos aquí.

—¿Por qué 10 dimensiones? ¿Cuál es su propósito?

—Cada Sefirot actúa como un filtro que oculta del mundo físico la Luz del Creador. Los tres planos superiores, Keter, Chochmah y Binah, son los más próximos al Creador y no ejercen influjo directo en el reino físico del hombre. Los siguientes seis Sefirot conforman una superdimensión, Ze'ir Anpin. Abajo de ese conjunto de seis está el Malchut, el universo físico. La luz de Ze'ir Anpin es asequible a quienes la buscan.

—Pero, ¿por qué ocultar la Luz del Creador? Si la gente lo supiera... ¿se imaginan cuánto mejoraría la vida? Sin odio, sin codicia...

—...sin transformación —lo interrumpe su padre—. *La plenitud se debe ganar. Los Sefirot velan la Luz del Creador, garantizando el libre albedrío. El Oponente se asegura de que la plenitud sea ganada.*

—¿El Oponente?

—El Oponente es Satanás. Satanás reside en la undécima dimensión, enraizado en el ego humano bajo la forma de la tentación y la codicia, la lujuria y la violencia. Resistirse a Satanás es parte de la prueba.

—Hijo, recuerda siempre que la oscuridad no puede vivir en la Luz.

—Padre, ¿por qué me trajeron aquí?

—El ego del hombre ha permitido que la serpiente entre al jardín. El Creador no desea que el Malchut sea destruido. Has sido elegido como la causa que puede cambiar el efecto.

—¿Y cuál es el efecto que debo cambiar?

El árbol, el jardín, sus padres y todo lo que lo rodea se filtran a una serena luz blanca, una luz tan intensa que le es imposible mirar su fuente infinita.

Cuando abre los ojos lo confronta una serpiente; sus ojos rojos lo observan a través de sus enormes pupilas negras y levanta su torso superior hasta la altura del pecho de Manny.

—Saludos desde la undécima dimensión, tío.

—¿Devlin?

—¿Ese sabor que siento es el del miedo que mana de tu alma? Cómo se han invertido los papeles desde nuestro último encuentro, cuando el muchacho dominaba aún al hombre.

—¿Quién eres?

—Yo soy lo que ha de suceder. Echa un vistazo, tío, al futuro que te espera si decides acometer tu santa misión. Te ofrezco una probada de auténtico miedo…

★ ★ ★

—Manny, sigue mi voz…

—Tendido en el foso, en un frío que cala los huesos, a través de cien años de oscuridad eterna, detecta el patrón rosáceo tras unos párpados sellados en ámbar.

—…intenta abrir los ojos.

—Batalla contra un peso inamovible hasta que se da cuenta de que no tiene brazos.

—Lucha por salir. Crea dolor.

—Está de pie en la oscuridad y tantea la pared, ensangrentando la piedra fría con su rostro. Una y otra vez golpea los confines del calabozo hasta que siente sus manos que cosquillean en algún lugar del abismo. Alentado, azota con más fuerza los muros redondeados del foso, al tiempo que abre y cierra las extremidades que había perdido: el dolor le genera brazos. Sus dedos caminan por su torso quebrado hacia la carne enferma que ha reducido a golpes a una masa informe, y como una garra tiran del ámbar que sella sus ojos hasta que desvelan la luz…

…Un cuarto iluminado, con cielo azul y cortinas surcadas por conductos intravenosos, interrumpido por el rostro de una diosa, cuyo aroma a vainilla se infiltra en el sabor a azufre que aún le queda en los pulmones; sus manos cálidas y suaves acarician el rostro barbado de Manny.

Incapaz de hablar, mira a Lilith, tratando de comunicarse telepáticamente.

Ella ve que se esfuerza. Le ofrece un vaso de jugo de naranja, colocando el popote entre sus labios resecos.

—Tómalo despacio, Manny. Tuve mucho miedo, pensé que te había perdido para siempre. ¿Te duele? ¿Recuerdas algo?

Mira en torno suyo, sus ojos parpadean sumidos en la confusión.

—Me torturaron... ¿cuánto tiempo?

—¿Te torturaron? No, Manny, eso debe haber sido un sueño. Estábamos caminando en el espacio, ¿recuerdas? La singularidad te atravesó mientras tu conciencia seguía anclada en el Nexo. Estuviste inconsciente siete semanas.

Siete semanas. Los 49 días de Omer. ¿Es posible? La confusión se vuelve enojo. Furioso porque su sentencia queda reducida a los ojos de Lilith, trata de incorporarse en la cama; su cuerpo está adolorido y débil.

—No fueron siete semanas. Fue más tiempo... 40 años de oscuridad, ¡40 años de tortura!

—¿Cuarenta años deambulando en la oscuridad? Igual que los israelitas, ¿eh? Debe haber sido un sueño tremendo.

Manny gira la cabeza con fuerza y su rostro barbado se drena de sangre. La conocida voz masculina resuena en susurros que infestan su mente con una frialdad absoluta; tentáculos verbales que envuelven en el miedo todo pensamiento lógico. Atemorizado más allá de la capacidad de razonar, Manny se cae de la cama como un animal azotado, arrancando de sus venas las agujas intravenosas en su precipitada huida.

Devlin Mabus sonríe desde el umbral de la suite de su madre. La esclera de sus ojos, inyectada de sangre, está completamente roja; su aura luce fría y asentada: el adolescente ha sido eliminado de manera permanente.

—Bienvenido de regreso, tío. Te echamos de menos.

TRIBUNAL DE DISTRITO
DISTRITO ESTE DE NUEVA YORK
CASO NÚM. 00CV1672 [2000]:

WALTER L. WAGNER
(Demandante)
vs.
BROOKHAVEN SCIENCE ASSOCIATES
(Acusado)

DECLARACIÓN JURADA

Yo, H. Kimball Hansen, Ph.D., declaro bajo pena de perjurio lo siguiente: soy profesor emérito de astronomía del Departamento de Física y Astronomía de la Universidad Brigham Young en Provo, Utah. Fui miembro de la plantilla docente entre 1963 y 1993, y desde 1968 hasta 1991 fui el editor asociado de *Las Publicaciones de la Sociedad Astronómica del Pacífico.*

He leído la Primera Queja Enmendada, las declaraciones de los doctores Richard J. Wagner y Walter L. Wagner, el Informe de Seguridad [1] ahí referido y el artículo científico acerca de los *strangelets* escrito por Joshua Holden, y estoy familiarizado con los asuntos ahí tratados respecto de la operación del CIHR (Colisionador Intenso de Hadrones Relativista) en el Laboratorio Nacional de Brookhaven. Coincido con que el llamado "argumento de la supernova" empleado en ese informe para demostrar la seguridad del CIHR está lleno de fallas. Presupone la estabilidad de *strangelets* pequeños, con lapsos de vida del orden de varios siglos o más, lo suficientemente prolongados para viajar grandes distancias en el espacio. Los autores habían afirmado con anterioridad que para ser peligrosos los *strangelets* sólo necesitaban tener lapsos de vida del orden de una milmillonésima de segundo, apenas lo suficiente para viajar unos cuantos centímetros y alcanzar materia normal afuera del vacío del CIHR. Existen varios argumentos teóricos que muestran que los *strangelets* podrían ser peligrosos y hay fallas en los argumentos presentados hasta la fecha sobre la seguridad del CIHR. Yo soy de la opinión de que sería prudente evitar colisiones frontales en el CIHR hasta que se obtenga un informe de seguridad más completo, de preferencia ante la comunidad física en su conjunto.

H. Kimball Hansen, Ph.D.
17 de mayo de 2000

10

Noticias de la Tierra

1º de julio de 2047: Chikurachki, el volcán más alto de la isla Paramushir en Rusia hizo erupción anoche a las 11:44 PM. Se reportaron nubes de ceniza de hasta siete kilómetros (22 970 pies). Chikurachki es el cuarto volcán de los seis que forman el grupo Tatariono que hace erupción en los últimos tres días. Las columnas de ceniza de las cuatro erupciones se han expandido hacia el oriente, cubriendo 230 kilómetros.

Ginebra, Suiza

—A fin de cuentas depende del cómo y el porqué. El porqué tiene que ver con Dios y la religión; el cómo es el campo de la física de partículas.

Viajan en una limusina por el campo francés el físico entrado en años y el asesino entrenado por la CIA. Llegaron a Ginebra una hora antes en el avión privado de Lilith Mabus.

El doctor Dave Mohr se pierde en su elemento.

Mitchell Kurtz está perdido a secas.

—De acuerdo, Doc, habiendo gastado miles de millones de dólares para construir esos aceleradores de partículas, quizá pueda decirme qué saben del Big Bang ustedes los sabihondos.

—Sabemos que hace aproximadamente 13 700 millones de años nuestro universo surgió como una singularidad. Las singularidades son entes que aún no podemos definir por falta de conocimiento, aunque creemos que existen en el núcleo de los hoyos negros. De acuerdo con astrofísicos como Steven Hawking, la singularidad que dio origen al universo físico no apareció *en* el espacio, sino que el espacio comenzó dentro de la singularidad.

—¿Y entonces qué existía antes de la singularidad?

—Antes de la singularidad no existía nada. Ni el espacio, ni el tiempo, ni la materia, ni la energía.

—Déjeme ver si le entendí. ¿La singularidad que creó el universo entero vino de la nada? Apareció así sin más... *¡puf!* ¡Dios mío! Debe ser una de las cosas más tontas que ha dicho nunca un tipo inteligente.

—Quizá Dios fue parte de ese aspecto de la ecuación, no lo sabemos. Lo que sí sabemos es que nuestro universo físico estaba y aún permanece dentro de la singularidad en expansión. Antes de que ocurriera el Big Bang no existía, y nosotros tampoco. Como quiera que haya sido, era diminuto, de una magnitud infinitesimal, más pequeño que un átomo, y estaba extremadamente caliente. Y no explotó, sino que más o menos se expandió en todas direcciones a la velocidad de la luz.

"El Big Bang produjo materia y antimateria en cantidades iguales. Segundos después de la Creación esos dos materiales colisionaron y se destruyeron uno a otro, creando energía pura. Afortunadamente para nosotros la mayor parte de la antimateria se degradó o fue aniquilada, dejando suficiente materia intacta para permitir que echara raíz el universo físico tal como lo conocemos. A medida que el universo se expandió y enfrió, los quarks se aglutinaron, formando protones y neutrones. Después de 100 segundos se formaron núcleos de helio, pero pasaron 100 mil años antes que aparecieran los primeros átomos. Pasaron mil millones de años para que el helio y el hidrógeno se unieran para formar estrellas. En tanto, el universo se seguía enfriando y expandiendo. Edwin Hubble descubrió este fenómeno en 1929; sus observaciones, entre otras, rastrearon la expansión de regreso hasta la singularidad supercaliente concentrada."

—Si saben tanto, ¿qué necesidad hay de construir más colisionadores apocalípticos?

—Porque al rompecabezas de la Creación le faltan algunas piezas clave que sólo es posible hallar en las partículas subatómicas creadas una millonésima de segundo después del Big Bang. Isaac Newton estaba muy adelantado a su tiempo cuando inició el campo de la física de partículas, introduciendo al mundo a lo que algunos científicos llamaron su "sabiduría prohibida". Pasaron dos siglos antes de que Ernest Rutherford descubriera que los átomos son principalmente espacio vacío, con su masa concentrada en un diminuto núcleo obeso orbitado por electrones livianos. Más tarde los físicos descubrieron protones y neutrones dentro del núcleo. Pero eso no bastaba, así que empezaron a sondear el interior de esas estructuras y descubrieron los quarks. Mientras tanto, la teoría general de la relatividad de Einstein introdujo la trama del espacio-tiempo y la revelación de que la materia curvea el espacio, todo lo cual añadió literalmente otra dimensión, o más precisamente un total de 10 dimensiones, a la teoría de la existencia.

—Pero eso tampoco bastaba, ¿cierto?

—La razón por la cual no bastaba, Mitchell, es que los físicos teóricos prefieren que todo esté limpio y ordenado. El Big Bang creó 10 dimensiones, pero no sabemos por qué. Cuestionamos nuestro modelo estándar de los elementos dentro del universo físico porque es caótico y parece estar incompleto; 57 partículas, 16 de las cuales son fundamentales, sin contar la antimateria o los neutrinos, que ahora mismo mientras conversamos fluyen por nuestros cuerpos a un ritmo de millones de millones por segundo. Es demasiado complejo. Los físicos desean un conjunto de reglas básicas y simplificadas sobre cómo interactúan las partículas.

—Así que ustedes los sabihondos tuvieron que ponerse a entrechocar átomos.

—Era la única manera de poner a prueba las teorías de la física cuántica. Cuando dije que faltaban piezas del rompecabezas me refería a una hipotética decimoséptima partícula fundamental, conocida como el bosón de Higgs. El físico Peter Higgs teorizó que el vacío del espacio no está realmente vacío sino que está permeado por un campo invisible que actúa como un barro cósmico que provee masa a partículas que no deberían tenerla. Ese barro cósmico es el bosón de Higgs y se ha convertido en el Santo Grial de la física de partículas. Algunos la llaman la partícula de Dios. Los aceleradores de partículas fueron construidos para encontrarla.

—Es irónico que la búsqueda de la partícula de Dios quizá culmine en la destrucción de todo lo que Dios creó.

—Buscábamos el saber del universo. ¿Era algo tan malo?

—Saber es poder, Doc. Sabiduría es advertir cuando hay que retroceder —Kurtz se asoma por la ventanilla cuando viran en la *Route Schrödinger,* en dirección de un conjunto privado de edificios—. ¿Cuándo fue la última vez que estuvo aquí?

—En julio de 2010. Fui asignado al Atlas, un detector de siete pisos de altura. Hay cuatro detectores situados alrededor del GCH. El más pesado es el Solenoide Muon Compacto, que pesa más que la Torre Eiffel. Los detectores registran las colisiones y nos ayudan a analizar una enorme cantidad de datos medidos en *petabytes*, miles de billones de bits. La *world wide web* fue creada por un físico del CERN como un medio para compartir los datos con científicos alrededor del planeta.

—¿Cómo funciona el colisionador de partículas?

—En esencia, el GCH es un enorme anillo alojado en un túnel, de 27 kilómetros de diámetro, a unos 30 metros bajo tierra. Dos rayos de partículas corren en direcciones opuestas alrededor del túnel 10 mil veces por segundo, guiados por más de mil imanes cilíndricos superenfriados. El colisionador acelera los protones a energías de siete billones de voltios-electrones y los hace chocar entre sí en los sitios de los cuatro detectores a una velocidad casi igual a la de la luz. Las colisiones transforman la materia en cúmulos de energía, creando una bola de fuego increíblemente intensa, más pequeña que un átomo, con una temperatura un millón de veces más caliente que el centro del Sol. La singularidad es tan densa como si se condensara el edificio Empire State hasta el tamaño de una cabeza de alfiler. Al colisionar las partículas, el GCH recrea las circunstancias existentes una millonésima de segundo después del Big Bang, para descubrir nuevas partículas, fuerzas y dimensiones.

—Y al hacerlo, ¿crean hoyos negros?

—Unos pequeños, sí.

—Según dice la bruja malvada, el que pasó a través de Manny no era tan pequeño.

El doctor Mohr mira por su ventanilla polarizada.

—Todos sabíamos que había un peligro inherente; nadie creía que pudiera ocurrir. De hecho eso no es cierto. El presidente Cheney lo creía, creo que fue la madre de los gemelos quien presionó para que impusiera la moratoria. Y antes de eso un grupo de científicos demandó al colisionador de Brookhaven, preocupados porque los experimentos pudieran crear hoyos negros microscópicos o quizá *strangelets,* capaces de destruir al planeta entero. De acuerdo con sus teorías, un hoyo negro microscópico rebotaría por el anillo, golpeando y absorbiendo otros átomos, para después pasar repetidas veces por el núcleo magnético de la Tierra, creciendo cada vez. Nuestros científicos desecharon sus preocupaciones, arguyendo que los minihoyos negros eran demasiado inestables para sustentarse. El mayor temor era la creación de *strangelets,* un tipo de singularidad más estable. Si un *strangelet* pasara por la cámara y escapara, podría en teoría convertir en parte de sí mismo cualquier materia con la que entrara en contacto. Al parecer eso fue lo que ocurrió, sólo que surgió en otra dimensión, una variable inesperada que nos era imposible conmensurar.

—¿Y si esa variable inesperada se materializa en nuestro universo físico como teme Lilith?

El físico exhala un profundo suspiro.

—No lo sé. Si se vuelve un auténtico hoyo negro de tercera dimensión y si adquiere el tamaño y las fuerzas gravitacionales adecuadas, entonces sí, plantearía una grave amenaza para todo nuestro planeta.

—Maravilloso.

—Es fácil jugar a señalar culpables, Mitchell, y hay culpa de sobra. Lo importante ahora es descubrir cuándo se creó el *strangelet*.

—Debe haber sido recientemente. El hoyo negro que hundió el crucero de Evelyn…

—Eso no fue un hoyo negro sino un agujero de gusano, una anomalía residual creada después de que la singularidad pasara por el núcleo magnético de la Tierra.

—Manny habló de usar un agujero de gusano para viajar de regreso en el tiempo a un periodo anterior al evento apocalíptico de 2012.

—No veo cómo sea posible. Un agujero de gusano no es algo que se pueda dirigir.

—Quizá él sí pueda —Kurtz ve por la ventana cuando llegan a la entrada enrejada de las instalaciones del CERN en Ginebra—. ¿Quién es el cerebrito al que venimos a ver?

—Se llama Jack Harbach O'Sullivan. Yo lo llamo el Jackson Pollock de la física. Si Lilith y Manny vieron realmente un *strangelet* pasando a otra dimensión, Jack lo sabrá.

La limusina avanza a la entrada de visitantes. Un guardia compara su biochip con la lista de visitas y se dirigen a uno de los edificios blancos de ladrillo.

2 de julio de 2047
Golfo de México
4:37 AM

El jetcóptero vuela en un cielo nocturno estrellado, a 150 metros de las oscuras aguas del Golfo de México. El piloto mantiene el rumbo al suroeste, hacia la Península de Yucatán. Ryan Beck ocupa el asiento del copiloto; el asesino entrado en años ronca ligeramente. Lilith está sentada atrás, con la cabeza de Manny acunada en su regazo. El gemelo Hunahpú está fuertemente sedado. Sus párpados se agitan y respira con dificultad desde que partieron del sur de la Florida dos horas antes.

Lo que infectaba la mente de Immanuel Gabriel había desplazado todo pensamiento racional. Reducido a un estado de miedo, había huido de la recámara de Lilith rompiendo unas puertas de cristal resistente a huracanes y saltando dos pisos desde el balcón hasta la playa. Corrió kilómetro y medio hasta que Lilith lo alcanzó valiéndose del Nexo. Lo sometió en el etéreo corredor del espacio-tiempo y le inyectó una dosis de thorazina.

Si el miedo de Manny era inquietante, la transformación de Devlin era aterradora. El aspecto frío y calculador del adolescente se había disipado con la luz del día y su conducta esquizofrénica apareció en plenitud a la medianoche. Deambulando por la mansión Mabus, farfullando en lenguas antiguas, el peligroso hombre-niño parecía desconectado de su entorno físico, su mente inmersa en otra dimensión cuyas puertas le vedaban el acceso. Furioso, se postró junto a la piscina, bajo la luna menguante, azotando su cabeza contra las baldosas. Con más tranquilizantes de los que se necesitan para dormir a un caballo, se desvaneció por fin para alivio de todos.

El horizonte se torna gris en el oriente, revelando Ciudad del Carmen, la ciudad costera del estado mexicano de Campeche. Siguen hacia el suroeste, sobrevolando un verde valle salpicado de pequeños lagos y fosas. Veinte minutos después aparecen los Altos de Chiapas detrás de una espesa selva tropical.

El piloto reduce la velocidad y la altitud y activa el rotor triple del jetcóptero, retrayendo las alas para pasar al modo de helicóptero. La aeronave vuela en círculos sobre la densa maleza hasta que de entre ella surge una serie de templos blancos de piedra. El piloto localiza un campo despejado a 400 metros al oeste de las ruinas y aterriza.

★ ★ ★

Palenque: Antigua capital de la ciudad-Estado maya de B'aakal, conocida por los indígenas como *Lakam Ha*. Manantiales y pequeños ríos fluyen por la fortificación en la jungla que data del año 300 d.C. En 431 d.C. K'uk B'alam fue el primer líder en ascender al trono. Diez reyes y 144 años más tarde, un adolescente llamado K'inich Janaab' Pakal I (Pakal el Grande) comenzó un reinado de 68 años en la ciudad más importante de la era clásica maya.

★ ★ ★

Ryan Beck carga a Immanuel Gabriel sobre uno de sus anchos hombros y sigue a Lilith por el sendero que conduce al parque manicurado. Oleadas de bruma blanca refrescan suavemente el follaje, filtrando la luz del alba. La selva despierta lentamente a su alrededor en un concierto de trinos y rugidos y el aleteo de un millar de alas.

El sendero los lleva por un conjunto de templos llamado el Grupo Cruz. El parque parece desierto; las puertas no se abrirán para los turistas hasta dentro de tres horas.

La anciana los espera en el Templo de las Inscripciones. La azteca de 1.50 metros de estatura se ve diminuta junto al monolito de 60 metros. Una delgada capa de carne pellejuda cuelga de sus frágiles huesos y sus ojos de un azul grisáceo, afectados por las cataratas, son tan nebulosos como la bruma. Su rostro luce curtido y demacrado; su cuerpo fibrudo es, contra toda apariencia, fuerte para una mujer de 100 años.

Lilith se agacha y besa la mejilla abultada de su tía abuela materna.

—Chicahua, gracias por venir con tanta premura.

—No tenemos mucho tiempo. Despierta al Hunahpú.

Beck, incierto, dirige una mirada a Lilith.

—Chicahua es una vidente, sus ancestros aconsejaban a los reyes. Haz lo que ella dice.

El guardaespaldas coloca a Manny sobre los escalones del templo y le pone una inyección de adrenalina.

Los ojos de Manny se abren de golpe, desorbitados y llenos de miedo. Mira en torno suyo, encogiéndose como si los espíritus de los muertos se estuvieran levantando de la tierra.

Beck lo sujeta del cuello con el brazo derecho cuando intenta huir, pero Manny se libera y lo arroja por sobre su hombro como si se tratara de un colegial.

Bocanadas de humo azul grisáceo penetran por la nariz del gemelo Gabriel, provenientes del cigarrillo de hierbas de la anciana. Manny se tambalea. El terror le deja una expresión vacía en el rostro.

La anciana coloca sus manos nudosas sobre los ojos de Manny y su oreja derecha sobre su pecho.

—Chilam Balam… Te reconozco. Acechas en las sombras como un felino herido. Lleno de miedo, Balam, tus pensamientos tan manchados… colmados de veneno.

—¿Qué tiene? —pregunta Lilith—. ¿Y por qué lo llamas Chilam Balam?

—El alma del Hunahpú ha sido poseída, afectando vidas pasadas así como la del presente. El espíritu responsable de ello es oscuro y poderoso.

Lilith se aproxima y murmura en la lengua nativa de Chicahua.

—¿Puedes salvarlo?

—Puedo cortar el vínculo que los ata, nada más.

—Entonces hazlo.

—Hay un precio —la anciana mira a Beck.

—Él no. Traje a otro.

* * *

Antonio Amorelli está solo en la cabina del jetcóptero, los ojos fijos en el GPS que sostiene en su mano izquierda. El rastreador diminuto que puso en el bolsillo del pantalón de Immanuel Gabriel sigue funcionando a la perfección: el punto rojo asciende lentamente el Templo de las Inscripciones.

Con la mano derecha opera el teléfono celular.

—Bueno.

—Dev, soy Antonio. Anoche saqué a tu madre y al gemelo Gabriel de la mansión. Pensé que querrías saberlo, aunque tu madre me mataría si supiera que te llamé.

—Quizá debería decírselo.

El corazón de Antonio se acelera, el sudor le baña el rostro.

—Te llamé por lealtad.

—No soy tonto, Amorelli. Están en Palenque.

El piloto maldice para sus adentros.

—Ya sabía que tú lo sabías... Sólo llamé para decirte que le puse un rastreador a tu tío, por si acaso.

—Entonces no eres un caso perdido. Corta la manguera del combustible de la nave, que parezca una avería. Yo llegaré allá pronto. Y espera una jugosa transferencia de fondos a tu cuenta *off-shore*.

—Eres muy generoso.

La llamada se corta.

★ ★ ★

Ascienden los escalones de la pirámide, que están divididos en nueve secciones que representan a los Nueve Señores de la Noche. Lilith ayuda a la anciana. Manny las sigue en un sopor inducido por las drogas. El guardaespaldas cierra la marcha, su camiseta empapada en sudor. Al llegar a la cima del templo la vidente azteca camina a la entrada central, una de las tres que conducen al interior.

"El africano permanecerá aquí." Sin esperar una respuesta empuja la puerta y entra a una amplia habitación abovedada donde hay tres inscripciones jeroglíficas, una en cada pared lateral y la última en el muro del fondo. Detrás de la columna central hay un agujero en el piso donde había una cuarta inscripción tallada en una piedra enorme. La piedra fue retirada, revelando un pasaje secreto. Guiada por la luz de una lámpara de halógeno del tamaño de un dedo, Lilith ayuda a la anciana a bajar una estrecha escalera de 66 escalones, cuya superficie de piedra caliza está pegajosa por la condensación. Manny las sigue de cerca.

Al final de la escalera hay un túnel de paredes anguladas que confluyen en el techo, formando un pasaje triangular. Lo siguen y notan que se ensancha y luego vira hacia el oriente. La linterna revela otra escalera que desciende 22 escalones hasta una pequeña cámara.

Otro viraje y se hallan ante la tumba del rey Pakal.

El sarcófago que contenía los restos del monarca de Palenque y su máscara de jade es inmenso: 3.5 metros de largo y dos de ancho. Los glifos inscritos en la tapa de cinco toneladas representan al Sol, la Luna, Venus y varias constelaciones del cosmos. La pieza central del relieve es una talla de Pakal viajando a bordo de una nave espacial con forma de daga, con una cruz que simboliza el árbol de la vida. El vehículo, adornado con la máscara del dios del Sol, representa la transición de la vida a la muerte. Pakal escapa de las fauces de una serpiente y desciende al inframundo de Xibalbá.

La anciana instruye a los dos Hunahpú.

—Retiren la tapa.

Manny y Lilith se sostienen con fuerza sobre sus piernas y empujan la tapa con las manos, deslizando la piedra de 4500 kilos lo suficiente para que alguien pueda introducirse al claustrofóbico recinto.

Chicahua se dirige a Manny.

—Entra ahí.

Con un solo movimiento fluido, Manny se mete a la estructura de piedra caliza.

Lilith sujeta a Chicahua por el brazo.

—¡Explícame lo que te propones antes de hacerlo!

—¿Lo quieres, Lilith?

—Es mi alma gemela predestinada. Sé en mi corazón que nacimos para estar juntos.

—Tal vez, pero no en esta vida.

—Lo siento, pero no creo eso.

—Escúchame con atención, niña. Esta vida ha terminado para ti y para Gabriel y para todas las almas que habitan en el universo físico. Yo soy una vidente y ahora mismo no hay ningún futuro que ver, tan sólo un vacío. Si eso ha de cambiar, sólo puede concebirse en el pasado. Si están destinados a estar juntos quizá vuelvan a encontrarse, pero Lilith Aurelia Mabus e Immanuel Gabriel son dos gránulos en un reloj de arena que se vacía rápidamente; cuando dejes de existir, tu alma será enviada al Gehinnom.

—Te equivocas, anciana. Mi alma fue purificada. Jacob la purificó en Xibalbá.

—Tu alma no ha sido purificada. Lo que Jacob hizo en Xibalbá sólo fue retirar los velos de oscuridad que filtraban la Luz del Creador. Sí, quizá te transformaste en un ser capaz de amar pero también has cometido terribles actos de maldad en esta vida. Cada alma debe ganarse la plenitud antes de regresar a las dimensiones superiores; la plenitud no te puede ser conferida por un ángel ni por un gemelo Hunahpú difunto.

—¿Cómo puedo ganar la plenitud si mi alma está destinada al infierno?

—No puedes. No si la humanidad deja de existir. Ven acá, mira la inscripción en la tumba de Pakal, pues fue tallada para plasmar el fin de los tiempos que hoy encaramos. Pakal viaja con el árbol de la vida y está a punto de entrar a Xibalbá en su nave. Lo persigue la misma serpiente demonio que ahora acosa a tu alma gemela Hunahpú. ¿Ves el hueso que perfora la nariz de Pakal? El hueso es la semilla de su resurrección. Significa que incluso la muerte lleva consigo la semilla del renacimiento. Si Immanuel ha de exorcizarse de la serpiente que ocupa su mente, también debe recorrer la senda oscura para plantar una nueva semilla de humanidad, y salvar tu alma.

La anciana ilumina con su linterna a Immanuel Gabriel en el interior de la tumba de Pakal.

—Sella la tapa. Permanece adentro hasta que los Señores de Xibalbá hayan desalojado tu mente.

Valiéndose de sus poderosas piernas, Manny empuja la tapa hacia arriba y luego la deja caer en su sitio.

Lilith recorre la inscripción con las manos. Su cuerpo se estremece.

—¿Y si fracasa?

—Entonces se asfixiará y tu alma permanecerá atrapada en el Gehinnom toda la eternidad.

Es imposible borrar el tiempo.

ANDRÉS XILOJ PERUCH, Guardián del día K'iche

Los papeles finales del profesor Julius Gabriel. Archivos de la Universidad de Cambridge

La decodificación del Popol Vuh *maya*

...los señores que dominaron en otro tiempo un reino desde un sitio llamado Quiché, en los Altos de Guatemala, tuvieron en sus manos un "instrumento para ver" que les permitía conocer o ver acontecimientos distantes o futuros. El instrumento no era un telescopio, ni una bola de cristal, sino un libro. Los señores de Quiché consultaban el libro cuando se reunían en consejo y lo llamaban *Popol Vuh* o "Libro del Consejo". Como este libro contenía un relato de cómo sus ancestros, de sus mismos linajes señoriales, se habían exiliado de una remota ciudad llamada Tulán, a veces se referían a él como "Los escritos sobre Tulán". En razón de que una generación posterior de señores había obtenido el libro tras una peregrinación que los llevó a través del agua por una calzada elevada, lo intitularon "La luz que llegó del otro lado del mar". Y ya que el libro relataba sucesos acaecidos antes del primer amanecer y de un tiempo en que los ancestros se ocultaron a sí mismos junto con las piedras que contenían los espíritus familiares de sus dioses en la selva, también lo llamaron "Nuestro sitio en las sombras". Y por último, porque describía el primer ascenso en el cielo de la estrella matutina, del sol y de la luna, y el ascenso y radiante esplendor de los señores Quiché, lo intitularon "El alba de la vida". *Popol Vuh*, El libro maya del alba de la vida (1550).

De manera muy similar a los relatos bíblicos del Antiguo Testamento, el *Popol Vuh* maya está encriptado con una sabiduría deliberadamente ambigua para los legos. Sin embargo, en la traducción de un "guardián del día", un oráculo de descendencia maya quiché, el libro maya de la creación adquiere un nuevo significado, detallando sucesos que se remontan a los primeros días de la existencia. Y ahí reside la paradoja, pues lo que está descrito en *La luz que llegó del otro lado del mar* no es el alba de la humanidad, sino el viaje de otra rama de los mayas, un "retoño" que existió en una dimensión muy diferente de aquella en que vivían los indígenas conquistados por Cortés y su armada española invasora.

Examinemos un versículo traducido del primer capítulo del relato de la Creación que describe la vida en esa realidad alterna:

> Fueron molidos hasta los huesos y los tendones, estrellados y pulverizados hasta los huesos. Les estrellaron el rostro porque fueron incompetentes ante su madre y su padre, el Corazón del Cielo, llamado Huracán. La tierra se ennegreció por esta razón, comenzó la tormenta negra, llovió todo el día y llovió toda la noche. A sus casas entraron los animales, grandes y pequeños. Sus rostros fueron aplastados por objetos de madera y de piedra. Todo habló: sus vasijas, sus comales de las tortillas, sus platos, sus ollas, sus perros, sus piedras de moler. Todas y cada una de sus cosas trituró sus rostros. Sus perros y pavos les dijeron: ustedes nos infligieron dolor, ustedes nos comieron, pero ahora nosotros nos los comeremos... Tal fue la dispersión de la obra humana, del diseño humano. La gente fue molida, destronada. Las bocas y los rostros de todos ellos fueron destruidos y aplastados.

Lo que describe este pasaje es un cataclismo, un evento que "ennegreció la tierra" y "pulverizó a la gente hasta los huesos y los tendones". Visto desde fuera podría suponerse que esas condiciones fueron causadas por el mencionado "Huracán", al que se da el nombre divino de "Corazón del Cielo". Esta interpretación simplificada refleja nuestra perspectiva del siglo XXI; debemos ahondar más para discernir el verdadero sentido que le da el autor.

Habiendo pasado una década con los guardianes del día mayas quiché, estoy convencido de que la "tormenta negra" que "aplastó madera y piedra" es más indicativa de una lluvia de ceniza volcánica que cae del cielo. Un indicio de la magnitud de los daños nos la brinda la frase "la dispersión de la obra humana, del diseño humano".

"El diseño humano" se refiere al ADN. Que el pueblo haya sido "molido y destronado" nos dice que el autor está comentando la aniquilación de una civilización previamente establecida. El término "todo habló" alude a los problemas de los supervivientes de ese evento volcánico y cómo perecieron. Una vasija sólo "habla" cuando está vacía, de modo que debemos suponer que la ceniza volcánica contaminó las reservas de agua dulce. Las referencias al comal, los platos, las ollas y las piedras de moler sugieren una hambruna. El perro es la mascota familiar que "habló" cuando no recibió nada de comer. La línea siguiente, *"Sus perros y pavos les dijeron: ustedes nos infligieron dolor, ustedes nos comieron, pero ahora nosotros nos los comeremos"*, es más fácil de interpretar: los animales que antes eran consumidos como alimento ahora comían cadáveres humanos.

La última sección del capítulo inicial describe el final de la oscuridad que cubrió la Tierra y el surgimiento de una malévola amenaza a la que se alude como Siete Guacamaya:

> ...cuando apenas despuntaba el alba en el rostro de la tierra y aún no había sol, hubo uno que se engrandeció a sí mismo; Siete Guacamaya es su nombre. El cielo-tierra ya estaba ahí, pero la

faz de la luna-sol estaba cubierta de nubes. Aun así, se dice que su luz brindó una señal a las personas que estaban bajo la inundación. Él era como un genio en su ser.

Y dijo Siete Guacamaya: "Yo soy grande. Mi sitial está ahora más elevado que la obra humana, el diseño humano. Yo soy su sol y yo soy su luz y también soy sus meses. Así sea. Mi luz es grande. Yo soy el camino y el estribo de la gente, porque mis ojos son de metal. Mis dientes centellean con joyas y con turquesa también; se destacan azules con piedras como la faz del cielo. Y mi nariz brilla blanca a la distancia como la luna. Como mi nido es de metal, ilumina la faz de la tierra. Cuando aparezco al frente de mi nido soy como el sol y la luna para quienes nacen en la luz, los engendrados en la luz. Así debe ser porque mi rostro abarca la distancia".

No es verdad que sea el sol ese Siete Guacamaya, pero él se engrandece a sí mismo, sus alas, su metal. Pero el alcance de su rostro no rebasa su propia percha; su rostro no abarca todo bajo el cielo. Los rostros del sol, la luna y las estrellas aún no son visibles, todavía no amanece. Y así Siete Guacamaya alardea de ser los días y los meses, a pesar que la luz del sol y de la luna aún no se aclara.

Varios indicios en este pasaje nos dicen más acerca del cataclismo mencionado antes: *"cuando apenas despuntaba el alba en la faz de la tierra y aún no había sol"*. Y más adelante: *"Los rostros del sol, la luna y las estrellas aún no son visibles, todavía no amanece"*. Sólo se sabe de dos eventos capaces de desatar una nube de cenizas global lo suficientemente extendida para envolver al planeta entero y bloquear los rayos del sol. El primero es la colisión de un asteroide, similar a la que ocurrió en nuestro planeta hace 65 millones de años. El segundo es la erupción de un supervolcán, más comúnmente conocido como una caldera. En cualquiera de los dos casos, los resultados son los mismos: un cese temporal de la fotosíntesis, seguido por una hambruna masiva y una Era del Hielo.

Sin importar quiénes hayan sido, los mayas que registraron esos acontecimientos deben haber llegado a esa tierra devastada al final de la Era del Hielo: *"apenas despuntaba el alba en la faz de la tierra"* y *"su luz (Siete Guacamaya) brindó una señal a la gente que estaba bajo la inundación"*. La inundación, desde luego, es el deshielo del evento glacial.

La introducción de Siete Guacamaya revela su poder malévolo: *"Hubo uno que se engrandeció; Siete Guacamaya es su nombre"*. "Engrandeció" se refiere al ego humano, siendo el ego el aspecto más oscuro de la existencia humana. La palabra "Luz" *(se dice que su luz brindó una señal a la gente que estaba bajo la inundación)* significa poder, en este caso un intelecto *(Él era como un genio en su ser)* que permitió a Siete Guacamaya rescatar a los miembros de su tribu que estaban atrapados por las aguas de la inundación.

El ego de Siete Guacamaya aparece en toda su magnitud en el siguiente pasaje: *"Yo soy grande. Mi sitial está ahora más elevado que la obra humana, el diseño humano. Yo soy su sol y yo soy su luz y también soy sus meses"*. Y sin embargo, a pesar de su poder y su dominio, la gente sabía que esa fuerza malévola no era ningún dios: *"No es verdad que sea el sol ese Siete Guacamaya, pero él se engrandece a sí mismo, sus alas, su metal"*. El autor nos dice también que Siete Guacamaya tenía un talón de Aquiles *(Pero el alcance de su rostro no rebasa su propia percha; su rostro no abarca todo bajo el cielo)*, una revelación que tendrá un papel importante en los capítulos siguientes.

En resumen, el *Popol Vuh* describe un mundo exento de vida humana, devastado por un cataclismo. De alguna manera, una tribu maya quiché llegó a este mundo al final de la purga glacial del planeta y se topó con un semidiós malévolo. Pero a pesar de lo poderoso que ese Siete Guacamaya parece ser, él no puede verlo todo; lo más importante es que no puede ver el ascenso de un gran guerrero que habría de desafiar al demonio del inframundo y conduciría a su pueblo a la libertad.

El futuro no existe, o si existe es lo obsoleto en reversa. El futuro siempre marcha hacia atrás. Nuestro futuro tiende a ser prehistórico.

Robert Smithson

11

El miedo lo había empujado más allá del límite de la cordura. Le susurraba en el cerebro; su torturador acechaba en las sombras de su mente. Se arrastraba bajo su piel y asfixiaba todo pensamiento racional. Sujeto por las ataduras de una narcosis inducida por las drogas, retorcía su niñez en escenas diseñadas para inyectar más terror en su ya de por sí dañada psique. *Mengele en su laboratorio en Auschwitz, realizando experimentos genéticos en gemelos; un sacerdote católico con la mirada de Nosferatu en las entrañas de una iglesia desierta.* Cada sueño terminaba con un alarido que helaba la sangre y cada alarido destejía otra costura de la trama de su existencia, hasta que el terror mismo se volvió su identidad.

¡Despierta!

Las hornillas se extinguen en su cerebro, permitiendo que se enfríen sus sinapsis que se hallan al rojo-blanco. Rodeada por el silencio tranquilizante, su mente se arrastra fuera de su cascarón y explora una existencia exenta de los susurros demoniacos de su torturador.

Abre los ojos a la penumbra gris. No tiene conocimiento alguno de dónde se encuentra, ni de cómo llegó ahí. Se pone de pie, sus pies descalzos sienten la tierra burda, sus manos palpan la roca sobre su cabeza.

Un viento fresco silba por su entorno. Sigue su proveniencia por un túnel que serpentea y asciende, hasta que arriba aparece una luz blanca y brillante. Sus ojos se ajustan mientras continúa el ascenso.

La luz se vuelve luz de día y un cielo azul y despejado.

Sale a rastras de la cueva, mirando con asombro un horizonte cuajado de cumbres nevadas. Está a gran altitud; la mordiente temperatura del aire es de apenas cinco grados. Acomoda sobre sus hombros morenos la manta de pieles que cuelga de su cuello y descubre su herencia indígena. El dolor punzante que atenaza el lado derecho de su cráneo le arranca una mueca; se da cuenta de que su cabeza está sangrando.

Los recuerdos se reproducen en el ojo de su mente, conteniendo el miedo creciente.

Ascendí la montaña sagrada en busca de la sabiduría del gran maestro acerca de mi enemigo. La piedra se desprendió y yo caí dando tumbos y me golpeé la cabeza.

"Yo soy Chilam Balam, Profeta Jaguar; semilla raíz de los Hunahpú."

El guerrero de cabello negro observa su reino a sus pies: un fértil valle alimentado por arroyos que fluyen constantes desde las cumbres nevadas. Han labrado terrazas en las laderas hasta donde alcanza la vista y éstas rinden cosechas abundantes. La ciudad situada debajo de este popurrí agrícola se expande a partir del palacio y el mercado, céntricamente ubicados, hasta convertirse en un laberinto bien organizado de canales, puentes y templos, todos al servicio de los centros de comercio Itzá. Más lejos aún están los barrios populares, donde bulle una nueva generación de adeptos, todos provenientes de las entrañas de los 620 que despertaron en las costas del mar extraño durante la primera hora del evento de la Creación.

Han pasado 13 *tunes* desde que los seguidores de Chilam Balam experimentaron el renacimiento en el Nuevo Mundo. Los historiadores hablan de su llegada como un momento de bendición, pero el relato del Profeta Jaguar en el Libro del Consejo resulta muy diferente.

El aire estaba mucho más frío que el que ahora hiela los huesos de Chilam Balam, agitado por un mar furioso salpicado de blancas montañas flotantes. En aquel entonces, el Sacerdote Jaguar y su gente no tenían el concepto del agua congelada, ni de la vastedad de los icebergs que fluían hacia el norte desde el Polo Sur impactado por los glaciares. Razonando que el clima más frío había dado lugar a esos templos blancos de los dioses del océano, Balam condujo a su gente al norte en busca de calor, alimento y santuario.

Siete crueles meses de invierno cobraron las vidas de un tercio de su grupo. La mujer de Balam, Mujer Sangre, estuvo a punto de morir de una enfermedad y tuvo que ser arrastrada en una camilla durante semanas por su alma gemela. En ocasiones llegaban a parcelas de tierra desnuda y los restos de una civilización: huesos triturados por el peso del tiempo y el hielo.

Creyendo que esa tierra estaba maldecida habían seguido adelante por la costa occidental de América del Sur.

Y entonces, entre la bruma matutina apareció la señal del gran maestro: una lanza de tres puntas, tan alta y ancha como la Pirámide de Kukulcán, un tridente tallado en la ladera de una montaña. A la entrada del valle descubrieron un río de agua dulce que fluía hacia el mar y estaba repleto de peces. Siguieron el río hacia el oriente y llegaron a un bosque exuberante donde abundaban los árboles frutales, los animales y las plantas comestibles. Arroyos incontables serpenteaban desde las montañas, trayendo consigo tierra fértil.

El Profeta Jaguar proclamó de inmediato que esa tierra albergaría su futuro reino.

Durante los siguientes 10 *tunes,* la paz y la prosperidad imperaron en Itzá. Protegidos del clima por las montañas, sin enemigos terrenales que temer, emprendieron sin interrupciones la tarea de construir su ciudad, impulsados por los vastos conocimientos de agricultura, arquitectura e ingeniería de su líder.

Pero todo Edén tiene su serpiente y todo líder su rival. Y así fue que Chilam Balam se aventuró una vez más a la ladera sagrada para entrar a la cueva de los prodigios, con la esperanza de preguntar al gran maestro cuál era la mejor manera de lidiar con Siete Guacamaya.

★ ★ ★

Fue Mujer Sangre quien descubrió la cueva. Caminaba sola por la costa después de rezar a los creadores del Tridente porque seguía sin hijos después de dos *tunes* en el Nuevo Mundo, cuando notó que unas aves salían de un punto cerca de la cumbre.

Chilam Balam tardó todo un día en escalar hasta llegar a la parte superior del símbolo tallado y otras siete horas para localizar la entrada de la cueva, que daba hacia el este. Permaneció en el sitio sagrado durante tres ciclos *uinal,* tomando agua de un arroyo y alimentándose con el fruto de unos árboles Jac.

La cueva descendía a gran profundidad en la montaña y lo condujo a la divina morada de otro sabio legendario.

Lo que Kukulcán era para los mayas lo fue Viracocha para los incas. Inscripciones y relieves describen al creador-maestro como un hombre caucásico, barbado, de cabello blanco y sedoso y ojos azul turquesa engastados en un cráneo alargado. Las leyendas de los indios aimara de América del Sur cuentan que Viracocha surgió del Lago Titicaca durante la era de la oscuridad, para que se hiciera la luz. Como Kukulcán, Viracocha trajo gran sabiduría a su pueblo. Finalmente dejó a los indios y cruzó el Océano Pacífico caminando sobre el agua.

Tanto se parecía Viracocha a Kukulcán que Chilam Balam creía que canalizaba el espíritu del sabio maya cuando el profeta pálido se le apareció por primera vez en la cueva. Viracocha le explicó que ambos maestros eran Hunahpú, el futuro de la humanidad. El Profeta Jaguar había sido elegido para sembrar su especie en el Nuevo Mundo.

Luego de seis días de reclusión, Chilam Balam regresó con su pueblo, afirmando que había recibido una sabiduría secreta que garantizaría la supervivencia de los Itzá. El pueblo no se atrevió a cuestionar la aseveración de su profeta, pues sus ojos irradiaban ahora el mismo color azul turquesa del gran maestro maya.

Nueve meses después, Mujer Sangre dio a luz a unos gemelos. Balam nombró al niño rubio Hunahpú, y al de cabello negro Xbalanqué. Una vez cada año solar Balam regresaba a la cueva con sus hijos para rendirle sus respetos a Viracocha.

En su última visita a la montaña alguien los había seguido.

⋆ ⋆ ⋆

No todos los que ascendieron al Nuevo Mundo habían apoyado a Chilam Balam. De hecho, muchos sólo se vieron arrastrados por la marea de mayas que empujaban al cenote a los seguidores del profeta y la turba enardecida los lanzó a ellos también.

Aunque Siete Guacamaya decía ser un líder sabio y visionario, su ascenso al Gran Consejo no había sido por sus méritos sino por la deuda contraída con su abuelo, Cinco Guacamaya, un gran guerrero cuyos ancestros toltecas se habían unido a las tribus Itzá, Xio y Cocom en Chichén, durante el reinado de Kukulcán.

Siete Guacamaya practicaba la magia negra y estaba convencido de que Chilam Balam había ordenado que una serpiente gigante surgiera del cenote sagrado. La garganta de la serpiente era Xibalbá Be, la Senda Negra al inframundo maya. Ciertamente el frío extremo y la extraña geografía, recubierta de huesos de los muertos, indicaban que se hallaban en Xibalbá.

Me conviene dejar que Chilam Balam se enfrente por sí solo a los Negros Señores del Inframundo, razonó Siete Guacamaya. Observaría y aprendería, a la espera de su oportunidad.

Lo que Siete Guacamaya observó fue que el Profeta Jaguar adquiría su sabiduría y su fuerza de la cueva sagrada. Así que el vidente tolteca siguió al profeta y sus hijos, decidido a apropiarse de la magia negra.

* * *

Pasaron tres lunas antes de que Siete Guacamaya regresara a la ciudad desde la cueva de los prodigios, tras haber completado su transformación. Sus ojos brillaban ahora como rubíes, sus dientes estaban teñidos de azul, afilados como los colmillos del jaguar. Su cuerpo era tan poderoso como el de los cinco guerreros más fuertes de la ciudad.

De pie en la escalinata del palacio, flanqueado por sus hijos Zipacna y Terremoto, se dirigió a la multitud: "Yo soy el Señor Siete Guacamaya y soy grande. Mi sitial ahora está más elevado que el del diseño humano. Yo soy su sol; yo soy el estribo de los Itzá que evita que sean presa de los Señores de Xibalbá. Venérenme y yo los protegeré. Sigan a Chilam Balam y perecerán, pues mi sabiduría es mayor, mi luz es mayor. Por eso he sido llamado a remplazarlo. ¡Yo soy el Señor Siete Guacamaya!"

La multitud se apartó, permitiendo a Chilam Balam acercarse a su retador.

Siete Guacamaya hace círculos en torno al Profeta Jaguar, bailando y contoneándose y llamando a los dioses del cielo; en su mano derecha escondía un polvo blanco que había preparado de la planta de la borrachera. Siete Guacamaya gira y arroja el polvo en el rostro de Balam, haciendo que inhale el polvo de burundanga.

Su quijada se cierra con fuerza. Sus músculos se petrifican. Su visión se reduce tras una bruma blanca. No se puede mover. No puede pensar.

Por primera vez en su vida, Chilam Balam está mortalmente asustado.

Los hijos de Siete Guacamaya atan a un poste al profeta paralizado. El nuevo Señor de los Itzá exige que comparezcan ante él la esposa y los hijos de Chilam Balam, para que sean sacrificados a los Señores de Xibalbá.

Buscan en toda la ciudad, pero en vano. Mujer Sangre y sus gemelos huyeron hace mucho, atendiendo la advertencia de Viracocha.

El miedo empuja a Chilam Balam más allá del borde de la cordura. Siete Guacamaya le susurra al cerebro, su torturador acecha en las sombras de su mente. El demonio se arrastra bajo su piel y asfixia todo pensamiento racional. Luego de someterlo a la narcosis inducida por la droga de la planta de la borrachera, el hechicero maya inyecta más terror en la psique ya de por sí dañada de Balam. En vívidas pesadillas ve cómo Siete Guacamaya desuella viva a su alma gemela y cómo sus hijos son sodomizados por los retoños del mago perverso. Cada sueño culmina en un alarido que hiela la sangre y que desteje otra hebra de la trama de su existencia, hasta que el terror se convierte en su identidad.

Como una brisa otoñal, Viracocha se desplaza entre la bruma. La presencia del gran maestro extingue las hornillas en su cerebro, permitiendo que se enfríen sus sinapsis que estaban al rojo-blanco. Rodeada por el silencio tranquilizante, la mente de Balam sale a rastras de su cascarón y explora una existencia exenta de los susurros demoniacos de su torturador.

Abre los ojos a la oscuridad. No tiene conocimiento de dónde está, ni de quién es, ni de cómo llegó ahí. Se pone de pie y su cabeza choca con una piedra. Se tiende de espaldas y presiona el objeto con los pies. Con un grito primordial usa sus poderosas piernas para quitar la tapa de cinco toneladas del antiguo ataúd de piedra caliza.

Immanuel Gabriel sale de la tumba del Señor Pakal, recuperada la mente, desaparecido el miedo.

Arderá en la tierra; habrá un círculo en el cielo. Arderá en la tierra; la pezuña misma arderá en ese katún, en el tiempo que ha de venir. Afortunado aquel que verá cuando la profecía sea declarada, aquel que llorará por sus infortunios en el tiempo que ha de venir.

Chilam Balam, Libro de Oxkutzcab

12

Noticias de la Tierra

2 de julio de 2047: Mil millones de encantados observadores que viven en el hemisferio norte apuntaron anoche sus cámaras al cielo para captar la que probablemente sea la aurora boreal más extraña que se haya visto jamás. Con un punto de origen situado 240 kilómetros arriba del Polo Norte, las luces se materializaron poco después de las 9:00 PM tiempo del este, como un anillo o un halo color rojo sangre, filtrándose hacia abajo en círculos cada vez más anchos que cambiaban de un tono verde brillante a uno azul, culminando en una banda violeta que podía ser vista hasta Sacramento, California. La aurora boreal y su gemela sureña, la aurora austral, aparecen en periodos de intensa actividad de las manchas solares; están compuestas de electrones y protones que se desplazan a gran velocidad, llegan a la Tierra y son atrapados por los cinturones protectores de radiación Van Allen de nuestro planeta. Las partículas tienen carga eléctrica y chocan con las moléculas de aire de la atmósfera, formando átomos de hidrógeno y emitiendo colores luminosos en el proceso. Es un espectáculo cautivante, pero las ondas magnéticas invisibles pueden dañar severamente las redes eléctricas y los satélites. La doctora Kassandra Horta, científica de la atmósfera de la Universidad de Wyoming, no se mostró preocupada. "No ha habido actividad inusual de las manchas solares en los últimos seis

meses. La Naturaleza simplemente nos deleita con su espectáculo de luces y debemos disfrutarlo mientras dure."

CERN Gran Colisionador de Hadrones (GCH)
Ginebra, Suiza

El físico de 76 años camina como un tigre enjaulado de un extremo al otro de la pantalla de 3.5 metros para conferencias virtuales. Cada palabra que pronuncia es traducida simultáneamente a más de 30 idiomas; cada arrebato es transmitido a más de un millón de computadoras personales alrededor del mundo.

Jack Harbach O'Sullivan hace una pausa para vaciar su taza de café y contemplar un pizarrón de borrado en seco lleno de ecuaciones matemáticas caóticas. "Los científicos somos una asombrosa compañía de sastres, siempre tratando de ajustar nuestras teorías para crear el atuendo perfecto. Nunca funciona. No le funcionó a Isaac Newton y tampoco a Einstein. Y la razón por la cual no funciona, mi pequeño rebaño de polillas, es que nuestra percepción de la llama está equivocada.

"Mientras que la singularidad sigue siendo el modelo principal para casi cualquier objeto de energía en nuestro universo observable y cuasi cognoscible, la Teoría de las Cuerdas ha distraído a la comunidad científica del escrutinio de las monumentales carencias improductivas de la física cuántica, un campo al que se le atribuye un rango casi religioso. Llámenme hereje si gustan, pero atiendan mi consejo: las respuestas a nuestra existencia radican en el terreno virgen de lo exótico, Energía Oscura y Ondas Gravion y Teorías de la Súper-M-Brana que lidian con 10 dimensiones, todas ellas, a excepción de nuestra parcela compartida de universo físico, carentes de cualquier noción del tiempo."

Mira su reloj. "El tiempo es un concepto interesante. Yo solía referirme al tiempo como Espacio-Tiempo-Normal. Ahora pienso en el tiempo como una función de nuestro mundo lineal tridimensional, un concepto no real que es simplemente la ilusión percibida por nuestra particular especie de homínidos bioplanetarios para que podamos estar al tanto de nuestras actividades dentro de nuestra hiperburbuja de no realidad.

"¿Más herejía, dicen ustedes? No cuando advertimos que nuestra percepción de la realidad está envenenada por nuestra propia existencia tridimensional. Comencemos con algunos hechos básicos: todo en nuestro universo físico está compuesto de átomos; sólo existen átomos en el mundo virtual de no tiempo. Los átomos son la realidad; nosotros somos la ilusión. Consideren el espacio, ya sea la distancia entre objetos en el micromundo o el mundo macro de las colisiones de galaxias. En sus idiotas teorías de la gravedad, nuestro señor y salvador Albert Einstein sugirió que la gravedad ocurre como resultado de la curvatura del espacio, como si el cosmos fuera un lienzo gigante de hule espuma. Según Lord Albert, la Tierra actúa como una bola de boliche gigante, cuyo peso hace que la Luna viaje alrededor de nuestro planeta como una ruleta, del mismo modo que la Tierra gira alrededor del Sol. ¡Te equivocas, empleado de la Oficina de Patentes! No todos los objetos en nuestro sistema solar, ya no digamos en el universo, encajan en tu teoría bidimensional del pozo gravitacional hecha a la medida. Como evidencia presento el hecho de que la luna Oberón de Urano traza su órbita sobre los polos del planeta y que Caronte, la luna de Plutón, también se niega a ajustarse a la teoría. A pesar de la abrumadora evidencia en contra, la física cuántica se opuso a refutar la teoría de la gravedad del Hermano Albert de la 'bola de boliche sobre el colchón', temerosa de ser tachada de hereje. En vez de ello, ajustaron la teoría a nuestras necesidades.

"La respuesta a la gravedad, como al tiempo, está contenida en el átomo. Tal como primero lo dijo sir Isaac Newton, cada átomo está atado a todos los demás por lo que podemos describir como una cuerda electromagnética. Imaginen dos partículas de hidrógeno, cada una con cuatro átomos. Imaginen cada uno de los cuatro átomos de la partícula uno ligados a cada uno de los cuatro átomos de la partícula dos mediante cuerdas electromagnéticas. Es un total de 16 cuerdas, para aquellos de ustedes que no son duchos en las matemáticas y están haciendo la cuenta en casa ahora mismo. Ahora imaginen esas cuerdas como telarañas. A medida que las dos partículas se alejan una de otra, las 16 telarañas se alargan y sobreponen, de modo que parecen y actúan como una sola. Al acercarse las partículas la tensión aumenta y las telarañas se despliegan de nuevo entre los dos juegos de cuatro átomos. Esto es importante para la gravedad porque la proximidad entre los átomos altera el ángulo de tensión. Como el peso es específico de su ubicación, los objetos que se aproximan aceleran el uno hacia el otro. Mientras más se junten las partículas de hidrógeno, mayor será la tensión y más rápido se desplazará el objeto hacia su nueva ubicación. Llamamos aceleración a ese aumento de la velocidad.

"¿Por qué gira sobre su eje un objeto en el espacio? Porque sus átomos están tirando de otros átomos en el espacio. Eso hace que el objeto gire sobre sí mismo. Nuestra teoría de la cuerda electromagnética tiene incluso más sentido si recordamos que la gravedad penetra todos los objetos, razón por la cual la industria espacial nunca logrará construir un escudo gravitacional efectivo. Es imposible. Porque cada uno de los átomos de todo el universo tiene una relación simbiótica con todos los demás.

"Permítanme arrojar otro leño en esta llama exótica: si la Naturaleza/Creación/Existencia en el universo físico depende de las telarañas electromagnéticas que vinculan a los átomos, entonces dividir el átomo viola técnicamente las leyes de la Naturaleza/Creación/Existencia. Piénsenlo un segundo. Si dividimos el átomo obtenemos energía nuclear, la cual nos da bombas atómicas; lo cual a su vez genera desechos radiactivos. Si colisionamos átomos quizá acabemos pagando un precio incluso mayor."

Con una sonrisa traviesa, Jack O'Sullivan saluda con un ademán de la mano a sus jefes del CERN que están de pie en el pasillo, y queda pasmado al ver a su viejo colega Dave Mohr.

★ ★ ★

"Pasaste una década trabajando en una nave tridimensional nanobioespacial capaz de viajar a velocidades hipergraviónicas de taquiones, ¡y no me llamaste! Te odio, Mohr. No eres Mohr para mí, eres menos. David Menos. Como en menos que un amigo." Jack Sullivan conduce a su amigo a su oficina privada y cierra la puerta con fuerza.

El doctor Mohr se abre paso por un campo minado de pilas de libros y archivos regados por el piso, hasta un gastado sofá de mezclilla. Aparta una caja de pizza vacía y se sienta.

—Eres un cerdo, Sully. ¿Te robaste este sillón de tu vieja fraternidad universitaria?

—No cambies de tema. Yo debería estar dirigiendo VELLOCINO DE ORO, no tú.

—Deja de quejarte. El presidente quería alguien sin vínculos con el complejo militar industrial. Mientras yo intentaba encontrar un abrelatas lo suficientemente exótico para acceder al interior de la *Balam,* tú fungías como asesor técnico del Proyecto de Investigación de Propulsión Avanzada de la NASA, un programa espacial de operaciones encubiertas.

Mitchell Kurtz evita pisar a un gato dormido sobre una vieja manta militar y accidentalmente voltea de una patada su caja de arena.

—¿La NASA participó en un programa de operaciones encubiertas en el espacio?

Jack lanza una mirada al guardaespaldas.

—¿Quién es este tipo? Huele a espía.

—Relájate. El doctor Kurtz es un científico.

—¿Un científico? ¿Cuál es su especialidad, doctor Kurtz? ¿La física cuántica? ¿La química?

—De hecho, prefiero tantear en la ginecología.

—Lo que nos faltaba, un comediante.

—Jack, olvídalo. ¿Qué me dices de la singularidad que mi gente presenció? ¿Hay algún peligro de que ingrese en nuestro universo físico?

—¿Que si hay algún peligro? Por supuesto que lo hay… si lo que vieron fue en verdad la formación de un hoyo negro originado en un *strangelet.* Además, sabemos muy poco acerca de los *strangelets* o de las dimensiones superiores. Ni siquiera las teorías-M más recientes aclaran gran cosa de las 10 dimensiones que hemos identificado, o quizá debería decir 11 dimensiones porque cinco teorías de cuerdas requieren de una undécima dimensión unificadora para seguir siendo consistentes. ¿Hay cruces de una dimensión a otra? En mi opinión, eso es exactamente la materia oscura: el derrame de la fuerza gravitacional de la materia de un universo paralelo al nuestro.

—¿Es posible medir la radiación gravitacional del hoyo negro en formación a lo largo de los polos?

—Buena pregunta —Jack O'Sullivan se sienta frente a su computadora de escritorio y activa el *ratón* de control mental en el extremo de su dedo índice derecho. Parpadean luces en el monitor como estrellas centelleantes, en estampida a través de contraseñas codificadas a gran velocidad. La mente del físico abre sitios clasificados hasta que obtiene acceso al destino deseado.

—Sully, ¿tienes acceso a LISA?

—Tengo acceso a todo, David. Podría mostrarte un video de la autopsia de la presidenta Stuart, si tienes estómago para eso. No murió de un infarto, por cierto. No es que me importe. Perra corrupta.

Kurtz observa cómo se enfoca en el monitor de Jack una imagen animada de la Tierra vista desde el espacio.

—¿Quién es la tal Lisa? ¿Tiene una hermana?

—Mitchell, LISA son las siglas en inglés de la Antena Espacial Láser de Interferómetro, un detector de ondas gravitacionales conformado por tres naves en órbita solar. LISA puede medir la emisión de ondas gravitacionales originada en estrellas que se están convirtiendo en supernovas, un proceso que genera hoyos negros, así como los residuos de radiación gravitacional resultado del Big Bang.

Sully enfoca las coordenadas en la pantalla; su mente cambia las coordenadas del objetivo.

—Bien, estoy dirigiendo los láser de LISA al Polo Norte... Hay mucha interferencia electromagnética.

—Probablemente de la aurora boreal —dice Kurtz, como si nada.

—¿De qué estás hablando?

—La aurora boreal. ¿No ven el noticiero, sabihondos? Las imágenes fueron asombrosas. Parecía una gigantesca diana cósmica... un arco iris circular. Casi todos al norte de Filadelfia pudieron ver al menos parte de ella.

Los dos físicos se miran.

—Sully, ¿crees...?

El índice cableado de Jack O'Sullivan se mueve rápidamente y su mente desata una cascada de información que recorre la pantalla.

—Definitivamente hay un flujo de partículas... se mueve a través del Polo Norte... pasa por el núcleo de la Tierra.

El doctor Mohr se asoma sobre el hombro izquierdo de O'Sullivan; sus ojos siguen los números fluctuantes.

—El hierro líquido del núcleo gira más rápido que la superficie o la atmósfera... y actúa como un vórtice electromagnético de partículas. ¿El núcleo está siendo afectado?

—Dame un segundo, ¿quieres? ¡No puedo pensar! —se

arranca el dedal electrónico que lo conectaba al *ratón* mental y escribe manualmente los comandos—. Emanan del núcleo fluctuaciones gravitacionales... nada sustancial.

—¿Nada sustancial? —Kurtz dice desdeñosamente—. ¿Qué me dicen de todos esos terremotos y tsunamis y erupciones volcánicas que ha habido últimamente? ¡No me digan que se perdieron esas pequeñas catástrofes!

—Mitchell, cálmate. Sully, ¿cuánto tardarías en reposicionar a LISA para que podamos rastrear las ondas gravitacionales que emerjan del Polo Sur?

—Un par de horas.

—Hazlo.

Golfo de México
6:23 AM

La luz del día quema los ojos insomnes de Antonio Amorelli. El miedo lo mantiene despierto. Según el GPS, Immanuel Gabriel está de nuevo en movimiento, surgiendo de las entrañas del Templo de las Inscripciones.

Esperando obtener un tiempo estimado de llegada de Devlin, lo llama por el teléfono celular, sin saber que la madre de su jefe lo está observando desde el Nexo.

—¿A quién llamas, Antonio?

—¡Lilith! Cielos, me espantaste. Sólo estaba revisando mis mensajes.

—¿Cuándo llegará aquí mi hijo?

—¿Tu hijo? ¿Dev va a venir?

Lilith sube a la cabina del jetcóptero, colocándose en el regazo del piloto.

—Antonio, si prometiera hacerte inmortal, ¿estarías dispuesto a pagar el precio? —le acaricia el cuello con la nariz y le besa el lóbulo de la oreja, haciendo que su pulso se acelere.

Antonio cierra los ojos. Su vientre cosquillea de excitación.

—Por supuesto.

* * *

Immanuel se desplaza por la jungla, sus receptores olfativos fijos en las feromonas de Lilith. La encuentra junto al jetcóptero, al lado de Ryan Beck. Los ojos del grandulón rezuman miedo.

Lilith abraza a Manny y le da un beso rápido.

—¿El hechizo quedó roto?

—Sí.

—Devlin viene en camino, sólo tenemos unos minutos. Manny, mi hijo ya no existe. Su alma ha sido poseída por un ente malévolo. Algo ancestral, mucho más poderoso que cualquiera de nosotros dos. Lo he perdido para siempre.

—Lilith, este presente no tiene futuro. Tú lo sabes, Devlin lo sabe y yo también. Para salvar a la Tierra necesitamos ir al pasado.

—¿Por el agujero de gusano?

—Sí. Se estabilizará en el universo físico cuando el hoyo negro cruce a esta dimensión. Necesitamos entrar en ese preciso momento en uno de tus transbordadores.

Beck menea la cabeza.

—Devlin no nos permitirá reingresar a Cabo Cañaveral. Nos matará a todos y después encabezará él mismo el éxodo a la Colonia de Marte.

—Él tiene razón —Lilith escanea el cuerpo de Manny con el GPS—. Hay un dispositivo de rastreo en tu bolsillo de atrás. Dáselo a Beck. Beck, vuela el helicóptero tan lejos como puedas de aquí. Intentaremos llegar a Florida antes que Devlin.

Manny le entrega el dispositivo a su guardaespaldas.

—Pimienta, ¿estás bien?

—No, amigo. Disto mucho de estar bien. De hecho, “estar bien” no aparece siquiera en mi radar.

Lilith lo reprende con la mirada.

—Anda. Yo cuidaré a Manny.

—Sí, apuesto que lo harás —se sube a la cabina desierta y enciende los motores.

Manny se asoma al interior.

—Pimienta, encuentra a Sal. Una vez que estemos en el transbordador…

—Olvídate de nosotros, hijo. Tienes un trabajo que hacer y yo también. Todavía tengo familia aquí. Una ex esposa que no me soporta y dos hijos ya mayores y un nuevo nieto que nunca me llegaron a conocer. Yo guiaré a ese demonio en una persecución disparatada; tú haz lo que fuiste concebido para hacer y danos a todos nosotros una segunda oportunidad. Búscame en el pasado, antes de que me lastimara la rodilla jugando en el Tazón de los Graduados. Impídeme jugar ese partido. ¡Rayos, nada más impídeme entrar a trabajar para la CIA! No me defraudes. No defraudes a mi familia.

—No lo haré, Pimienta…

—Yo también te quiero, chico —Beck cierra la puerta de la aeronave y la lanza en un empinado ascenso.

Manny aguarda hasta que el jetcóptero desaparezca sobre la jungla. Después sigue a Lilith, corriendo por la antigua ciudad maya en dirección de la entrada para turistas y el estacionamiento.

Sabemos que descubrirá algo porque lo construimos deliberadamente para viajar en aguas desconocidas.

BRIAN COX, físico del CERN

13

Eyaculada a la existencia por uno de 100 mil microscópicos Big Bangs, la singularidad desnuda había escapado de la rebanada de espacio-tiempo del Gran Colector de Hadrones como un esperma *strangelet* en busca de un huevo protón. Arrastrada a una dimensión paralela, halló combustible reproductivo en los átomos que habitaban un hiperespacio de Energía Oscura Aexo, un exitoso acto de concepción que bautizó al vacío como su vientre cósmico fértil.

La placenta de ese vientre de energía oscura era el núcleo magnético de la Tierra, una esfera radiactiva de hierro y níquel. El núcleo interno —el auténtico centro de nuestro planeta— mide 1 250 kilómetros de diámetro y una temperatura de 3 700 grados centígrados, pero se halla bajo tanta presión que no se puede derretir. Está rodeado por el núcleo exterior —2 200 kilómetros de metal fundido—. Con la rotación de la Tierra, el movimiento del núcleo exterior que gira contra el interior genera el magnetismo del planeta.

Atraída hacia el centro de la Tierra por el magnetismo, la bestia había crecido, capturando más átomos de manera exponencial con cada pasada; su inercia era redirigida por los polos y la incubadora congelada del espacio. Suspendida sobre el planeta después de cada pasada, su creciente estructura atómica se fusionaba y cada átomo supercargado de gravedad densa se volvía una microsingularidad encapsulada. Entonces, como un cardumen en un ballet cósmico de polarización, la bestia volvía a acelerar como torrente de partículas a través del centro de la Tierra y su vórtice de energía oscura engendraba un agujero de gusano.

Al igual que la singularidad, el agujero de gusano no estaba limitado por linderos dimensionales ni por el espacio-tiempo; sólo su cordón umbilical lo ataba a su progenitor que lo nutría. Sus horas de comida fueron en aumento a medida que la bestia fue creciendo, estabilizando al agujero de gusano e impulsando su boca y su cola a través de las membranas pasadas, presentes y futuras del universo físico.

Así como un huevo fertilizado expulsa a todos los intrusos del vientre de la madre, la presencia de la singularidad creciente aseguraba que ningún otro *strangelet* pudiera concebir vida a partir del colisionador de hadrones en eyaculación continua. Como un bebé aún no nacido, la bestia en proceso de maduración a veces pateaba mientras se alimentaba y cada "chisporroteo de crecimiento" provocaba que el manto terrestre eructara magma.

El manto es una capa de 2900 kilómetros de espesor que rodea el núcleo exterior, aproximadamente 10 kilómetros abajo de la corteza oceánica y 30 kilómetros abajo de la corteza continental. La corteza está dividida en placas tectónicas que se deslizan lentamente sobre el manto.

A medida que la masa de la singularidad siguió aumentando ejerció fuerzas gravitacionales mayores con cada pasada por el núcleo del planeta, desatando una burbuja de presión que viajó por el manto como una bola de metal girando en una ruleta. Si esa energía escapara bajo una falla entre dos placas tectónicas del océano, el resultado sería un maremoto que podría provocar un tsunami. Si lo hacía en una falla continental sería un terremoto. Si la burbuja de presión percolara un bolsón de magma volátil bajo un volcán, la montaña haría erupción.

En los últimos seis meses la singularidad había sido responsable de siete tsunamis, 11 erupciones volcánicas y más de 50 terremotos alrededor del mundo. La "aglomeración polar" pinta su masa creciente con las partículas cargadas de las auroras. Ahora que el nacimiento del monstruo gravitacional en el universo físico está muy próximo, hace un último viaje por el centro de la Tierra dando a los habitantes condenados del planeta un anticipo de lo que se avecina.

La Palma, Islas Canarias
3:47 PM (hora local)

En el Océano Atlántico, a 110 kilómetros de la costa occidental de África hay un archipiélago conocido como las Islas Canarias. Son siete islas principales y seis islotes situados de este a oeste en un área de 500 kilómetros. Volcanes marinos formaron esta cadena hace tres millones de años.

La Palma es la isla más distante al noroeste. Su base está cuatro mil metros bajo la superficie y su cumbre más alta se alza casi tres mil metros sobre el océano. La isla tiene dos volcanes y la Caldera de Taburiente, de 9600 metros de ancho, rodeada por un anillo de montañas que ocupan la geología hacia el norte. Una cadena divide La Palma de norte a sur por el centro de la isla. El volcán Cumbre Nueva queda al norte y la Cumbre Vieja, su hermana mayor, al sur.

El 24 de junio de 1949 la Cumbre Vieja hizo erupción por primera vez desde 1712. El evento duró 37 días. Las tres ventilas del volcán arrojaron lava y hubo dos terremotos. La erupción dejó tras de sí una enorme fractura de dos kilómetros y medio en la ladera occidental del volcán. Los geólogos que examinaron el daño descubrieron con horror que un bloque de roca de casi 20 kilómetros cúbicos y con un peso aproximado de 500 mil millones de toneladas se había desprendido de la Cumbre Vieja. Como una espada de Damocles geológica, la masa quedó suspendida sobre el Océano Atlántico, cuyas profundidades costeras alcanzaban casi los siete mil metros.

Un tsunami es una enorme ola creada por un desplazamiento repentino del agua, generalmente provocada por un maremoto, una erupción volcánica o un deslave submarino. Un megatsunami es una ola mucho más grande, generada por el impacto en el océano de un asteroide de gran tamaño —como el que chocó en la Tierra hace 65 millones de años— o un deslave que golpea el mar en un ángulo que lo levanta en una onda de increíble poder destructivo. Durante décadas los científicos debatieron si la ladera oeste de la Cumbre Vieja podría provocar un deslave catastrófico. Cuando una erupción en 1971 no desprendió el costado fracturado del volcán, los expertos exhalaron un suspiro de alivio.

* * *

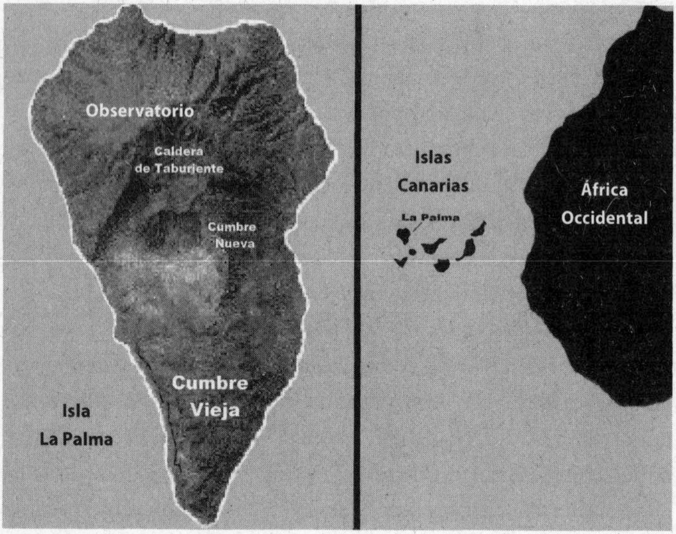

El Observatorio del Roque de los Muchachos se ubica en una remota montaña aledaña a las cumbres más altas que rodean la

Caldera de Taburiente. Libre de contaminación luminosa, el Roque opera todo el año bajo cielos inusualmente despejados y oscuros, por lo que es una de las instalaciones más codiciadas en el campo de la astronomía.

Héctor Javier lleva 11 meses trabajando en el observatorio. Exhausto tras una sesión de toda la noche en uno de los telescopios principales, el astrónomo mexicano acampó en el piso de su oficina en vez de intentar el descenso de 40 kilómetros por el sinuoso camino montañoso.

Lo despierta el estruendo sísmico y el repentino y furioso latir de su corazón. Corre al laboratorio y casi choca con el doctor Kevin Read, el director asociado del observatorio. El rostro del canadiense está pálido y su expresión es de urgencia.

—Es la Cumbre Vieja. Ayúdame con el Truss de 70 pulgadas. Seguramente podremos ver algo desde la plataforma suroeste.

El telescopio portátil Truss está guardado en el almacén. Los dos astrónomos tardan 15 minutos en cargarlo a la plataforma suroeste, una plancha de concreto suspendida 2 500 metros sobre el Atlántico.

La nube de ceniza ya se elevó 16 kilómetros en el cielo del atardecer para cuando el doctor Read dirige la lente a la boca del volcán. La imagen queda parcialmente oscurecida por la densa pluma gris y marrón de detritos.

—¿Alcanzas a ver algo?

—Mucho humo, nada de lava. Es posible que el magma…

La erupción catastrófica es tan repentina como ensordecedora. La aterradora explosión cimbra toda la isla y arroja miles de millones de toneladas de ceniza, roca y lava 24 kilómetros en el aire.

Héctor Javier alcanza primero el telescopio caído. Reacomoda el trípode y se asoma por la mirilla, buscando entre el espeso humo el origen de la erupción. Lo asombra ver que la Cumbre Vieja ha desaparecido; la cima humeante quedó arrasada.

Una rápida oleada azul y verde atrae su atención. Héctor apunta el telescopio hacia el Atlántico y lo que ve lo deja impactado.

El océano se está elevando hacia el cielo en una bóveda de agua oscura que se riza a gran velocidad. Es tan inmensa que elude la comprensión. Trescientos metros, 600 metros, y sigue subiendo… ¡Ya es más alta que la Cumbre Vieja y se acerca a la altura de la plataforma de observación!

Kevin Read ve a simple la vista la montaña de agua de un azul profundo antes de colapsarse. El científico tiembla de miedo, sabe perfectamente qué es lo que acaba de presenciar: un cono de agua, impulsado por cinco billones de joules de energía cinética del deslave de la Cumbre Vieja.

El sonido llega hasta ellos 20 segundos después; ¡cien mil cataratas del Niágara impulsan una ola de 110 metros de altura! El megatsunami se aleja de la punta suroeste de La Palma y surca el Atlántico hacia la costa este de América a 800 kilómetros por hora.

Parque Yellowstone, Wyoming
9:47 AM (hora local)

El monstruo había estado dormido. Seiscientos cuarenta y dos mil años. Su corazón era el núcleo de la Tierra y su sangre el magma que calentaba su panza vacía. En su sueño inquieto se sacudió y tembló, e hinchó el lago que lo cubre al estirarse. Silbó y lanzó vapor y en ocasiones sangró, y aunque lo sondeaban sin cesar no se despertó porque ya estaba viejo; tan viejo como el planeta.

Ahora la Tierra lo llamaba de nuevo, pero de una manera que irritaba a la bestia. Los sismos que agitaban sus entrañas eran cada vez más profundos y agudos, haciendo que percolara el magma cristalizado desde hacía mucho tiempo en su vientre. Sus entrañas se llenaron de lava fresca y su presión sanguínea siguió aumentando sin freno hasta que un umbral antiguo fue traspasado.

Enojado, el monstruo despertó.

Sería la última vez.

* * *

Estaba listo para explotar. En cualquier momento.

Jon Bogner devoró la leche de magnesia con la esperanza de que apagara el incendio que sentía en la panza. Su esposa Angie le había advertido que pusiera atención a su dieta, que no podía ignorar la diverticulitis. Pero él necesitaba algo en su estómago antes de recibir los duros antibióticos y sus largas horas en la oficina del Servicio Geológico de los Estados Unidos (SGEU) limitaban sus opciones a golosinas caras del parque y comida rápida.

Había que reconocer que el burrito de desayuno había sido un error.

El geofísico acompañó antiácido parecido a tiza líquida con un trago de agua embotellada y regresó a su computadora. Había 41 sismógrafos permanentes en el parque Yellowstone, 12 de los cuales habían sido añadidos en los últimos 26 meses, cuando la caldera comenzó a dar inusuales señales de actividad. Jon y su equipo sismológico coincidían en que los sismos eran de naturaleza tectónica, no volcánica, pero los indicios eran preocupantes de todos modos. Como la indigestión que iba en aumento en su estómago, la caldera estaba hinchada 12 kilómetros debajo de la superficie, empujando hacia arriba la cuenca rocosa del Lago Yellowstone más de 60 metros en un radio de un kilómetro. Otra protuberancia, ubicada al sur de la cuenca del géiser Norris, había subido un metro el año pasado y se extendía sobre 48 kilómetros.

Cada semana surgían nuevas manchas de fango. Las temperaturas a nivel del suelo en los senderos se acercaban a los 115 grados centígrados. Se discutieron posibilidades para enfrentar la amenaza de la caldera. Un complicado sistema de ventilas y canales conectados al lago podría quizá apagar a la bestia, pero el Congreso dominado por los republicanos consideró que el precio de 25 mil millones de dólares era "excesivo para una atracción turística" y censuró las "tácticas del miedo" del SGEU.

¿Tácticas del miedo? Una erupción a gran escala del supervolcán tendría los efectos devastadores de la colisión de un enorme asteroide. Sin mencionar la lava, que se extendería sobre cientos de kilómetros cuadrados, ni la explosión misma, que mataría a cientos, si no es que a miles; el problema más grave era la nube de cenizas cargada de dióxido de azufre. Con un impacto equivalente a 10 mil volcanes Santa Helena, la nube cubriría la parte superior de la atmósfera, reflejando de regreso al espacio la radiación solar que sustenta la vida. Las temperaturas globales se desplomarían, morirían los cultivos, luego los animales y después las personas. El invierno nuclear duraría cinco años o más.

Pero había algunas buenas noticias: Por fin terminarían las guerras por el petróleo de Venezuela y Nigeria, con lo que cualquier contribuyente estadounidense que sobreviviera se ahorraría un billón de dólares.

El rugido vuelve a acrecentarse. Jon Bogner está de pie, listo para correr al excusado, cuando se da cuenta de que el alboroto no proviene de su estómago.

* * *

Caitlyn Roehmholdt se impacienta. La traductora del japonés de 24 años tiene ampollas en los pies por caminar con sandalias sobre la tarima caliente, y su padre Ron se niega a irse de Yellowstone sin grabar en video el géiser Old Faithful.

—Papá, ya fue suficiente.

—Un minuto más. cinco máximo. Créeme, valdrá la pena la espera. Escucha esto —lee el folleto—. Los géiseres son manantiales calientes con estrechas constricciones cerca de la superficie que impiden que el agua circule libremente y se libere el calor. Las erupciones del Old Faithful han crecido en duración y altitud durante el año pasado debido al aumento en el número de sismos que han sacudido el parque. Hay más de 10 mil géiseres en Yellowstone…

—¿A quién le importa?

—A mí. ¿Sabes que mi padre me trajo a ver el Old Faithful cuando yo tenía siete años?

—*Baka ka*, yo tengo 24. Estoy un poco vieja para que me importe un agujero de mierda que se tira pedos de vapor.

—Cuida tu vocabulario.

—Disculpa. Es la jerga de moda.

—Me refería al japonés. Me llamaste estúpido cara de culo.

Caitlyn sonríe.

—Cara de culo, agujero de mierda… ¿qué más da?

La detonación del cono del géiser interrumpe la respuesta de su padre; 30 mil litros de vapor presurizado se elevan casi 60 metros y cientos de turistas aplauden.

—De acuerdo, reconozco que eso estuvo genial. Me gustan los colores.

Ron se asoma de detrás de la cámara.

—¿Colores?

—El fango rojo. Me recuerda el agujero sangrante de Moby Dick.

—¡Dios mío, eso no es fango, es lava! ¡Vamos! —sujeta a su hija por la muñeca y se abre paso a empujones entre la multitud de mirones. Su corazón late a toda prisa al tiempo que cuestiona su propia reacción. *Quizá no sea el preludio de una erupción. Quizá no sea nada. Nadie más está corriendo.*

—¡Papá, detente! ¡No puedo correr con estos zapatos!

Se frena en el puente que rodea el lago, sin aliento.

—Lo siento.

—¿Lo siento?

—La lava... Creí que la caldera estaba haciendo erupción.

—Papá, es fango.

El rugido del trueno resuena a través del lago. Seguido por gritos.

Ron echa un vistazo sobre su hombro y ve a la multitud presa del pánico alejarse a toda prisa del Old Faithful. El géiser escupe fuentes de lava miles de metros hacia el cielo.

—¡Vamos! —se dirige al sur hacia Grant Village; su hija tira de él en la otra dirección. Caitlyn enmudece; sus ojos miran cómo una muralla de agua de casi dos metros de altura atraviesa el centro del lago, arrastrando embarcaciones y jet-skis, y avanza hacia ellos.

—Papá...

—¡Podemos ganarle corriendo!

—¡No podemos!

—Debemos hacerlo para llegar al auto. ¡Vamos!

Corren sobre la tarima que cruza la punta suroeste del lago, llegan a la mitad cuando la ola se estrella contra la caseta de renta de botes, con el estruendo de un trueno, haciendo añicos el muelle y envolviéndolo todo en una furiosa marea de embarcaciones volteadas y detritos llenos de lodo.

Caitlyn siente que el suelo cruje bajo sus sandalias y un rugido llena sus oídos cuando la ola anuncia su llegada a golpes de lluvia horizontal, antes que la muralla revolvente se la trague en su furia.

Península de Yucatán

Los ojos del piloto del jetcóptero pasan nerviosamente de la pantalla del radar al hombre-niño de cabello blanco que medita en el asiento del copiloto.

Las manos de Devlin Mabus forman una pirámide en su regazo. Sus pupilas negras están entornadas bajo sus párpados, dejando expuesto sólo el rojo de sus ojos. Respira rápidamente y con cada exhalación emite un suave gruñido.

—Disculpa, Dev. Tengo ubicado a JC-1. Se dirige al suroeste, hacia la costa atlántica. ¿Lo sigo? —el piloto considera tocarle el brazo, pero teme que el adolescente lo muerda.

Inmerso en el Nexo, el demonio que habita en la mente de Devlin hace tiempo que se fue de la aeronave. Avanza por la jungla de Yucatán, 70 kilómetros al sur, husmeando el aroma acre de la selva que rodea Palenque. Su poderoso sentido del olfato detecta el vientre que alumbró al conducto físico que ahora ocupa.

Un segundo aroma acompaña al primero... un macho Hunahpú.

Devlin vuelve a abrir los ojos; el demonio se desprende del Nexo con una sacudida.

—...a unos 110 kilómetros. Dev, ¿sigo a tu madre o mantengo el rumbo hacia Palenque?

—Ella no viaja en el helicóptero. Está con él. Aterriza en Palenque.

★ ★ ★

Devlin marcha por la jungla que ya le resulta familiar, siguiendo un rastro de maleza cargada de aroma, hasta que llega al claro.

La anciana azteca está sentada en una roca. Chorrea sangre del cuchillo de obsidiana que sostiene en sus manos nudosas, lo mismo que de su boca sombreada por un bozo.

El chico mira el corazón humano comido a medias.

—¿Mi piloto?

—Estaba joven, lleno de espíritu —Chicahua sonríe, sus encías y los dientes que le quedan están teñidos de rojo por la sangre del corazón de Antonio Amorelli—. Al menos su muerte tuvo un sentido.

—¿La tuya lo tendrá? —camina alrededor de su tía bisabuela—. Me ocultaste el rastro olfativo de mi madre. ¿Por qué?

—Porque sé quién eres, demonio, y sé lo que quieres. Nos hemos visto antes tú y yo… hace mucho tiempo, cuando yo era una belleza como tu madre y estaba enamorada del hombre destinado a ser mi alma gemela. Se llamaba Don Rafelo y era un brujo, un hechicero, a quien llamaste al lado oscuro.

—Te equivocas, Chicahua. Fue Don Rafelo quien me llamó. Como Devlin y su madre antes que él, Don Rafelo buscó el poder ilimitado de la undécima dimensión. Yo le di lo que quería hasta que se embriagó con ello.

—Olvidas que soy una vidente y puedo ver a través de tus mentiras de serpiente. Desde la eternidad has urdido cada uno de tus actos, manipulando a miles en tu profano afán de ocupar el conducto de un Hunahpú. Buscaste el linaje de sangre de Quetzalcóatl, apuntando contra mi alma gemela y el clan Aurelia. Usaste a Don Rafelo para maldecir a Madelina Aurelia y dispusiste su muerte inmediatamente después del nacimiento de Lilith. Tú trajiste la oscuridad que todavía ronda su alma mancillada y ahora posees a su hijo, ¿pero con qué propósito? Tus actos extendieron el quinto ciclo. Ahora que los gemelos Gabriel han puesto fin a esa charada…

—¡Nada ha terminado! La senda negra volverá a abrirse, pero esta vez yo estaré preparado. El conducto de Devlin es energía pura, capaz de operar simultáneamente en múltiples dimensiones. Su genética me ofrece la inmortalidad. La tuya, en cambio… —toma el cuchillo de obsidiana y lo limpia en el vestido de la anciana.

—Mátame si así lo deseas. Mi espíritu seguirá nublando tu vista en el Nexo.

—Ahora eres *tú* la que olvida, Chicahua. Como tu antiguo amante, yo sé que no es tu alma lo que te permite cegarme.

Vuela al interior del Nexo, se lanza sobre ella y la sujeta del cuello con una mano mientras con la otra hunde el cuchillo en su ojo derecho. Usa la curvatura ósea como apoyo para extraer de raíz el órgano de la vista y se lo mete a la boca antes de dirigir su atención al otro ojo, que lo mira a través del éter.

Océano Atlántico
167 millas náuticas al suroeste del Reino Unido

La boya de Evaluación e Información de Tsunamis en Mar Profundo, mejor conocida como DART por sus siglas en inglés, es un anillo de flotación de tres metros de diámetro que tiene en el dorso antenas GPS y un mástil sensorial, y en la panza dos transductores acústicos. Atada al lecho marino con cadenas y una serie de anclas de 450 kilos, está diseñada para medir la fuerza de un tsunami en mar abierto y transmitir la información por señal acústica a un tsunámetro ubicado en el fondo del océano. Cuando recibe los datos, el tsunámetro libera una bola de vidrio, un dispositivo de flotación, que emerge en la superficie y retransmite la información vía satélite de iridio a la NOAA, la Administración Nacional Oceánica y Atmosférica.

El brazo del megatsunami que se precipita hacia la boya DART es el extremo norteño de la ola desencadenada por el deslave de la Cumbre Vieja. Fue parcialmente desviada del mar abierto por la punta noroeste de la isla de La Palma; la onda expansiva constituye el apéndice más débil del monstruo.

La depresión acuática de 20 metros absorbe la DART en su vórtice con la fuerza de un avión de pasajeros que aterrizara junto a una carriola. El monstruo lanza el dispositivo por los aires antes de triturarla en una masa irreconocible de aluminio y plástico.

Centro de Alerta Temprana de Tsunamis NOAA
Honolulu, Hawai

Alexis Szeifert es la directora de ICG/NEAMTWS, un acrónimo absurdo para abreviar el Grupo Coordinador Intergubernamental del Sistema de Alerta Temprana y Mitigación de Tsunamis para el noreste del Atlántico, el Mediterráneo y los mares conectados. Las divisiones del Pacífico y del Índico cuentan con un gran número de empleados, supervisados por un director y tres asistentes; Alexis, en cambio, representa la mitad de la fuerza laboral del grupo del norte del Atlántico. Los otros dos sismólogos sólo trabajan medio tiempo. Aunque le da gusto no estar atareada, ha solicitado su traslado dos veces para aprovechar mejor su talento.

Sentada en su escritorio lee por tercera vez el confuso informe sísmico proveniente de las Canarias. Sus ojos tratan de localizar entre los datos el epicentro volcánico.

Cumbre Vieja. Hacía mucho tiempo que no hacía erupción. No hay un desplazamiento sísmico que deba preocuparnos, pero...

Toma nota de la hora del evento y calcula la trayectoria y la velocidad de un potencial tsunami. En su pantalla interactiva oprime la costa oeste de África y luego hace un acercamiento a las Canarias. Localiza La Palma y la boya DART más próxima a la ola fantasma y revisa si ha habido alguna perturbación oceánica.

DART A-114.................. ESTADO: FUERA DE LÍNEA.

¿Fuera de línea? En siete años nunca había visto que una DART no respondiera a una orden. Los tsunamis de mar abierto alcanzaban cuando mucho un metro de altura; difícilmente eran lo suficientemente poderosos para dañar una boya o su transmisor acústico. El sistema no fallaba ni siquiera en las peores tormentas. Algo fuera de lo ordinario tenía que haber ocurrido.

Cuando está considerando llamar al equipo técnico, una idea aterradora echa raíz.

Cumbre Vieja no era un volcán ordinario…

Su corazón le da un vuelco en el pecho cuando vuelve a revisar el informe sísmico, buscando indicios de un posible deslave.

No menciona nada. Aunque, claro, si el volcán sigue haciendo erupción podría tomar días, incluso semanas, evaluar los daños. Recuerda el dicho favorito de su supervisor: "Reza por lo mejor, prepárate para lo peor". Pero el peor escenario posible de La Palma era una pesadilla mundial.

Sus dedos bailan sobre el teclado, escribe a toda prisa su nombre de usuario y contraseña para tener acceso a la red de satélites de la NOAA en órbita alrededor del planeta.

ACCESO DENEGADO: SISTEMA EN USO.

Salta sobre su silla y grita desde su cubículo al recinto lleno de gente:

—¿Quién demonios está ocupando el GOES?

Algunas cabezas voltean. Nadie responde.

—¡Maldición, quien sea que esté usando los satélites para espiar las playas nudistas más vale que se desconecte, antes que yo empiece a lanzar escritorios!

—Alexis, ¿cuál es el problema?

Voltea y ve a su supervisor. Jeramie Wright pesa 125 kilos, es ex campeón de artes marciales mixtas y exuda un factor de intimidación de 9.7 en una escala de 10.

—Señor, necesito acceso…

—…al GOES, sí, todos te oímos. En caso de que *tú* no lo hayas oído, todos los sectores excepto el tuyo están en alerta total desde las 6:00 AM. Estamos rastreando más de 100 erupciones volcánicas nada más en el Anillo de Fuego, y ya emitimos siete advertencias de tsunami en el oeste del Pacífico. Necesito que apoyes a un equipo que monitorea un posible maremoto en Sumatra…

—Señor, ya estoy rastreando un evento; Cumbre Vieja —le muestra el informe—.Revisé la DART más cercana en la trayectoria estimada del evento. La boya está fuera de línea.

—El sistema está sobrecargado. Dale media hora e inténtalo otra vez. En tanto, repórtate con Bonnie Fleanor, necesita tu ayuda…

—En media hora será demasiado tarde. Señor, por favor… sé que es controversial, pero Cumbre Vieja está considerada como potencial catalizador de megatsunamis.

—Las probabilidades son infinitesimales —la intensidad de la mirada de Alexis suaviza su objeción—. ¿Dónde está la siguiente DART en la trayectoria estimada?

—En medio del Atlántico. Por eso necesito tener acceso al GOES. Si la erupción provocó un deslave, la red satelital debe haberlo registrado.

Jeramie se inclina sobre el hombro de Alexis y usa su teclado para escribir su propio nombre de usuario y contraseña.

—Estás dentro. Hazlo rápido.

La pantalla se activa, dándole acceso a la Red Satelital Geoestacionaria Ambiental Operativa, conocida como GOES. Ingresa la latitud y la longitud de La Palma y el sistema la conecta al GOES-15.

Su supervisor permanece junto a ella mientras aparece una imagen del oeste de África en tiempo real. Maniobra la pantalla hacia el oeste del Atlántico, tanto como lo permite la cámara del satélite, y hace un acercamiento a las tres islas Canarias principales del este; La Palma está demasiado al oeste para poder verla.

—Señor, La Palma está en un punto ciego. ¿Qué hago?

—Olvídate de revisar la cinta. Ingresa las coordenadas de la boya DART que está fuera de línea.

Así lo hace y el sistema le da acceso al GOES-12. La nueva imagen satelital revela porciones de España y el Mediterráneo hacia el este. Alexis vuelve a mover la cámara al oeste y busca en una pantalla de infinito océano azul, a una altitud de 600 metros con una lente zoom. Sigue las coordenadas de la boya DART hacia el noreste.

Aparece una delgada línea blanca, casi imperceptible.

Hace un acercamiento gradual hasta que la línea se vuelve una masa de agua en movimiento, aparentemente interminable, que corre agitadamente hacia la costa de la Gran Bretaña.

—¡Santo Dios! —Jeramie Wright mira el objeto en la pantalla mientras sus manos activan el dispositivo de comunicación en su oreja derecha—. Habla Wright. Rastreamos un megatsunami. En el norte del Atlántico. Posición… ¿Szeifert?

—…47.5 grados norte, 14 grados oeste, 132 millas náuticas al suroeste de la Gran Bretaña. Velocidad de la ola, 522 millas por hora. Altura estimada, 19 metros. A la velocidad actual se estrellará en la costa de Cornwall, Inglaterra, en 23 minutos.

—¿Escuchaste todo eso, Davis? Emite una alarma de tsunami para Cornwall y luego localiza al director Turzman en Seguridad Doméstica; comunícamelo lo antes posible.

El jefe del Centro de Alerta de Tsunamis de NOAA ve fijamente a su pálida subalterna.

—Hiciste un buen trabajo, Alexis. Desafortunadamente, ambos sabemos que esa ola no es nada comparada con su hermana mayor que se dirige a los Estados Unidos. Quiero que rastrees el resto de esa ola y la pongas en la pantalla principal en los próximos cinco minutos.

—Sí, señor.

Parque Yellowstone, Wyoming

Desencadenado, el monstruo no conocía límites.

Magma fundido, rico en sílice, había estado evolucionando químicamente en el vientre del gigante dormido durante años, combinándose con agua y gases volátiles en la parte superior de la cámara subterránea de dos mil kilómetros cuadrados. Al mezclarse los gases con el magma, el mar de lava se expandió y llenó el bolsón, hasta que la presión y la temperatura de 980 grados centígrados se combinaron para exceder el peso y las fuerzas que sostenían los 12 kilómetros de roca que durante más de 600 mil años fueron el corcho que contenía a la caldera.

El monstruo hizo erupción con el crescendo de mil bombas atómicas de Hiroshima.

Fuego líquido explotó en el cielo, abrasando el aire, la tierra y todos los seres vivos en cinco mil kilómetros cuadrados. Pardas columnas de ceniza llegaron a la estratosfera como si hubiesen sido lanzadas desde el infierno. Los vientos con dirección sureste llevaron el polvo volcánico, que cubrió rápidamente los estados de Wyoming, Colorado, Nebraska y Kansas con su nieve tóxica gris.

Durante la primera hora, la lava piroclástica fue más veloz que los humanos que huían. El asfalto fundido derritió los neumáticos. Las llamas convirtieron los vehículos en explosivos de gasolina. Árboles, casas y edificios ardieron como si estuviesen en unos altos hornos.

Los aterrorizados habitantes de los estados del medio oeste empacaron sus pertenencias a toda prisa y cargaron sus automóviles y camionetas, rezando y esperando que las autoridades les dijeran hacia dónde debían huir. Ciertamente no hacia el oeste, donde los terremotos arrasaban Los Ángeles y San Francisco, convirtiendo la falla de San Andrés en un rompecabezas desarmado.

Cuatro horas después de que la cuenca del Lago Yellowstone se elevó como impulsada hacia el cielo por Poseidón, todas las autopistas en dirección al este desde el Mississippi estaban paralizadas por el tráfico. Todos los vuelos domésticos fueron cancelados a causa de la ceniza.

Los estadounidenses que vivían en la costa este se estremecieron con las imágenes transmitidas por televisión e internet. Temerosos de lo que podía suceder, muchos corrieron a los almacenes para abastecerse de comida; otros hicieron largas filas para comprar municiones. Todos dieron gracias a su Creador por no vivir en el oeste, rehusándose a aceptar el hecho de que todos estaban en el mismo barco y que el *USS Planeta Tierra* estaba haciendo agua.

La Casa Blanca

Andrew Morgan Hiles lleva menos de 45 días en la Oficina Oval, luego de haber tomado posesión tras el infarto fatal de la presidenta Heather Stuart. El ex vicepresidente siente que está corriendo sobre un tronco en un río; cada alerta global es un precario paso que amenaza con arrojar a la civilización a las profundidades. Preguntó si éste era el fin del mundo tantas veces, a tantos asistentes empalidecidos, que finalmente había aceptado el rumbo alterado de la humanidad y había pasado mentalmente al modo de supervivencia.

¿Rumbo alterado? Su secretario de prensa había acuñado la frase entre lágrimas. Como si la caldera no fuera suficiente, como si los terremotos no hubieran cobrado demasiadas vidas, ¿que le dijeran ahora que un megatsunami de 110 metros de altura se aproximaba a la costa este y chocaría con Nueva York en menos de una hora? Todo el día repasó los escenarios posibles… Era demencial. ¿No había visto esta pesadilla una docena de veces en el cine?

Desempeñando su papel de presidente había escuchado a sus asesores discutir la suerte de 50 millones de estadounidenses en la costa atlántica y debatir si debían provocar un pánico mayor entre la multitud horrorizada anunciando el megatsunami. La mayoría de sus asesores se opuso, pero él hizo valer su rango.

Por más terrible que fuera la ola, la caldera era su mayor preocupación. Los científicos pronosticaban entre siete y 10 años de invierno nuclear. Camiones repletos de comida enlatada se dirigían ya al monte Weather, una instalación subterránea donde él y su familia y los políticos más influyentes soportarían el holocausto. Por ahora debía mostrarse presidencial, como un miembro más del equipo, asegurando a la especie humana que la vida habría de continuar, que Dios estaba con ellos… mientras lo escoltaban al helicóptero para el viaje de 20 minutos a Virginia.

Su secretario de Defensa le hace un rápido saludo.

—Estamos disponiéndolo todo, señor presidente. Transmitiremos el discurso de esta noche desde el interior del monte Weather.

—¿Qué hay de mi familia?

—Ya está allá. Todas las personas de la lista están en la instalación, con excepción de Ken Mulder.

—¿Mulder está desaparecido?

—No, señor. El jefe de gabinete tuvo que volar a Florida de urgencia. Al parecer, su esposa se enfermó.

—¿Su esposa? Creí que vivía en Illinois.

Cabo Cañaveral, Florida

La Ruta 528, conocida también como la ruta panorámica A1A, corre hacia el este de Cocoa Beach, atravesando el río Indio, la isla Merritt y el río Banana antes de llegar al complejo de Cabo Cañaveral frente al océano. Hay un embotellamiento en la autopista de seis carriles en ambos sentidos. Quienes viajan rumbo al oeste intentan desesperadamente huir de la isla antes de que sea sumergida por una ola que supera la imaginación. Quienes avanzan centímetro a centímetro hacia el este quieren llegar al complejo espacial HOPE para abordar un transbordador a Marte y escapar del planeta antes de que la ola destruya a toda la flota.

Kyle Hall ha estado en el ejército desde los 17 años, cuando fue capitán de ROTC. Está entrenado para lidiar con el caos, pero como director de operaciones de HOPE enfrenta ahora algo que rebasa cualquier operación militar que haya conocido. En menos de 90 minutos debe organizar y hacer abordar a 800 pasajeros en 12 transbordadores y lograr que despeguen, valiéndose de personal y guardias de seguridad perfectamente conscientes de que operan en la zona cero de un megatsunami. Para complicar aún más sus problemas, su CEO, Lilith Mabus, vendió pasajes que exceden en mil por ciento la capacidad de las naves. Convenientemente, ni Lilith ni su hijo están ahí para encarar las reacciones airadas, obligando a Kyle a lidiar con nueve mil de los seres humanos más poderosos, corruptos, egocéntricos y peligrosos del planeta, que pagaron enormes cantidades de dinero para vivir el resto de sus días en Marte, acompañados por sus seres queridos.

Ante un juego de lotería de vida o muerte peor que el de la falta de botes salvavidas en el *Titanic* (y sin la caballerosidad que permitió al capitán salvar a las mujeres y a los niños primero), Kyle Hall decidió valerse de una combinación de sobornos y tácticas de "dónde quedó la bolita" para sobrellevar la situación. A los 12 miembros indispensables de su tripulación de vuelo les prometió acomodo en el último transbordador o cinco millones de dólares en transferencia electrónica si permanecían en sus puestos hasta las 5:00 PM (se estimaba que la ola llegaría a las 5:19). Ofreció un millón de dólares a cada uno de los 200 guardias fuertemente armados, más pasaje a salvo en el Airbus 787 de Lilith que despegaría a las 5:05 PM.

Todos los guardias, excepto, tres, aceptaron quedarse.

En cuanto a los pasajeros de los transbordadores, Lilth había reducido la lista a un grupo de científicos, personal médico, expertos en agricultura e ingenieros, quienes habían sido alojados en dormitorios universitarios desde hacía semanas. Los 812 hombres y mujeres, el componente vital de la Colonia de Marte, ya habían sido transportados en autobuses a los hangares correspondientes. Los políticos, banqueros, guerreros de

Wall Street y personajes de "sangre azul" serían conducidos a uno de los nueve hangares más pequeños, donde serían debidamente "despachados".

★ ★ ★

Ken Mulder está atrapado en la parte trasera de la limusina, su hija le grita, su hijo le grita a su amante, su chofer toca la bocina y amenaza con virar en el sentido opuesto si el tráfico hacia el este no se mueve en los próximos cinco minutos.

El jefe de gabinete presidencial se toma otro Valium y mira fijamente su reloj. *Las 4:12. Faltan 67 minutos para que esa maldita ola haga colisión. ¿Cómo demonios hará Lilith para cargar y lanzar 12 transbordadores en 67 minutos?*

Su hija de 17 años lo toma del brazo, los ojos rebosantes de lágrimas de ira.

—¿Cómo pudiste hacerle esto a mamá?

—¿Hacerle qué? ¿Es mi culpa que haya hecho erupción la caldera? ¿Es mi culpa que hayan cancelado su vuelo?

—¿Y entonces trajiste a tu ramera?

—Ten cuidado, niña —Fiona Chatwin, de 29 años, señala con un dedo. La rubia oxigenada revela un tatuaje chino sobre su seno derecho—. Tu padre organizó este viaje, no yo.

—No le hables así a mi hermana.

—¡Cállense todos, maldita sea! —Mulder se frota el ojo izquierdo. Tiene una migraña palpitante—. Miren alrededor. Hay gente muriendo y mucha más acabará muerta muy pronto. Que yo haya conseguido pasajes a la Colonia de Marte es una increíble bendición. Nuestros cuatro billetes y el alojamiento valen fácilmente 10 mil millones. Sí, ya sé que querrían que su madre estuviese con nosotros, pero no está. Así que henos aquí. Mostrémonos agradecidos...

—Yo me voy —Sophia Mulder abre la portezuela y sale a la autopista.

—Maldición —Ken desciende también, sólo para ver a su hija desaparecer entre las interminables filas de vehículos. Está a punto de ir tras ella cuando el tráfico delante de ellos se mueve repentinamente. Maldice para sus adentros y se sube a la limusina que acelera sobre el paso elevado.

Su hijo lo mira, estupefacto.

—¿Es todo? ¿La dejarás marchar así nada más?

—¡Llámale a su teléfono móvil! Dile que regrese por favor antes que choque la ola. La esperaré en la puerta principal.

La limusina sigue el tráfico hasta una zona enrejada donde guardias armados encaminan rápidamente a los pasajeros a una hilera de autobuses.

Un guardia toca la ventanilla de Mulder.

—Necesito nombres e identificaciones.

—Ken Mulder, jefe de gabinete de la Casa Blanca. Tengo confirmación para cuatro, pero mi hija...

El guardia habla por radio.

—Confirmando a Mulder, pasaje para cuatro. Estarán en el transbordador 2. Salgan del vehículo y suban al autobús que los llevará al hangar. Sin equipaje. Recibirán trajes espaciales a bordo. ¡Andando!

—¡Espere! Mi hija viene en camino, quedamos separados.

—Está en la lista. Será conducida a su transbordador cuando llegue. Ahora muévanse. Despegarán en 30 minutos.

Los llevan a gritos y empellones al siguiente autobús de la fila. Al subir, Mulder advierte que todos los asientos están ocupados por jeques árabes. Se sujeta de un pasamanos individual mientras el vehículo acelera sobre el asfalto. Su hijo está a su izquierda, mirándolo con frialdad; un perro Chihuahua le gruñe desde el bolso de una mujer a su derecha.

—Pagamos 275 millones por cada uno de los pasajes. Le dije al guardia que si no podía traer a mi perro, su jefa tendría que enviarme un reembolso. Con eso lo hice cambiar de opinión.

El conductor detiene el autobús derrapando frente a un edificio prefabricado de aluminio de tres pisos.

—Transbordador 1. Muévanse rápido y fíjense dónde pisan.

Los jeques árabes bajan del vehículo empujándose unos a otros.

La mujer del perro y el anillo de 10 quilates con un collar que hace juego le murmura a su acompañante:

—Alguien debería decirles a los saudíes que no hay petróleo en Marte.

El autobús reanuda la marcha y se detiene un kilómetro más adelante.

—Transbordador 2. Cuidado al bajar.

Mulder toma a Fiona del brazo y la conduce rápidamente afuera del autobús. El sol de la Florida cae a plomo sobre ellos. Guardias armados les indican un camino que conduce al interior del edificio.

Está oscuro dentro del cuartel —un gimnasio con máquinas para levantar pesas y una cancha de basquetbol—. Más de 100 personas deambulan por ahí mientras un video de instrucciones para ajustar el arnés de los asientos en el transbordador se transmite una y otra vez.

Mulder mira la hora: 4:27 PM. Atormentado por la culpa se dirige a su hijo.

—Voy a regresar por tu hermana. Quédate con Fiona —antes que su amante pueda protestar se encamina a la puerta, pero ésta está cerrada desde afuera.

Aeropuerto de Mérida, Península de Yucatán

El jet supersónico Aerion surca el cielo nublado sobre el Golfo de México, acelerando rápidamente a Mach 1.8. Tiene la forma de una daga blanca con alas pequeñas y cola. La nave de 89 millones de dólares y cupo para 12 pasajeros puede cruzar el Atlántico en dos horas, tiene un alcance de nueve mil kilómetros y aterriza casi en cualquier pista.

Lilith había ordenado que el avión se trasladara al Aeropuerto Internacional Manuel Crescencio Rejón de Mérida, desde el centro espacial HOPE en Houston, Texas, mientras Manny y ella hacían el trayecto de cinco horas en taxi desde Palenque. Al llegar se enteraron de la erupción de la caldera y del megatsunami que se cernía sobre la costa este de las Américas.

Manny lee las últimas noticias en el monitor de su i-silla de cuero y luego gira para ver a la belleza de cabello como el ébano que está sentada a su lado en el estrecho pasillo. Los dos Hunahpú están sudorosos tras el largo viaje y su transpiración cargada de feromonas actúa como un poderoso afrodisiaco.

—Los últimos informes dicen que la ola llegará al norte de Florida en 27 minutos. No llegaremos a tiempo.

—Lo lograremos —Lilith desabrocha el arnés y se sienta en las piernas de Manny—. Hablé con mi director de operaciones. Detendrán el último transbordador hasta que lleguemos —lo besa, hundiéndole su lengua en la boca, mientras sus dedos le abren el pantalón.

Cegado por la lujuria, le alza la falda. Le pone las manos sobre el suave trasero, le arranca la tanga y la penetra.

Aprieta su pelvis contra la de él, gimiendo en sus oídos. Sus mentes se consumen en el festín de la carne, pero de pronto Lilith se detiene y el miedo asoma en su mirada.

—¿Qué pasa?

—Nos está viendo.

—¿Devlin? —Manny mira alrededor de la cabina—. ¿Cómo?

—A través de mis ojos.

Océano Atlántico

Llegó a la península del suroeste de la Gran Bretaña con la fuerza de un tren de carga de cuatro pisos, arrasando muelles y casas, malecones y edificios, sumergiendo las aldeas y los pueblos de Cornwall bajo un muro de agua que apenas comenzaba a perder fuerza a dos kilómetros de la costa devastada.

A pesar de la destrucción, era tan sólo una probada de lo que vendría después.

Nacido frente a la costa oeste de África, el megatsunami era un muro de agua en expansión, de 270 grados y 33 pisos de altura, con la energía de 10 mil bombas de 25 megatones y la velocidad de un avión comercial.

Se curveó en las Canarias, apaleó la punta oeste de África y convirtió en lodo el desierto del Sahara.

Al entrar al Mediterráneo pulverizó Gibraltar y hundió todas las embarcaciones a su paso.

Cruzó el Atlántico, devorando barcos petroleros y cruceros con la eficiencia brutal de un camión de 18 ruedas que arrolla a un ciclista. Persiguió a una escuadra de acorazados estadounidense hasta La Habana, donde levantó los restos de 150 años del *Maine* y usó su podrido esqueleto de acero como ariete, hundiendo a un destructor, el *USS George W. Bush.*

A 350 kilómetros del litoral del noreste de los Estados Unidos, la velocidad del monstruo fue reducida abruptamente a la mitad al toparse con la meseta continental. Subió la pendiente, irguiéndose 145 metros, y su peso provocó que la placa tectónica de Norteamérica se sacudiera a su paso incontenible hacia la costa.

* * *

Los balnearios de la costa ya eran pueblos fantasma. Las luces de tránsito en las avenidas seguían cambiando en sucesión, como fichas de dominó que caen una tras otra, y las gaviotas revoloteaban al atardecer, pero a medida que el sol se teñía de oro y el reloj se acercaba a marcar las cinco, la atmósfera se tornaba fúnebre.

Stephen Stocker notó que algo andaba mal al salir de su casa de un piso rentada en Margate, Nueva Jersey. Tenía 22 años y estudiaba física cuántica en la Universidad de Atlantic City; pagaba su matrícula trabajando el turno nocturno en la mesa de *blackjack* del casino flotante de Goldman-Sachs. Era la semana de los exámenes finales y estaba exhausto, así que durmió sin enterarse de las incesantes alarmas y los boletines que bombardearon a los residentes de Atlantic City, Ventnor, Margate y Long Port. La música de su diadema sensorial lo había escudado del caos.

Stephen cruza la Avenida Atlántica hacia la playa y se siente afortunado porque no hay el tráfico acostumbrado. Sube corriendo al malecón entarimado y ahuyenta a unos pichones que se dan un festín en un bote de basura volcado y luego baja cinco escalones hasta la playa, debatiendo mentalmente si debería correr sus cinco kilómetros de rigor o entrenar a velocidad contra el viento. Tiene cinco horas libres antes de alistarse para el turno de 12 a ocho. Perdió su teléfono celular, así que no tiene manera de saber que todos los negocios están cerrados y que el casino donde trabaja nunca verá llegar la medianoche.

El viento barre la playa, la arena le irrita los pies. Achaca al mal tiempo la ausencia de bañistas y decide nadar en vez de correr. Arroja su toalla sobre su mochila en el lindero entre la arena seca y la mojada y corre al encuentro de las olas.

Stephen se zambulle bajo una ola de metro y medio y comienza a nadar paralelo a la playa. Da 20 brazadas antes que la corriente lo ponga de nuevo en vertical.

El agua se vuelve un caudal furioso que lo arrastra a mar abierto. Como nadador experimentado, Stephen nunca entra en pánico. Advierte que está atrapado en las aguas agitadas y que la mejor vía de escape no es luchar contra la corriente, sino nadar en paralelo respecto de la playa. Comienza a bracear con fuerza, bajando la cabeza. El océano se vacía a su alrededor: el agua se va al este como en una banda continua, hasta que la rodilla de Stephen toca la arena y yace en un acre de lodo.

"¿Qué demonios...?"

El Atlántico ha retrocedido 400 metros, su toalla y su mochila están a 100 metros de él. Azorado, se pone de pie y voltea. El fango entre los dedos de sus pies reverbera y el aire ruge como un barítono. Lo que ve venir hacia él le eriza los pelos de la nuca y le endurece la vejiga.

La ola es inconcebiblemente inmensa; una monstruosidad majestuosamente rizada, más alta que cualquiera de los hoteles en la playa. Sigue ascendiendo; una imponente montaña de agua que rápidamente va reduciendo el cielo azul. El suelo del mar se estremece ante la masa que se avecina. El hedor de peces, algas y petróleo azota el rostro de Stephen. El estruendo es tan terrorífico que lo paraliza por completo.

Su mente se desquicia; cualquier pensamiento racional de escape es inútil. En un último arrebato de autoconservación se tiende boca abajo y hunde los brazos en el fango hasta el codo. Voltea la cabeza y cierra los ojos. Las lágrimas escurren por sus mejillas. El físico le reza al Creador cuya existencia le había parecido imposible por tanto tiempo.

El megatsunami lo arranca del suelo y lo arroja en su vientre voraz. La fuerza de las oscuras aguas le desprende los brazos. Un segundo después, el océano revienta contra el concreto y el acero, aplanando el centro de Atlantic City, y extrae desde los cimientos todas las residencias de la isla. La onda se hunde en la bahía y engendra una segunda ola que es consumida rápidamente por la primera.

El Atlántico no se detiene nunca, sigue empujando tierra adentro, arrasando casetas de peaje y agencias automotrices, centros comerciales y vecindarios, antes de convertirse en una inundación de seis metros que se asienta y muere 50 kilómetros al oeste de lo que fue el célebre malecón de Atlantic City.

Cabo Cañaveral, Florida
5:07 PM

Kyle Hall está de pie sobre la grama que divide dos enormes pistas de concreto reforzado, en las que la procesión de transbordadores a Marte pasa alternadamente, acelerando al elevarse en un ángulo poco pronunciado; una coreografía de elefantes voladores de metal. Cada miembro de la manada cada vez menos numerosa sube a 10 mil pies antes de encender los cohetes y ascender en vertical, produciendo un estallido sónico.

Las indicaciones de la torre de control crujen en sus audífonos.

—Transbordador 7, vía libre en pista alfa. Transbordador 8, en espera en pista beta.

—Control, aquí el director Hall. Esto está tardando demasiado. Olvídense de tantas indicaciones idiotas. Quiero que el resto de estas ballenas esté en el aire en los próximos 90 segundos.

—Director Hall, aquí el Transbordador 12. Ya cargamos.

—¿Mi familia está a bordo?

—Sí, señor.

—Voy para allá —se sube a un carro de golf de energía solar y corre por la pista hacia uno de los 20 Edificios de Ensamblado de Vehículos. Pasa por las puertas tamaño King Kong del EEV-12, se frena, salta del carro y sube por la escalera motorizada hasta el transbordador que lo espera, un avión espacial de tres pisos de altura.

Consulta la hora —5:13 PM— y se precipita a la cabina, donde el piloto y el navegante cumplen las últimas órdenes mientras el capitán enciende los motores de despegue, preparándose para salir del hangar.

El copiloto le indica la consola de comunicaciones.

—Señor, antes de que abandonara el centro de control de despegues, el comentarista recibió un mensaje proveniente de un jet privado que se dirige hacia aquí.

—Comunícame —el director Hall toma los audífonos y ajusta el receptor—. ¿Lilith? Lilith, soy Kyle Hall, ¿me escuchas?

—...tiempo estimado de llegada, dos minutos. Iremos directo al hangar. ¿Cuál EEV?

Los cuatro tripulantes miran ansiosos a Hall; un par de ellos sacude la cabeza.

—Señor, necesitamos un mínimo de tres minutos para tomar la pista y otros dos para despegar.

—Tiene razón, señor. No podemos esperar, debemos irnos ahora mismo.

La voz femenina se torna insistente:

—Señor Hall, ¿a cuál Edificio de Ensamblado de Vehículos debemos dirigirnos?

Kyle Hall mira los audífonos en su mano temblorosa.

—Lo siento, jefa —toma el cable y lo arranca de la consola de comunicación.

* * *

Lilith azota el receptor. Voltea hacia el piloto del jet, sentado a su lado en la diminuta cabina. Sus ojos color turquesa por un momento llamean al rojo vivo.

—Aterriza el jet. Aún hay tiempo.

El piloto mira a Manny para que lo ayude.

—¡Te digo que aterrices el maldito jet!

—No —los ojos de Manny están clavados en el mar, donde una ola color marrón ha aparecido en el horizonte verdoso—. Lilith, llegamos demasiado tarde.

* * *

Ken Mulder golpea de nuevo la puerta de aluminio del hangar con el hacha para incendios y aparece otra tajada de luz del sol.

—Papá, apártate —su hijo da otra patada y abre un agujero de un metro en la pared lateral. Ciento veintidós pasajeros burlados y enfurecidos salen corriendo por ahí a la húmeda tarde de la Florida, a tiempo para ver cómo el Transbordador 12 sale del hangar 400 metros más al este.

—¡Vamos!

* * *

El capitán Brian Barker dirige la nariz del vehículo espacial de modo que divide las líneas anaranjadas de la pista beta. "Habla el capitán Barker desde la cabina de vuelo. Prepárense para despegar." Su reloj digital marca las 17:16 cuando acelera el enorme transbordador en dirección norte sobre el tramo de concreto de ocho kilómetros, sólo para verse obligado a apagar los motores porque la pista es invadida por docenas de personas, y muchas más se acercan sobre la grama.

"¡Por Dios! ¿Qué debo hacer?"

El corazón de Kyle Hall late con tanta fuerza que apenas puede respirar.

—¡No se detenga! ¡Nos quedan menos de tres minutos!

El capitán Barker reenciende los motores. El transbordador avanza, las alas pasan sobre la multitud, la rueda delantera arrolla a una mujer madura que carga un Chihuahua. Barker gime mientras vira la nave hacia el extremo derecho de la pista y luego hacia la izquierda, antes de acelerar y dejar atrás a la gente.

17:18...

"70 nudos... 190... 275... ¡Vamos, chica, pon tu enorme trasero en los aires!"

La nave despega e inicia el suave ascenso por encima de la pista que se empequeñece rápidamente, y la descomunal ola oscura rompe en la costa 800 metros al este de ahí, arrojando al cielo una palada de 300 metros de arena y mar. La tempestad de detritos estalla sobre las alas y el parabrisas del transbordador espacial, cegando momentáneamente al capitán. Están suspendidos a 60 metros cuando de repente los devora una montaña de agua.

El megatsunami azota al Transbordador 12 contra la pista de concreto y arranca el ala de babor. La nave da tumbos, los tanques de combustible se encienden con las chispas y explotan como grandes bolas de fuego anaranjadas, extinguidas enseguida por el inmenso caudal de agua incontenible.

★ ★ ★

El jet supersónico vuela en círculos 600 metros arriba del Atlántico invasor que avanza hacia el oeste sobre Cabo Cañaveral y el río Banana, el Centro Espacial de la isla Merritt, el río Indio y la espectacular Cocoa Beach, sembrando tras de sí la destrucción.

Lilith mira hacia abajo, incapaz de respirar. Cientos de miles de millones de dólares en instalaciones y tecnología... una línea de ensamblado para aviones espaciales... casi dos décadas de turismo espacial y dura labor; todo aniquilado en apenas 20 segundos.

Para Lilith Eve Mabus y su alma gemela Hunahpú no hay futuro.

Ya no hay HOPE.

Estoy en la sala de control de Atlas, 15 minutos después de las primeras colisiones alta energía en el Gran Colisionador de Hadrones. Los físicos esperaron este momento más de un año y ahora mismo siguen dando brincos de alegría. Ha sido un largo día para todos; los periodistas llegamos antes de las 6:00 AM, pero muchos de los científicos estuvieron aquí toda la noche. Temprano esta mañana hubo dos fallas que obligaron a apagar y reencender la energía dos veces, pero todo marchó sobre ruedas al tercer intento, para emoción y alivio de todos los participantes. Se detectaron colisiones en los cuatro experimentos del GCH: CMS, Alice, Atlas y GCH. Desde mi punto de observación en la sala de control de Atlas puedo ver imágenes de las colisiones, transmitidas en pantallas de piso a techo. Acaba de haber otra erupción de aplausos al anunciarse que los dos rayos siguen circulando sin problemas. Eso significa que los detectores internos, los que registrarán la información más interesante acerca de las colisiones, ya pueden ser encendidos. ¡Felicidades a todos en el GCH!

HANNAH DEVLIN, reportera de ciencias de *The Times*
30 de marzo de 2010

14

Cuenca Vastitas Borealis/Colonia de Marte

James Corbett sujeta la barra de seguridad del ascensor con una mano enguantada de su traje espacial, mientras con la otra gira el pequeño bastón sensorial que cuelga de su muñeca, un dispositivo que envía información de un señalador láser al retransmisor insertado en el cerebro del ingeniero.

James Corbett quedó ciego tras un accidente de buceo profundo cuando tenía 30 años. Se rehusó a limitar su apetito por la vida y volvió a conducir exploraciones submarinas a profundidades de cientos de metros. Aprender a funcionar en su nuevo mundo de tinieblas le salvó la vida cuando junto con un amigo decidió explorar un barco carguero hundido en el fondo del Lago Ontario. Se perdió en el limo y se estaba quedando rápidamente sin aire, pero Corbett tanteó con calma el camino por los pasillos del barco y los puso a salvo a ambos.

El trayecto es turbulento y la jaula del ascensor abierto se sacude. Inmune a la claustrofobia, el jefe de ingenieros de la Colonia de Marte decidió descender por el tiro recién concluido de la mina. Veinte metros bajo la rocosa superficie de Marte hay una masa misteriosa, con un rendimiento potencial de 130 mil toneladas cúbicas. Hallar una veta de mineral de hierro para fabricar placas de acero para los biodomos de la colonia resulta fortuito; que se encuentre en lo que se cree que fue la cuenca de un mar de 200 millones de años es un enigma para su equipo de geólogos. Corbett cortará con un láser una muestra de la masa para que sea analizada en el laboratorio. Antes de excavar otros tiros de exploración su equipo determinará la naturaleza del metal y si la complicada operación de rescate vale el costo en combustible y mano de obra.

El ascensor hidráulico reduce la velocidad y luego se detiene con un fuerte chirrido. El casco de Corbett se llena de estática de radio, seguida por un débil: "Final de la línea, señor".

—Habría bastado con un simple "ya llegó", señor Jefferies. ¿En qué dirección está la sección elegida?

—Tres metros al oeste del ascensor. Está prácticamente encima de ella.

Corbett sale del ascensor; su bastón sensorial determina la dirección y la distancia. El eco lo guía hacia el objeto hundido en la roca. Estira la enguantada mano derecha y siente la pared del tiro, distinguiendo el silicato áspero y la tersa superficie metálica de contornos curveados y bordes de varios centímetros de grosor y con una angulosidad que no se encuentra en la naturaleza.

El ingeniero toca el objeto misterioso con su herramienta láser y una extraña sensación de *déjà vu* abruma al antiguo buzo de naufragios. Con un pico desprende casi metro y medio de roca, dejando expuesta una saliente del objeto sepultado.

—Señor, ¿todo en orden? ¿Doctor Corbett?

—¿Eh? Sí, estoy... bien. Es la punta de un iceberg enorme.

—¿De un iceberg, señor?

—No es una veta, Jefferies, y no, no es un iceberg. Es una nave enterrada. Si no supiera que es imposible, diría que es la hélice de un barco.

Monte Weather
Bluemont, Virginia

Se localiza a 75 kilómetros de Washington, D. C., y es una instalación secreta al nivel del Área 51. A nivel del piso todo parece inocuo; una docena de edificios administrativos rodeados de un césped manicurado, un helipuerto y una torre de control, todo rodeado por una valla. Pero bajo la cumbre de esta montaña hay una enorme ciudad subterránea.

Bienvenidos a Monte Weather, una "guarida apocalíptica" autosuficiente, establecida antes de la guerra fría y modernizada al paso de las décadas a un costo de tres billones de dólares para los contribuyentes... Por supuesto que Monte Weather y los más de 100 centros federales de reubicación subterráneos en Virginia, Virginia del Oeste, Pennsylvania, Nueva York y Carolina del Norte nunca fueron diseñados para uso de los contribuyentes, ni el programa de "continuidad del gobierno" al que sirven secretamente fue pensado para cumplir con ninguna supervisión constitucional. El Monte Weather y su red fueron construidos con un objetivo en mente: sobrevivir al Apocalipsis.

Diseñados para resistir un ataque nuclear contra Washington y sus "áreas objetivo", el Monte Weather y su red de búnkers son literalmente ciudades subterráneas autosuficientes, con apartamentos privados, dormitorios, calles y aceras, hospitales y cafeterías, así como un sistema de purificación del agua conectado a arroyos y acuíferos subterráneos, plantas de tratamiento de desechos, invernaderos agrícolas, ganado, plantas de energía, sistemas de transporte colectivo y de comunicaciones. Mientras la población mundial muere por las armas nucleares, la radiación, la erupción de calderas, los desastres biológicos, las colisiones de asteroides o el invierno nuclear, los residentes de la red del Monte Weather sobrevivirán a la catástrofe para que la humanidad pueda continuar.

Que esos supervivientes sean probablemente quienes provocaron la catástrofe no es algo que haya inquietado a presidentes, miembros del gabinete y personajes designados en secreto para encargarse del gobierno paralelo en espera. A esa fraternidad clandestina de políticos se unen los CEO y ejecutivos de algunas de las principales corporaciones del mundo, así como personal clave de la Reserva Federal y del Servicio Postal de los Estados Unidos, empresas privadas ambas.

En esencia, el Monte Weather es la Colonia de Marte aquí en la Tierra, un refugio para los ricos y los poderosos.

* * *

El presidente Andrew Hiles está en la Sala de Situación, el centro nervioso del Monte Weather conectado a Raven Rock, la instalación subterránea del Pentágono, 100 kilómetros al norte de Washington. Tiene ante él una imagen holográfica de la Tierra en tiempo real, compuesta de tomas bajadas de la red de satélites militares. Nubes de ceniza de más de 200 volcanes en erupción se han combinado con la caldera de Yellowstone para cubrir 90 por ciento de la atmósfera del planeta. La "cesta del pan" de los Estados Unidos está cubierta de ceniza, sus granjas devastadas. La fotosíntesis ha cesado. Los apagones provocarán anarquía, hambruna masiva y una década de invierno nuclear. Nueve mil millones de personas, menos un puñado de privilegiados, morirán.

Ahora el presidente debe dar un último mensaje a su pueblo. ¿Cómo hablar de esperanza cuando ya no hay ninguna? ¿Cómo prepara un presidente a los electores para la muerte, cuando él mismo se va a salvar?

Con el corazón apesadumbrado, Andrew Hiles es conducido por sus instructores a su nueva Oficina Oval, donde lo esperan las cámaras de televisión y el apuntador electrónico.

Golfo de México

El jet supersónico Aerion sube a cinco mil pies y se dirige al oeste en Mach 1.3, sobre la península de la Florida.

Manny cierra la puerta de la cabina y conduce a Lilith a un asiento.

—¿Te encuentras bien?

—Mi hijo ha sido poseído para la eternidad por una fuerza demoniaca. La única oportunidad que teníamos de salvarlo, de salvar a la humanidad, acaba de ser destruida por una ola. Así que no, estoy a un millón de años luz de encontrarme bien.

—Escúchame, la ventana no se ha cerrado todavía. La salvación no está en Marte, sino a través del agujero de gusano que aparecerá cuando la singularidad cruce al universo físico. Ese evento ocurrirá antes de que termine este día. Siento cómo tiembla el Nexo bajo su peso gravitacional. Lilith, no necesitamos un transbordador a Marte para llegar al agujero de gusano; nos basta con un avión espacial. ¿No tienes otro puerto espacial en Houston?

Sus ojos se ensanchan.

—Sí.

Estación de Investigación McMurdo
Isla Ross, la Antártida

El continente de la Antártida, rodeado por el océano, cubre el Polo Sur geográfico. Su masa representa la quinta más grande del planeta; es 98 por ciento hielo y no tiene habitantes humanos indígenas. Sin embargo, cada primavera tres mil trabajadores se unen a los equipos de científicos que desafían el frío extremo en las estaciones de investigación como parte del esfuerzo global por estudiar las condiciones que contribuyen a estabilizar los patrones climáticos del planeta.

La estación McMurdo ocupa casi cuatro kilómetros cuadrados de hielo en el extremo sur de la isla Ross. Es operada por la rama estadounidense de la Fundación para la Ciencia. El conjunto alberga a 1 200 residentes, siendo así el hábitat humano más grande en la Antártida.

Y podría ser el último.

El geólogo T. Paul Schulte está en la costa parcialmente congelada de la sonda de McMurdo, mirando las cuatro cumbres nevadas que arrojan nubes de ceniza muy por encima de la isla Ross. Que el monte Erebo hiciera erupción era inusual, pero no alarmante —como parte del Anillo de Fuego es uno de los 160 volcanes activos de la placa del Pacífico—. Que sus tres hermanos silenciosos también hicieran erupción era lo que había cimbrado al científico —mucho antes de que hablara con su esposa Christine y se enterara de lo que estaba sucediendo en el resto del planeta—.

A Schulte lo separa de su esposa y sus seis hijos todo un hemisferio. Su último adiós fue cortado por una interferencia atmosférica provocada por el manto de polvo volcánico. El mormón ha rezado sin parar por un milagro durante las últimas tres horas.

Ahora, ante sus helados ojos de un azul grisáceo, parece que un milagro está ocurriendo.

Si bien los polos geográficos están situados en los extremos del eje central del planeta, los dos polos magnéticos se desplazan todo el tiempo. El fenómeno, conocido como deriva polar, se debe a las variaciones en el flujo de hierro fundido del núcleo exterior giratorio de la Tierra que afecta la orientación del campo magnético del planeta.

Schulte observa con aterradora fascinación cómo las nubes de ceniza comienzan a fusionarse lentamente, girando en el sentido opuesto a las manecillas del reloj hasta donde alcanza la vista. El centro de esa fuerza se eleva desde el polo sur magnético, situado encima de un tramo de océano al este del extremo más oriental de la isla Ross. Atraído hacia arriba y a través del ojo que se está formando rápidamente, el vórtice parece estar inhalando hacia el espacio el manto tóxico de ceniza volcánica.

Golfo de México

Sin mediar advertencia, en un momento vuelan en un aire tranquilo y al siguiente se desploman por el espacio a la velocidad del sonido.

Manny se lanza por Lilith y arrastra a ambos al Nexo. El universo físico se desacelera de inmediato a su alrededor; sus cuerpos flotan hacia arriba en la cabina que da vueltas, desafiando temporalmente a la gravedad. Se alejan del tiovivo de mobiliario y se abren paso a la cabina.

El piloto está inconsciente.

Manny lo hace a un lado y sujeta los controles, luchando para nivelarlos. El altímetro baja de 12 800 pies a 8 900 y luego a 4 400; caen a sólo 800 pies del Golfo de México en un torrente de viento en aumento que los vapulea de un lado a otro.

Lilith ocupa el asiento del copiloto. Sale del Nexo y la recibe el aullido del viento.

—¿Qué pasó? ¿Caímos en un huracán?

—Mira el cielo.

La densa capa de nubes marrón se desplaza al sur como un embravecido río de lodo, a una velocidad de casi dos mil kilómetros por hora, y en aumento. Aparecen sobre la tierra amenazantes tornados grises de ceniza, columnas verticales de polvo volcánico que alimentan la capa en movimiento de detritos atmosféricos.

El jet se zarandea y se monta peligrosamente en una corriente de aire ascendente, sólo para volver a caer enseguida.

—Lilith, es demasiado peligroso, tenemos que aterrizar.

—¡Hazlo!

Consulta el GPS y vira hacia el noroeste en un pronunciado descenso. El parabrisas queda cubierto por un vendaval de ceniza húmeda. Siente que el motor se traba un momento y luego aparecen luces rojas en toda la consola. De pronto el jet se hunde hasta la panza en el Golfo y las oleadas limpian el parabrisas. Manny se esfuerza por mantener elevada la nariz de la aeronave, que se hunde casi un kilómetro antes de que la gravedad venza su inercia y la cabina se asiente bajo las olas.

Se apagan las luces de la cabina y los ojos color turquesa de los Hunahpú irradian en la oscuridad. Lilith y Manny regresan al Nexo.

Manny se comunica telepáticamente en su isla de existencia compartida.

—*Empuja la puerta, yo sostengo al piloto.*

—*No hay tiempo. ¡Déjalo!*

—*No puedo.*

Lilith gira la palanca de acero y abre la puerta de la cabina. Salta a un torbellino de viento y mar y flota hasta que se da cuenta de que puede pisar en firme.

Están en un campo de maíz. Las plantas están sumergidas bajo metro y medio de agua.

Permanecen en el Nexo y se abren paso por la gélida cuarta dimensión hasta que llegan a un tramo elevado de concreto.

Manny suelta al piloto inerte y sale del plano superior. Un viento agudo azota sus piernas; las nubes de ceniza pasan volando a una velocidad vertiginosa. El aire está cargado de electricidad, generando relámpagos que bailan en torno a las columnas de ceniza húmeda que devora el cielo turgente.

—Lilith, ¿dónde estamos?

Ella mira al este, donde fuentes brotantes danzan en el horizonte verde olivo; el litoral está lleno de barcos tanque varados, un laberinto de acorazados grises y embarcaciones de placer mutiladas.

—Estoy casi segura de que es la bahía de Galveston. ¿Qué sucedió?

—El megatsunami, eso sucedió. Entró a la bahía por el golfo e inundó la costa de Texas.

Señala una rampa de la autopista.

—Es la Autopista del Golfo, va a Houston. Estamos a unos 40 kilómetros al sureste del Puerto Espacial. Quizá podamos encontrar un automóvil.

—Es demasiado peligroso. La nube de ceniza se desplaza a tal velocidad que está cargando de electricidad la atmósfera y desatando tornados más rápido de lo que podemos evitarlos. Será agotador, pero nuestra mejor opción es ir a pie dentro del Nexo. Al menos podremos ver venir las ráfagas de viento.

—¿Qué hace que la nube de ceniza se mueva tan rápido?

* * *

—...un milagro. Llámalo Dios o la Segunda Venida, pero sea lo que sea, está despejando la atmósfera de la Tierra y arrojando los detritos al espacio.

El presidente Hiles contempla el holograma de la Tierra con lágrimas en los ojos: el manto marrón de detritos volcánicos se disipa en el hemisferio norte y es arrastrado hacia el espacio a cientos de kilómetros bajo el Polo Sur, como un reloj de arena que se vaciara en un flujo constante.

—Dice que está arrojando los detritos al espacio. ¿Adónde van exactamente? ¿Están orbitando nuestro planeta?

—No, señor. Astrónomos en los observatorios de Ontario y Columbia Británica confirman vista despejada del espacio, al menos sobre el hemisferio norte —James Thompson, científico de la atmósfera, está visiblemente afectado por los desconcertantes acontecimientos—. Honestamente, señor presidente, no sabemos qué está ocurriendo. Lo llamamos un milagro simplemente porque no hay un precedente ni una explicación científica que justifique por qué está sucediendo todo esto, y seguimos sin saber qué provocó las erupciones volcánicas. No podemos acceder a nuestros satélites para buscar las respuestas; la atmósfera está tan cargada de partículas electromagnéticas que distorsiona nuestras comunicaciones desde el espacio.

—¿Qué ocurrirá cuando la atmósfera esté limpia de detritos? ¿Se detendrá ese proceso?

—Le reitero, señor, que como no tenemos idea de lo que está causando el fenómeno, no tenemos forma de responder a eso.

—¿Será un volver a empezar?

—¿Señor?

—Borrón y cuenta nueva... Quizá sea la manera de Dios de decirnos que Él existe y que nos da una segunda oportunidad.

—Lo siento, señor presidente. No soy lo que se dice una persona religiosa.

—Tal vez ése sea el problema, doctor Thompson. Tal vez Dios quiere que la gente como usted sea más religiosa.

Thompson contiene lágrimas de frustración y una risotada que le provoca lo absurdo de semejante acusación.

—¿Entonces usted cree que Dios decidió desencadenar la caldera, los volcanes y un megatsunami, no a causa de la guerra, la codicia, el odio y las matanzas en este mundo, sino porque gente como yo no va a la iglesia lo suficiente? Con todo respeto para usted y sus "supervivientes elegidos" en este búnker... ¡váyase a la mierda!

Thompson hace a un lado al presidente y sus asesores políticos y busca el ascensor más cercano para salir a la superficie.

★ ★ ★

Hicieron el maratón de 35 kilómetros en menos de una hora dentro del Nexo, un portal de la cuarta dimensión donde el tiempo va más lento, aumentando su desempeño físico. Pero los dos Hunahpú eran mitad humanos y el estrés de avanzar en el aire gélido había inundado sus músculos de ácido láctico.

Lilith llegó hasta las arrancadas rejas de acero del puerto espacial de HOPE en Houston antes de colapsarse. Manny emergió del Nexo y la llevó cargada a través del complejo, al tiempo que el cielo nocturno reaparecía milagrosamente, revelando un anillo violeta brillante de partículas cargadas de la aurora boreal.

En una fracción de segundo Immanuel Gabriel sabe qué está causando que las nubes de ceniza se desplacen al sur, y el miedo de lo que se avecina inyecta de adrenalina su cuerpo exhausto.

—¡Lilith, la singularidad se está manifestando en el universo físico! ¿Dónde está el puerto espacial?

★ ★ ★

El hangar mide 10 pisos de altura y es tan largo como tres canchas de futbol. La flota de aviones espaciales está alineada en las terminales privadas, excepto uno, que está estacionado junto a las puertas selladas. Un trabajador solitario está parado a un lado de la nave de aleación de aluminio, succionando un chupón de yerba mientras unas mangueras cargan hidrógeno líquido en los cohetes del avión espacial.

Se abre de un golpe una puerta auxiliar y entra un hombre alto cuyo aspecto es ligeramente familiar.

—¿Señora Mabus? No está seguro... Nos dijeron que vendría, pero...

Lilith deja a Manny revisando el medidor del combustible.

—¿Dónde está el piloto? ¿Dónde está la tripulación de despegue que ordené?

—Se fueron para estar con sus familias. Soy el único que queda. Llevo 13 años trabajando aquí, señora Mabus. Haría cualquier cosa...

—¡Desintoxícate, cállate y escucha! Si no despego en cinco minutos voy a hacer erupción como la caldera. Si no quieres terminar como mi difunto marido, más te vale que desconectes esas mangueras y abras las puertas del hangar, ¿está claro?

—Sí, señora —apaga la bomba de combustible y empieza a desconectar las mangueras.

Manny observa el avión espacial.

—Lilith, ¿sabes pilotear esta cosa?

—Supongo que estamos a punto de averiguarlo.

El técnico hace a un lado las mangueras y se dispone a abrir las puertas corredizas.

—Espera. ¿Dónde está mi hijo?

—¿Devlin? Todos dimos por sentado que estaba con usted en uno de los transbordadores a Marte. Deme un momento, traeré un ascensor móvil —el empleado se queda boquiabierto cuando ve dos manchas que saltan una altura de dos pisos hasta el ala de babor e ingresan a la nave.

* * *

A diferencia de la cabina de mando de los transbordadores orbitales de la NASA, organizada dando prioridad a la fuerza de gravedad con indicadores, páneles e interruptores ajustados a la vertical, la del avión espacial de HOPE se valía de transmisiones de control mental por parte del piloto y el copiloto.

Lilith se acomoda en el asiento del piloto, activa su diadema de comando y coloca el visor sobre su ojo derecho. "Activar comando de voz. Autoriza Mabus, Lilith. Alfa Tango Beta Gamma Delta."

Las consolas de ónice con forma de herradura se activan, revelando una miríada de indicadores en vertical y de controles orientados por colores.

"Encender motores de jet. Activar controles del acelerador."

Un acelerador holográfico aparece. Lilith lo sujeta y maniobra el avión espacial por las puertas abiertas del hangar, sin notar el cadáver retorcido del técnico, tendido bajo un montón de capas para la lluvia.

El viento azota las enormes alas del avión cuando emerge en la pista desierta. Lilith le sopla un beso a Manny y acelera los motores del jet, que avanza sobre el concreto cubierto de cenizas.

Despegan con ayuda del envión de la corriente de aire y aceleran en el cielo nocturno. Sus cuerpos exhaustos se hunden en los asientos de piel, bajo una fuerza de 3 G. El avión espacial se sacude con violencia al acercarse a la banda de la corriente atmosférica que fluye aceleradamente.

"Sujétate. Nos aproximamos a los 50 mil pies. Activar cohetes en cinco segundos. 4… 3… 2…"

Por segunda vez en su vida el cuerpo de Manny se aplasta contra el grueso recubrimiento del asiento al encenderse los cohetes. El avión espacial se lanza en un ángulo casi vertical hacia el espacio, más allá de la turbulenta atmósfera terrestre. El estruendo en su cerebro es abrumador y la fricción lateral amenaza con desprender las placas que mantienen unida la nave… y después ya están del otro lado, rodeados por el silencio oscuro y aterciopelado del espacio.

Confrontados por el monstruo.

Es del tamaño de un callejón de vecindario; su horizonte de evento es tan grande como la Luna. Ceniza color marrón se arremolina en su orificio, atrapada en el halo magnífico de su aurora australis que semeja un vientre. La singularidad gira en el espacio 1 600 kilómetros más abajo del Polo Sur, un hoyo negro que se dilata e inhala un torrente de polvo volcánico por la pajilla que es su vórtice gravitacional.

Cuando ya no hay más polvo atmosférico por consumir, el monstruo comienza a moverse.

El corazón de Manny golpea su pecho como un mazo de goma. El miedo de lo que está presenciando paraliza sus miembros. La singularidad, con el aspecto de una gélida aureola, se aproxima a la Tierra. Distorsiona las coloridas partículas cargadas de modo que parecen sopa derramada y devora la aurora al tiempo que llega a la Antártida.

No hay un momento visible de contacto. El monstruo simplemente derrite su cráter de una densidad descomunal a través del continente de hielo, tragándose la tierra y el océano por su invisible orificio en expansión, dejando al descubierto el fulgor anaranjado del manto. Se hunde aún más, incontenible, como un cirujano silencioso, en un abismo de magma, mientras su frontera imperceptible inhala la América del Sur como el ácido sobre la carne. Su horizonte de evento se ensancha hasta África, a través del Atlántico, evaporando tierra y mar en un torbellino gravitacional de no existencia hasta que devora el núcleo mismo y no queda nada más, excepto un oscuro halo de aexoespacio, una anomalía temporal, engendrada como un misil de destrucción buscador de protones, desatada por los egocéntricos creadores a quienes ahora ha consumido.

Los dos humanos Hunahpú, jadeantes, tienden los brazos uno hacia el otro, entrelazan sus dedos, incapaces de hablar. Finalmente, Lilith logra decir:

—Agujero de gusano.

La apertura bordeada de escarlata aparece donde la Tierra orbitaba el cosmos hace apenas unos momentos.

"Computadora, llévanos al interior. Cuenta regresiva de 60 segundos. Transfiero el mando al copiloto." Se libera del arnés, sale flotando de su asiento y coloca la diadema de comando en la cabeza de Manny.

—Lo siento. Necesito encontrar una bolsa para el mareo antes de que sea tarde.

—Lilith, espera…

Desaparece sin que pueda detenerla, flotando en la gravedad cero hasta el siguiente compartimento.

El avión espacial cambia de curso. Se dirige al agujero de gusano.

"…50 segundos… 49… 48…"

—¡Lilith, vamos! ¡Regresa y ponte el arnés!

No hay respuesta.

El orificio del agujero de gusano ya está a la vista.

"...29... 28... 27..."

—¿Lilith? —se quita la diadema, se desabrocha el arnés y sale de la cabina de mando. Atraviesa un área desierta hasta la cabina de pasajeros.

El objeto giratorio que flota hacia él por la cabina de 30 metros lanza anillos de burbujas escarlatas, dando tumbos sin parar hasta que se vuelve reconocible.

Manny lanza un alarido primordial al atrapar al vuelo la cabeza cercenada de Lilith Mabus.

Devlin está justo detrás del cráneo de su madre. En la mano derecha sostiene la cuchilla ensangrentada mientras se lanza en horizontal por el pasillo desierto.

"...16... 15... 14..."

Manny salta al Nexo y sujeta la muñeca derecha de Devlin. Libera su ira apenas contenida y le hace añicos el hueso, al tiempo que hunde el puñal en el abdomen de su sobrino. Devlin irrumpe en el vórtice de la cuarta dimensión y muele a codazos la cabeza de Manny. El golpe casi letal le cimbra el cerebro y lo deja inconsciente.

El demonio voltea para liquidarlo, y entonces se ve confrontado por el espíritu de su padre, Jacob Gabriel.

Los ojos color carmesí de Devlin se ensanchan por el asombro.

—El agujero de gusano... ¿tú lo controlas?

—Como ahora te controlo a ti.

"...3... 2... 1... Contacto."

El avión espacial ingresa al vórtice gravitacional del agujero de gusano. Devlin Mabus grita de dolor cuando el conducto físico que alberga a la abominación Hunahpú se fragmenta en miles de millones de átomos en una explosión de materia comparable al Big Bang.

Los ojos de Immanuel Gabriel se abren como dos rendijas. Un capullo tranquilizante de luz etérea, blanca azulosa, envuelve su ser. Su hermano gemelo lo escuda con su aura.

PRIMERA PARTE

La causa

He tenido el privilegio de habérseme confiado el hecho de que hemos sido visitados en este planeta y que el fenómeno ovni es real. Ha sido bien encubierto por nuestros gobiernos durante 60 años o más, pero se ha filtrado lentamente y algunos hemos tenido el privilegio de ser informados en parte.

Doctor Edgar Mitchell, astronauta del Apolo 14

El mundo está hecho para las personas libres de la maldición de tener conciencia de sí mismas.

Annie Savoy (El personaje) en la película *Bull Durham*

TESTIMONIO

9 de mayo de 2001; Club Nacional de Prensa, Washington, D. C.
Dr. Steven Greer, anfitrión; Proyecto Revelación
(Extraído de su discurso inaugural)

Nos encontramos hoy aquí para revelar la verdad acerca de un tema que ha sido ridiculizado, cuestionado y negado durante al menos 50 años. Los hombres y las mujeres que están en el escenario y los más de 350 testigos militares y expertos de los ovnis y la inteligencia extraterrestre pueden probar, y lo harán, que no estamos solos. Yo mismo informé personalmente a James Woolsey, el primer director de la CIA del presidente Clinton. Informé en persona al jefe de la Agencia de Inteligencia de Defensa; al jefe de inteligencia del Mando Conjunto; a miembros del Comité de Inteligencia del Senado; a varios miembros del Congreso; a miembros del liderazgo europeo; al gabinete japonés, y a muchos otros. Y lo que he notado es que a ninguno de ellos le sorprende que esto sea cierto, pero todos sin excepción se horrorizan de no haber tenido acceso a estos proyectos.

Podemos establecer por medio de estos testigos —personas que han estado en la CIA, la NSA, la NRO, la Fuerza Aérea, la Armada, los Marines, el Ejército, todas las divisiones de la comunidad de inteligencia, así como testigos corporativos, contratistas del gobierno y gente involucrada en proyectos de presupuesto negro o encubiertos no reconocidos— que a estos proyectos no reconocidos de acceso especial se destinan por lo menos entre 40 y 80 mil millones de dólares al año, y que ocultan tecnologías que pueden cambiar al mundo para siempre.

Podemos establecer a través de su testimonio que estos objetos de origen extraterrestre han sido rastreados en radares viajando a miles de kilómetros por hora, deteniéndose y girando a la derecha; que usan sistemas de propulsión antigravitatoria, que hemos descubierto cómo funcionan en proyectos clasificados en los Estados Unidos, la Gran Bretaña y otros lugares; que estos objetos han aterrizado en tierra firme, y en ocasiones han sido neutralizados y recuperados, específicamente por equipos dentro de los Estados Unidos; que se han recuperado seres vivos extraterrestres y que sus vehículos han sido capturados y estudiados minuciosamente durante al menos 50 años.

Podemos demostrar, mediante el testimonio y los documentos que vamos a presentar, que este asunto ha sido ocultado a miembros del Congreso y a por lo menos dos administraciones de la Casa Blanca, hasta donde nosotros sabemos, y que la Constitución de los Estados Unidos ha sido subvertida por el poder creciente de estos proyectos clasificados y que esto es un peligro para la seguridad nacional. No hay evidencia, lo quiero enfatizar, de que estos seres vivos alienígenas sean hostiles hacia nosotros, pero sí hay gran cantidad de evidencia de su preocupación por nuestra hostilidad. En ocasiones han neutralizado o desactivado la capacidad de lanzamiento de misiles balísticos intercontinentales. Testigos presentes aquí hoy les describirán esos hechos. Han demostrado claramente que no quieren que llenemos de armas el espacio, y sin embargo seguimos ese camino peligroso.

Anticipo que la gente se muestre escéptica, pero no de una manera irracional, porque estos hombres y mujeres han querido presentarse aquí y tienen sus acreditaciones. Pueden establecer quiénes son y han sido testigos presenciales de algunos de los acontecimientos más importantes de la historia de la especie humana. Como me lo hicieron ver algunos de ellos, tenían a su cargo las armas nucleares de los Estados Unidos; su palabra era de fiar en cualquier asunto de seguridad nacional. Ahora nosotros debemos confiar en su palabra. Como dijo monseñor Balducci en el Vaticano, en una entrevista que tuve con él recientemente: "Es irracional no aceptar el testimonio de estos testigos".

Éste es el fin de la infancia de la humanidad. Es hora de que seamos adultos maduros en las civilizaciones cósmicas. Para lograrlo debemos convertirnos en una civilización pacífica y al internarnos en el espacio debemos llevar la intención de cooperar con otras civilizaciones, no llenar de armas esa frontera superior.

Doctor Steven Greer, ex director del Departamento
de Medicina de Emergencia
del Hospital Memorial Caldwell en Carolina del Norte
Fundador y director del CSETI y del Proyecto Revelación
Usado con permiso: Proyecto Revelación

EL DIARIO DE JULIUS GABRIEL

Fecha: 14 de junio de 1990
Lugar: Meseta de Nazca, Perú
Entrada de Audio: JG-766

Estoy de pie frente al vasto lienzo y comparto la sensación de soledad que su creador debe haber experimentado hace miles de años. Ante mí están las respuestas a acertijos que quizá decidan en última instancia si nuestra especie ha de vivir o no. El futuro de la especie humana, ¿hay algo más importante? Y sin embargo me hallo aquí solo; mi búsqueda me condena a este purgatorio de roca y arena, en mi afán de comulgar con el pasado para comprender el peligro que está por venir.

Los años han causado estragos. En qué desdichada criatura me he convertido. Fui un célebre arqueólogo y ahora soy el hazmerreír de mis colegas. Esposo, amante... Son recuerdos distantes. ¿Padre? Escasamente. Más un mentor angustiado, una miserable bestia de carga que mi hijo debe conducir. Cada paso por el desierto de piedra es un suplicio para mis huesos, mientras los pensamientos encadenados para siempre en mi mente repiten el mantra enloquecedor de la condenación. ¿Qué potencia superior eligió a mi familia entre todas para torturarla? ¿Por qué fuimos bendecidos con ojos capaces de ver los señalamientos de la muerte, mientras otros van dando tumbos como ciegos?

¿Estoy loco? Esa idea nunca abandona mi mente. Con cada nuevo amanecer debo obligarme a releer los grandes pasajes de mis crónicas, aunque sólo sea para recordarme que soy, antes que nada, un científico; no, no sólo un científico, sino un arqueólogo, un buscador del pasado de la humanidad, un buscador de la verdad. ¿Pero de qué sirve la verdad si no puede ser aceptada? A los ojos de mis colegas sin duda parezco el idiota de la aldea, alguien que grita advertencias de icebergs a los pasajeros que abordan el Titanic antes de que salga del puerto el barco imposible de hundir.

¿Es mi destino salvar a la humanidad o simplemente morir como un necio? ¿Es posible que haya pasado toda la vida malinterpretando los indicios?

El ruido de pasos sobre el sílex y la piedra suspende esta entrada en el diario del necio.

Es mi hijo. Mi amada esposa le puso el nombre de un arcángel hace 15 años. Michael me hace una señal con la cabeza, calentando por un momento el marchito corazón de su padre. Michael es la razón por la que persevero, la razón por la que no pongo fin a mi existencia miserable. La demencia de mi misión le ha robado su infancia, pero mucho peor fue el acto atroz que perpetré hace años. Me consagro al futuro; es su destino el que quiero cambiar.

Dios mío, permite que este debilitado corazón resista lo suficiente para que alcance el éxito.

Michael se adelanta corriendo para explorar la siguiente pieza del rompecabezas, la que nos llamó a esta meseta desolada. Ahora considero que es la inscripción más importante de estas misteriosas líneas y figuras zoomorfas de tres mil años de antigüedad, una serie perfecta de círculos concéntricos, conocida como la Espiral. La Espiral es el punto de inicio del lienzo del artista, pero una línea recta estropea el diseño, una audaz talla sobre la pampa, que se extiende unos 40 kilómetros sobre la roca y la montaña en dirección del Pacífico.

Michael grita y me hace señas. Desde esta distancia parece que hay algo en el centro de la diana de la Espiral.

—Michael...

—¡Julius, apresúrate!

—¡Ya voy! ¿Qué sucede, chico? ¿Qué encontraste?

—Es... un hombre.

(Fin de la transcripción de audio)

15

1990

22 años antes del evento apocalíptico profetizado

El dolor es un ímpetu poderoso, lo obliga a salir de las tinieblas a un estado de delirio consciente. Las reverberaciones en su cráneo hacen que sus ojos pulsen bajo los párpados cerrados. El calor asa las piedras bajo su cuerpo y le hierve la sangre.

Abre los ojos con un esfuerzo y la luz brillante lo ciega. Los vuelve a cerrar y cae en un horno del purgatorio... a la espera de la muerte.

Detecta una presencia. Alguien se acerca a toda prisa. Lo sigue otra persona que avanza con mayor cautela.

¿Rescatadores o enemigos?

Una sombra pasa sobre él. Curiosa. "Amigo, ¿qué estás haciendo aquí?"

Busca su voz pero sólo encuentra dolor. Su alma sale de su cuerpo y le brinda una vista aérea de su muerte.

El chico tiene cabello negro, es robusto y su piel está muy bronceada. Su padre tiene poco más de 50 años; es una versión desgastada de su retoño y se cuida de los elementos con esmero.

El chico sacude el cuerpo, forzándolo a regresar a ese conducto de dolor. Halla su voz y gime.

—Michael, no lo toques.

—Cálmate, Julius. Sólo quiero averiguar quién es.

—¿Quieres saber quién es? Mira su traje. Es un piloto de guerra. Su avión debe haberse caído y él saltó en paracaídas. Si es militar podría haber radiación.

—¿Proyecto HOPE? ¿Te suena militar?

—Cuentan las acciones, no las palabras ni los títulos. El complejo militar-industrial tiende a ser orwelliano al bautizar sus misiones.

—¿Qué estaría haciendo por aquí?

—Tal vez perseguía a nuestros amigos.

—Sí, tal vez. Julius, mira la herida en su cabeza. Es grave. Tenemos que llevarlo con un médico.

—No es problema nuestro. Estoy seguro de que sus amigos de la Fuerza Aérea vendrán pronto a recogerlo.

—¿Y si no vienen?

—El glifo de la araña está al oeste de ese macizo. Haremos las pruebas con el magnetómetro y regresaremos aquí en una hora. Si sigue aquí...

—¿En este calor? En una hora estará muerto, seguro.

—Michael, escúchame. Si estaba persiguiendo a nuestros amigos, pertenece a MAJESTIC-12, o algo peor, lo que significa que si nos quedamos aquí nosotros podríamos acabar muertos en una hora. Déjale un poco de agua y vámonos.

—Las llaves del auto.

—¿No me oíste?

—Las putas llaves, Julius. No estoy jugando.

—Di todas las groserías que quieras. No vas a conducir el jeep por la pampa. Te lo prohíbo absolutamente.

—Entonces lo voy a cargar.

—¿Lo vas a cargar? Te quejaste toda la mañana de cargar el equipo, ¿y ahora quieres cargar a un atleta de 110 kilos? Basta, Michael. No lo levantes. ¡Michael, por Dios! ¡El jeep está a tres kilómetros de aquí!

—Lo tengo. ¡Vaya, es enorme! Toma mi bolsa.

—Basta ya. Bájalo.

—Dije que ya lo tengo. Andando.

—Michael, basta. Bájalo y te dejaré ir por el jeep.

—Tú eres el que manda.

—¡Despacio! Cuidado con su cabeza. No se debe sacudir así una cabeza herida. ¡Atención, está vomitando! ¡Por Dios, está vomitando encima de la Espiral! ¡Maldita sea! ¿Por qué nunca haces caso? Si María Reiche ve esto, seremos vetados de Nazca.

—Que se joda María Reiche. Esa enana dictadora alemana ya nos odia de todos modos. ¿Quién se murió y la dejó al mando?

—El gobierno de Perú. Y gracias a Dios que lo hicieron. Si no, estas líneas serían parte de la Carretera Panamericana.

—Ya lo son. Si yo quisiera… ¡Mierda! Tenemos compañía.

—¿María Reiche?

—El E.T. No mires. Está sobrevolando, se pone contra el sol para que no podamos verlo. Pero yo puedo ver su sombra. Treinta metros al oeste. A las 11 en punto.

—La veo.

—¿Crees que sea el mismo Fastwalker que vimos el domingo por la noche?

—Podría ser.

—Quizá vino a buscar al piloto.

—Eso me imagino.

—Julius, ¿qué hacemos?

—Lo dejamos y regresamos en unas horas, como dije.

—De ningún modo.

—Hijo, si ellos lo quieren lo tomarán. No podemos hacer nada para impedirlo.

—¿Ésa fue la enseñanza de la cábala? ¿Entregar a tu hermano a los cráneos-alargados cuando vinieran por él?

—Él no es mi hermano.

—Papá, según el Zohar, todos somos almas del mismo conducto.

—No me manipules apelando a la cábala. Y deja de llamarme papá cuando quieres convencerme de hacer algo.

—De acuerdo, Julius, digamos que mamá estuviera aquí compartiendo este momento de padre e hijo. ¿Qué nos diría que hiciéramos tu alma gemela? ¿De veras crees que lo abandonaría a la muerte?

—¡Basta! Ayúdame a ponerlo de pie. Tómalo de un hombro y yo del otro. ¡Y cuidado con la cabeza!

—Lo tengo. ¿Y el equipo?

—Volveré por él más tarde. ¿Listo? Debemos alzarlo sobre cada línea. Sujeta la rodilla.

—Dios mío, sí que pesa.

—Es peso muerto. Vacíale una botella de agua en la cabeza. Eso lo refrescará. Quizá lo reviva lo suficiente para que cargue un poco de su propio peso.

—Papá, ¿qué hacemos si el E.T. aterriza?

—No hagas nada agresivo. Ni siquiera los mires, nada más sigue caminando.

TESTIMONIO

9 de mayo de 2001; Club Nacional de Prensa, Washington, D. C.

Me llamo Michael Smith. Estuve en la Fuerza Aérea como sargento de 1967 a 1973. Fui operador de control y advertencia de aeronaves.

Mientras estuve asignado a Klamath Falls, Oregon, a principios de 1970, llegué al sitio del radar, donde estaban viendo un ovni suspendido a 80 mil pies de altura. Se quedó ahí unos 10 minutos y después descendió lentamente hasta que desapareció del radar unos cinco, 10 minutos, y luego reapareció instantáneamente a 80 mil pies, estacionario. En la siguiente pasada del radar estaba a 300 kilómetros de distancia, estacionario. Se quedó suspendido ahí unos 10 minutos y volvió a hacer todo el ciclo dos veces más. El día que me enteré del procedimiento normal cuando se avista un ovni me dijeron que se notificaba al NORAD y que no necesariamente había que poner nada por escrito *—no pones nada por escrito—* y no lo comentas con nadie. El criterio es "sólo para quien necesite saberlo".

Más adelante, ese mismo año, me llamaron de NORAD una noche para informarme, por mero trámite, que un ovni sobrevolaba la costa de California. Pregunté qué debía hacer al respecto y me dijeron: "Nada, esto es mero trámite". Después, a finales de 1972, estando estacionado en el 753° Escuadrón de Radar en Sault Sainte Marie, Michigan, recibí un par de llamadas de pánico de agentes de la policía que estaban persiguiendo tres ovnis desde el Puente Mackinaw por la I-75. De inmediato vi el radar y confirmé que estaban ahí; llamé a NORAD y se preocuparon porque tenían dos B-52 camino a la base de Kincheloe. Así que los desviaron porque no querían que estuvieran en proximidad de ellos. Y esa noche respondí varias llamadas del departamento de policía y de la oficina del alguacil y demás, y mi respuesta estándar fue que no había nada en el radar.

Testificaré esto bajo juramento en una audiencia del Congreso.

Michael Smith, controlador de radar
de la Fuerza Aérea de los Estados Unidos
Usado con permiso: Proyecto Revelación

16

4 de julio de 1990

Aeropuerto de Nazca; Nazca, Perú

La ciudad de Nazca, situada en el sureste de Perú, se anida entre los Andes y una árida meseta que corre al oeste hacia el Pacífico. Vista desde un satélite, esta aislada comunidad aparece como un tramo de musgo entre las montañas, que sangra a través de una indistinta meseta gris.

Una inspección más detallada de la meseta revela los restos de una civilización antigua.

Alrededor del año 400 a.C., un sabio misterioso de cráneo alargado llamado Viracocha llegó a Sudamérica desde el mar. Los indígenas de los Andes veneraron a este caucásico de cabello blanco y ojos color turquesa, y usaron sus vastos conocimientos para expandir la nación inca. Para alimentar a su pueblo de las regiones montañosas, les enseñó a construir terrazas en las laderas, nutridas por acueductos. Para proteger sus aldeas les dio una avanzada tecnología para contrarrestar la gravedad, de modo que pudieran mover piedras enormes de 30 toneladas y erigir fortalezas en Sacsayhumán, cuyos muros siguen de pie en la actualidad.

Para prevenir un cataclismo futuro les ordenó inscribir advertencias para el hombre moderno en la meseta de Nazca.

Es un desierto de 65 kilómetros de largo y nueve de ancho, una zona muerta, pero tiene una geología única en todo el planeta. La tierra que subyace a las tersas piedras contiene altos niveles de yeso, un adhesivo natural. Rehumedecido cada mañana por el rocío, el yeso mantiene literalmente pegadas a la superficie las piedras de sílex y hierro del lugar. Estos guijarros oscuros retienen el calor del sol, generando un escudo protector de aire caliente que elimina los efectos del viento. Y también hace que esta meseta sea uno de los lugares más secos de la Tierra; recibe apenas dos centímetros de lluvia cada década.

Para un artista deseoso de expresarse en la escala más grandiosa, la meseta de Nazca es el lienzo perfecto, pues lo que se dibuja sobre esta geografía suele permanecer ahí. Sin embargo, no fue sino hasta que un piloto la sobrevoló en 1947 que el hombre moderno descubrió las misteriosas figuras y líneas geométricas labradas en este paisaje peruano hace cientos de años.

Más de 13 mil líneas surcan el desierto de Nazca. Algunas de ellas se prolongan por más de ocho kilómetros, manteniendo milagrosamente su trazo recto sobre terreno rugoso. Más extraños resultan los cientos de iconos que representan animales. A nivel del piso, estos colosales dibujos zoomorfos parecen marcas al azar producidas por el desprendimiento de toneladas de guijarros volcánicos del yeso amarillo subyacente. Pero vistos desde el cielo, los dibujos de Nazca cobran vida y evidencian una visión artística unificada y una hazaña de ingeniería que han sobrevivido intactas miles de años.

Las obras de arte fueron completadas en dos periodos muy distintos. Aunque parece contradecir nuestra idea de la evolución, los dibujos más antiguos son ampliamente superiores. Incluyen al simio, la araña, la espiral y la serpiente. No sólo el parecido es asombroso, sino que las figuras, casi todas más grandes que un campo de futbol, fueron trazadas con una sola línea continua.

¿El artista?

Viracocha.

Además de los dibujos de la meseta hay dos figuras labradas en sendas laderas de los Andes. La primera es un humanoide de

150 metros, conocido como el Astronauta. La segunda —el Tridente de Paracas— es un símbolo parecido a un candelabro, de 180 por 60 metros, que ocupa toda una ladera sobre la bahía de Paracas, un punto de bienvenida en la boca del valle de Nazca.

★ ★ ★

Fundada por los españoles en 1591, Nazca es una comunidad somnolienta de 20 mil habitantes, con densos barrios de concreto alrededor de la plaza. Si uno sale en auto en cualquier dirección, a los 10 minutos llega a los sembradíos que son la línea de vida de esta aislada sociedad agrícola. Durante siglos, la existencia de Nazca ha dependido de su capacidad para cultivar sus propios alimentos; ahora las misteriosas líneas y dibujos brindan a la población un nuevo negocio: el turismo.

El jeep CJ7 anaranjado, modelo 1980, con la carrocería oxidada, se dirige al sur, pasando por las iglesias y el mercado. Julius Gabriel vira al oeste en la Panamericana Sur, siguiendo los señalamientos al aeropuerto, que consiste de dos pistas de asfalto y una serie de hangares para sus aviones de una hélice. Michael los llama "brincacharcos". Para Julius, quien siempre ha tenido miedo de volar, son los mejores amigos de los autobuses de turistas.

El arqueólogo de 51 años deja el jeep afuera de la valla de acero. El cielo es de un azul cobalto y el sol de mediodía es abrasador.

El biplano blanco aparece en el norte y desciende en un largo arco hacia el este. Julius permanece en el jeep mientras el Piper Malibu de seis pasajeros toca tierra, vira hacia la puerta y se detiene. Luego de cinco largos minutos, un empleado del aeropuerto cruza la pista en un vehículo, con una escalerilla portátil que coloca bajo la puerta abierta de la cabina.

Una pareja alemana sale primero, seguida por un sacerdote y dos hombres de unos 40 años, uno de los cuales tiene un estuche de cámara del tamaño de una guitarra.

Ella es la última en salir. Una belleza de piel muy blanca, de menos de 30 años. Viste la camisola roja y negra del Manchester United y una gorra con los mismos colores. Su larga cabellera castaña y ondulada está atada en una cola de caballo que sale de la gorra. Los apretados pantaloncillos de pana revelan las piernas musculosas de una corredora de velocidad. Está descalza, carga sus botas de montaña en una mano y un bolso de lona en la otra. Lentes oscuros ocultan sus ojos.

Laura Rosen Salesa se pavonea por la pista y cruza la puerta. Arroja su bolso en la parte trasera del jeep y se sienta junto al conductor.

—Hola, Jules. Te ves del asco.

El acento es británico, con un dejo de su crianza española.

Julius acepta el beso de su cuñada y luego pone en movimiento el jeep.

—Me veo del asco porque no he estado durmiendo.

—Tal vez yo pueda tranquilizarte.

—Por eso te llamé.

—Llamaste a Evelyn primero.

—Sólo por respeto, por ser la hermana mayor.

—Mi hermana mayor se negó a hablar contigo, ¿no?

—Me detesta. Toda tu familia me detesta. Me culpan por la muerte de María.

—No, te culpan por su vida. Michael te culpa por su muerte. A propósito, ¿cómo va todo entre Mick y tú?

—Bastante mal, hasta hace poco. La presencia de nuestro invitado parece haber disipado algo de su enojo. O quizá simplemente lo ha distraído.

—O quizá prefiere convivir con un desconocido que deambular a través de pampas desiertas y selvas mayas con su padre.

—Todo lo que hago tiene una finalidad. No espero que lo comprendas.

—Oh, pero sí lo comprendo —sube los pies descalzos a la consola del auto, los dedos ensucian el vidrio—. Como profesor de lingüística especializado en lenguas antiguas, papá nos tenía en constante movimiento: Hong Kong, Moscú, Mumbai, Escocia, Kenia... Di un país y es probable que hayamos vivido ahí. Evelyn, por ser la mayor, se perdió la mayor parte de todo eso. María estuvo en un internado en su último año del bachillerato y después se fue a Cambridge. ¿Yo? Tenía siete años cuando mis padres vendieron la casa y adoptaron la vida nómada. ¿Sabes lo difícil que es hacer amigos, ya no digamos tener cualquier tipo de vida social, cuando tus padres te desarraigan cada cuatro meses? Por rabia empecé a llamar a papá por su nombre, como Mick lo hace contigo. Como mi hermana lo educaba en casa, para él ha sido más duro. Al menos las escuelas en Rusia y China tenían equipos deportivos. ¿Con quién se supone que va a jugar futbol americano o beisbol en la meseta de Nazca? ¿Con unos extraterrestres?

Julius le lanza una mirada.

—Está bien, está bien. Ya terminó el sermón. Ya sé que Michael es "especial", que María y tú estaban "convencidos" de que tenía un destino superior. Dime más de ese desconocido al que me hiciste venir a psicoanalizar. ¿Ya tiene nombre?

—Aún no lo recuerda. Michael lo llama Sam.

—¿Por qué Sam?

—Por Sansón. El tipo se parece a Arnold Schwarzenegger de joven, pero su cabellera es muy larga, como el Sansón de la Biblia. Le gusta ese nombre, dice que le resulta familiar. Lo que es verdaderamente extraño es cómo se mira en el espejo.

—¿A qué te refieres?

—Los ojos. Mira fijamente sus ojos, a veces durante horas, tendido en la cama con un espejo de mano. Es como si algo significativo hubiese cambiado.

—¿De qué color son sus ojos?

—Negros. Como los de Michael —salen de la autopista.

Julius vira al sur hacia el barrio de Vista Alegre. Pasan hileras de casas de un solo piso, no más grandes que un tráiler de doble anchura, que albergan hasta tres generaciones de una misma familia. Los pequeños son relegados a dormir en las azoteas, bajo un techo de estrellas. Los animales pueblan los traspatios.

La casa, ubicada frente a la embotelladora, se renta por ocho meses a científicos visitantes, a través de grupos de arqueología. Un enorme árbol huangaro ocupa todo el jardín frontal y hay brotes de plantas en el terreno que rodea la vivienda de estuco.

Años antes, un grupo de investigación de la Universidad de Cambridge, encabezado por Julius y María Gabriel, descubrió que el árbol huangaro *(Prosopis pallida)* había sido la especie clave del valle de Nazca. Hace 1 500 años, los indígenas —violando las enseñanzas de Viracocha— deforestaron la región sistemáticamente, usando los árboles como alimento y madera y despejando tierras para el maíz y otros cultivos. Sin los árboles, que fijaban el nitrógeno, la tierra se volvió menos estable. En el año 500 d.C., las inundaciones del Niño azotaron la región, arrastrando consigo los cultivos. El polen de mala hierba echó raíz, colapsando el ecosistema y con él a toda una civilización.

Antes de sucumbir al cáncer de páncreas, María Rosen-Gabriel encabezó un agresivo esfuerzo de reforestación. El gobierno local donó la tierra y la casa en su memoria.

Julius aparca el jeep. Laura toma su bolso de lona y lo sigue al interior.

Es un espacio abierto, más biblioteca que hogar. Las escasas paredes están cubiertas de mapas. Los libros están apilados en el piso. El mobiliario se reduce a un rasgado sillón de piel y una mesa para comidas campestres convertida en escritorio, iluminada por una lámpara de aceite. La cocina es una estufa de gas, un frigorífico, un lavadero y una deformada barra de formica, llena de alimentos enlatados con etiquetas en español. Hay una pequeña mesa para jugar a los naipes junto a una mesa de estuco amarillo, con tres sillas plegables. Una colorida manta de lana separa el espacio de la alcoba. Unos escalones de madera en la pared del otro extremo conducen a la azotea.

Laura sacude la cabeza.

—¿Qué es esto? ¿Un hogar para arqueólogos descarriados?

—Es lo que es.

—Eso es indiscutible. ¿Dónde está el baño?

—Afuera, en la parte de atrás.

—¿Es un retrete o un arbusto con un rollo de papel higiénico? —mira alrededor—. ¿Y dónde demonios está la puerta trasera?

—Yo no diseñé esta casa. Sólo vivo en ella.

—Maravilloso —Laura deja sus botas y su bolso en el piso; sale y rodea la casa hasta la parte trasera. La tierra amarillenta le quema los pies descalzos. Maldice y corre a refugiarse bajo la sombra de un huangaro, deseando no haber salido nunca de España.

El globo de aire caliente desinflado ocupa casi todo el patio. El material anaranjado y azul yace junto al canasto de mimbre.

Y entonces ve al desconocido.

Está de pie más allá del retrete de madera, en el borde de un lote de tierra. No tiene camisa. Sus músculos esculpidos y bronceados están cubiertos de sudor. Está de espaldas a Laura, espaldas anchas, en forma de V. Le lanza el balón a Michael, que corre una ruta profunda de 50 metros.

El pase alcanza a Mick mientras corre, una espiral perfecta.

Sin pensarlo, Laura aplaude, revelando su presencia.

El desconocido voltea, sorprendido.

¡Válgame! ¡Sí que es un Sansón!

Él la sigue mirando.

—¡Hola! —Mick corre hacia ella, su cuerpo bañado en sudor. Al pasar junto a Sam le pega en el hombro y se ríe al esquivar el intento jocoso de Sam de golpearlo a su vez. El hechizo se rompe por un instante.

Los dos atletas se acercan.

Ahora es Laura la que mira fijamente. Le cosquillea el cuero cabelludo. Aunque sólo los separan 20 años, el desconocido y su sobrino podrían ser padre e hijo. Sus cuerpos y sus rasgos faciales tienen un parecido desconcertante.

Mick se inclina y la besa en la mejilla.

—No puedo creer que hayas venido. Luces estupenda. Al parecer, estar soltera otra vez te sienta bien.

—Sí. Espera, ¿qué dijiste?

—¿Tu divorcio?

Laura rompe el contacto visual con el desconocido.

—Mi divorcio, claro. Sí, qué alivio. Dos años infernales y ahora estoy soltera... sin anillos ni ataduras. ¡Dios mío, no paro de hablar! —le tiende la mano—. Soy Laura, la tía de Mick. Y tú debes ser Sam.

—¿Lauren? —en sus ojos asoman lágrimas—. ¡Lauren, Dios mío! ¡Soy yo... Sam!

—Viejo, ella ya lo sabe.

—No, Mick... Creo que tu amigo ha recordado algo de su identidad. ¿Te recuerdo a alguien, Sam? Yo soy Laura Salesa. ¿Quién es Lauren?

No dice nada, sus ojos están clavados en los de Lauren y tiene la boca abierta; se esfuerza por aislar un recuerdo.

—Bien, esto es un tanto incómodo. Te propongo algo: mientras ordenas tus pensamientos, voy a ir corriendo al retrete. No te muevas de aquí.

Camina de puntas sobre el suelo caliente, abre la desvencijada puerta de madera y se mete. Casi vomita por el hedor. Corre el pasador, se baja los pantalones y se acuclilla sobre la vasija de porcelana, aliviándose rápidamente.

Mantén la cordura, Laura. Olvida que es muy apuesto. Está perdido, es un hombre misterioso que se aferra a un fragmento de memoria y a una mujer llamada Lauren. Probablemente sea su esposa y viva en Estados Unidos con dos gatos y siete hijos. O quizá haya muerto. ¿La habrá matado?

¡Basta! Él no la mató. ¿No es obvio? ¡La ama! Serénalo, aséate y aguarda hasta después de la cena antes de restablecer una conexión con su pasado. Tómalo con calma. Es evidente que él es un cable de alta tensión.

Se arregla. *Un apuesto cable de alta tensión.*

Laura sale del retrete. La tierra amarilla de nuevo le quema los pies descalzos, obligándola a correr de regreso a la sombra del huangaro.

Mick se ríe.

—¿Dónde están tus zapatos?

—En la casa —se quita las gafas oscuras y limpia el sudor de las lentes—. Fui una tonta. Me los quité en el avión, sin pensar…

El desconocido cae de rodillas, mirando sus ojos color turquesa.

—¿Lilith?

Laura mira nerviosamente a Mick.

—¿Cómo me llamaste?

—Lilith. Pero no eres Lilith… ¡Eres Hunahpú, pero no eres Lilith y no eres Lauren!

Está perdiendo los cabales. Está recordando demasiado aprisa para que pueda procesarlo.

—Sam, conserva la calma...

—¿Quién eres? ¿Quién soy? ¿Por qué estoy aquí? ¿Cómo llegué aquí?

—Viejo, serénate.

—Está bien, Michael, puedo...

—¿Michael Gabriel? ¿Cómo puedes ser Michael Gabriel? ¿Cómo puede él ser Julius? Algo está muy mal...

—Sam, escúchame. Quiero que respires despacio y profundo. Con calma. Mick, trae una toalla húmeda y agua. ¡Y mis zapatos! Respira despacio y profundo, Sam...

—Sam no. ¡Yo no soy Sam!

—Está bien, sigue respirando así. Tú no eres Sam, pero eres alguien. ¿Quién eres? ¿Lo recuerdas?

—Yo soy Chilam Balam. Fui enviado aquí para impedir el fin de la humanidad.

TESTIMONIO

9 de mayo de 2001; Club Nacional de Prensa, Washington, D. C.

Me llamo Enrique Kolbeck. Trabajo en la Ciudad de México como controlador de radar del Aeropuerto Internacional. Voy a dar un ejemplo de los avistamientos que hemos tenido en México desde hace varios años. Ocurre muy a menudo en mi país, desafortunadamente. Por ejemplo, el 4 de marzo de 1992 detectamos 15 objetos al oeste del aeropuerto de Toluca. Está muy cerca de nuestro aeropuerto internacional, a unos 80 kilómetros más o menos. Luego, el 28 de julio de 1994, casi tuvimos una colisión, o algo que podemos llamar de ese modo, con el vuelo doméstico 129 de Aeroméxico, comandado por el piloto Raimundo Cervantes Arruano. Algo chocó con su tren de aterrizaje. Esto ocurrió de noche, a las 10:30, más o menos. Después, la semana siguiente, el vuelo 904 de Aeroméxico tuvo otra casi colisión que fue reportada por el piloto, el capitán Corso, a las 11:30 de la mañana, y detectamos ese objeto en el radar, de repente, sólo por un momento. A la semana siguiente tuvimos varios avistamientos; los pilotos nos informaron del tráfico extraño, luces brillantes en diferentes momentos, y detectamos algunos de ellos esa semana. Pero el 15 de septiembre de 1994 tuvimos una detección de unas cinco horas más o menos en el radar; era un nuevo equipo y creímos que el equipo no estaba trabajando de buena manera, porque no es común tener una detección de cinco horas del mismo objeto y aparentemente sin moverse. Bueno, coincidimos con las personas técnicas que el sistema de radar estaba operando bien. Y fue muy emocionante y nos sorprendió al día siguiente recibir información de un reportero de nombre Jaime Maussán, que estudia estos casos en México, acerca de un avistamiento por muchas personas en Metepec. Es otro punto al sureste del aeropuerto de Toluca, donde al parecer muchas personas vieron un enorme platillo volador de unos 15 metros de diámetro, que se encendió o chocó o algo en el suelo. Bueno, el 20 de noviembre de 1994 entró oficialmente en uso nuestro nuevo sistema de radar y después de ese momento recibimos información muy exacta acerca de estos avistamientos al mismo tiempo que pilotos y detecciones. Tenemos muchos casos más, sin embargo no quiero usar más tiempo en esto. Pero es muy importante que la gente del mundo sepa esa evidencia y considere que podría ser muy peligroso para una situación aeronáutica, especialmente en mi país. No sé por qué en mi país eso ocurre tan frecuentemente y lo consideramos peligroso. Y sólo tenemos, afortunadamente, una aeronave estrellada, pero no queremos tener otra. Muchas gracias y mil perdones por mi inglés.

Enrique Kolbeck, controlador de tráfico aéreo
Usado con permiso: Proyecto Revelación

17

4 de julio de 1990
Aeropuerto McCarran
Las Vegas, Nevada

El Airbus 737 de United aterriza con un fuerte derrapón de hule contra el concreto. Sus *spoilers* —pequeñas placas batientes en la parte superior de las alas— se alzaron con la corriente de aire para frenar la inercia del avión.

Pierre Robert Borgia vuelve a mirar al otro lado del pasillo de primera clase a la mujer de piernas largas, traje gris y blusa transparente. El antropólogo de 53 años, hijo del congresista Robert Borgia, tardó apenas tres minutos en catalogar a la pelirroja de 31 años y ojos como avellanas como una discípula de Tony Robbins, con un enorme resentimiento. La condujo suavemente a su tema favorito de conversación (ella misma) y la escuchó cortésmente, asintiendo con la cabeza de vez en cuando, salpicando la charla con algunos de sus propios superlativos; que su familia era muy influyente en el sector de la defensa, que lo estaban preparando para contender por el Senado en 1994 o 2000, pero que sus patrocinadores querían que antes sentara cabeza porque los electores prefieren candidatos casados y con hijos. "Le dije a mi padre que prefería quedarme soltero que volver a salir con una ex modelo cuya única aspiración en la vida es ser el adorno que un millonario lleva colgando del brazo. A mí denme una mujer inteligente y emancipada, una tan dominante en la cama como en la sala de consejo. *¿Tengo razón o tengo razón?*"

Hacia el final del viaje de 90 minutos desde Los Ángeles, la asistente de mediano nivel, con un empleo sin futuro en una aseguradora de segunda clase, estaba lista para ser cosechada, pero para entonces Pierre ya estaba perdiendo el interés. Para el graduado de Cambridge, la última conquista en la habitación de hotel nunca era tan buena como el juego de masturbación mental, y con una mujer hipersensible siempre había ese momento peligroso, cuando se daba cuenta de que el único interés de Pierre después del sexo era una ducha, servicio al cuarto y un respiro para ver los resultados del beisbol en ESPN antes de dormir. Por eso él solía preferir a una profesional: así el resultado estaba predeterminado y el único juego era el de esconder la billetera antes que llegara su "cita".

—Bueno, Pierre, estaba pensando que si tu reunión termina temprano quizá podríamos vernos para cenar.

—¿A qué hora es temprano?

—No sé... ¿a eso de las ocho?

—A las ocho quizá esté difícil, pero dame tu teléfono y podemos tomar una copa en mi hotel... a menos que estés cansada de oírme hablar de mi soltería terminal.

—Estoy segura de que podemos hallar la cura.

—Vamos, no te burles de mí. Eres demasiado hermosa para eso.

La llegada del avión a la puerta desató el caos acostumbrado de los pasajeros en pugna por hacerse de un espacio en un pasillo atestado de objetos inamovibles. Pierre tomó su bolso del compartimento superior y volteó hacia la pelirroja; la gabardina de la mujer ocultaba su mano puesta sobre los genitales de Pierre.

—Llámame. Nos vamos a divertir —guarda su tarjeta en el pantalón del hombre y sale del avión.

Los ojos de Borgia permanecen clavados a la parte posterior de su falda. A la hora del almuerzo ella ya habrá verificado la historia de Pierre y en la noche estará excitada y apropiadamente motivada para complacerlo.

Pierre sonríe para sí. Ni aún una prostituta puede superar el desempeño de una mujer ambiciosa.

* * *

Joseph H. Randolph padre tiene sombrero y botas de vaquero que no concuerdan con su traje de negocios negro. El empresario texano de cabellera plateada, un ex agente de la CIA, saluda a Borgia con una sonrisa y un abrazo de oso.

—Pierre el Afortunado. Me da gusto verte, hijo. ¿Cómo estuvo el viaje?

—Te lo diré esta noche.

—Tienes las pelotas bien enceradas, ¿verdad? Igual que tu padre. Claro que a él no podría haberlo llevado a donde te voy a llevar a ti.

—¿Qué tan clasificado es ese lugar, tío Joe?

—Te lo diré de esta manera: ni Carter ni Reagan podrían haber ido adonde estás a punto de ir, así hubieran tenido un decreto del Congreso y un avión de carga C-5 lleno de mandamientos judiciales.

—¿Y qué me dices de Bush?

—George Walker está enterado porque tiene acceso a través de las grandes petroleras y la CIA, pero créeme que prefiere no saber nada de esto.

—¿Y tú?

—Yo sé porque soy el Conejo Blanco, y eso te convierte en Alicia. Así que, Alicia, ¿listo para pasar a través del espejo?

—Por supuesto. ¿Iremos en auto o en avión?

—Hoy iremos en auto, pero sólo porque eso me dará tiempo de informarte en privado. En lo sucesivo irás en avión. Hay una terminal privada en el extremo norte del aeropuerto, operada por su propietaria, EG&G.

—¿Los contratistas nucleares?

—Así es. Cada mañana transportan desde McCarran a entre 500 y 600 ejecutivos y técnicos de nivel ultra de seguridad, en una flotilla de Boeings 737-200 sin distintivos. Lo único que saben de estos vuelos los de la FAA en la torre de control es que usan la palabra clave *Janet* y que vuelan hacia el norte cada hora a la hora.

Siguen los señalamientos de recepción de equipaje y luego salen al calor de Nevada y la limusina que los está esperando.

Pierre sube en la parte trasera con el millonario. La ventanilla que divide a los pasajeros del conductor permanece cerrada.

—Tío Joe, dices que no podrías haber traído a papá aquí. ¿Por qué?

—Tu padre era un hombre inteligente y un político astuto, pero se aferraba a sus convicciones, estaba cerrado a nuevas ideas… nuevas realidades. Vivía en un mundo en el que sólo se podía ser lobo o cordero, y como él era un lobo, creía estar en la cima de la cadena alimentaria. Lo que no advirtió es que ser el depredador número uno del zoológico no cambia el hecho de que estás en el zoológico. Tú viste más allá de eso, tú y Julius Gabriel, y tu colega muerta, ¿cómo se llamaba?

—María —la mención de su ex prometida lo aguijonea—. Oye, tío Joe, si estás hablando de extraterrestres puedes dejarme aquí en Las Vegas.

—No, Pierre. Estoy hablando de la existencia. Estoy hablando de controlar el conocimiento que un día regirá la manera en que nuestra civilización obtendrá energía durante los próximos mil años, y algo igual de importante: quién controlará esa energía. Como antropólogos, tus amigos y tú buscaron y hallaron una verdad oscura acerca del pasado de la humanidad. Lo que estoy a punto de revelarte son secretos apartados del público por más de 50 años… secretos que tus antiguos colegas y tú descubrieron accidentalmente pero no tuvieron la perspectiva necesaria para comprenderlos cabalmente. Mi tarea es ponerte al día para que tu mente sea capaz de aceptar la verdad, pero no podré hacerlo en tanto no saques tu cabeza del culo y veas el mundo como realmente es.

—Te escucho.

—Tu investigación con Julius Gabriel se centró en una época de intervención alienígena que comenzó hace 10 mil años, después de la última Era del Hielo. Nuestra labor comenzó en un pasado mucho más reciente, en 1941, con la primera recuperación de un ovni accidentado, en Cabo Girardeau, Missouri. A la ingeniería inversa de esa nave suele atribuirse el éxito del Proyecto Manhattan, pero eso sólo fue parte de una intrincada campaña de desinformación, algo que filtramos deliberadamente al público porque era fácil de desacreditar. La mierda de verdad no dio en el ventilador, como se dice, sino hasta después de las primeras pruebas de la bomba atómica. Eso fue lo que atrajo a los visitantes al zoológico y lo que condujo al incidente del 4 de julio de 1947 en Nuevo México.

"La colisión de Roswell creó un efecto de ondas expansivas que llevaron a una serie de proyectos supersecretos de investigación y desarrollo, así como a la mayor oportunidad tecnológica y biológica en la historia de la humanidad. Tienes que entender que Roswell no fue sólo la evidencia física de la existencia extraterrestre, sino la revelación de que la Tierra es un zoológico y nosotros somos los animales. Sacarnos de esa realidad subordinada requería de una tarea titánica en tres niveles. Primero, necesitábamos identificar los objetos voladores que se desplazaban libremente en nuestra atmósfera usando tecnologías muy superiores a las nuestras. Segundo, necesitábamos realizar ingeniería inversa en esas tecnologías para apropiárnoslas. Tercero, necesitábamos mantener todo fuera del escrutinio del público, ya no digamos el de los comunistas.

"Los primeros tres proyectos de la Fuerza Aérea para investigar avistamientos extraterrestres fueron Rencor, Señal y Libro Azul. Entre 1948 y 1969 estos tres programas investigaron más de 12 mil avistamientos reportados por personal militar, controladores aéreos de la FAA, pilotos comerciales y civiles. Los programas concluyeron que los objetos eran reales y describieron las naves alienígenas como elípticas, con forma de platillo, capaces de velocidades, maniobras y altitudes extremas. Estos proyectos verificaron también que los E.T. tenían la capacidad de nulificar nuestras bases nucleares y nuestros sistemas balísticos, lo cual hicieron en varias ocasiones al sobrevolar esas áreas."

Viajan por un tramo vacío de la autopista 375. Al pasar el kilómetro viran al oeste a un camino de tierra sin ningún señalamiento, que los lleva a través del desierto. Una cordillera se alza 20 kilómetros más adelante. El viaje es terso, la superficie del camino ha sido reducida a polvo que se levanta en nubes que pueden verse a kilómetros de distancia.

—El Libro Azul fue diseñado para dorarle la píldora al público y satisfacer su exigencia de una investigación, al tiempo que brindar a las agencias gubernamentales involucradas un rastro de papel de desinformación que explicara lo inexplicable. Mientras esas investigaciones seguían recabando datos, el trabajo verdadero era realizado por MAJESTIC-12, un consorcio secreto de líderes militares, especialistas en aviación y científicos, establecido el 24 de septiembre de 1947 por una orden presidencial clasificada de Harry S. Truman. Los geniecillos de MJ-12 descubrieron que la fuente de poder de la nave de Roswell era de naturaleza antigravitacional, permitiendo a esos objetos, apodados "pasoveloz", viajar a velocidades superiores a Mach 4, unos 13 mil kilómetros por hora, frenar de repente y girar 90 grados en reversa. Los chicos de Lockheed-Martin, Northrop y otros contratistas militares empezaron la ingeniería inversa de esos diseños, pero necesitaban un lugar secreto para probar la tecnología extraterrestre. Para 1955, la Fuerza Aérea había abierto Groom Lake, mejor conocido como el Área 51. Desde entonces, esa instalación ha sido usada para probar los más avanzados proyectos de aeronaves de mundo, incluyendo el avión espía U-2, el Blackbird SR-71, el F-117, el bombardero furtivo B-2 de Northrop y una nueva línea llamada VRA.

—¿VRA?

—Vehículos de Reproducción Alienígena. Vehículos extraterrestres fabricados por inteligencia militar humana.

—¿Estás diciendo que tenemos acceso a energía punto cero?

—Aún no, pero estamos logrando avances —Randolph señala por la ventana cuando viran a la derecha por un sendero—. No lo parece, pero acabamos de dejar terrenos públicos e ingresado a la base Nellis de la Fuerza Aérea y el Área 51; 1 600 kilómetros cuadrados de espacio aéreo restringido, todo el perímetro es patrullado por una fuerza de seguridad privada. Los lugareños los llaman los *Camus,* porque usan trajes de camuflaje y no se andan con rodeos. Cada camino y sendero de aquí en adelante está minado con sensores electrónicos que no sólo ven y sienten vibraciones, sino que huelen a cualquiera que se aproxime a la base. Hay una instalación de seguridad en la Montaña Calva, allá adelante, y además tenemos una docena de Sikorsky MH-60G Pave Hawks para pulverizar a cualquier cazador de ovnis entrometido.

Los avisos de advertencia aparecen con mayor frecuencia. El camino hace una S y desciende a un valle. Luego de unos minutos llegan a una valla de acero y a la entrada de la base militar más protegida del mundo.

★ ★ ★

Cuando la CIA le dio a Kelly Johnson la tarea de elegir y construir un sitio de pruebas seguro, el diseñador del avión espía U2 envió al capataz de Skunk Works, Dorsey Kammerer, a los desiertos del sur de California, Nevada y Arizona en busca de un área remota cerca de un lago seco, sabedor de que esa geología constituía la mejor pista de aterrizaje para aeronaves experimentales. Hallaron lo que buscaban en el Lago Groom, ubicado en la coordenada 51 del sitio de pruebas atómicas de Nevada, unas llanuras rodeadas de montañas que antes fueron un polígono de tiro del ejército en la segunda Guerra Mundial. La instalación, ampliada varias veces desde 1955, tenía una pista de 5 600 metros, tanques de almacenamiento para millón y medio de galones de combustible JP-7 para jets, tres hangares desechados por la Armada, más de 100 edificios administrativos y de vivienda, 12 hangares descomunales ubicados en el extremo sur de la base, un almacén de armamento, cinco iglúes cubiertos de tierra y una pista de 3 800 metros de largo y 30 de ancho sobre el Lago Groom, cuyo lecho seco le daba una superficie total para aterrizaje de casi ocho kilómetros.

Pierre Borgia y Joseph Randolph bajan del auto. Dos PM escrutan sus credenciales. Sin esperar, su limusina da vuelta y se va.

"Señor, su helicóptero está en camino. Llegará en unos momentos."

Pierre entrecierra los ojos por el sol de mediodía. La base de la Fuerza Aérea se extiende kilómetro y medio al este. Un objeto oscuro se acerca a gran velocidad desde el sur. En unos segundos aterriza. Sus motores apenas emiten un susurro.

Los dos hombres abordan el helicóptero militar y ocupan sendos asientos de piel en la cabina vacía.

La nave despega. Para sorpresa de Borgia, deja atrás la base y se dirige al sur. Vuelan 25 kilómetros sobre el desierto hasta que aparece otro lago seco a la distancia.

El multimillonario le sonríe a su protegido.

—El Lago Papoose. Es parte del sitio de pruebas Tonopah. El Lago Groom pertenece a la Fuerza Aérea. S-4 es manejado por MAJESTIC-12.

El complejo del Sitio-4 ocupa varios kilómetros en el vasto desierto. Las construcciones son pocas y están muy apartadas unas de otras. Las conecta un camino de tierra de un solo carril. Hay búnkers soterrados y torres de seguridad con antenas y parabólicas satelitales, y unas torres cónicas de aspecto extraterrestre que le dan un toque siniestro al lugar.

El helicóptero aterriza en una plataforma. Un jeep y dos oficiales de seguridad con traje de camuflaje para el desierto los están esperando.

Un minuto después viajan por el camino de tierra que conduce a uno de los búnkers. Un pequeño letrero identifica la instalación subterránea como S-66. El jeep se detiene lo suficiente para que puedan descender.

Una puerta de acero reforzado es vigilada por varias cámaras de seguridad y un escáner de retina.

Joseph Randolph se quita el sombrero de vaquero y apoya la barbilla en el aparato de seguridad de alta tecnología; presiona el hueso occipital contra el visor de hule, para que el escáner compare el patrón de vasos sanguíneos de su órbita ocular con su archivo de identificación.

La puerta se abre, provocando que un escorpión negro salga corriendo de atrás de una piedra y pase sobre el zapato derecho de Borgia.

Randolph sonríe a su sobrino.

—Bienvenido a la Tierra de los Sueños, Pierre.

Morelos, México

Ubicado en la región sur-central del país, el estado de Morelos está separado del Valle de México por la Sierra del Ajusco. El área tiene un clima subtropical, ideal para la agricultura, una actividad que ya existía ahí en el año 1500 a.C.

La primera cultura india que pobló Morelos fue la de los tlahuicas, una rama de la amalgama tolteca-chichimeca de tribus aztecas. Los artefactos representan a los indios de piel oscura, altos y enjutos, de ojos negros. En la región azteca, los señores eran los sacerdotes.

Uno de ellos habría de engendrar a una divinidad.

El sacerdote guerrero conocido como Mixcóatl era considerado creador y destructor a la vez, dios de la guerra y la emboscada. Según la leyenda azteca, el Sol y la Madre Tierra engendraron 400 estrellas para esparcir su semilla en la Vía Láctea. Como sus hijos se comportaban de manera egoísta, llamaron a Mixcóatl para que matara a todos sus hermanos. Se le asocia con Tezcatlipoca, el oscuro y poderoso dios del cielo nocturno. El nombre de Mixcóatl significa "serpiente de nube", reflejando su capacidad para "cambiar de forma". Se le suele representar con una máscara negra, cuerpo con rayas rojas y blancas y cabellera larga.

Mixcóatl se casó con Chimalma, una misteriosa beldad de ojos color turquesa que se decía proveniente de Amatlán. En el año 935 d.C., Chimalma dio a luz a un hijo, un niño de cabello blanco y ojos azules que sería conocido en toda Mesoamérica como Quetzalcóatl, la Serpiente Emplumada. Con la ayuda de los vastos conocimientos astronómicos y de ingeniería de su líder, los aztecas llegarían a dominar la región entera, erigiendo ciudades en su honor.

El deceso del hombre blanco y barbado sumió en el caos al imperio azteca. Para procurar el regreso de su divinidad recurrieron a los sacrificios humanos; el punto culminante de sus festivales era la muerte ritual de una pareja en la cima del templo principal de Mixcóatl. Primero destazaban a la mujer, le cortaban la cabeza y se la mostraban a la multitud ávida de sangre. Enseguida sacrificaban al hombre, le arrancaban del pecho el corazón aún palpitante con una daga de obsidiana.

El 21 de abril de 1519 el conquistador español Hernán Cortés desembarcó en el Golfo de México con una fuerza de 11 navíos y 550 hombres. En gran desventaja numérica frente a los aztecas, los españoles podrían haber sido derrotados fácilmente. Lo que Cortés no podía saber era que la descripción hecha de él como un hombre blanco y barbado lo hacía parecer Quetzalcóatl que regresaba desde el oriente. Los españoles marcharon hacia el oeste para enfrentar a los aztecas, cuyo líder Moctezuma dio la bienvenida a la ciudad fortificada al hombre barbado y su ejército invasor.

En tan sólo dos años toda la región fue conquistada.

⋆ ⋆ ⋆

Don Alejandro Rafelo tenía un aspecto notable. Alto y desgarbado, el nahual de 48 años tenía una larga cabellera entrecana que enmarcaba su nariz aguileña y torcida y unos ojos intimidantes. El izquierdo era de un azul penetrante y el derecho, color avellana, se le iba; veía siempre de lado, por lo que sus enemigos no podían sostenerle la mirada.

El ojo color turquesa era un rasgo genético que podía rastrearse 27 generaciones atrás, cuando un pariente remoto, Etienne Rafelo, llegó a México desde Francia en el otoño de 1533. Etienne, practicante de la Misa Negra, llegó hasta una comunidad nahua en las montañas de Morelos. Ahí conoció a un líder azteca de nombre Motecuma, cuyos ancestros maternos eran descendientes directos de Chimalma y su hijo-deidad Quetzalcóatl. Quetzalli, la hija mayor de Motecuma, era una beldad de ojos azules que servía a la comunidad como bruja nahual. Los nahuales eran videntes que otrora habían aconsejado a los reyes. Se decía que un nahual podía provocar una enfermedad chupando la sangre de sus víctimas o echándole el "mal de ojo". Se creía que los brujos más poderosos eran capaces de capturar el alma de un hombre.

Etienne y Quetzalli se casaron. Veintisiete generaciones después nació Don Alejandro Rafelo.

⋆ ⋆ ⋆

Los aldeanos de Morelos creían que Don Rafelo poseía un *ojo oscuro,* es decir, que sus *K'az-al t'an-ob* (maldiciones) causaban enfermedades graves y dolorosas entre sus enemigos. Cuando pasaba cerca, ellos apartaban la mirada. Cuando se alejaba del área se cuidaban de no decir nada, sabedores de que el brujo podía escuchar todos los pensamientos arrojados al viento.

Rafelo usaba a sus secuaces para cultivar esas supersticiones. En su oficio, imbuir el miedo entre la muchedumbre era una de las claves para conservar el poder.

Don Rafelo era el brazo derecho de *Los Lenones,* un cártel estrictamente organizado que operaba canales de tráfico de personas desde los pequeños pueblos del sur de México hasta la frontera con los Estados Unidos. El brujo azteca supervisaba un centro de adiestramiento de esclavas en Tenancingo, un suburbio al sur de la Ciudad de México, que funcionaba como estación de paso hacia Tijuana. Era un lugar donde niñas humildes de seis años en adelante, raptadas o compradas como esclavas, eran drogadas y violadas reiteradamente hasta que les quebraban la voluntad, para luego ser vendidas a redes de prostitución y contrabandeadas al otro lado de la frontera con los Estados Unidos. Una vez ahí, las transportaban a casas-depósito o apartamentos; algunas en grandes ciudades como Nueva York, Chicago y Los Ángeles, otras en ciudades más pequeñas; 30 mil esclavas raptadas y vendidas cada año.

Para satisfacer las necesidades de los Estados Unidos, Don Rafelo y sus "sobrinos" reclutaron a un pequeño ejército de adolescentes de los pueblos aledaños, a quienes enseñaban el arte de cazar y engañar mujeres. Las turistas eran un blanco muy apetecido por *Los Lenones,* sobre todo las mujeres altas y rubias que los sauditas deseaban particularmente. Mientras la brigada de Don Rafelo atendía esos pedidos estaba siempre atenta a otro tipo de mujer, de un linaje mucho más especial, portadora del genoma de un imperio perdido.

Si bien el tráfico de personas había dado riqueza a Don Rafelo, el brujo nahual sabía que el verdadero poder proviene del propio ADN. Los mayas y los aztecas habían alcanzado el poder bajo la tutela de dos grandes linajes. Los Rafelos de México eran parte del árbol genealógico de Quetzalcóatl. Lo que Don Rafelo buscaba eran mujeres cuya línea materna se remontara a Kukulcán. La hembra mesoamericana deseada tenía un rasgo fácilmente identificable: ojos irradiantes de un tono azul turquesa.

Por más de una década Don Rafelo había ofrecido una recompensa de 25 mil dólares a quien le llevara a la "mujer Hunahpú". Hasta ahora nadie había reclamado la suma prometida.

★ ★ ★

Gerardo Salazar tiene poco más de 20 años; es moreno y apuesto y su andar coincide con su apodo: *el Gallo.* Recorre los pueblos polvorientos de México usando su físico y sus dulces galanteos para seducir jovencitas y colegialas. Ha traficado muchachas para su "Tío Don" desde que abandonó la escuela a los 10 años de edad.

Hoy trae noticias que harán sonreír a su tío.

El ojo azul de Don Rafelo se dilata mientras oye el canto del *Gallo.*

—Se llama Chicahua Aurelia. Ya está mayor, tiene unos 40 años, pero sigue siendo hermosa. La vi cuando pasé por Morelos. Sus ojos son color turquesa, tal como dijiste, y los vi brillar como los de un felino de la jungla. Me miró desde el otro lado del mercado mientras yo trabajaba a una colegiala.

—Espera… ¿ella te estaba mirando?

—Sí. Fue como si la sintiera dentro de mi cabeza.

—Es una vidente, muy poderosa y peligrosa. Se mostró ante ti porque sabía que me informarías.

—¿Quieres que te lleve con ella, tío?

—No. A ésta la encontraré yo mismo.

★ ★ ★

Chicahua Aurelia nació y se crió en Guatemala. Fue la única hija de Lilia Botello e Immanuel Vázquez. El cromosoma que le daba la capacidad de "frenar el tiempo" era recurrente en su línea materna una vez cada cuatro generaciones. Tuvo una gemela pero nació muerta y ese hecho demostraba el poder de su genética inusual: dos Hunahpú del mismo linaje no pueden nacer en la misma era. Sólo los Gemelos Héroes Mayas pueden compartir un vientre y sobrevivir.

Aurelia era el nombre de soltera de la abuela materna de Chicahua. Lo empezó a usar luego de quedar embarazada sin haberse casado. El padre participó sin saberlo en la concepción: Chicahua se acostó con él después de haberlo intoxicado con un poderoso alucinógeno. Para él, Chicahua era como una importación rusa, un regalo para violar y exportar a los Estados Unidos.

Lo que Don Rafelo nunca supo fue que estaba preñando a la mujer de genética sin igual que tanto había estado buscando.

Como vidente, Chicahua sabía que el brujo nahual andaba tras su pista, guiado por una fuerza oscura y poderosa, un demonio enganchado a su alma. Se dio cuenta de que no podía eludirlo por siempre y decidió controlar las variables en juego, sabiendo que una vez que la semilla de Don Rafelo echara raíz en su vientre la presencia de retoño cegaría al demonio respecto del linaje de Chicahua.

Lo que ella no advirtió fue que la concepción de su hija también nulificaría sus propias habilidades, impidiéndole protegerla de los depredadores que hacían tan peligroso a Don Rafelo.

★ ★ ★

La granja está en la Sierra del Ajusco, una estructura de tres habitaciones de piedra y adobe, con un techo de paja que ha visto pasar generaciones. Un estrecho sendero es la única vía de acceso a la parcela de un acre de extensión que brinda alimento y medicinas a la propietaria y sustento a los animales.

Don Rafelo conduce su motoneta por el sendero y luego la deja junto a la cerca de madera. El sol del atardecer proyecta la sombra de la montaña sobre el jardín delantero invadido de mala hierba. Aspira un aroma conocido y lo sigue a la puerta de la granja. Entra sin anunciarse.

La hermosa mujer de cabello negro y pómulos realzados de india está de pie frente a una olla donde hierve las entrañas de una cabra. Alza la vista. Su piel es color café tostado, sus ojos son como el mar de Cancún.

—Sopa de cebolla y tripa. Tu favorita.

—¿Cómo lo supiste?

Chicahua sonríe.

—Del mismo modo que sé que me has estado buscando.

—O a una como tú.

—No habrá nadie como yo, o como tú, hasta dentro de cuatro generaciones.

—¿Por qué te ocultaste de mí por tanto tiempo?

—Porque tu alma está manchada.

—Nuestros ancestros hacían cosas peores.

—Y pagaron un precio terrible. Como tú lo harás.

—El demonio que mancha mi alma, como tú lo dices, también lo protege. No temo al Creador ni a su más allá. Soy inmune —se acerca a ella, cautivado por su belleza. —¿Por qué te revelaste ante mí ahora?

—Porque busco pareja.

—Y yo busco concebir un hijo que una nuestros linajes.

—Mi vientre y mi linaje tienen un precio.

—Dilo y será tuyo.

—Los demonios de *Los Lenones* raptaron a una niña de nueve años en mi aldea hace unas semanas.

—Y quieres que sea devuelta a sus padres.

—Sus padres fallecieron. Quiero que la lleven a los Estados Unidos. Tiene un primo lejano en Tampa, Florida.

—¿Qué interés tienes en esa niña?

—Estoy en deuda con su padre. Localiza a la niña, asegúrate de que llegue a los Estados Unidos a salvo y te daré un hijo que tendrá nuestros dos linajes.

—La niña raptada, ¿cómo se llama?

—Vázquez. Dominique Vázquez.

TESTIMONIO

9 de mayo de 2001; Club Nacional de Prensa, Washington, D. C.

Me llamo Daniel Sheehan. Soy abogado y funjo como asesor legal del Proyecto Revelación. En 1967 me gradué en estudios del gobierno estadounidense y derecho constitucional del Harvard College. Soy graduado de la Escuela de Derecho de Harvard. Fui asesor general y coasesor del *New York Times* en el caso de los Documentos del Pentágono y participé en la preparación y la argumentación del caso ante la Suprema Corte de los Estados Unidos, obteniendo permiso para que el *New York Times* publicara esos documentos clasificados, los 47 volúmenes de los Documentos del Pentágono.

Posteriormente fui asesor especial en el bufete de F. Lee Bailey, como uno de los abogados en el juicio en el que representamos a James McCord por el allanamiento del edificio Watergate y convencimos al señor McCord de escribir la carta al juez Sirica para revelar la relación de los ladrones de Watergate con la unidad de plomeros de la Casa Blanca en ese tiempo. A continuación de mis servicios en ese caso regresé a Harvard, a la Escuela de Teología, a estudiar ética social judeocristiana en las políticas públicas. Ahí realicé mi trabajo de maestría y doctorado y ocupé el cargo de asesor general de la sede de los jesuitas en Washington, D. C., asignado a la Oficina Nacional de Ministerio Social y su Oficina de Políticas Públicas.

Estando ahí en 1977 fui contactado por la señorita Marsha Smith, quien era directora de la División de Ciencia y Tecnología del Servicio de Investigación del Congreso. Me informó que el presidente Carter, luego de tomar posesión en enero de 1977, había sostenido una reunión con el entonces director de la CIA, George Bush padre, y le exigió que le entregara la información clasificada acerca de objetos voladores no identificados, así como toda la información en manos de la comunidad de inteligencia de los Estados Unidos relativa a la existencia de inteligencia artificial.

Esta información le fue negada al presidente de los Estados Unidos por el director de la Agencia Central de Inteligencia, George Bush padre. El director insistió en que para tener acceso a esa información el presidente necesitaba la autorización del Servicio de Investigación del Congreso para contactar a la División de Ciencia y Tecnología de la Cámara de Representantes de los Estados Unidos, para que ésta iniciara el proceso de desclasificar la información.

Como el director de la CIA sospechaba que el presidente se disponía a revelar la información al público estadounidense, la División de Ciencia y Tecnología del Servicio de Investigación del Congreso, bajo la dirección de Marsha Smith, fue contactada por el Comité de Ciencia y Tecnología de la Cámara de Representantes que la instruyó para que emprendiera una amplia investigación sobre la existencia de inteligencia extraterrestre y su relación con el fenómeno de los ovnis.

Fui contactado por la señorita Smith, quien me preguntó, en mi calidad de asesor general de la sede de los jesuitas en los Estados Unidos y su Oficina Nacional de Ministerio Social, si nosotros podíamos obtener acceso a la Biblioteca Vaticana para consultar la información que guarda respecto de la inteligencia extraterrestre y el fenómeno de los ovnis. Me di a esa tarea con permiso del padre William J. Davis, el director de la Oficina Nacional, y nos fue negado el acceso, como Orden Jesuita de los Estados Unidos, a la información que posee la Biblioteca Vaticana.

Cuando informé de esto a la señorita Smith, me invitó a participar como asesor especial del Servicio de Investigación de la

Biblioteca del Congreso de los Estados Unidos, en las secciones clasificadas del Proyecto Libro Azul de la Fuerza Aérea.

En mayo de 1977 fui al Edificio Madison de la Biblioteca del Congreso de los Estados Unidos, donde me indicaron que debía dirigirme a una oficina en el sótano; la puerta era custodiada por dos guardias y había un tercero en un escritorio, quien tomó mi identificación y verificó que en efecto yo hubiera sido designado como asesor especial del Servicio de Investigación de la Biblioteca del Congreso de los Estados Unidos, tras lo cual fui admitido a la oficina. Ahí vi docenas de fotografías de lo que era fuera de cualquier duda un objeto volador no identificado que se estrelló y dejó unos surcos en un campo cubierto de nieve y estaba incrustado en un terraplén. Personal de la Fuerza Aérea de los Estados Unidos rodeaba la nave y tomaba fotografías.

En una de las fotografías pude notar unos símbolos en un costado de la nave. Se me había instruido que no debía tomar notas y tuve que dejar mi maletín y mi identificación afuera de la oficina. Pero llevaba conmigo un bloc de hojas amarillas. Lo abrí y ajusté el foco del proyector al tamaño de la tapa de cartón de mi bloc. Tracé físicamente copias de los símbolos del costado de la nave. Cerré el bloc, coloqué la microficha en el contenedor, cerré la caja y dije: "Es hora de que me vaya de aquí". Tomé el bloc y salí de la oficina. Un guardia me detuvo y me preguntó: "¿Qué lleva ahí, señor Sheehan?" Le di el bloc y él revisó todas las hojas, pero nunca halló la copia que había hecho.

Me llevé el bloc a la sede de los jesuitas. Tuve una reunión con el personal y el padre William J. Davis y los informé de esto. Fui autorizado en ese momento por la sede de los jesuitas de los Estados Unidos a presentar un informe al Consejo Nacional de Iglesias y solicitar que las 54 denominaciones religiosas más importantes de nuestro país emprendieran una vasta investigación sobre inteligencia extraterrestre, cosa que se rehusaron a hacer. Posteriormente fui invitado a impartir un seminario de tres horas, a puertas cerradas, a los 50 científicos principales del Laboratorio de Propulsión a Chorro de SETI, las siglas en inglés de Búsqueda de Inteligencia Extraterrestre, que tuvo verificativo en 1977. Estoy más que dispuesto a testificar bajo juramento de todos estos detalles ante el Congreso de los Estados Unidos y me reuniría gustoso con miembros de la prensa.

Daniel Sheehan, abogado y asesor del Proyecto Revelación
Usado con permiso: Proyecto Revelación

18

Nazca, Perú

Laura Salesa ve a su sobrino atender al desconocido, ajustar la intravenosa y cubrir con un chal al hombre inconsciente en el sillón.

Va con Julius a la mesa, donde la atención del arqueólogo está concentrada en un texto antiguo.

—¿Sam siempre se desmaya después de uno de sus arrebatos de memoria? ¿Hola? La Tierra llamando a Julius…

—Discúlpame. ¿Cuál fue tu pregunta?

—Tu invitado… cuando le sobreviene un recuerdo…

—Los desmayos, sí. El médico la llamó sobrecarga sensorial. Apaga todos los sistemas. Se quedará dormido el resto del día.

—¿Qué contiene la intravenosa?

—Nutrientes, mezclados con un sedante leve. Cuando ocurren estas sobrecargas sensoriales… bueno, suele alterarse.

—Mick es increíble con él.

—¿Michael? Sí —Julius regresa al texto.

—¿Qué estás leyendo?

—Uno de los nueve libros de Chilam Balam. Una edición especial. Incluye fotografías de los glifos mayas. Al menos de los que han sobrevivido —se quita los anteojos y los limpia con el pañuelo—. Chilam Balam fue el máximo profeta maya de la historia, un vidente que vivió en las primeras décadas del siglo xvi. Presagió la llegada de Cortés y su armada y advirtió a su pueblo que los forasteros del oriente traerían violencia y un poderoso dios nuevo. Sus nueve libros son considerados los textos sagrados de los mayas de Yucatán. Incluyen pasajes de sus sueños, cuyas imágenes asentó en sus escritos. Muchos de ellos describen el evento apocalíptico de 2012.

—¿Entonces tú sabes lo que va a ocurrir?

—Lamentablemente, no. Hay lagunas enormes en los códices. La mayoría de ellos fueron quemados por los sacerdotes españoles.

—¿A qué viene este repentino interés en un profeta muerto?

—A nuestro amigo no le salieron alas de repente y aterrizó en Nazca. Vino en busca de algo. O es un arqueólogo en pos de antiguas pistas del apocalipsis o trabaja para MAJESTIC-12. De cualquier modo, me propongo extraer todo su conocimiento sobre el evento apocalíptico.

—¿Y cómo vas a...? —sus ojos se dilatan cuando cae en la cuenta—. ¡Infeliz! Vas a dar rienda suelta a su desvarío para averiguar lo que sabe.

—No es gran cosa.

—¡Sí, Julius, sí lo es! Al alentarlo a adaptarse a una falsa identidad, tus actos no sólo retrasarán su recuperación sino que podrían ser nocivos para su salud a largo plazo.

—¿Y qué hay de mi salud? ¿Qué hay de cuatro décadas de investigación y esfuerzo? ¿Qué hay de mi hijo y todas las personas que podrían perecer en el solsticio de invierno de 2012 a causa de nuestra ignorancia?

—¿Así que tu plan es convencer a ese pobre tipo de que en verdad es la reencarnación de un profeta maya de hace 500 años para ordeñar sus conocimientos? Eres patético.

—Oye, si creyera que él puede poner huevos lo convencería de que es una gallina.

MAJESTIC-12 (S-66) Instalación subterránea
25 kilómetros al sur de la base del Lago Groom de la Fuerza Aérea (Área 51)
Norte de Las Vegas, Nevada

La puerta del búnker conduce a un pequeño almacén iluminado por una sola bombilla. Las paredes no tienen ventanas y el piso es de concreto. En el interior no hay nada sino archivos empolvados y muebles de oficina en desuso.

Joseph Randolph se dirige a un par de libreros de arce de casi tres metros de altura que contienen pilas de viejos manuales del ejército, amarillentos por el paso del tiempo. Espera a que la puerta de acero reforzado se cierre antes de tirar de uno de los manuales, con lo cual activa un interruptor.

Los libreros se abren, girando sobre bisagras invisibles, para revelar el interior de un elevador de carga.

Pierre Borgia sigue a su tío al interior. Randolph desliza su tarjeta de identificación en la ranura de seguridad; en el panel se ilumina el botón que marca Nivel 15. Borgia sabe que mientras más descienden mayor es la seguridad, y se pregunta qué secretos albergará el Nivel 29, el piso más profundo de la instalación subterránea más secreta del mundo.

El elevador desciende 400 metros hasta el Nivel 15. Salen a un corredor antiséptico y a un punto de control de seguridad. Un guardia les dice que vacíen sus bolsillos y coloca sus pertenencias en un sobre.

Pasan por una máquina de rayos X y se dirigen por el corredor hacia unas puertas dobles. Un cerrojo electromagnético se abre e ingresan a una amplia sala de conferencias.

Diez hombres y una mujer están sentados alrededor de una mesa ovalada, una mezcla de batas de laboratorio y trajes ejecutivos, junto con dos personas en uniforme militar. Dos sillas están vacías. Randoplh le hace una seña a su sobrino para que se siente.

La mujer, delgada como un riel, de unos 60 años, viste una

bata azul de laboratorio. Es la primera en hablar. Su inglés está sazonado con un toque italiano.

—Bienvenido a MAJESTIC-12, doctor Borgia. Yo soy la doctora Krissinda Rotolo y estoy a cargo del personal de S-66. ¿Comprende por qué se encuentra aquí?

—Tienen una vacante y yo vengo altamente recomendado.

—La vacante fue un suicidio. Tenemos uno cada 16 semanas en promedio, en un personal de 170 miembros, sin contar a los guardias de seguridad. Stephen Peterson es el cuarto miembro de nuestro personal de interrogatorios en suicidarse en los últimos tres años. Ya que usted fue elegido para remplazarlo, me pareció importante que estuviera al tanto de ello.

—Soy un hombre acaudalado y tengo relaciones sexuales muy a menudo, así que el suicidio no está en mi lista de pendientes, doctora. Al mismo tiempo, usted debería saber que cazar hombrecitos verdes no es una ocupación a largo plazo para mí. Lo haré porque mi tío dice que ustedes pueden garantizarme el escaño en el Senado cuando me postule en el año 2000.

—Como primer paso hacia la Casa Blanca... siempre y cuando usted respete nuestra agenda.

—Supongo que Stephen Peterson tuvo un problema en ese sentido.

Un hombre caucásico y robusto, vestido con una bata de laboratorio, lanza a Borgia una mirada despectiva.

—Los problemas del doctor Peterson eran de índole moral, algo que para usted, al parecer, no presenta dificultad alguna.

—Escúchame, grandulón. No soporté dos meses de investigación de mis antecedentes y vigilancia las 24 horas del día para que me insultaran. Ambos sabemos que no soy el mejor antropólogo disponible; soy, sin embargo, uno al que le pueden confiar sus secretos. El hecho de que me encuentre aquí, en esta tumba subterránea, significa que consideran que puedo realizar el trabajo, sea cual sea. Así que dejémonos de basura psicológica y muéstrenme lo que me quieren mostrar, o si no llévenme de regreso a Las Vegas.

—Me parece justo —la doctora Rotolo toca una caja de controles situada en una mesa frente a ella.

Las luces se apagan, revelando una imagen holográfica de la Luna, la esfera tridimensional suspendida sobre el centro de la mesa de juntas.

—En 1961 el presidente John F. Kennedy retó a nuestro programa espacial a llevar un hombre a la Luna y regresarlo a salvo. La tripulación del Apolo 11 logró esa hazaña el 20 de julio de 1969. La última misión lunar, el Apolo 17, aterrizó en la Luna el 11 de diciembre de 1972. Eso fue hace 18 años y nunca hemos vuelto.

"Cuando el presidente Nixon puso fin inopinadamente al programa Apolo le dijo a la nación que lo hacía para financiar el Transbordador Espacial y la Estación Espacial Internacional. Han pasado casi dos décadas, doctor Borgia, y nuestro programa espacial tripulado continúa confinado a la órbita de la Tierra. ¿Quiere aventurar una hipótesis al respecto?"

—Tres administraciones republicanas, una crisis del petróleo y otra guerra inminente en Medio Oriente. Para los conservadores, explorar la Luna es un desperdicio de tiempo y dinero.

—Habla como un típico político desinformado. De hecho, el costo total de la misión Apolo fue menor al uno por ciento del presupuesto anual federal. Lamentablemente, si bien la ignorancia puede ser una bendición en su profesión, en la nuestra es intolerable. Lo que los astronautas de la misión Apolo descubrieron fue que no estaban solos en la superficie lunar, que cada lanzamiento de la NASA y cada acción subsecuente era observada.

Antes de que Pierre Borgia pueda proferir una respuesta, la Luna holográfica aumenta 300 por ciento y gira a su lado oscuro, revelando cráteres ocultos bajo domos artificiales y pequeñas naves que se desplazan rápidamente sobre la superficie.

—La verdadera razón por la que Nixon puso fin al programa Apolo es la misma que impulsó a las agencias espaciales alrededor del mundo a acordar una moratoria secreta en todas las misiones lunares futuras. Dicho sencillamente, el lado oscuro de la Luna es utilizado como base por los extraterrestres. La amenaza de una corte marcial o algo peor ha impedido que hable la mayoría de los astronautas y empleados de la NASA. De los otros se encargan de manera individual.

—Querías la verdad; hela ahí —Joseph Randolph masajea el hombro de su sobrino—. Bienvenido al país de las maravillas, *Alicia*.

Borgia siente que la sangre se drena de su rostro.

—¿Qué están haciendo allá arriba? ¿Son agresivos? ¿Están planeando una invasión?

—No son agresivos —prorrumpe un científico con bata de laboratorio.

—Eso aún no ha sido establecido —responde un hombre trajeado—. Hemos recibido numerosos informes de raptos…

—¡Demuestren uno solo! Todos en esta mesa sabemos que la CIA usa técnicas de control mental para inculcar el miedo a los E.T.

—De acuerdo —dice otro científico—. La realidad es que si quisieran destruirnos, podrían haberlo hecho en cualquier momento.

—Basta —Krissinda Rotolo mira a Borgia; sus ojos expresan preocupación—. Como puede ver, los asuntos son complejos de nuestro lado, tanto como del de ellos. Por desgracia, cuando se trata con tantas especies diferentes…

—Aguarde… ¿está diciendo que han capturado algunos de esos alienígenas?

—¿Por qué cree que está aquí, doctor Borgia? —voltea hacia Randolph con una mirada reprensiva—. Se supone que ibas a informarle.

—Una imagen vale más que mil palabras. ¿A qué hora está programada la sesión de hoy?

—Tuvimos que aplazarla una hora, nos falta un EMT. Asegúrate de que el doctor Borgia sea debidamente informado. Su primera sesión comienza a las 15:00 horas.

Meseta de Nazca, Perú

El globo aerostático sobrevuela la pampa a mil pies de altura; sus páneles anaranjados y azules son visibles a varios kilómetros a la redonda.

Michael Gabriel opera los quemadores, cuyas llamas son alimentadas por varios tanques de gas propano apilados a sus pies. Laura está a su lado en la cesta de mimbre, como contrapeso de Julius y su misterioso amigo, a quien el arqueólogo insiste en llamar Balam.

—Ahí está la araña, Balam. Es sin duda otro de los primeros dibujos, más sofisticados. ¿Algo te resulta familiar?

—Éste no es el valle de los Hunahpú. Nuestro valle estaba cubierto por una selva densa y lo nutrían varios arroyos de las montañas. Nuestro valle conducía al océano.

—El océano está al oeste. Quiero seguir hacia el este, al icono donde te encontramos. Mira, ahí está la Carretera Panamericana. Estamos cerca del glifo... Ahí está. ¿Ves esa espiral? Ahí fue donde te encontramos. ¿Esto te sacude algún recuerdo?

—¿Sacudir? —Mick se carcajea—. Su cerebro no es una palanca de escusado, Julius.

Laura se tapa la boca.

—Ignóralos, Balam. Concéntrate en el glifo. Es una pista acerca de la profecía del Apocalipsis, ¿no es cierto?

Immanuel Gabriel observa la espiral; su cerebro lastimado lucha por atenazar una imagen que asoma y desaparece en el éter, consumiendo sus recuerdos.

—Has visto esta imagen antes, ¿no es así, Chilam Balam?

—Sí.

—No lo fuerces. Cierra los ojos y deja que venga por sí solo a ti.

Cierra los ojos con fuerza. Perlas de sudor escurren sobre su rostro. En la mortecina luz anaranjada detrás de sus párpados, el glifo de la espiral aparece y desaparece, remplazado por un objeto redondo rodeado de oscuridad.

Laura está a punto de hablar. Julius le hace una señal con el dedo índice para que guarde silencio.

El día se convierte en la noche. La noche se vuelve espacio. El ojo de su mente se prende de un objeto redondo. Gélido. Gira en una espiral de colores.

Laura mira cómo empiezan a temblar los músculos de Sam. El movimiento hace vibrar la cesta de mimbre bajo sus pies.

La noche vuelve a ser día. El glifo del desierto reaparece, pero esta vez siente que no se concentra en la espiral sino en la línea recta que parte en dos el círculo y hace intersección en el centro.

El día se vuelve noche, las estrellas desaparecen bajo una línea recta, polvo marrón inhalado a través del espacio en el ojo vacío y gélido… un agujero en la realidad física, rodeado de un diseño de espirales tan grande como la Luna, suspendido miles de kilómetros bajo la Tierra.

Su corazón late con fuerza, la sangre se drena de su rostro. El miedo lo paraliza, está desesperado por abrir los ojos, pero el monstruo se está desplazando, su gélida aureola gira sobre la Antártida.

—No… ¡Dios mío, no!

—Balam, ¿qué ves?

—¡Julius, basta! Michael, aterriza el globo.

—¡Silencio! Balam, dinos lo que ves.

—Veo la Tierra… desaparecer en silencio, en la nada.

—¿Cómo desaparece? ¿Qué lo provoca?

—La espiral.

—Descríbemela.

—Un vacío helado. Un hambre insaciable. Desapareció.

—¿Qué desapareció? ¿La espiral?

—La Tierra —abre los ojos, su expresión es delirante. El miedo consume su mente. Se sujeta al borde de la canasta, dispuesto a lanzarse al vacío.

—¡No! —Laura acerca su rostro al de Sam. Sus ojos color turquesa irradian calma en todo su ser—. Ya no eres Balam. Eres Sam. Eres Sam y estás a salvo. Dime tu nombre.

—Sam.

—¿Sam qué?

—Samuel Agler.

—Así es. Eres Samuel Agler. ¿Cómo llegaste aquí, Sam?

—A través del agujero de gusano.

Julius y su hijo se miran uno al otro como dos niños en Navidad.

Laura toma la cabeza de Sam por la nuca, manteniendo su rostro junto al de ella. Ocupa todo su campo visual con el brillo de sus ojos.

Una expresión de perplejidad cruza el rostro de Sam.

—¿Lilith?

—Mantente concentrado. Mencionaste un agujero de gusano. ¿Eso fue lo que destruyó a la Tierra?

—No. Fue la singularidad. Un hoyo negro. Tú también lo viste, Lilith. Estabas ahí. Pero...

—¿Pero qué? Concéntrate en mis ojos y dímelo.

—Él te decapitó.

—¿Quién me decapitó? Sam, mírame a los ojos y dime quién me decapitó.

—Siete Guacamaya.

Si de pronto una especie de otro planeta amenazara a este mundo, olvidaríamos todas las pequeñas diferencias locales que hay entre nuestros países.

RONALD REAGAN, presidente de los Estados Unidos,
4 de diciembre de 1985

En nuestra reunión en Ginebra, el presidente de los Estados Unidos dijo que si la Tierra encarara una invasión de extraterrestres los Estados Unidos y la Unión Soviética unirían fuerzas para repeler la invasión.

MIJAÍL GORBACHOV, presidente soviético,
6 de febrero de 1987, en *Vida Soviética*

19

MAJESTIC-12 (S-66) Instalación subterránea
25 kilómetros al sur de la base del Lago Groom de la Fuerza Aérea (Área 51)
Norte de Las Vegas, Nevada

—Los llamamos EBE, entes biológicos extraterrestres. Tú y tu amigo de otro tiempo, Julius, probablemente sabrían mejor que nosotros hace cuánto vienen a la Tierra. Tal vez consideran a nuestro planeta como un destino turístico.

—Lo dudo bastante —Pierre Borgia apoya los tacones de sus zapatos en el escritorio de su tío—. Julius, María y yo descubrimos evidencia abrumadora de contacto con extraterrestres en tradiciones orales, así como tallas de piedra, petroglifos, y otros relieves hallados en casi todas las culturas antiguas. El tema dominante de esos encuentros se centraba claramente en sembrar el conocimiento en nuestra especie. Desde luego que esa siembra adquiere un sentido más literal si lees este pasaje del Génesis 6: "Y había gigantes en la tierra en aquellos días, los Nefilim, y también después, cuando los hijos de Dios se unieron a las hijas de los hombres y ellas les dieron a luz hijos. Éstos son los héroes de la antigüedad, hombres de renombre". Nefilim significa "caídos", en el sentido de "caídos del cielo".

—Hijos de Dios... ¿engendrando con las hijas de los hombres? ¡Dios mío! Con razón algunos de ellos se parecen a nosotros. Qué bastardos tan astutos, usan nuestro ADN para infiltrarse en nuestro mundo.

—La Biblia ni siquiera contiene la referencia más antigua al contacto con extraterrestres. En Tanzania hay imágenes de hombres del espacio que se remontan 29 mil años. Un petroglifo de siete mil años de antigüedad descubierto en Querétaro, México, muestra cuatro figuras de alienígenas bañadas en rayos de luz que ascienden a un enorme platillo volador. Artefactos encontrados en Irak, de unos cinco mil años antes de Cristo, incluyen dioses sumerios que parecen viajeros del espacio con rasgos de reptil, similares a los dioses venerados en el antiguo Egipto. En el Museo Británico se exhibe cerámica y figuras de barro con cabezas de lagarto, atribuidas a la cultura unaída durante ese mismo periodo. El artista nepalés responsable de la placa Lolladoff plasmó claramente una nave con forma de disco y un pequeño alienígena gris a un lado.

"Más fascinantes y difíciles de refutar son las representaciones artísticas más recientes provenientes de Europa. Un cuadro de 1350, titulado *La crucifixión,* cuelga sobre el altar del monasterio Visoki Decani en Kosovo; presenta a Jesús en la cruz, con un ovni que atraviesa el cielo de fondo. Un fresco del siglo XIV de *La Virgen y el niño* muestra una nave espacial similar, lo mismo que un cuadro del siglo XV, obra de Domenico Ghirlandaio, titulado *La Virgen y san Juan*. El Museo Nacional Bávaro tiene un tapiz llamado *El triunfo del verano,* de 1538, que muestra claramente varios objetos con forma de disco en la parte superior de la escena. Una ilustración naval en un libro titulado *Theatrum Orbis Terrarum* representa el avistamiento de dos objetos con forma de C que se desplazaban en el cielo, hecho por dos barcos holandeses en el Mar del Norte. Francia llegó incluso a acuñar una moneda en 1680 donde aparece un ovni suspendido en el cielo."

—Pierre, ¿te doy la impresión de que me importa un carajo una moneda de los franchutes?

—Disculpa, es que pensé... Es decir, pasé 15 años estudiando todo esto y además me reclutaste porque soy antropólogo.

—Si crees que estás aquí por esa razón, entonces eres tan bruto como mi hermano. Despierta, hijo. Estás aquí porque la facción de empresas que controlan este pequeño negocio nuestro necesita un futuro enlace con la Casa Blanca, no otro sabihondo con una regla de cálculo y un título universitario. Estamos sentados sobre avances tecnológicos que afectarán el futuro de este planeta, incluyendo una fuente de energía no contaminante que podría remplazar a las industrias de combustibles fósiles y nucleares el día de mañana, si cayera en las manos equivocadas. ¿Crees que vamos a hundir a la economía de este país permitiendo que la industria petrolera reciba un golpe de nocaut? De ninguna manera, no mientras tú y yo estemos de guardia. No, señor. Cuando llegue el momento propicio, el complejo militar-industrial y las grandes petroleras diseminarán estos avances como nos parezca apropiado y con una ganancia sustancial, valiéndonos de estas tecnologías para dominar la economía mundial y mantener a los condenados rusos y chinos bajo control.

—Entonces, ¿por qué estoy aquí?

—Estás aquí para observar e informar. Estás aquí porque necesito que seas el contrapeso durante las entrevistas con nuestros amigos extraterrestres. Por aquí deambulan en sus batas de laboratorio demasiados liberales de gran corazón, de esos que abrazan los árboles y creen en los unicornios, que piensan que debería proveerse de energía gratis a todo el mundo. Esos cabezas de chorlito no tienen idea de cómo funciona el mundo real. Te necesito adentro para que seas mis ojos y mis oídos.

—No creo que haya ningún problema.

—Sí, bueno, tú no sabes nada. Piensa cuánto le cuesta al Congreso ponerse de acuerdo acerca de cualquier tema político y luego multiplica esa cifra por mil. No nos visita la versión E.T. de los Rockefeller. Hasta la fecha hemos catalogado más de 60 tipos de seres, la mayoría muertos, por supuesto. No sabemos si lidiamos con amigos o enemigos, especies o subespecies competidoras, o seres de otra dimensión. Como te dije, algunos E.T. se ven tan humanos que podrían asimilarse con facilidad a nuestra sociedad.

—Si se parecen tanto a nosotros, ¿cómo saben que son extraterrestres?

—Físicamente son superiores a nosotros, con acuciados sentidos de la vista, el oído y en particular el olfato. Sus ojos son de un azul intenso, casi turquesa, y brillan como el iris de un gato en la oscuridad. También se comunican telepáticamente. Todos estos seres vivos lo hacen. Por fortuna logramos reclutar telépatas humanos confiables para interrogarlos. Tu tarea es mantener los interrogatorios concentrados en su tecnología.

—¿Y exactamente a quién o qué voy a interrogar?

—A uno de los Grises. Los Grises vienen en todos los tamaños, pero todos comparten una estructura genética básica: ojos grandes y cuerpos grisáceos sin vello. Hemos tenido a nuestro muchachito desde hace siete meses. Su vehículo se estrelló en la Bahía Moriches, en Long Island, Nueva York, el 28 de septiembre de 1989. Había nueve Grises a bordo. Él fue el único que sobrevivió; suponiendo que sea un "él". No le cuelgan nueces de las ramas, si entiendes a lo que me refiero. Estos seres tienen todo internalizado... ¿Qué tiene eso de divertido? Pero son ampliamente superiores a nosotros. Los científicos de cohetes de Lockheed no duran mucho con ellos, los abruman con facilidad. Para los E.T. debe ser como enseñar álgebra a sus mascotas. No, rectifico eso: probablemente seamos más como perros con grandes colmillos que mascotas adorables.

—Si es tan difícil, ¿por qué no se limitan a interrogar a los E.T. que se parecen más a los humanos?

—Intenta traer a alguno con vida. En las raras ocasiones en que un Nórdico se estrella y sobrevive, prefiere suicidarse antes que enfrentar a MJ-12. Hemos hecho autopsias, desde luego. Así fue como descubrimos lo de sus órganos sensoriales. Y su tipo de sangre: Rh negativo.

—¿Rh negativo? ¿Estás seguro?

—Sí, estoy seguro. ¿Por qué es tan importante?

—Tío Joe, sé que tu interés se centra estrictamente en el aspecto militar y que reclutas personal con base en su nivel de seguridad más que en su talento, pero en verdad necesitas traer médicos preparados a tu pequeña guarida. El factor Rh es una proteína hallada en la sangre humana que vincula nuestra herencia genética con los primates, específicamente con el mono Rhesus. El 85 por ciento de la población mundial es Rh positivo, lo que significa que ese lazo evolutivo existe. El misterio que ha tenido perplejos a los científicos durante décadas es descubrir de qué otra rama del árbol se originó el otro 15 por ciento del *Homo sapiens*. De hecho, el factor Rh negativo fue lo que motivó mis estudios de posgrado en Cambridge con María y Julius. Si los dejé fue porque Julius transformó nuestro trabajo en su desquiciada profecía del Apocalipsis.

—Por eso y porque huyó con tu prometida.

—Al diablo con eso. Se casaron, ella se enfermó y murió. Se acabó. Pero si todos estos extraterrestres son Rh negativo, como dices, entonces mi trabajo tiene real significación. Regresa a aquel pasaje bíblico del Génesis. Si los Nefilim se aparearon con mujeres en la antigüedad, eso habría formado una subespecie de humanos avanzados. Quizá se remonte 30 mil años, una época que coincide con esas pinturas rupestres. Los puntos de inyección fueron regionales, específicamente el antiguo Egipto y partes del sureste de Asia. Tribus nómadas siguieron un puente de tierra a Norteamérica durante la última Era del Hielo. Ahí se habrán cruzado con tribus indígenas, como la de los olmecas, la cultura madre de Mesoamérica. ¿Alguna vez has visto esas cabezas olmecas de 10 toneladas? Los rasgos faciales son claramente asiáticos. Esa genética fue enraizada en las culturas maya, azteca, inca y egipcia, que triunfaron donde otras tribus fracasaron. Sus líderes, Kukulkán, Quetzalcóatl, Viracocha y Osiris, fueron descritos como poseedores de características de Rh negativo, que incluyen una vértebra extra, un coeficiente intelectual superior, un aguzado sistema sensorial y ojos de un azul intenso. Y cada uno de estos líderes tenía el cráneo alargado.

—Sí, sabemos lo de los cráneos largos. Los Grises comparten eso también. No estoy seguro de coincidir con esa teoría de los E.T. y los humanos que son Rh negativo. El 15 por ciento de seis mil millones de personas supone una barbaridad de E.T.

—Herencia E.T., que es distinto. Una criatura de raza pura o un "hipo" generacional sería muy diferente.

—¿Un hipo?

—Un niño cuya línea materna estuviera estrechamente ligada a uno de los puntos de inyección y cuyo ADN se manifestara contra todo pronóstico. Como cuando un padre y una madre de ojos cafés tienen cuatro hijos y uno de ellos hereda los ojos azules de uno de los bisabuelos. El factor Rh representa una autopista genética separada que viene de nuestro pasado. La evidencia es abrumadora. Por ejemplo, cuando una madre con sangre Rh negativo da a luz a un hijo con Rh positivo la mezcla de los tipos puede provocar una reacción alérgica llamada enfermedad hemolítica, que llega a causar la muerte del bebé. Las células Rh positivo de la sangre del bebé atacan a las Rh negativo de la madre como si fueran un invasor. Es patente que hubo un rodeo genético durante la evolución del *Homo sapiens* que añadió estas características a nuestro acervo de ADN.

—Si ése es el caso, supongo que debemos estar agradecidos de que los que parecen reptiles no se hayan cruzado con nosotros también. Esos amigos tienen serios problemas de control de ira.

—¿Son hostiles?

—Creo que los Nórdicos los mantienen a raya, pero no les sienta bien el cautiverio. A ninguno de ellos. Sólo se nos permite interrogar al Gris dos veces al mes y nunca por más de tres a cinco horas, dependiendo de cómo reaccione en cada ocasión —Randolph consulta su reloj—. ¿Y bien, Alicia? ¿Listo para conocer al Sombrerero Loco?

—Basta de referencias a *Alicia en el país de las maravillas*, tío Joe. Esto no es un juego de niños.

—Tal vez no, Pierre, pero ciertamente puede ser enloquecedor.

Nazca, Perú

La azotea de la vivienda de los Gabriel es una superficie plana que sirve de dormitorio a Michael Gabriel desde hace seis meses. Se añadió un segundo colchón inflable para el forastero conocido como Sam.

Sam y Laura están solos en la azotea, tendidos boca arriba en uno de los colchones. El cielo de la medianoche es un tapiz de estrellas, libre de la contaminación luminosa.

—Sam, ¿en qué estás pensando?

—Estaba pensando que el cielo luce benigno. Y que es muy agradable no estar preocupado.

—Una afirmación extraña, pero reveladora. Quizá eras un navegante que usaba las estrellas para pilotear su navío.

—No.

—¿No? ¿Cómo puedes estar tan seguro? Antes de esta tarde no tenías idea de que te llamabas Samuel Agler.

—Cuando Michael me llamó Sansón, Sam, sentí que el nombre me venía bien. Yo no fui un navegante, ni un piloto. Eso no lo siento correcto.

—¿Y qué me dices de Lauren? ¿A ella sí la sientes bien?

—Sí hubo una Lauren. Ya no.

—No quiero sonar como un disco rayado, ¿pero cómo puedes estar tan seguro? ¿La viste decapitada como a Lilith?

—Sé que ya no existe. Siento un vacío en el corazón.

—¿Y Chilam Balam? Antes me dijiste que él también sentía un vacío similar.

Sam se endereza.

—¿Me estás ridiculizando? ¿Dudas de mi dolor?

—No.

—¿Entonces por qué es tan importante para ti?

Laura se pone de pie y camina al borde de la azotea.

—Es importante porque me siento atraída hacia ti, tanto física como espiritualmente, pero no sé nada acerca de ti. Mi alma me dice que eres una buena persona, tan noble como cualquier guerrero; mi instinto de supervivencia me dice que huya de ti, que unir mi suerte a la tuya me llevará por un sendero erizado de peligros. A una parte de mí le gusta ese aspecto, pero como cualquier mujer necesito saber que no hay una Lauren Agler en una cama de hospital en algún lugar, esperando que su Sansón regrese a su lado. Y sí, también me preocupa un nido de crías Agler llamando a voces a su papá en la noche.

—Lauren murió. No tuvimos hijos.

—Y eso lo sabes porque no se siente correcto.

—Si tú hubieras perdido la memoria pero hubieras dado a luz, ¿crees que estas brechas en tu identidad pudieran ocultar tus instintos maternales?

—Probablemente no.

—Entonces no dudes de mis instintos paternales. Te aseguro que si mi esposa y mi hijo estuvieran allá afuera y necesitaran mi ayuda, yo no estaría aquí acostado bajo las estrellas; estaría buscándolos en la noche con todas mis fuerzas.

—Buena respuesta —sonríe y se enjuga una lágrima—. Eres un romántico, ¿verdad?

—No lo sé. ¿Sí?

—Bueno, supongo que sólo hay una manera de averiguarlo —Laura se quita la camiseta y los pantalones cortos y regresa al lado de Sam.

★ ★ ★

Julius Gabriel y su hijo se apretujan en torno a la lámpara de aceite, sobre la mesa atestada de imágenes de la espiral de Nazca.

Michael alza la vista al oír los gemidos de su tía.

—Espero que el techo sea resistente.

—Vamos a caminar.

Salen de la casa y se dirigen al oeste, pasando los lotes de tierra cubiertos de retoños de huangaro.

—La tía Laura se está enamorando perdidamente de él, ¿no es cierto?

—Hasta un chango lo habría adivinado. Adiestremos tu asombroso coeficiente intelectual con algo un tanto más difícil. Tu amigo es un rompecabezas. Arma las piezas para mí.

—Cree que ha vivido una vida como Chilam Balam, pero en una época en que Nazca era verde. Como eso no ha ocurrido nunca en el pasado, tiene que haberlo experimentado en el futuro distante.

—Continúa.

—Como Samuel Agler, fue testigo de cómo un hoyo negro devoró a la Tierra. Ya que eso tampoco ha ocurrido, él viajó de regreso en el tiempo a nuestro pasado, a través del agujero de gusano.

—¿Por lo tanto?

—Por lo tanto posee los medios para viajar al futuro o al pasado.

—Continúa.

—Para ver la destrucción del planeta tuvo que tener un punto de observación seguro en el espacio. Lo cual significa que hay una nave, o al menos los restos de una nave, en la que viajó de regreso en el tiempo por el agujero de gusano, en algún lugar de la meseta.

—Bien hecho. Mañana buscaremos la nave, pero sin él.

—Estoy seguro de que Laura hallará la manera de tenerlo ocupado. Por eso la hiciste venir de España, ¿verdad?

—Continúa.

—Laura es Rh negativo, como mamá… y como yo. Sólo que en ella ese gen es dominante.

—Y eso significa que debemos restringir lo que le digamos acerca de Sam. Recuérdalo, hijo: no hay coincidencias.

—Como el hecho de que tú y yo halláramos a Sam en la espiral de Nazca.

—Sí.

—¿Crees que se dirigió deliberadamente a ese icono desde el lugar donde se estrelló?

—¿Cómo puedes estar seguro de que se estrelló?

—No podría haberse infligido esas heridas él mismo… a menos que hayan ocurrido antes de su aterrizaje.

—¿Y qué me dices del *Pasoveloz*?

—Me había olvidado de ellos. Julius, ¿crees que lo estaban guiando a través del desierto hacia la espiral?

—Sí.

Continúan en silencio, padre e hijo, sus mentes chirriando al pensar.

—Papá, hay algo más.

—Siempre que me dices papá me preocupas.

—Sam… se parece a mí.

—Sí. ¿Qué te indica eso?

Mick deja de caminar.

—El enigma… es una paradoja del tiempo.

—Llena los espacios en blanco.

—Sam es un familiar. Un pariente de sangre. Ha regresado del evento apocalíptico en un intento por ayudarnos a prevenirlo.

—No hay ningún Agler en mi árbol genealógico, ni ninguno que yo conozca en el de tu madre. No hay registro de ningún Samuel Agler que exista en el año de 1990 que se ajuste a su edad aproximada.

—¿Investigaste sus huellas dactilares?

—El día que lo encontramos.

—Entonces ese nombre es un alias, un seudónimo para proteger su verdadera identidad.

—¿Y cuando descubra su verdadera identidad?

—Entonces cumplirá con su destino.

—Lo cual nos regresa al rompecabezas del inicio. ¿Quién es Samuel Agler? Es una encarnación de Chilam Balam, o al menos eso cree. Es un viajero del tiempo, un superviviente del evento apocalíptico, que ha venido a nuestro pasado. Y muy probablemente sea un pariente, un Gabriel sin duda alguna.

—¿Porqué no un Rosen? Ah, por su atracción hacia la tía Laura.

—Correcto.

—Entonces esto no tiene ningún sentido. No tengo sobrinos ni sobrinas; mis únicos parientes vivos son la tía Laura y tú... ah, y la tía Evelyn...

—...Quien nunca tendrá hijos, te lo puedo garantizar.

—Entonces Sam desciende de mí.

—Una prueba de sangre ha confirmado ese hecho.

—¡Por Dios, papá! ¿Quién es? Si vino del año 2012, la única posibilidad es que sea mi hermano mayor.

—Te puedo asegurar que ni tu madre ni yo engendramos un hijo misterioso cuando teníamos tu edad.

—Entonces estoy atascado.

—Piénsalo con cuidado, Michael. Hay un presupuesto en tu proceso de pensamiento. ¿Cuál es?

—El evento apocalíptico... no ocurrió en 2012. De alguna manera logramos impedirlo.

—Correcto, con un punto importante para clarificarlo. Nuestro viajero del tiempo habla de agujeros de gusano y ha ingresado por lo menos a dos que nosotros sepamos.

—Entonces el tiempo ha sido alterado.

—Y los acontecimientos. Sam está aquí en 1990 por una razón. El evento de 2012 ocurrirá tal como lo predice el calendario maya, en la forma en que él lo presenció, y ahora nos ha dado una pista clave.

—Papá, si fue un hoyo negro entonces el reloj está avanzando, ya estamos muertos. ¿Cómo puede un planeta sobrevivir a un hoyo negro?

—Los hoyos negros ocurren cuando un objeto, por lo general una estrella, se colapsa bajo su propia gravedad. Nuestro Sol no está bajo una amenaza semejante inminente, lo cual significa…

—…Lo cual significa que el hombre creó el hoyo negro.

—Correcto. Recuerda. Sam se refirió primero a él como la singularidad. Investigué ese término y me enteré de un dispositivo conocido como el Colisionador Relativista de Iones Pesados o CRIP. Al parecer, un grupo de físicos ha construido ese dispositivo para colisionar átomos y recrear las condiciones que siguieron al Big Bang. Desafortunadamente, uno de los peligros de colisionar átomos es que se puede formar un agujero negro en miniatura, conocido como *strangelet*. Son microscópicos por naturaleza y en teoría su lapso de vida es de apenas unas milmillonésimas de segundo. Los críticos, sin embargo, afirman que los *strangelets* pueden sustentarse bajo las condiciones correctas, o incorrectas. Hay una instalación en Long Island, Nueva York, el Laboratorio Nacional Brookhaven, que realiza ese tipo de experimentos. Se planea una instalación incluso más grande en Ginebra, a un costo de seis mil millones de dólares.

—Esos físicos… ¿están locos?

—Los científicos de Brookhaven han ganado varios premios Nobel. Como siempre que se trata del mal, el primer acto aparentemente inocente comienza con la adulación de un ego.

Michael se acuclilla y se frota las sienes.

—Hijo, ¿te sientes bien?

—Hemos perseguido este asunto del Apocalipsis durante mucho tiempo. De pronto la información mana a la velocidad de la luz. Es mucho que digerir.

—Sí, es mucho que digerir, pero ahora tenemos una dirección mucho más clara, guiados por nuestro amigo misterioso. Y esto nos lleva de nuevo al rompecabezas del que hemos derivado tanta información valiosa. Michael, ¿quién es Samuel Agler?

Mick se pone de pie, con lágrimas en los ojos.

—Es mi hijo.

Julius sonríe.

—Emocionalmente faltan años para que lo aceptes, pero aún así viste a través de la paradoja para llegar a una verdad que bien podría salvar a nuestra especie. Estoy muy orgulloso de ti.

Mick sonríe.

—Mi hijo… Es un grandulón, ¿no es cierto?

—Michael, debemos tener mucho cuidado de no divulgar esto a Sam o a Laura. El conocimiento en las manos equivocadas puede alterar el continuo espacio-temporal.

—Papá, ya ha sido alterado. Un chango te lo podría haber dicho. Tu nieto, que es por lo menos 20 años más grande que tu hijo, está en la azotea tirándose a tu cuñada.

—Sí, pero ese mismo nieto aún no nace. Conocer su identidad podría, en teoría, impedirte conocer a su madre y consumar el acto que conduce a su nacimiento. Ni siquiera estoy seguro de que pueda existir en la misma realidad que su ser infantil que está aún por venir. Tantas variables arrojadas de pronto en un caos pueden afectar tu futuro, el de él y el de la Tierra. Debemos ser cuidadosos, hijo, y recordar que no tenemos conocimientos suficientes para atrevernos a tirar de los resortes.

Siguen caminando, padre e hijo, inadvertidos de la presencia que mantiene una vigilia silenciosa en las alturas.

TESTIMONIO

9 de mayo de 2001; Club Nacional de Prensa, Washington, D. C.

Hola, me llamo George Filer III. La razón por la que estoy aquí es que George Filer está en el hangar y nacerá el viernes. Soy un oficial de inteligencia y aviador retirado, con casi cinco mil horas de vuelo, y no creía en los ovnis hasta que el control de Londres nos llamó en el invierno de 1962 y nos preguntó si estábamos dispuestos a perseguir uno. Entonces le dijimos: "¡Seguro!" Así que descendimos de 30 mil pies a mil, donde el ovni estaba suspendido en el aire. Volamos en picada, al extremo de exceder la línea roja de la aeronave. Así que es un tanto peligroso perseguir ovnis. Comoquiera que sea, logré captar al ovni en el radar del avión, a unos 65 kilómetros, y alcanzamos a ver una luz en la distancia, y a medida que nos acercábamos seguíamos recibiendo el eco del radar. Lo menciono porque era una señal muy precisa y sólida, indicando que se trataba de un objeto metálico. Llegamos como a kilómetro y medio del ovni y entonces como que se encendió en el cielo y desapareció en el espacio. Muy parecido a como se ve el transbordador espacial cuando despega.

Cuando estuve en el 21° de la Fuerza Aérea, en la base McGuire, informé al general Glau de un ovni sobre Teherán, Irán, en 1976. Dos F-4 de la Fuerza Aérea iraní habían despegado e intentaban interceptar al ovni, y cuando encendieron sus sistemas de control de fuego sus sistemas eléctricos se apagaron enseguida y tuvieron que regresar a la base. Este incidente fue particularmente significativo porque también lo registraron los satélites.

En 1978, el 18 de enero, me dirigía a la base –cada mañana yo daba el parte al equipo del general– y noté que había unas luces a la distancia, al final de la pista. Cuando llegué al puesto de mando, el sargento que estaba a cargo me dijo que habían visto ovnis toda la noche en el estrecho, que aparecieron en el radar, la torre los había visto, habían recibido informes de varios aviones, etcétera... y que uno había aterrizado o se había estrellado en Fort Dix –las bases de Fort Dix y McGuire están una junta a la otra–. Esto es como el "Roswell de la costa este". En cualquier caso, un alien había salido de la nave y un policía militar le había dado un baalazo. Nuestra policía de seguridad fue al lugar y lo halló al final de la pista, muerto. Me pidieron que diera parte de esto al alto mando de la base, al general Tom Sadler, en el informe de las ocho de la mañana, y les dije: "No tengo muchos ánimos de hacerlo. El general no tiene buen sentido del humor y yo no estoy seguro de creer en esto". Entonces hice algunas corroboraciones, llamé al puesto de mando del 438° y todo mundo tenía más o menos la misma historia. A las ocho de esa mañana, antes de mi turno de hablar, todos estaban muy preocupados por ese asunto y me dijeron: "Ni nos informes, eso está demasiado caliente", por así decirlo.

Ésa es prácticamente toda mi historia. Estoy dispuesto a relatarla ante el Congreso, y es la verdad. Ahora, debido a esto, he mantenido el interés en los ovnis. Soy el director para la costa este de la Red Mutual de Ovnis, y entre el Centro Nacional de Informes y Peter Davenport y nuestra red, recibimos 100 informes sobre ovnis cada semana en promedio, de personas de todos los Estados Unidos que ven esos objetos con regularidad. Y si ustedes empiezan a verificarlo, verán que están allá afuera, que vuelan bajo y que la gente los está viendo todo el tiempo. Y estamos hablando de gente altamente calificada, quienes básicamente nos envían sus informes vía correo electrónico.

George Filer, III, oficial de inteligencia y piloto (ret.)
Usado con permiso: Proyecto Revelación

20

MAJESTIC-12 (S-66) Instalación subterránea
25 kilómetros al sur de la base del Lago Groom de la Fuerza Aérea (Área 51)
Norte de Las Vegas, Nevada

El elevador desciende rápidamente hasta el Nivel 29. El punto de control de seguridad es idéntico al del Nivel 15, con excepción de una característica decisiva: el corredor está sellado tras una puerta neumática que conduce a una cámara de vidrio. En el muro exterior hay una advertencia:

Contención de riesgo biológico de nivel 2
No se permiten líquidos ni perecederos

Pierre mira con nerviosismo a su tío.

—¿Vamos a manejar contaminantes?

—*Nosotros* somos los contaminantes. Las condiciones de BSL-2 son para proteger el sistema inmunológico de nuestros visitantes.

Un guardia teclea un código de acceso en el dispositivo de seguridad, espera a que se libere el cerrojo y luego abre la puerta con cuidado, asistido en su esfuerzo por una ráfaga de aire frío de las múltiples ventilas del interior.

Pierre sigue a Randolph a la zona de amortiguación y luego por una segunda puerta que conduce a una sala de control.

Es del tamaño de una cochera para dos autos y se parece a un teatro casero, con tres filas de seis asientos dispuestos como en un estadio. En vez de una pantalla hay una ventana gruesa, con una cortina del otro lado.

"Ésta es la sección de los visitantes, estamos en el *bullpen*." Joseph Randolph abre una puerta lateral y lleva a Pierre Borgia a un pasillo que recuerda el interior de una estación de radio. Pasan por varias oficinas, cuyas ventanas revelan estudios de grabación llenos de equipos electrónicos.

Un hombre pálido de unos 30 años sale de la única oficina de puerta doble en el pasillo. Viste un traje de quirófano, su cabello rojo cubierto por un gorro.

—Joseph, qué gusto. Tú debes ser Pierre. Yo soy el doctor Robinson, pero por favor llámame Scott. Nos gusta tener un trato informal. Pusimos toallas y trajes quirúrgicos en sus casilleros. Dense una ducha. Nos vemos en el salón verde en 10 minutos. El resto del equipo ya está adentro.

Borgia sigue a su tío por la puerta doble a un pequeño corredor que separa los vestidores de hombres y mujeres. Entran al de hombres, que está marcado como CONTAMINADO.

Borgia encuentra su nombre en un casillero. Adentro hay una toalla y un par de sandalias desechables para la ducha.

—Desvístete y deja tu ropa en el casillero.

Borgia se desnuda, se pone las sandalias, se envuelve la cintura con la toalla y sigue a su tío a las duchas. Se enjabonan de la cabeza a los pies, se enjuagan, se secan y salen a otro vestidor marcado como LIMPIO. Dejan las toallas y las sandalias en un cesto de lavandería sellado al vacío, encuentran sus nuevos casilleros y se ponen trajes de quirófano y sandalias color púrpura.

Randolph conduce a su sobrino al SALÓN VERDE, una estancia antiséptica equipada con una cocineta y una docena de sillas acolchonadas. Hay cuatro hombres en traje de quirófano, dos de ellos enfrascados en una acalorada discusión.

—Caballeros —la discusión cesa cuando Joseph Randolph entra a la habitación—. Pierre, permíteme presentarte a los miembros de nuestro equipo de entrevistas. El doctor Steven Shapiro es nuestro médico de atención crítica, Reynaldo López es nuestro telépata y estas dos gallinas cacareadoras las apodamos Heckle y Jeckle, porque viven para discutir.

Jeckle le sonríe calurosamente a Pierre.

—Dave Mohr, es un placer conocerte. Soy el físico del equipo. Y él es...

—Puedo presentarme sin ayuda, gracias. Jack Harbach O'Sullivan, ingeniero, campeón local de ping pong y líder de estas sesiones. ¿Tu tío te explicó las reglas?

—Uh, ¿lo hiciste?

—Toda comunicación verbal cesa al entrar a la sala de entrevistas. Estaremos sentados en círculo. En cada estación hay un teclado. Si quieres que Reynaldo le haga una pregunta al sujeto tienes que teclearla y oprimir ENVIAR. La pregunta aparecerá en el monitor de Jack. Jack debe aprobar la pregunta antes de enviarla al *teleprompter* de Reynaldo. Reynaldo hará la pregunta por telepatía. Si recibe una respuesta telepática, la teclerá para que aparezca en las pantallas de todos. El doctor Shapiro limitará la sesión a lo que él considere que el sujeto puede aguantar.

Se abre una puerta interior, revelando a Scott Robinson.

—Ya estamos listos. Ocupen sus lugares en la herradura.

La sala de entrevistas está oscura y fresca, iluminada por focos verde limón en el techo. La herradura es un anillo oval de siete estaciones de trabajo, abierto en un extremo. Jack conduce a Pierre a un sitio desocupado, activa el teclado y el monitor y luego ocupa su lugar en la estación principal.

Reynaldo López está sentado dentro de la herradura, frente a lo que parece ser una silla de ruedas profusamente acolchonada, con una placa pectoral incorporada.

Sentado muy derecho en la silla está el extraterrestre.

Es un ser frágil, del tamaño de un niño de 10 años. Su piel no tiene vellos y es más beige que gris; su cráneo es alargado y bulboso. Sus ojos negros, sin párpados, son del tamaño de una pelota de beisbol, inclinados hacia arriba en rabillo; las pupilas tienen un reflejo verde por la iluminación. El cuello del E.T. está centrado en la base del cráneo, dándole a la cabeza un aire pesado e inestable. El torso está oculto detrás de la placa pectoral de la silla, sus miembros emergen de agujeros para los brazos y las piernas. Las manos son delgadas y de doble articulación, con tres dedos largos y un cuarto dedo oponible. Las piernas del alien no son visibles desde el asiento de Pierre Borgia.

Los movimientos del E.T. parecen torpes, casi como si estuviera intoxicado; sus gesticulaciones revelan una hosquedad sutil. Es evidente que desearía no estar ahí.

Reynaldo recibe en su monitor una lista de preguntas ya preparadas. Cierra los ojos y entra en un estado semimeditativo.

—¿Cómo te sientes?

Pasan 30 segundos antes de que aparezca una respuesta.

—Liberar o liquidar.

—Ayúdanos a entender el sistema de propulsión de tu nave y te liberaremos.

—Zipil na.

Reynaldo ignora la réplica del alien.

—La Onda Portadora de Taquiones parece ser un medio de información encriptada. Por favor, comunícanos la fórmula de la energía.

El E.T. se impacienta en su silla sellada. "Ninguna respuesta" aparece en la pantalla.

—¿Un flujo de energía puede ser controlado en el reactor ZPE-toroide vía el arrastre de campo?

—Liberar o liquidar.

—Cuando el reactor es utilizado para propulsión avanzada como una planta de poder de punta/Hiper-Gravión de campo Lobe, ¿cómo se logra la brecha en el aexo hiperespacio?

—*Liberar o liquidar.*

Reynaldo voltea, su expresión exasperada prácticamente exige un nuevo tema de discusión.

Pierre vacila y luego teclea una pregunta y oprime ENVIAR.

Jack la lee. Mira a Pierre y la envía al telépata.

Reynaldo la lee dos veces, luego cierra los ojos y traduce:

—*¿Cómo preferirías ser liquidado?*

El extraterrestre inclina la cabeza en un ángulo extraño; sus ojos negros, teñidos de verde por la luz, se dirigen al nuevo miembro de la inquisición humana.

—*Más datos.*

Pierre lee la respuesta y teclea la suya. Reynaldo la transmite por telepatía.

—*¿Hay un rito sagrado de paso en tu cultura?*

—*Sí.*

—*Si bien preferiríamos liberarte, queremos respetar tus tradiciones. ¿Ese rito sagrado brinda tránsito a tu alma?*

—*El alma debe ser purificada antes de su viaje a casa.*

Pierre teclea como poseído, los otros miembros del equipo han quedado marginados. Es patente que la conversación lo ha cautivado.

—*¿Cómo podemos ayudarte a purificar tu alma?*

—*Respuesta ilógica.*

—*¿Cómo podemos disponer un rito sagrado de paso?*

—*Regrésenme a la celda. Denme una vela encendida, un contenedor de tierra, un contenedor de agua y un cuchillo que nunca haya sido utilizado.*

Pierre asiente con la cabeza.

—*Los cuatro elementos sagrados: tierra, aire, fuego y agua. Tienes algo que él quiere, úsalo para hacer un trueque* —lo piensa un momento y teclea su nueva respuesta.

—*Antes de poder darte los elementos para el rito sagrado de paso, necesitamos saber por qué estás aquí.*

—*Convergencia armónica.*

Jack voltea a ver a Pierre Borgia, quien encoge los hombros.

Dave Mohr teclea:

—*¿La Onda Portadora de Taquiones se basa en la convergencia armónica?*

El extraterrestre vuelve a agitarse, su cabeza se bambolea.

—*Todas las cosas dependen de la convergencia armónica. La convergencia armónica está amenazada. Hunab K'u llegará a su fin.*

Los ojos de Pierre se dilatan. Teclea una pregunta, pero queda sepultada bajo una docena que envían los demás.

—*¿Hunab K'u es un arma?*

—*¿Qué hacías en tu nave cuando te estrellaste?*

—*¿Hay armas en la Luna?*

El alien se estremece de ira, azotando la cabeza contra la placa pectoral acolchonada de la silla.

—*¡Zipil na! ¡Zipil na!*

Los doctores Shapiro y Robinson irrumpen corriendo en la herradura, mientras la boca del E.T. espumea. Uno estabiliza la cabeza y el otro le administra un sedante directamente en el orificio sin labios.

* * *

Scott Robinson da vueltas en el salón verde, lívido.

—Logramos un gran avance, ¡estaba cooperando! ¿Por qué demonios regresaste a un tema que sabías que lo haría encerrarse en sí mismo?

—Se está extralimitando, doctor Robinson —dice cortante Joseph Randolph—. Ésta es una base militar, no una universidad. El primer protocolo es calcular una amenaza potencial. ¿Acaso cree que Gris estaba monitoreando el tráfico en la autopista de Long Island cuando se estrelló en la Bahía Moriches? Estamos lidiando con inteligencias superiores que controlan sistemas de armamento superiores capaces de nulificar nuestros misiles intercontinentales. Esa criatura se ha negado a cooperar desde el primer día. Necesitamos infundirle el temor de Dios.

—Temor ya tiene, y en abundancia —interviene Reynaldo—. Lo que percibí fue un cambio drástico en su actitud cuando Pierre le hizo su pregunta. Este ser desea desesperadamente morir, tal vez porque no puede existir bien en un teatro de miedo…

—…O tal vez —dice Randolph— porque sabe que está cada vez más cerca de revelar importante información tecnológica acerca de su nave estrellada, que podría permitir al doctor Mohr y su equipo un verdadero avance. Recomendaré a mi comité reanudar la terapia de choque.

El doctor Shapiro se pone de pie y señala amenazadoramente con un dedo a su superior.

—Escúchame bien, carnicero nazi. ¡No te voy a permitir que sigas lastimando a ese ser!

Randolph entorna los ojos.

—Siéntese, doctor. El histrionismo judío no impresiona a nadie.

—¡Oye! —ahora el que se pone de pie es el doctor Mohr. Está a punto de abalanzarse sobre el texano canoso—. ¿Qué te dije de hablar en ese tono?

Jack se interpone entre los dos.

—Vamos a serenarnos —dice Pierre, su voz firme pero racional—. Creo que conozco una manera de obtener la información que buscan sin torturar a ese ser.

—¿Cómo? —pregunta el doctor Robinson.

—Esas frases que dijo: *Hunab K'u* y *Zipil na,* las he escuchado antes. Aunque no lo crean, esas palabras son mayas. O para ser más específico, es una forma antigua del náhuatl hablado por los toltecas.

Randolph sujeta a su sobrino por la muñeca.

—¿Qué demonios significan?

—No lo sé, pero conozco a alguien que lo sabe.

Nazca, Perú

El globo de aire caliente sobrevuela la espiral de Nazca a 30 metros de altura. Sus dos pasajeros tienen binoculares. Mick ve las huellas primero; pisadas errantes que serpentean hacia el sur, cruzando la Carretera Panamericana.

—Debe haber estado delirante cuando llegó a la espiral. ¿Crees que haya sabido adónde se dirigía?

Julius dirige el globo al sur.

—Como te dije, las coincidencias no existen, hijo. Quizá no lo recuerde, pero Sam se propuso llegar a la espiral y nosotros debíamos encontrarlo. Ahora veamos si podemos hallar su nave.

Las huellas los llevan al suroeste, más allá de los glifos enormes del lagarto y el árbol; las pisadas se vuelven cada vez más firmes a medida que se acercan al inicio del viaje de Sam. Después de varios kilómetros desaparecen en su punto de origen, una cañada en forma de Y que atraviesa una montaña. Vista desde arriba, la geografía de roca tersa recuerda un trébol de tres hojas.

Adornando la cara situada más al sur está la talla de 30 metros de altura del astronauta de Nazca.

Julius mira asombrado la figura de dos mil años de antigüedad.

—Como te dije, no hay coincidencias.

Mick enfoca sus binoculares en la cañada.

—Aterriza. Me parece ver algo en las sombras.

* * *

El transbordador había llegado por el oeste. El piloto se guió por una de las líneas más largas y rectas de la meseta. La nave aterrizó en la base de la montaña y entró a la cañada; sus alas apenas cupieron en el paso estrecho.

Julius aterriza el globo afuera de la rugosa apertura de roca que hace mucho tiempo fue el lecho de un río. El arqueólogo desinfla el globo mientras su hijo recoge la envoltura anaranjada y azul brillante para que no pueda ser vista desde el cielo. Los dos exploradores entran a la cañada y se aproximan a la cola de una sofisticada aeronave roja y blanca.

—Parece más un avión que un cohete. ¿Cómo pudo volar en esto al espacio?

—Mira arriba de tu cabeza, Michael. Ésos son postquemadores —Julius escala la pared de la cañada para leer una insignia en la aleta de la cola—. PROJECTO HOPE. Una división de Mabus Tech Industries. Esto no era de la NASA, sino de una empresa privada.

—Julius, acá. Encontré una manera de entrar.

El arqueólogo desciende del promontorio y avanza por abajo de las alas torneadas de la nave futurista hasta una escalerilla estrecha adosada a la cabina de estribor.

Mick le tiende las manos desde arriba y ayuda a su padre a subir la cuesta empinada.

Entran a la nave. Sus linternas revelan una cabina desierta. Mick avanza por el pasillo y se tropieza con un objeto grande que está tirado en el suelo, cubierto con una manta. Retira la cubierta y apunta su linterna a la gris oscuridad.

—¡Dios mío!

Es el cuerpo decapitado de una mujer; su cabeza exangüe yace a unos metros de ahí. Mick la pateó sin darse cuenta del sitio donde había caído originalmente, junto al cuello.

Julius aparta a su hijo del atroz espectáculo y luego se acuclilla para revisar la tarjeta de identidad en el traje espacial.

—Parece que hallamos a Lilith.

—Si ella es Lilith, ¿quién o qué demonios era esto? —Mick dirige su luz a la parte media de la cabina, donde un inmenso diseño oscuro está embarrado en el techo y las paredes como una gigantesca mancha de tinta de Rorschach.

Julius se desplaza por el pasillo, mirando atónito la mancha con forma de mariposa de siete metros de ancho.

—Michael, esto es increíble. La carne, la sangre, los huesos y los órganos internos... todo quedó completamente atomizado; la energía era tan caliente que derritió y fundió simultáneamente los restos. La energía necesaria para lograr semejante tarea supera con mucho cualquiera de las armas que hay en nuestro arsenal.

—¿Crees que haya sido humano?

—Sospecho que es todo lo que queda de quien sea que haya asesinado a Lilith. Investiguemos el resto de la nave.

* * *

La cañada está cubierta de sombras para cuando salen del avión espacial y regresan al globo de aire caliente. Mick extiende los páneles mientras Julius enciende los quemadores de propano, llenando el envoltorio del globo.

Diez minutos después están en el aire, salen de la cañada y vuelan sobre la cima de la montaña, hacia el cielo vespertino del desierto.

Julius escruta el horizonte.

—Parece que estamos solos. Nuestra primera prioridad es ocultar la nave.

—¿Con sábanas y mantas?

—Son demasiado pequeñas. Además necesitaríamos teñirlas del color de las rocas de la cañada.

—Podríamos rentar una brocha industrial y pintar la nave para que se confunda con el desierto.

—Eso tal vez funcionaría. Podríamos rociarla desde el globo.

—¿Qué hay de los turistas? Si exploran la cañada...

—Me preocupa más MAJESTIC-12. Si ellos encuentran la nave no tardarán en localizar a Sam. Michael, quizá sea más prudente destruir la nave una vez que descubramos la manera de accesar los registros de sus computadoras.

—Sam sabrá cómo hacerlo. Si lo traemos aquí, ver la nave podría sacudir su memoria.

—Es arriesgado. La impresión de ver a Lilith así...

—Papá, hay algo que debo decirte. Mientras estabas abajo revisando las computadoras, regresé a la cabina. Puse la cabeza de Lilith junto a su cuerpo y le abrí los ojos. Eran azules.

—Como los de tu tía Laura, lo sé.

—¿Qué diablos está pasando aquí?

—No lo sé. Necesito pensarlo cuidadosamente, pero estoy exhausto. Démosle unos días. Entre tanto, no le digas nada de esto a Sam ni a tu tía. En cuanto a ellos les concierne, estuvimos en la meseta catalogando dibujos zoomorfos.

★ ★ ★

El sol se ha puesto en el horizonte para cuando el globo sobrevuela la ciudad de Nazca. Algunos niños los saludan desde las calles. La mayoría de los habitantes ignora el objeto, pues se han habituado a su presencia en los últimos seis meses.

Julius guía la aeronave sobre su patio trasero, apaga los quemadores y aterriza la canastilla en campo abierto. Mick baja de un salto y atrapa por la válvula de paracaídas el envoltorio que se desinfla velozmente. Extiende los páneles sobre la tierra seca.

—Me pregunto dónde estarán los dos tórtolos.

—Tu tía llevó a Sam a la ciudad para hacer unas compras. Al parecer no le agrada nuestro gusto en ropa de caballero.

La expresión de Mick se ensombrece.

—Tenemos compañía.

Julius voltea hacia el cielo.

—¿Un *Pasoveloz*?

—Algo peor.

Una docena de soldados con trajes de camuflaje para el

desierto cruzan corriendo el patio desde todas las direcciones y un jeep militar se sube al jardín del frente de la casa.

—¡De rodillas! ¡Ahora!

Julius y su hijo se tiran al suelo con las manos por encima de la cabeza.

Una bota en la espalda los manda de cara contra la tierra agrietada.

Julius escupe tierra, su corazón débil late a toda velocidad.

—¿Qué significa esto? Somos estadounidenses. Estamos aquí legalmente, con una subvención arqueológica. ¡Exijo que nos dejen en libertad ahora mismo!

—El mismo Julius de siempre. Sigues lleno de hiel y vinagre, aún no aprendes cómo funciona el mundo real.

—¿Pierre? —Julius resopla cuando unos soldados lo levantan del suelo y mira el rostro de su antiguo colega y su crítico más acerbo—. Veo que trabajas para el sector militar privado. Sabía que no pasaría mucho tiempo antes que tu tío te llevara con él al lado oscuro.

—Lo que llamas el lado oscuro es en realidad el interior. Me han dado acceso al descubrimiento más importante en la historia de nuestro planeta y ahora estoy aquí, contra mi mejor opinión, para ofrecerte el mismo acceso.

—No me interesa. Y ahora vete.

—Oh, creo que te va a interesar mucho. La triste verdad es que probablemente tenías razón. Podría haber un escenario apocalíptico en ciernes y quizá seas la única persona con los suficientes conocimientos para impedirlo.

Valle Chauchilla
Nazca, Perú

El jeep CJ7 anaranjado, modelo 1980, sale de la Carretera Panamericana; la conductora vira a la derecha a un camino de tierra.

Laura Salesa mira a su consternado pasajero mientras el chasís de acero oxidado rebota violentamente bajo ellos.

Samuel Agler se esfuerza por abrochar el cinturón de seguridad mientras lucha por evitar salir disparado del vehículo que se agita como un potro salvaje.

—Si lo que intentas es deshacerte de mí, hay métodos más sencillos.

—¿Nunca has puesto a prueba la doble tracción?

—¿Eso es lo que estamos haciendo? Creí que íbamos a ver los lugares turísticos.

El camino continúa hacia el oeste otros 11 kilómetros y se termina abruptamente en el cementerio de dos mil años de antigüedad, que se distingue sólo por un letrero y un techo de paja sostenido con ramas que hacen las veces de postes. Unos cuantos turistas hacen sus compras en el puesto de cerámica aledaño.

Un guía los saluda con una sonrisa sin dientes.

—Bienvenidos al cementerio de Chauchilla. Llegan justo a tiempo para el último recorrido del día. Quinientos Nuevos, *por favor.*

Laura le da 10 dólares, esperando en vano recibir cambio.

—No parece que haya mucho que ver.

—Los cazadores de tesoros se llevaron el oro y los objetos de valor hace mucho tiempo. Los arqueólogos retiraron los cráneos de nuestros líderes y los vendieron a los museos. Pero sus fantasmas rondan aquí todavía, junto con los restos de la gente común. Vengan.

Los lleva bajo el techo. Hay una docena de tumbas abiertas en la tierra seca, las paredes reforzadas con cantos rodados. En cada tumba, como espantapájaros antiguos envueltos en mantas, están las calaveras y los huesos de los muertos. Increíblemente, algunas de las cabezas conservan sus trenzas, petrificadas.

—La gente de Nazca sepultada en Chauchilla es de antes de los incas —les explica el guía—. Los cuerpos fueron preservados usando medios naturales de momificación, sin sustancias químicas. El clima árido del valle impidió su deterioro.

Sam se acerca a una muestra de fotografías. Su corazón palpita con fuerza, siente escalofríos.

Son imágenes de artefactos extraídos de Chauchilla que guardan ahora varios museos en todo Perú. Algunos de los objetos son alargados, otros de forma bulbosa y mucho más pequeños.

Antiguas calaveras humanas. Pero los seres definitivamente no eran humanos.

Nazca, Perú

Hablaron varias horas en un vehículo militar, mientras Mick permaneció en la casa, vigilado por un equipo de hombres armados. Al final, Julius aceptó acompañar a Pierre Borgia a Nevada, no porque confiara en él sino justamente porque no lo hacía. Julius Gabriel sabía que su antiguo compañero de cuarto en Cambridge tenía autoridad suficiente para pronunciar una sentencia de muerte si se negaba a ayudarlo, y MAJESTIC-12 no era un grupo que pudiera tomarse a la ligera. Le gustara o no, Julius volaba ahora muy por encima del radar y su prioridad era proteger a Michael y Sam.

Julius le pidió a Borgia unas cuantas horas a solas para empacar y hacer arreglos para que su hijo estuviera bien atendido en su ausencia. Se reuniría con Borgia en el aeropuerto a las 7:30 PM a más tardar.

★ ★ ★

—Papá, esto es una locura. Déjame ir contigo. Si lo que Borgia quiere que veas en verdad está relacionado con la profecía del Apocalipsis, me necesitarás a tu lado para resolverlo.

—No esta vez, chico. Necesito mantenerte alejado de MAJESTIC-12 todo el tiempo que me sea posible.

—¿Entonces qué se supone que debo hacer en tu ausencia?

—Regresa a España con Laura y Sam. Ten una vida normal, para variar. Te encontraré en Europa una vez que me haya ganado su confianza.

—Papá…

—Michael, en algún lugar está tu futura alma gemela, la madre de tu hijo. No la vas a encontrar en el Área 51.

Tenancingo, México

El burdel es una isla de locura rodeada de depredadores. Se congregan en la calle afuera de la casucha, lanzan miradas lascivas como lobos hambrientos y se relamen los labios entre tragos de whisky.

Oculta bajo el porche, la corderita se agazapa. No tiene idea de lo que ocurre en el interior, detrás de las 30 mantas que cuelgan de cuerdas de tendero para dividir el espacio; sólo sabe que la hilera de hombres es larga y puede oír a las chicas llorar.

Se apretuja más entre las sombras cuando ve llegar el automóvil. Un bocinazo reclama a la madama, quien saluda al hombre conocido por todos como *el Gallo.*

El secuestrador pone una fotografía Polaroid delante de la cara angelical de la mujer, mientras su boca cincelada escupe órdenes.

La mujer grita hacia el interior del burdel: "¡Dominique Vázquez! ¡Ven acá!"

El hombre del automóvil la mira. Llama a la mujer.

El corazón de la pequeña de nueve años revolotea en su pecho. En el último mes la arrancaron de su madre y de su aldea; la han golpeado y hambreado y ahora la están arrojando a los lobos. La obesa mexicana la saca de debajo del porche jalándola de los pies.

Pero la cordera tiene el corazón de un león. Sus manos arañan la tierra y sus dedos se aferran a un objeto.

La madama se arrodilla y abofetea a Dominique, gritándole.

La niña estrella la roca del tamaño de una pelota de beisbol en el tabique nasal de la mujer. La sangre mana de ambas ventanas de la nariz y la madama se derrumba hacia adelante.

La niña jadea repetidas veces y se echa a correr. *El Gallo* la toma en sus brazos y la azota contra su automóvil.

—Eres ruda, ¿verdad? Y afortunada también. Ahora escúchame con atención. Tu tío Don ha decidido enviarte a los Estados Unidos a vivir con un pariente. ¿Me oyes? Te voy a llevar lejos de aquí, con tu familia.

—Me vas a matar.

—¿Me estás llamando mentiroso? —mete la mano en el bolsillo de su saco y saca un boleto de avión—. ¿Sabes leer inglés? ¿Ves? Dominique Vázquez. Es tu nombre, ¿verdad?

Dominique asiente con la cabeza.

—Ahora haz lo que yo te diga o te dejaré aquí —*el Gallo* la arroja en el asiento trasero y se pone en marcha hacia la Ciudad de México—. Te llevaré al aeropuerto. Te daré el boleto y tus documentos de identidad cuando lleguemos allá. Te conducirá a bordo del avión una señorita muy amable que trabaja en la aerolínea. No son muchas las niñas campesinas guatemaltecas que llegan a volar en un avión. Eres una niña afortunada.

—Quiero a mi mamá.

—Tu mamá se reunirá contigo en Tampa —le miente—. Si intentas escapar o si le dices a la policía lo que ocurrió, entonces ella no estará allá para recibirte en los Estados Unidos. Asiente con la cabeza si lo has entendido.

La niña así lo hace. Lágrimas de felicidad escurren por sus mejillas mugrientas.

El Gallo sonríe para sus adentros. El boleto de avión y los papeles falsos le costaron 200 dólares.

Los recuperará con lo que gane la niña en sus primeras dos semanas en el burdel de Tampa.

TESTIMONIO

9 de mayo de 2001; Club Nacional de Prensa, Washington, D. C.

Me llamo Don Phillips. Estuve en la Fuerza Aérea de los Estados Unidos y he trabajado con ciertas agencias de inteligencia del gobierno de los Estados Unidos. Con antelación a mi ingreso a la Fuerza Aérea trabajé para los célebres Skunk Works, la división de proyectos avanzados de Lockheed, y trabajaba para ellos mientras asistía a la universidad en calidad de ingeniero diseñador. Mi proyecto principal fue conocido más adelante como el SR71 (Blackbird).

Mi primera asignación de campo para la Fuerza Aérea de los Estados Unidos fue en la estación de Las Vegas, y ésa fue también mi primera experiencia con Las Vegas. No atinaba a comprender por qué la gente se emocionaba tanto de ir a un sitio como aquél, pero lo descubrí como un año más tarde.

Ahí se localiza la base Nellis de la Fuerza Aérea. Nellis es un importante centro de adiestramiento para varios tipos de aeronaves especiales y de combate, uno de los sitios más destacados para pilotos de todo el mundo. Se me informó que mi asignación era un puesto de radar a 80 kilómetros de la ciudad, cerca del Monte Charleston, y en ese lugar me presenté para trabajar en 1965.

Una madrugada de 1966, a la una o dos de la mañana, estaba durmiendo –me alojaba en la base y nuestro cuartel estaba a unos 2 500 metros– cuando escuché una gran agitación. A esa altitud el sonido viaja con gran fuerza. Pensé: "Es la madrugada, quizá debería levantarme y echar un vistazo". Fui al camino principal cerca de mi oficina, que era la oficina del comandante. Yo estaba en el equipo del comandante —el teniente coronel Charles Evans—. Había cuatro o cinco personas paradas ahí, una de ellas era el jefe de seguridad, y estaban mirando al cielo en la misma dirección. Bueno, miré hacia el noroeste y para mi asombro había unas luces que parpadeaban en el cielo, desplazándose a una velocidad que parecía ser de entre 3 800 y 6 000 kilómetros por hora. Seguimos viendo cómo las luces surcaban el cielo y luego se detenían, se detenían por completo, se paraban en seco y enseguida se movían en la dirección opuesta, virando en un ángulo agudo. Volaban tan rápido que casi se podía ver un diseño que dejaban tras de sí —si usan computadoras, cuando uno mueve el "ratón" muy rápido por la pantalla se ve un poco de cola—; bueno, así exactamente operaban esas seis o siete naves.

Luego de cinco minutos de estar viendo esas cosas parecieron agruparse en el noroeste. Comenzaron a formar un círculo. Lo que quiero hacer notar es que hicieron esa demostración en el cielo del noroeste, justo al este de lo que se conoce como el Área 51. Área 51 es un nombre de la Comisión de Energía Atómica. Nosotros la conocíamos como la Instalación de Pruebas de Vuelo del Lago Groom. Y era donde probábamos nuestras aeronaves, después de haber encargado que fabricaran el prototipo en los Skunk Works.

Lo que hicieron fue fusionarse y comenzar a girar en círculo, y luego desaparecieron. Bueno, yo pensé: "¡Vaya! Esto es algo que debemos mantener en secreto". Eso lo ratificó el jefe de seguridad. Esperamos ahí y lo discutimos un rato… Pareció una hora. Luego la gente de los radares que estaban a más de tres mil metros bajó a cenar a las dos de la mañana, y el primero en bajar del autobús era un buen amigo mío, Anthony Kasar. Estaba pálido como una sábana, y dijo: "¿Vieron eso?"

"Sí", respondimos todos. "Sí, fue una buena exhibición. ¡Qué espectáculo!"

Y él dijo: "Los documentamos en el radar. No les dimos autorización. La orden era dejarlos volar sobre el rayo del radar. Documentamos seis o siete ovnis".

No sabemos quién los guiaba, pero ciertamente eran inteligentes. Y tampoco sabemos dónde aterrizaron, porque se fusionaron y desaparecieron. Testificaré bajo juramento sobre la veracidad de lo que digo y lo haré ante el Congreso.

Don Phillips, Lockheed Skunk Works y contratista de la CIA
Usado con permiso: Proyecto Revelación

21

Once años más tarde…

Santander, España
19 de agosto de 2001

La Península de Magdalena está situada en la costa del norte de España, flanqueada por las aguas de un azul intenso del Atlántico Norte y las corrientes ricas en cieno del Golfo de Vizcaya. Cobijada en ese estuario se encuentra Santander, la capital de Cantabria, una ciudad rodeada de playas y aldeas de pescadores, acantilados imponentes y sinuosas colinas; sus calles marineras están repletas de tabernas pintorescas y restaurantes de cinco estrellas. Más de un cuarto de millón de personas habita en esta área, una de las más densamente pobladas de España.

La playa Somo, en la ciudad costera de Ribamontaán al Mar, es una franja delgada de arena dorada que se extiende seis kilómetros al este de la Bahía de Santander. Ventosa y concurrida, sus vistas del océano incluyen una isla de roca plana conocida como Santa Maira. Todo el año hay olas de entre 2.5 y seis metros de altura; el área es un imán para los surfistas.

Ese estrecho escenario marino no es lugar para principiantes. Las olas son poderosas, impulsadas por las fuertes rompientes, y los lugareños no acogen gustosos a los visitantes.

Hay nueve surfistas en liza por una ola —ocho hombres de entre 19 y 30 años— y la niña. De nueve años y apenas 45 kilos, empequeñece al lado de sus compañeros surfistas; la pequeña de la camada.

Para deleite de la multitud, la chica está dominando a sus competidores.

Es la primera en cada ola; balanceándose sobre piernas sorprendentemente musculosas, ataca cada cresta como si fuera la última, a menudo zigzagueando entre los surfistas que se topa a su paso antes de elevarse por los aires de cabeza y salir de la ola moribunda como lanzada por una catapulta.

Si sus colegas resienten la falta de etiqueta surfista de la niña, no lo demuestran. Muchos la han visto surcar las olas desde que apenas tenía edad suficiente para caminar. Es la mascota del grupo y su identidad, y la protegen tanto como su imponente padre, que la observa desde su camastro en la playa.

Los investigadores del Museo Regional de Prehistoria y Arqueología de Cantabria la conocen como la nieta del director Marcus Salesa. Para el equipo de gimnasia olímpica, es la mayor esperanza del entrenador Raúl Gallón de obtener una medalla de oro en las Olimpiadas de Atenas en 2004.

Para los surfistas de la playa Somo, es simplemente Sophia.

El sol poniente baña de oro los acantilados de Santa Maira; la extinción del día viene acompañada por un enfriamiento del aire. El padre de Sophia hace señas a su hija para que salga del mar.

Sophia finge no verlo.

Algunos de sus compañeros la reprenden; saben que no conviene irritar a Samuel Agler.

"¡Sophia, regresa! Tu padre se está impacientando."

La niña los ignora, braceando para recibir la siguiente serie de olas que ya se hinchan en el horizonte.

La primera ola se yergue majestuosa frente a ella, un muro de agua mucho más poderoso que cualquiera de las series anteriores.

Sus hermanos putativos le advierten que se aparte.

Sophia vacila y luego decide montar la ola; su ego tenaz se niega a desistir.

La ola la recoge del mar y la monta en su lomo. La cresta alcanza los 10 metros de altura. Su corazón revolotea en su pecho cuando el ángulo se hace de pronto más pronunciado y la niña advierte la furia desbocada de la ola.

El miedo revienta su arrogancia segundos antes que la punta de su tabla toque el rostro del monstruo, lanzándola de cabeza al paso de la locomotora rugiente.

El golpe inicial la deja sin aire; la ola la devora con sus fauces trituradoras y queda inconsciente. Durante 12 largos y desorientados segundos, Sophia es una muñeca humana en el ciclo de centrifugado de una lavadora de ropa, hasta que la ola pasa encima de ella y la envía con fuerza hacia el fondo.

El segundo golpe es el de su cráneo contra la roca.

★ ★ ★

Samuel Agler entra al agua antes que la cresta se derrumbe en un estallido de espuma. Cada brazada poderosa lo lanza como una daga a través del agua, que pasa sobre su cuerpo ardiente como aceite de motor pesado. De alguna manera se está desplazando increíblemente rápido, y de alguna manera todo a su derredor parece haber reducido su velocidad.

El sonido del océano es como un acelerador en sus oídos.

Su visión empañada se vuelve una lente de aumento que le permite ver.

El abasto de aire en sus pulmones permanece constante. Sin tomar otra bocanada se zambulle bajo la ola y se lanza como un torpedo hasta el lecho marino, recogiendo de entre la arena y las rocas a su pequeña desmayada.

Después, antes siquiera de darse cuenta de lo que ocurre, está de vuelta en la playa, inclinado sobre la frágil figura de Sophia.

El sonido se apaga, excepto por el errático timbre de su pulso bajo sus dedos. Está muy pálida, sus labios se han tornado azules. No respira. Le reacomoda la cabeza y lanza una bocanada de aire a sus pulmones colapsados. El pecho de la niña se infla al ritmo de la aglomeración de personas a su alrededor, que se mueve por el gélido entorno en cámara lenta.

El mar brota de entre sus labios, sus pulmones expulsan el líquido asfixiante.

Su padre la voltea sobre el costado y masajea sus omóplatos con una cadencia intensa.

Sophia Agler vomita el mar. Tose… y respira.

Samuel Agler exhala, su ser se libera del extraño corredor del tiempo y el espacio.

⋆ ⋆ ⋆

—No sé qué fue, Laura. En un momento estaba viendo a nuestra hija caer en un muro de agua arremolinada y enseguida estaba yo bajo el mar, nadando como un pez, capaz de ver tan claramente como te estoy viendo ahora. Un parpadeo y estamos en la playa, le estoy dando respiración de boca a boca, pero es como si pudiera sentir cada signo vital de su cuerpo y esas señales me indican lo que debo hacer. Tal vez tú puedas explicarlo, porque yo ciertamente no.

Laura Agler ve a su esposo caminar por el patio central que divide la estancia de doble altura del resto de la casa de playa.

—Sam, cariño, lo que experimentaste fue una descarga de adrenalina. Durante 30 segundos te convertiste en Supermán —le sonríe—. O al menos Aquaman.

—¿Crees que esto es gracioso?

—Sophie está bien.

—Pero yo no. Y no fue una descarga de adrenalina. Quizá la adrenalina lo provocó, pero fue algo completamente diferente… un estado alterado de la realidad en que todo era más lento; todo, con excepción de mí mismo.

—¿Quieres que llame a Ben Kucmierz?

—No necesito un psiquiatra, Laura.

—¿Qué necesitas?

—No lo sé. Quizá sólo necesito tiempo para pensar —sale del patio y entra a la sala de estar de su residencia de 1 200 metros cuadrados.

Un espectacular par de escaleras enmarcadas por estanterías de libros flanquean un corredor que conduce al comedor y la cocina. Sube por la escalera de la izquierda, deja atrás la recámara principal y entra a su oficina, un cuarto pequeño con vista al jardín del frente de la casa.

Abre un archivero, hace a un lado una pila de carpetas y saca la botella de bourbon medio vacía. Se sirve en un vaso de papel y se lo toma de un trago. Se sirve un segundo trago y se sienta ante su escritorio en la silla de piel de respaldo alto.

Está rodeado de fotografías de sus seres queridos. Lauren y Sophia en las Olimpiadas juveniles. Los tres en una cabaña de esquí, tomada hace dos Navidades. Una de Julius y Michael en Chichén Itzá. Los padres de Laura en la fiesta celebrada en su casa por sus 50 años de casados.

Un matrimonio de 10 años. Una hija maravillosa, la niña de sus ojos. Una exitosa carrera de arquitecto, cada casa de playa un oasis de filosofía zen y creatividad en la mancha urbana de Santander.

Once años de estar vivo, los otros 35 sellados en un capullo oscuro.

Un hombre sin pasado es como una casa construida sobre la arena; tarde o temprano, la casa se cae por su propio peso.

Samuel Agler se está derrumbando dentro de una identidad alquilada que nunca podrá pertenecerle. Durante casi una década ha decidido ignorar esa realidad, prefiriendo simplemente disfrutar de este periodo de licencia de su auténtico destino, existiendo con tiempo prestado.

La experiencia cercana a la muerte de su hija ha sido una

dura llamada de atención, un recordatorio de lo invaluable que es la vida. Al mismo tiempo, lo obligó a revivir algo de su pasado, una capacidad de la que no había estado consciente, pero que instintivamente sabe que podría llegar a dominar con el tiempo si así lo deseara y se atreviera a hacerlo.

Y es por ello que está tan molesto; por eso bebe de nuevo, después de siete años de sobriedad. Hoy cedió una cimentación de 11 años, dejando al descubierto la de una vida anterior y, con ella, una verdad subyacente que él ya no puede ignorar: que su vida está destinada a cosas mucho más grandes.

Washington, D. C.

—Tu vida está destinada a cosas mucho más grandes, hijo. No digo que trabajar con mi hermano no haya abierto canales al sector privado —el congresista Robert Borgia bebe su trago de bourbon y se sirve otro—. Joseph y yo por fin logramos acorralar a Wolfowitz; está ocupado en un asunto secreto del Medio Oriente. El caso es que anticipa una vacante de alto nivel y el puesto será tuyo: subsecretario de la Defensa. Serás el director del equipo de trabajo para negocios y operaciones de estabilización

Pierre Borgia exhala.

—¿Qué pasó con nuestros planes de contender por tu escaño en el Congreso en 2002? ¿La oportunidad de aspirar a la Oficina Oval en un futuro?

—No estoy preparado para el retiro. Además, tu tío y yo creemos que ésta será una ruta más rápida a la Casa Blanca. Como subsecretario estarás dentro del Pentágono y encabezarás la lista para cualquier vacante futura en el gabinete. Créeme, con tu nombre y tu apostura, antecedentes militares y 250 mil millones en fondos privados, saldremos con ventaja en la carrera por la Casa Blanca en 2008.

★ ★ ★

Las prostitutas han desaparecido. Lo mismo que lo que quedaba de la botella de tequila.

Pierre Borgia se arrellana en el sillón de ante de su lujosa habitación. La noche se desangra en el día. Mira en un sopor semiconsciente su reflejo en el espejo.

—*Tu vida está destinada a muchas cosas grandes…*

—¿Eh?

—*¡Presta atención! ¡Abre los ojos, Pierre!*

La voz lo devuelve bruscamente a la sobriedad.

—¿Quién dijo eso?

—*Lo vas a perder todo, amigo mío. La presidencia, el poder, la influencia, las mujeres, y todo a causa de él.*

Pierre mira en derredor; la oscuridad que ya se torna gris gira ante sus ojos y lo obliga a reclinarse en el sillón.

—Voy a llamar a seguridad.

—*No tenemos mucho tiempo. Necesito que te concentres. ¡Mírame, sabio!*

La imagen en el espejo cambia, la figura arrellanada se transforma en la de un indígena mesoamericano con el torso desnudo.

—¡Pero qué borracho estoy! —Pierre contiene una carcajada que se convierte en una tos y un reflejo de asfixia, lo que lo obliga a saltar del sillón y correr al baño, donde vomita el extracto cargado de licor en el lavabo.

Apoya los antebrazos en la porcelana y gime mientras se enjuaga la boca y escupe. Finalmente mira su reflejo en el espejo del baño, y se ve cara a cara con el sacerdote maya que lo reprende.

—¡No eres real!

—*Busca en tu corazón, Pierre. Yo soy la fría lujuria que arde en el conducto, el linaje de tu alma compartida. Yo fui tú antes que tú mismo.*

—Esto es una locura. Me voy a la cama.

—*¡Necio! Estoy aquí para guiarte antes de que él destruya nuestro legado una vez más.*

—¿De qué estás hablando? ¿Quién descarrilará mi carrera?

—*El hijo de tu enemigo, el hombre que se robó a tu alma gemela destinada y junto con ella tu legado.*

—¿Te refieres a Julius?

—*De haberte quedado con la mujer Hunahpú como yo lo había dispuesto, habrías engendrado reyes. En cambio, permitiste que tu enemigo te superara. Después lo invitaste a tu campamento. Ahora su hijo te destruirá, y a nuestro conducto compartido en el mismo trance.*

—¿Michael Gabriel? Él no es nada. ¿Cómo podría destruirme?

—*El día que liquides al padre asegúrate de que el hijo no esté entre los espectadores. Atiende mi advertencia, Pierre, porque yo soy Siete Guacamaya y está en juego nuestro destino compartido en el universo físico.*

MAJESTIC-12 (S-66) Instalación subterránea
Norte de Las Vegas, Nevada

El helicóptero desciende rápidamente, provocándole náuseas a Marvin Teperman.

Joseph Randolph mira de reojo al canadiense de poca estatura, bigote delgado como un lápiz y sonrisa irritantemente cálida.

—¿Sucede algo malo, Teperman? Mi sobrino me dijo que volaron juntos en bastantes operaciones de campo.

El exobiólogo exhala cuando el helicóptero aterriza en la plataforma.

—Sí, pero nunca las disfruté. No tengo estómago para volar.

—¿Hace cuánto que conoces a Pierre?

—Me asignaron a las Naciones Unidas recién en enero, así que supongo que unos ocho meses. Tengo entendido que Pierre se marcha para contender por una senaduría.

—Y por eso estás aquí. ¿Revisaste el archivo de Julius Gabriel?

—Sí. Muy impresionante.

—No confío en él. Pierre tampoco. No desde que empezó a fungir como el principal telépata del equipo.

Salen del helicóptero y suben a un jeep militar que los está esperando. Randolph echa a andar el vehículo y conduce por el camino recientemente asfaltado hacia el conjunto de búnkers camuflados.

Marvin se sujeta del borde del asiento, esperando hasta que el empresario de cabello plateado se estacione para reanudar la conversación.

—Señor, según su informe, el volumen de información se ha incrementado desde que el doctor Gabriel se hizo cargo del proyecto. ¿Por qué…?

—No confunda actividad con logros, Teperman. No estamos aquí para psicoanalizar a esos entes, sino para comprender y emular su tecnología —Randolph hace una pausa para teclear un código de seguridad en el dispositivo, antes de someterse al escaneo de retina—. Pierre me dice que estás entrenado como telépata. ¿Qué tan bueno eres? Aguarda, voy a pensar en algo, un objeto inanimado. ¿Puedes decirme cuál es?

—No funciona así exactamente, es una cuestión de ritmo…

—Pero si Gabriel nos estuviera ocultando información lo notarías, ¿verdad? Nuestro último telépata, justo antes de ahorcarse, dijo que las emociones tenían un papel muy importante en la lectura de la energía.

—Sí… Espere. ¿Dijo que se ahorcó?

—Por un motivo no relacionado con esto. Una novia o alguna otra estupidez. ¿Vienes?

* * *

Recién bañado y ataviado con un traje quirúrgico y sandalias, Teperman sigue a Joseph Randolph a la sala de entrevistas. El exobiólogo ha visto videograbaciones del frágil extraterrestre de cráneo bulboso y grisáceo y enormes ojos color ébano, pero estar en la misma habitación con el alien es impactante.

Julius Gabriel aparta la mirada del monitor de su computadora con fastidio cuando entran los dos hombres. El arqueólogo tiene unos 65 años pero se ve mucho más viejo. Su cabello castaño se ha encanecido y es notoriamente menos abundante; su postura es tan encorvada como la del E.T. Para el exobiólogo, las dos criaturas parecen extremos idénticos de un mismo acervo genético.

—Julius, éste es el doctor Marvin Teperman, el exobiólogo de quien te hablé.

Julius dirige de nuevo su atención a la lista de preguntas técnicas que aparece en su monitor.

—Dígame, doctor Teperman, ¿no es la exobiología el estudio de la vida fuera de nuestro planeta?

—Sí.

—¿Y qué calificaciones tiene como experto en esta materia? ¿El curso que tomó en la Universidad de Toronto? ¿El encuentro con un E.T. en su adolescencia?

—Bueno, no, pero…

—Espere, ya sé, ¿es un gran admirador de las películas de Steven Spielberg y siempre tuvo un secreto deseo de ser sometido a un examen anal?

Marvin voltea a ver a Randolph.

—Jueguen sin pelearse —el CEO se retira.

Julius le indica una terminal desocupada.

—Siéntese, no diga nada, no toque nada.

Marvin se sienta.

—Computadora, reduce la iluminación 40 por ciento. Toca la cinta número tres de conciertos de Gabriel, a 40 decibeles. Proseguimos la sesión de entrevista número 37.

Julius cierra los ojos mientras las bocinas de sonido envolvente emiten la relajante suite orquestal número 3 en re mayor de Bach, interpretada por la Academia de St. Martin-in-the-Fields. Marvin observa cómo el E.T. y su compañero humano comienzan a mecerse con la música en un ritmo sincopado.

Marvin cierra los ojos, intentando espiar su conversación.

—*...Estábamos discutiendo la Hunab K'u. ¿En qué está basada la existencia de la conciencia cósmica?*

Los pensamientos del extraterrestre son un murmullo melódico que baila con los acordes del concierto de Bach.

—*La Hunab K'u está basada en un algoritmo de medida y movimiento, atribuido a la estructura matemática del universo. La Tierra funciona como un ente vivo dentro de ese algoritmo, que es la semilla de nuestra existencia tanto como de la de ustedes. El acto de dividir el átomo fue sentido a todo lo largo de la red galáctica. La colisión de dos rayos de protones amenaza a todas nuestras especies.*

—*Su especie está mucho más avanzada que la nuestra. ¿Por qué no pueden neutralizar la amenaza?*

—*La amenaza está enraizada en una dimensión superior. Permanecerá inaccesible hasta que se manifieste en la fisicalidad de Malchut. Para entonces será demasiado tarde.*

—*¿Pero Uno Hunahpú posee el conocimiento y los medios para destruir la singularidad?*

—*Sí.*

El ritmo se oscurece abruptamente.

—*¡Zipil na!*

—*Sí, casi lo olvidaba. Debo dar a esta casa del pecado su ración de desinformación* —Julius teclea rápidamente en su computadora, respondiendo a la primera serie de preguntas referentes a la Onda Portadora de Taquiones.

—*¡Zipil na!*

—*Está bien, amigo.*

—*No... no... no. El otro* Homo sapiens... *está escuchando.*

Nazca, Perú

El terremoto ocurrió en 1996, el duodécimo día de noviembre, exactamente un minuto antes del mediodía. El epicentro se localizó en el mar y la devastación redujo la ciudad de Nazca a escombros. Menos de un año después, una importante compañía minera de oro canadiense se adueñó de toda el área, desplazando a los lugareños —cuyas raíces se remontaban dos mil años— que carecían de títulos de propiedad sobre la tierra.

El estadounidense de 25 años y ojos color ébano, de cabello negro hasta los hombros y constitución de atleta, se abre paso entre las calles diezmadas del centro de Nazca en su bicicleta de 10 velocidades, en dirección del Museo Antonini. El techo del edificio se derrumbó durante el terremoto, aplastando artefactos excavados del cementerio de Cahuachi. Giuseppe Orefeci había sido colega y amigo cercano de Julius Gabriel, quien le pidió a su hijo colaborar con el arqueólogo para rescatar tantas de las cerámicas, momias y armas dañadas como pudieran.

Michael Gabriel carga la bicicleta por la escalera agrietada y entra a lo que queda de la galería principal del museo, cuando sus ojos se trenzan con los de la mujer. Está arrodillada junto a una caja de madera; una impresionante belleza hispánica de unos 30 años, con cautivantes ojos verdes y un cuerpo diseñado para provocar fantasías en los hombres.

Mick es sorprendido mirándola fijamente por Giuseppe Orefeci, quien le da un codazo a su joven amigo.

—Veo que ya descubriste a mi nueva asistente. Ten cuidado, Michael, es una rompecorazones. Ven, te la voy a presentar —el hombre mayor lo lleva con la mexicana—. Marian, éste es el joven de quien te estuve hablando. Michael Gabriel, ella es…

—Marian Ecker, es un placer conocerte por fin. El doctor Orefeci no ha parado de hablar de ti desde que llegué. Me dice que tu padre y tú han elaborado unas interesantes teorías acerca de Kukulkán y Quetzalcóatl. La Serpiente Emplumada es el tema de mi tesis. Quizá podríamos discutirlo en la cena.

El doctor Orefeci le da otro discreto codazo a Mick, que está absorto contemplando los ojos de alcoba de Marian.

—En la cena… en el desayuno… yo siempre estoy disponible. Qué bonitos ojos tienes. Me pregunto…

—¿Cuál es mi signo? —sonríe—. Soy Cáncer. Nací en el solsticio de verano.

—Genial. En realidad iba a preguntarte cuál es tu tipo de sangre.

> Existe una operación secreta, “no reconocida”, que se ha valido de todos los sistemas bélicos electromagnéticos para rastrear, poner en la mira y, en ocasiones pero cada vez con mayor precisión, derribar vehículos extraterrestres. Este comportamiento temerario constituye una amenaza existencial para toda la humanidad y debe ser detenido inmediatamente. El grupo llamado MJ-12 o MAJESTIC, que controla este campo, opera sin el consentimiento de los ciudadanos, ni la supervisión del presidente y el Congreso. Funciona como un gobierno transnacional independiente, que no rinde cuentas a nadie. Han sido eliminados todos los controles y contrapesos. En tanto que entidad gobernante, se sitúa fuera del Estado de derecho y su influencia se extiende a muchos gobiernos, corporaciones, agencias e intereses financieros y mediáticos. Su influencia corruptora es profunda y de hecho ha funcionado como una organización criminal enraizada a nivel global, cuyo poder no ha sido acotado hasta hoy. Esta operación recibe anualmente hasta 100 mil millones de dólares del gobierno federal, provenientes del lla-

mado "presupuesto negro" de los Estados Unidos, una cifra que bastaría para brindar atención médica a cada hombre, mujer y niño en este país.

Extracto de una carta al presidente
Obama de Steven M. Greer, MD,
director, Proyecto Revelación
23 de enero de 2009

22

Estación de investigación HAARP
Gakona, Alaska

Rodeado por una valla de seguridad, el complejo abarca 33 acres de tierras silvestres aisladas en Alaska, a 12 kilómetros de la ciudad de Gakona. A primera vista, el sitio, elegido por su ubicación electromagnética tenue en la región auroral, parece una subestación eléctrica híbrida. Dispuestas en 12 hileras hay 180 antenas; cada torre con forma de crucifijo se eleva 24 metros.

Bienvenidos a HAARP, las siglas en inglés del Programa de Investigación Auroral Activa de Alta Frecuencia. Bajo la dirección conjunta del Laboratorio de Investigación de la Fuerza Aérea y la Oficina Naval de Investigación, la descripción "oficial" de HAARP asienta como objetivo "hacer avanzar nuestro conocimiento de las propiedades físicas y eléctricas de la ionósfera terrestre que pueden afectar nuestros sistemas de comunicación y navegación militares y civiles".

El verdadero propósito de HAARP sólo es conocido por los administradores del proyecto en el Pentágono. Las 180 torres activadas forman un transmisor de radio de alta frecuencia con sistema en fase, capaz de canalizar más de tres mil millones de vatios de potencia hacia los cielos. Cuando ese pulso de tres gigavatios se eleva como un tirabuzón 200 kilómetros sobre la atmósfera, las ondas de radio interactúan con las partes ionizadas de átomos, haciéndolas girar en torno al rayo a la velocidad de la luz. Ese repentino incremento de movimiento "calienta" las partículas, cada una de las cuales se convierte en un pequeño electroimán, haciendo de HAARP un inyector de partículas que puede ser utilizado para desactivar los controles electrónicos de cualquier cosa que pase por ahí, ya sea un satélite de comunicaciones, un misil balístico intercontinental... o un vehículo extraterrestre.

* * *

Las siete limusinas llegan una tras otra a la puerta principal; el camino de acceso de tierra y grava es demasiado angosto para que pase más de un vehículo a la vez. Los guardias están esperando a los VIP ocultos tras los cristales entintados y los dejan entrar sin detenerlos.

La octava limusina llega cinco minutos después.

El conductor es un hombre caucásico de veintitantos años, de complexión esbelta y 1.75 metros de altura. Sus anteojos polarizados son un accesorio constante desde que su sensible retina izquierda quedara lastimada de manera permanente por la metralla recibida en su última misión encubierta para la CIA.

No fueron las astillas de metal las que motivaron a Mitchell Kurtz a retirarse de la compañía, ni la bala que penetró a tan sólo unos centímetros de su columna vertebral y le dejó una cojera irreversible. La línea entre el bien y el mal se había emborronado demasiado; el juego de espía *versus* espía se había transformado en una disputa por el dinero en la que el enemigo de ayer era el amigo de hoy y el asesino en potencia de mañana. Después de cinco años el asesino de la CIA había tenido suficiente. Regresó a la Ciudad del Amor Fraternal; el nativo de Filadelfia aplicó sus habilidades de combate en un entorno donde sabía que eran necesarias: dando clases en un bachillerato de la deprimida zona del centro.

Un encuentro casual con el afroamericano que viaja en la parte trasera de la limusina lo rescató de una vida de abuso escolar.

El senador Ennis Cheney nació hace 55 años en el más pobre vecindario negro de Jacksonville, Florida. Lo criaron su madre y su tía; nunca conoció a su padre, quien se fue de la casa unos cuantos meses después de su nacimiento. Cuando tenía dos años, su madre se volvió a casar y su padrastro mudó a la familia a Nueva Jersey, donde el joven Ennis se volvió un impresionante atleta en el bachillerato.

Luego de que una lesión en la rodilla pusiera fin a su carrera deportiva, Ennis se convirtió en un líder de los derechos civiles, despotricando contra la NCAA y otras instituciones educativas que hacían más difícil para los negros competir en igualdad de condiciones. Que había más afroamericanos tras las rejas que en la universidad fue un punto que enfatizó en su primera campaña política, cuando fue elegido vicealcalde de Filadelfia. Dos décadas de servicio público más tarde, el republicano heterodoxo que se opuso a la postura de su partido en asuntos sociales se postuló a la senaduría de Pennsylvania y ganó por un muy amplio margen.

Cheney levanta la vista de sus papeles cuando el vehículo se acerca a la puerta. El pigmento oscuro que rodea los ojos hundidos del senador dan la impresión de un antifaz de mapache. Los ojos de Cheney son espejos de su alma, revelan su pasión de hombre, su sabiduría de líder. Si alguien lo contraría, sus ojos dejan de parpadear y se convierten en dagas.

Hoy, Chaney ha sido contrariado.

Como codirector del Comité de Adquisiciones del Senado, Cheney había estado rastreando extraños gastos en una instalación administrada conjuntamente por la Fuerza Aérea y la Armada en Alaska. Que esas dos instituciones rara vez congeniaban era el primer *strike.* El segundo era la numerosa presencia del sector privado en el aparentemente benigno proyecto de la aurora.

El tercer *strike* era que el vicepresidente Dick Cheney, un hombre al que Ennis se refería como "no-somos-parientes", insistiera tanto en que abandonara sus pesquisas si quería seguir formando parte del comité.

Cuando Kurtz "descubrió" la reunión de agosto en las instalaciones de HAARP, el senador de Pennsylvania decidió que sería divertido ir sin invitación a la fiesta.

Dos guardias de seguridad fuertemente armados se acercan a la limusina.

Kurtz baja la ventanilla y adopta una expresión de preocupación.

—Disculpen, amigos. Me equivoqué al virar en Tok Junction. ¿Nos pueden dejar pasar? Venimos retrasados.

—¿Quién está en el asiento trasero?

El ex asesino de la CIA sonríe y se quita los anteojos oscuros.

—Bueno, si se los dijera tendría que matarlos.

Uno de los guardias frunce la cara.

—¡Rayos, eso es severo! Pasen adelante, en el primer edificio de ladrillo a la izquierda.

Kurtz conduce por la entrada y se ríe con su risa de francachela universitaria.

—¡Los chicos de la Armada, qué ridículos! He visto mejor seguridad en un burdel.

—La puerta nunca iba a ser un reto, aquí reciben casi a cualquiera. Entrar a la reunión va a ser el verdadero desafío.

Kurtz estaciona la limusina de reversa y luego le quita la tapa a un neutralizador eléctrico del tamaño de la palma de su mano y lo echa en el bolsillo de su abrigo.

—No se preocupe. Traigo su invitación.

Las Vegas, Nevada

El ocaso pinta la "Joya del Desierto" con un tono azul; el día agonizante da nueva vida al rastro de luces de neón.

Julius Gabriel sigue el Strip hacia el norte, indicando el Mandalay Bay Resort and Casino a su pasajero.

—Un buen lugar para tomar una copa. Tienen unos acuarios enormes llenos de tiburones, rayas y hasta unos cocodrilos. ¿Te gusta la vida silvestre, Marvin?

Marvin Teperman observa el espectáculo de las fuentes del Bellagio.

—¿La vida silvestre? Seguro.

—¿Y qué te parece la vida extraterrestre?

El exobiólogo voltea para ver a su anfitrión.

—Y yo que pensé que la de esta noche era una reunión puramente social.

—Sé que has estado escuchando furtivamente nuestras conversaciones, Marvin.

—¿Cómo puedo escuchar furtivamente una conversación que supuestamente tú estás retransmitiendo para mí y para todos?

—Necesito saber cuál es tu postura —Julius vira a la derecha al estacionamiento de un restaurante de comida rápida, esperando en la fila del servicio exprés—. Hay dos facciones atrincheradas en S-66, el Sistema Militar Industrial que está ordeñando Lago Groom como si fuera su vaca de dinero personal, y el resto de nosotros que todavía pensamos que humanidad es un verbo. Desafortunadamente, la mayoría de los científicos con principios morales que trabajan largas horas con el Gris acaban por suicidarse o renunciar después de unas cuantas semanas. Y en caso de que lo estés considerando, debo decirte que estos últimos también tienden a aparecer muertos. Los de operaciones negras son unos paranoicos, aunque todos hayamos firmado acuerdos de confidencialidad.

—Yo no solicité venir aquí, profesor. Pierre Borgia me obligó a ser voluntario, digamos.

—Únete al club —Julius baja la ventanilla—. Un café grande, extra caliente.

—¿Aquí vamos a comer?

—Si quisiera suicidarme, Marvin, ya lo habría hecho hace mucho tiempo —avanza a la primera ventana y paga; pasa después a la segunda ventana donde recibe el café en un contenedor de plástico.

Lo devuelve.

—Hijo, dije que lo quería hirviente. Mételo al microondas otros dos minutos.

El adolescente entorna los ojos y le da el vaso a un colega.

—Lo quiere más caliente.

—Están matando a estos seres, Marvin. Hallaron la manera de derribar sus naves y ahora se están robando su tecnología para su propio beneficio, y tratan a estos E.T. como si fueran daño colateral.

—¿Cómo pueden beneficiarse si se guarda la tecnología para ellos mismos?

—Su compromiso es con las grandes petroleras. Energía gratis para el planeta sería el fin de la guerra, del hambre y del odio. La paz no reditúa ganancias.

—Aquí tiene su café, señor. Tuve que ponerle triple vaso porque está demasiado caliente.

—Llegarás a ser un gran ingeniero —sostiene el contenedor caliente con la mano derecha y conduce el auto a la rampa de salida, donde se detiene mientras aminora el tránsito para incorporarse a la avenida, el Strip.

La camioneta blanca de Cable TV está estacionada una calle adelante. En el interior hay un conductor y un pasajero.

Julius vira hacia el sur y de pronto gira al costado del conductor de la camioneta, arrojando el café por la ventanilla abierta.

—¡Aaah! ¡Aaah!

—Les advertí que no me siguieran en mis horas libres. La próxima vez que vea a un vigilante en mi espejo retrovisor será mi último día en Lago Groom. Pueden decirle eso a su jefe.

Julius maniobra de regreso a uno de los carriles con rumbo al sur y se dirige al Mandalay Bay Resort and Casino.

—¿Qué demonios fue eso?

—Hay que poner en su sitio a esos bastardos, Marvin. Y ahora, ¿qué tal si nos tomamos una copa?

—Siempre y cuando no me la eches encima —Marvin nota que las manos de Julius están temblando y su rostro está blanco como una sábana—. ¿Te encuentras bien?

Julius hace una mueca y se dobla de dolor. Pisa el freno cuando el semáforo se pone en amarillo, obligando a los autos atrás de él a patinarse al frenar. Los conductores suenan sus bocinas.

—¿Te está dando un infarto? ¡Cielos!

—En la guantera. Pastillas.

Marvin abre la guantera y busca frenéticamente; encuentra un frasco de nitroglicerina médica.

—¡Lo tengo! Toma.

Julius toma una pastilla y se la pone bajo la lengua con mano temblorosa.

—Vamos a un hospital.

—No —se enciende la luz verde.

Los autos los rebasan. Algunos conductores saludan a Julius con el dedo medio.

—¿Profesor?

—Ya estoy bien.

—Al menos oríllese y permítame conducir.

Julius atraviesa dos carriles y se estaciona.

—Ahora hay un lazo entre nosotros, Marvin.

—Me halaga, pero sólo fue una pastilla.

—Tú y yo no. El Gris y yo. Es difícil de explicar, pero estamos conectados a un nivel metafísico que trasciende nuestras existencias singulares. Su captura... mi presencia en Lago Groom, no fue una coincidencia. Él me ha entregado la estafeta y ahora es mi turno de actuar. Te lo digo porque tú eres parte del plan... No ahora, sino en el futuro. Tú y yo servimos a un propósito superior… más allá de lo que puedas imaginar. Por primera vez en 40 años comprendo de qué se trata la profecía maya del Apocalipsis. No se trata de asteroides o terremotos, sino del ego del hombre fuera de control. Codicia, corrupción, odio, negatividad… en gran parte fomentado por un desequilibrio en la sociedad; la élite, que representa el uno por ciento, mantiene su dominio sobre el 99 por ciento. Los líderes políticos, las grandes petroleras, los bancos… el complejo militar-industrial, entidades cuyo único interés es acaparar para sí mismas, sojuzgando a la mayoría, impidiéndonos ascender por la escalera de la existencia. Tenemos que romper su dominio asfixiante, Marvin, tenemos que pasar de la cultura del yo a la cultura del nosotros. De lo contrario perderemos todo. Hay tanto allá afuera, pero el tiempo se agota. Si nada ha cambiado para el final del quinto ciclo, desaparecerá todo lo que está contenido en esta burbuja de fisicalidad.

Marvin Teperman enjuga el sudor de su bigote delgado como un lápiz.

—No presumo haber entendido todo lo que acaba de decir, pero confío en usted. ¿Qué quiere que haga?

—Hay unos disquetes en el cajón inferior izquierdo del escritorio de Randolph.

—El cajón inferior izquierdo… Espere, ¿quiere que allane su oficina?

—Nada de eso. Tengo la llave —Julius extrae del bolsillo de su camisa una tarjeta blanca de plástico con una cinta magnética—. Randolph la guarda en su casillero del cuarto limpio. Se fue esta mañana a una reunión en Alaska, así que no la echarán de menos por lo menos durante 24 horas.

—¿Qué hay en Alaska?

—Un arma que el escuadrón de geniecitos de Randolph diseñó para derribar los vehículos E.T. Escucha con atención: Randolph guarda la llave de su escritorio en una taza de un torneo de golf que tiene en su librero. Hay varias cajas en el cajón. Busca la que está marcada como Earl.

—¿Earl?

—Earl Gray. Como el té, *Conde Gris*. Así llama Randolph al E.T. Es su chiste perverso. Se ha aburrido de su mascota extraterrestre y el aburrimiento provoca descuidos. Consígueme dos disquetes, uno que antecede mi llegada en 1991, cuando estaban usando el suero de la verdad en el Gris, y otro más reciente. Asegúrate de cerrar con llave el cajón y regresar la llave a la taza de golf.

—¿Qué planea hacer con los disquetes?

Julius reclina la cabeza, sus ojos agotados son apenas unas ranuras.

—Créeme que no lo quieres saber.

Estación de investigación HAARP
Gakona, Alaska

De 1.98 de estatura y 129 kilos de peso, es un afroamericano imponente, con una complexión de mazo de acero esculpida durante una carrera de cuatro años de futbol colegial y un prolongado adiestramiento en las artes marciales. Luego de que la fractura de su rodilla izquierda acabara con cualquier posibilidad de jugar en la NFL, Ryan Beck se enlistó en el ejército. Estuvo un año con los Boinas Verdes, hasta que la misma lesión lo obligó a retirarse anticipadamente.

Lleva dos semanas emplazado en la instalación de Alaska, habiendo completado un curso de entrenamiento "liviano" en la instalación Blackwater de Carolina del Norte.

Beck contiene el reflejo de sacar la pistola cuando ve a los dos hombres correr hacia él. No reconoce al caucásico de baja estatura, pero sí en cambio al senador Ennis Chaney, un hombre negro de mediana edad.

El grandulón revisa su lista de VIP.

—Buenos días, señor. Discúlpeme, pero no está en mi lista.

—Tal como lo solicité. ¿Qué tan retrasado estoy, grandulón?

—Unos diez minutos. Pase.

Kurtz abre la puerta; Beck le sujeta un brazo como si su mano fuese una prensa.

—Sólo el senador, pequeñín.

—Suéltame el brazo, Hércules, antes de que te fría los testículos como una omelette.

Chaney se interpone entre los dos.

—Mil disculpas, mi amigo es un tanto sobreprotector. Mitchell, espera aquí afuera por favor.

Kurtz mira fijamente a Beck y luego se hace a un lado para que el senador Chaney pase por la puerta doble del pequeño auditorio, tal como se lo habían propuesto.

⋆ ⋆ ⋆

La periferia de la sala está poco iluminada; las luces se concentran en el frente. Chaney halla un sitio en la última hilera, lejos de los 20 o 30 espectadores, cuya identidad queda envuelta por las sombras.

De pie, tras un atril situado frente a una pantalla, está el subsecretario de la Defensa, Pierre Borgia.

"...Durante la excitación Beta, las ondas cerebrales humanas operan a entre 15 y 40 ciclos por segundo, cifra que se reduce en las etapas del sueño Alfa, Theta y Delta. Por medio de ondas de muy baja frecuencia provenientes de nuestra red de emergencia de ondas de tierra, HAARP puede ser utilizado para perturbar el biorritmo natural del cerebro. Los transmisores GWEN serán instalados con una separación de 3.2 kilómetros en sitios preestablecidos a lo largo de los Estados Unidos, lo que nos permitirá ajustar frecuencias específicas según la potencia geomagnética de cada área. En esencia, las ondas electromagnéticas de esta arma nos permiten perturbar mentalmente a pequeños segmentos de la población.

"Además de la reingeniería del clima y el control mental, HAARP es capaz de generar impulsos concentrados en placas tectónicas, como lo demostramos en 1996 con el terremoto de Nazca, Perú. Me parece que todos ustedes coincidirán en que la operación canadiense de extracción de oro que tomó el control de esa área a raíz del sismo ha redituado muy atractivos dividendos."

Un ligero aplauso llena la sala.

—Señor, ¿le importaría salir al pasillo? —Chaney alza la vista hacia la luz cegadora de la linterna. Unas manos lo arrancan con fuerza del asiento y lo arrastran al pasillo iluminado.

Tres guardias de seguridad enmascarados rodean a Kurtz, quien tiene las manos en la espalda, sujetas con unas esposas de plástico.

Ryan Beck parece haber quedado estupefacto por el giro de los acontecimientos. Sus ojos se dilatan con incredulidad al ver que Chaney es esposado también.

—¡Oigan, no pueden hacer eso! ¡Es un senador de los Estados Unidos!

—Aún tienes mucho que aprender, novato.

—¿Adónde los llevan?

—Siéntate y cállate —los miembros de la milicia privada llevan a empellones a los dos hombres vociferantes por el pasillo.

Salen a la mañana nublada. Avanzan por un sendero de grava que conduce al bosque.

—¿Se han vuelto locos? ¡Todo mi personal sabe que estoy aquí!

—¿Sabe que está usted dónde? Según nuestros registros, usted nunca llegó.

Kurtz se desprende del guardia que lo sujetaba y patea con las dos piernas. Uno de sus pies se estrella en el rostro de un miliciano; el otro golpea al de junto en el bajo vientre; el tercer guardia le golpea el cráneo con la macana.

El ex asesino de la CIA se desploma como un bulto.

Los dos hombres que golpeó se reincorporan; uno de ellos sangra profusamente por la nariz destrozada.

—Este infeliz me rompió la nariz.

¡Whack! El tercer guardia se derrumba; de su cabeza mana un chorro de sangre.

Sus compañeros voltean; los puños de Ryan Beck les trituran el rostro.

—A mí nadie me dice que me siente y me calle —extrae su cuchillo Boker de su cinturón y corta con él las esposas de plástico que sujetaban las manos de Chaney.

—¿Cómo te llamas, hijo?

—Ryan Beck.

—Ahora trabajas para mí, señor Beck. Levanta al señor Kurtz. Necesitamos llevarlo con un médico.

—O podríamos dejarlo aquí simplemente... Era broma.

Beck corta las esposas del guardaespaldas inconsciente, lo carga y sigue al senador Chaney a su limusina.

TESTIMONIO

9 de mayo de 2001; Club Nacional de Prensa, Washington, D. C.

Me llamo John Callahan. Soy un pensionado de la FAA (la Administración Federal de Aviación). Fui director divisional de Evaluación e Investigación de Accidentes en Washington, D. C. Unos dos años antes de que me retirara recibí una llamada de nuestra región de Alaska, preguntándome qué debían informar a los medios. Le pregunté a esa persona: "¿Informar a los medios acerca de qué?" Y repuso: "Acerca del ovni". Y ya de ahí todo fue cuesta abajo.

Les dije que me enviaran toda la información al centro de tecnología de la FAA en Atlantic City. Al día siguiente mi jefe inmediato, el director de servicios Harvey Sophia, viajó conmigo a Atlantic City. Hicimos que reprodujeran en la pantalla —un visualizador PVD— exactamente lo que el piloto y el controlador aéreo habían visto y lo sincronizamos con las grabaciones de audio para escuchar lo que el controlador dijo y oyó.

Regresamos al día siguiente e informamos de lo ocurrido al administrador, el almirante Engen. Él quería un informe de cinco minutos. Apenas habíamos comenzado cuando preguntó si podía ver el video. Pusimos el video y lo vio. Vio el video completo.

Al día siguiente él (el almirante Engen) concertó una reunión en la FAA con tres miembros del equipo de científicos de Reagan, tres de la CIA, tres del FBI y no recuerdo quiénes eran los otros, junto con todos los expertos de la FAA que yo había llevado conmigo que podían hablar del *hardware* y el *software* y de cómo funcionaban. Montamos un espectáculo como de feria. Los dejamos ver el video; teníamos toda la información y todos los documentos impresos de la computadora. Se entusiasmaron mucho. Cuando terminó, uno de los agentes de la CIA nos dijo que ahora quedábamos comprometidos a guardar el secreto, que esa reunión nunca había tenido lugar y que ese suceso tampoco había ocurrido. Pregunté por qué. En ese momento yo pensaba que se trataba del avión bombardero furtivo. Y dijo: "Es la primera vez que tenemos un registro grabado de radar de un ovni". Entonces yo dije: "Bueno, van a informar de esto al público". Dijo: "No. No informamos al público de estas cosas. Provocaría el pánico. Vamos a estudiar todo esto con más detenimiento".

Ahora, he contado esta historia muchas veces y en ocasiones la gente se me queda viendo como si estuviera loco. Tengo aquí conmigo las cintas de los controladores que estuvieron involucrados, las cintas originales de la FAA. Después de que entregamos el material a la gente del presidente, la FAA no sabía qué hacer con esto; nosotros no separamos a los ovnis del tráfico normal, así que no es nuestro problema (risas).

Tengo una copia del video original que tomamos, que es bastante interesante. Una vez que todo terminó empezaron a llegar informes a mi oficina, pero como no era un problema de tráfico aéreo de la FAA, el informe de la FAA terminó sobre una mesa en mi oficina. Ahí se quedó hasta que me jubilé y unos colegas empacaron todas mis cosas y me ayudaron a llevarlas a mi casa. También encontré en una caja hace unos días, junto con mi declaración de impuestos de 1992, las hojas impresas por la computadora de los objetos detectados, así que si quieren ver todos los objetos que estaban en el cielo en ese momento, pueden reproducirlo a partir de esta hoja de papel. Se llama "Incidente OVNI, Japan vuelo 1648". Creo que ocurrió el 18 de noviembre de 1986.

Estoy dispuesto a comparecer ante el Congreso y juro que todo lo que les he dicho a ustedes y todo lo que está aquí es la verdad. Gracias.

John Callahan, jefe de Accidentes e Investigaciones de la FAA
Usado con permiso: Proyecto Revelación

23

Centro de la Cábala
Manhattan, Nueva York

18 de agosto de 2001

El santuario se llama la "Sala de Guerra", un lugar donde las fuerzas de la Luz libran una batalla contra las tinieblas.

El cabalista Philip S. Berg, mejor conocido como el Rav, está ante el atril, frente a su congregación.

"La lectura de esta mañana de la Torá sobre Korach se encuentra en los números 16 al 18. En Egipto, Korach había sido un hombre muy poderoso, pero en el desierto se vio obligado a seguir a Moisés y su hermano Aarón. Esto no era del agrado de la esposa de Korach, quien siempre le repetía que Moisés tenía todo lo que Korach merecía. Pero culpar a la esposa de Korach no explica del todo su caída de la gracia.

"Como era rico, Korach creía que era mejor que todos los demás, incluyendo a Moisés. Convencido de que era el mejor hombre para guiar a los israelitas, organizó una rebelión, reuniendo a 250 hombres de la tribu de Rubén —hombres elegidos de la asamblea—, hombres de prestigio. Ante esos hombres justos, Korach acusó a Moisés de haber sacado a los israelitas de Egipto, una tierra de leche y miel, para sufrir penurias en el desierto. Y los seguidores de Korach dieron crédito a esa lengua perversa y amenazaron con destronar a Moisés y su hermano. En respuesta, Moisés le rezó a Dios para que le revelara su propia negatividad, para transformar su conducta y así poder crecer.

"Por sus conocimientos, Korach podría haber sido un gran líder. ¿En qué falló?

"Hay una pista en la primera palabra de esta sección de la Torá: *vayikach,* que significa 'y él tomó'. A pesar de su riqueza, de su sabiduría y de su capacidad de liderazgo, Korach era de los que toman sin dar y ésa fue su ruina, porque cuando una persona sólo quiere recibir el resultado no puede ser sino negativo."

Julius Gabriel mira al hombre de mediana edad que está sentado junto a él. Los ojos negros de Samuel Agler lucen intensos mientras absorbe las palabras del Rav. El arqueólogo voltea sobre su hombro para buscar a su hijo en la parte trasera de la sala de guerra.

"Korach poseía el 'mal ojo'. La primera mención del mal ojo está en el Génesis y se atribuye a la serpiente, que envidiaba a Adán porque tenía a Eva. Recuerden que no era una serpiente ordinaria, podía erguirse y hablar. Era astuta. El mal ojo codicia. ¿Qué codiciaba Korach? Codiciaba el poder de Moisés, ambicionaba el reconocimiento. Eso no es tan malo, pero Korach era de los que toman y no dan. Aquí la lección es que sin importar lo que tengamos, debemos transformarnos y dar en vez de tomar. Korach nunca alcanzó esa transformación interior vital y al final pagó por su falta de humildad, lo mismo que sus seguidores."

⋆ ⋆ ⋆

Están sentados en el vestíbulo Sam, Laura y Sophia. Julius va y viene con impaciencia, llevando su ira al punto de ebullición, cuando llega Mick del brazo de una hermosa mexicana de cabello negro.

—Hola, papá.

—Llegas tarde.

—Está bien, no es grave. Marian y yo teníamos una compra importante que hacer. Anda, muéstrales.

Marian extiende la mano izquierda, que luce un anillo de diamante de dos quilates.

—Miguel me propuso matrimonio. ¡Estamos comprometidos!

Laura le da un fuerte abrazo a Marian Ecker. Sam le da una palmada en la espalda a Michael.

Julius lo ve horrorizado.

—¿Qué estás haciendo? ¿Qué te dije?

—Tranquilo, papá.

—Ella no es la indicada, Michael. ¡Ya te lo dije! ¿Qué te pasa? ¿Estás dispuesto a tirar a la basura todo tu futuro, el futuro de la humanidad, por esta… esta ramera?

—¡Oye!

La gente voltea.

Sophia sonríe nerviosa.

Laura se queda boquiabierta.

—Julius…

—No te metas, Laura. Michael sabe que hablo por tu familia tanto como por los demás.

Marian mira a Mick, con lágrimas y rabia en los ojos.

—¿Le vas a permitir insultarme de esa manera?

—No, linda. Vámonos, no tenemos nada más que hacer aquí —lanzando una mirada de odio a su padre, Michael toma de la mano a su prometida y juntos salen del Centro de la Cábala.

El Pentágono
Washington, D. C.

—El subsecretario lo recibirá ahora —la minúscula secretaria rubia conduce al senador Ennis Chaney por un corredor a la oficina de doble puerta del subsecretario de la Defensa.

Pierre Borgia no levanta la vista de los expedientes que cubren su escritorio de roble.

—Senador Chaney, qué agradable sorpresa.

—Esta reunión tiene seis meses de retraso y la única razón por la que estamos hablando ahora es que el senador Maller me debía un favor. Como presidente del Comité de Adquisiciones…

—Vicepresidente.

—¿Quiere seguir con juegos? Yo también sé jugar. ¿Qué tal si empiezo con una rueda de prensa para anunciar que el Pentágono extravió 2.3 billones de dólares de los contribuyentes?

—El secretario Rumsfeld ya está investigando ese asunto.

—Eso es reconfortante. Es como pedir a la zorra que investigue la desaparición de unos pollos en el gallinero.

—Estoy seguro que los fondos a los que se refiere fueron etiquetados para proyectos que están fuera de la jurisdicción de la auditoría del Congreso. Así es la naturaleza de las fuerzas armadas.

—¡Patrañas! Por dos billones podrían enviar a todo el cuerpo de marines a la Luna. ¿Qué demonios están tramando?

—Estamos salvaguardando la democracia, senador. Es un proceso costoso.

—¿Y exactamente cómo salvaguarda la democracia la pequeña planta eléctrica que tienen lanzando rayos a la atmósfera en Alaska?

—HAARP no es más que un programa de investigación de la aurora.

—¿Control mental? ¿Terremotos en Perú?

Borgia sonríe.

—Dedica usted demasiado tiempo a consultar teorías de conspiración en internet.

—Guárdeselo para la audiencia en el Congreso.

—Arrástrese sobre esa pierna, senador, y se arrastrará solo. El partido republicano lo dejará a merced del viento.

—Eso no sería nuevo para mí. ¿Cómo cree que logré conservar mi escaño? ¿Con mi linda cara?

—Hay una guerra, senador. Quizá usted no la vea ni la comprenda, pero es una guerra de todos modos.

—¿Una guerra?

—Una guerra que decidirá qué nación gobernará el planeta durante las próximas décadas.

—¿Nación o clase?

Borgia regresa a su trabajo.

—Esta conversación ha concluido.

—Por mí está bien. Supongo que tendré que tramitar citatorios para su tío Joe, visto que él hacía el papel del Gran Mago en la convención de Viaje a las Estrellas que sus geniecitos de la tecnología organizaron de manera encubierta en Alaska. Lo curioso de su tío es que a pesar de estar catalogado como contratista militar, más de un billón de dólares de fondos del Pentágono son canalizados a través de sus cuentas en paraísos fiscales a programas experimentales, de los llamados *Skunk Works,* en el desierto de Nevada.

La sonrisa desaparece del rostro del subsecretario.

—¿Qué es lo que quiere?

—Rendición de cuentas, para empezar. Quiero que su jefe explique a los ciudadanos de este país cómo se "extraviaron" 2.3 billones de dólares. Y después quiero que justifique el uso de ese dinero.

—¿Por qué? ¿Quiere ser un héroe? ¿Quizá tratar de ganar la Casa Blanca en 2008?

—No, señor Borgia. Yo sólo intento evitar que imbéciles como usted destruyan el mundo.

Pocos hombres están dispuestos a desafiar la desaprobación de sus semejantes, la censura de sus colegas, la ira de su sociedad. La valentía moral es un bien más escaso que el arrojo en la batalla o una gran inteligencia. Y sin embargo es la cualidad esencial, vital, para quienes se proponen cambiar un mundo que sólo cede al cambio con dolorosos esfuerzos.

ROBERT F. KENNEDY

24

Auditorio Starr, Centro Belfer
Universidad de Harvard
Cambridge, Massachusetts

24 de agosto de 2001

Todas las localidades se agotaron. El público se dirige al auditorio en el segundo piso: profesores y académicos, estudiantes de arqueología de nivel licenciatura y posgrado, y representantes de los medios locales, junto con una curiosa mezcla de ovniólogos. Hoy será la primera aparición en público de Julius Gabriel en más de una década, y entre los adeptos a las conspiraciones se ha corrido la voz de que el avejentado profesor se propone revelar "impactantes evidencias nuevas" que respaldan 40 años de "arqueología prohibida".

El orador invitado está solo en su camerino frente al espejo iluminado; los focos revelan cada arruga y línea de estrés que definen su rostro curtido. *Una meseta de Nazca en miniatura*, comenta su voz interior, un pensamiento disipado por el toquido en la puerta.

—¿Michael?

La puerta se abre, revelando a Sam, Laura y su sobrina Sophia.

—Laura, ¿dónde está mi hijo?

La beldad de ojos color turquesa mira a su esposo para pedirle apoyo.

—Julius, hablamos de esto hace tres días. Michael y Adelina se fugaron. Tienen programado volar esta mañana a París para su luna de miel.

Las palabras se clavan en su pecho como dagas, el estrés repentino constriñe los vasos sanguíneos que conducen a su corazón.

Sam lo sostiene cuando se desploma. Laura busca en el bolsillo del saco y toma el frasco de pastillas. Abre rápidamente la tapa y saca una tableta blanca que coloca bajo la lengua de Julius.

La pastilla de nitroglicerina se derrite y pronto relaja los vasos cardiacos dañados, devolviendo el color al rostro de Julius Gabriel. Se reclina en la silla de lona y respira con dificultad a causa de las flemas.

Laura le acerca a los labios un vaso de agua.

—Sam, yo me encargo. Saca a Sophia de aquí, los veré en nuestros asientos.

—Vamos, Sophie —Sam conduce a su hija fuera del camerino y cierra la puerta al salir.

—Julius, no es demasiado tarde para cancelar.

—¿Cancelar? ¿Tienes idea de lo que está en juego aquí? No voy a cancelar nada. La muerte me robó a mi alma gemela, la lujuria me robó a mi hijo... ¿Quién queda aún para llevar esto a término? Anda, ve con tu familia. Estaré bien.

Laura sacude la cabeza y abre la puerta para marcharse, y casi choca con Pierre Borgia. El subsecretario de la Defensa está en el pasillo y mira a Laura, subyugado por sus ojos.

—¿La conozco?

—No, y vamos a mantenerlo así —lo hace a un lado y se aleja rápidamente por el corredor.

—Julius, ¿quién es ella?

—Laura Agler. La hermana menor de María.

—No sabía que María tuviera una hermana menor. ¿Es posible que…?

—¿Qué es lo que quieres, Pierre?

—Sólo desearte suerte. Y recordarte que los acuerdos militares de confidencialidad siguen en vigor —toma con la mano derecha el frasco de medicina y lee la etiqueta—. Es asombroso que un ingrediente hecho por el hombre para provocar explosiones pueda ser usado también para salvar vidas.

Se lo regresa a Julius con la mano izquierda y observa cómo el arqueólogo mete el frasco en el bolsillo de su saco.

—Saldremos al escenario en 10 minutos. Disfrutarás mi introducción; seguramente se le mojarán los calzoncillos al público.

⋆ ⋆ ⋆

El escenario está dividido por dos estrados iguales. El fondo es una pantalla de nueve por 12 metros.

Una voz femenina por los altavoces impone el silencio en el público. "Damas y caballeros, profesores e invitados, la Universidad de Harvard y la Escuela Kennedy de Gobierno les dan la bienvenida a otro seminario sobre las ciencias. Por favor den la bienvenida a nuestro anfitrión de esta mañana, el subsecretario de la Defensa y graduado de Harvard, el doctor Pierre Borgia."

Pierre camina al estrado, saludando con un gesto de la mano al público, que ya no es visible bajo las luces del escenario. "Buenos días. Es un honor haber sido escogido para presentar al orador de hoy. El profesor Julius Gabriel y yo estudiamos juntos en la Universidad de Cambridge hace ya casi cuatro décadas y después pasamos los siguientes tres años haciendo trabajo de campo con otra colega nuestra, la difunta María Rosen. Las teorías del profesor Gabriel acerca de la influencia de la inteligencia extraterrestre en las culturas antiguas son tan legendarias como controversiales en la arqueología. Tengo algo más que añadir, pero antes de hacerlo recibámoslo en este escenario, ¿les parece? Damas y caballeros, el profesor Julius Gabriel."

Julius sale de detrás de la cortina con paso torpe, saludando a medias con la mano al público mientras logra llegar a su podio.

Sentado en la tercera hilera con su familia, Samuel Agler mira la sonrisa de lobo en el rostro de Pierre Borgia y siente cómo se le erizan los vellos de la nuca.

"Bueno, Julius, henos aquí de nuevo tras una ruptura acrimoniosa. Tú me enseñaste que la búsqueda de la verdad es una causa por sí misma. Con ello en mente, quisiera extender mi introducción unos minutos más antes de que envuelvas al público con tus teorías románticas acerca de la intervención extraterrestre."

Un ataque de ansiedad. Julius siente palpitar su brazo izquierdo.

"Damas y caballeros, la semana pasada un cineasta independiente que trabaja en Hollywood me envió este breve video, un vistazo detrás de cámaras al rodaje de una cinta que el profesor Gabriel financió y desarrolló con el fin de respaldar las teorías inanes que está a punto de hacerlos tragar. ¡Corre película!"

Una imagen ilumina la pantalla, revelando a Julius Gabriel sentado en una habitación con forma de herradura, llena de equipos electrónicos, frente a un pequeño extraterrestre de piel gris. No tiene audio, el único sonido es el de los murmullos del público.

"Lo que están viendo es una pretendida entrevista que el profesor Gabriel jurará que tuvo lugar en unas instalaciones subterráneas cercanas al Área 51. En realidad, esto fue filmado en un pequeño estudio en Nevada y el supuesto E.T. era este pequeñín…"

Del gabinete del podio Borgia extrae una marioneta de metro y medio, idéntica al extraterrestre en la pantalla.

Julius sujeta el borde del atril. Su cuerpo está temblando.

—¡Bastardo mentiroso! ¡Me pusiste una trampa!

—Tú nos pusiste una trampa a todos, profesor. La profecía maya del Apocalipsis es una sarta de necedades, tus teorías acerca de la evolución del hombre moderno a partir de los extraterrestres son ridículas y tu presencia en este lugar es una vergüenza para esta universidad.

Sin saber cómo reaccionar, algunos miembros del público empiezan a abuchear, otros se ponen de pie y arrojan sus programas al escenario. Borgia aprovecha su inquietud, exhortándolos.

Julius jadea como un pez fuera del agua, su pecho se cierra, la muerte atenaza su corazón, oprimiéndolo. Se aparta del podio a tropezones; Sam pasa por encima de dos hileras de butacas, salta al escenario y lo atrapa al momento que se derrumba detrás de la cortina. Se arrodilla, con un brazo lo sostiene contra su pecho y con la mano libre busca en el bolsillo del saco de Julius y saca el frasco de la medicina. Quita la tapa con los dientes, vacía las pastillas en una de sus piernas y examina una de ellas.

—¿Qué demonios...? ¡Éstas no son tus pastillas, son mentas para el aliento!

Julius lo mira casi sin fuerza.

—Borgia.

Sam voltea, pero Julius le aprieta la mano.

—Mi tiempo se agotó, yo hasta aquí llego. Ahora todo depende de ti, Manny.

—¿Manny? —una descarga de adrenalina sacude todo el ser de Sam como si fuera electricidad.

—Yo sé quién eres. Sé también por qué estás aquí. El tiempo que pasamos juntos fue... un regalo de la Dimensión Superior. El caos nos ha caído encima, desatando ondas de odio y destrucción. El monstruo que te hizo escapar de tu época emergerá en la mía, como fue dispuesto. Sólo Uno Hunahpú puede salvar a la humanidad. Y tú no eres él.

—¿Uno Hunahpú? Julius, ¿quién es él? ¿Quién soy yo? ¡Dímelo, por favor!

—No puedo —el viejo sonríe con los ojos anegados en lágrimas—. Éstas son aguas inexploradas. Ten cuidado con el timón.

El peso en su pecho aumenta y el alma de Julius Gabriel abandona su conducto físico.

Sam sostiene el cuerpo exánime durante un prolongado momento. Cuando alza la vista, su esposa y su hija están de pie alrededor de él. Entonces vuelve a oír el ruido del auditorio y las burlas de Pierre Borgia.

Un torrente de sangre caliente inunda todo el ser de Samuel Agler.

—Esperen aquí.

Borgia nunca lo ve venir. En un momento está arengando a la multitud enloquecida, y al siguiente está tendido de espaldas; el crujido de su hueso occipital culmina en oscuridad.

Aeropuerto JFK
Nueva York

Adelina Botello-Gabriel se aplica una capa fresca de labial, apartando a su esposo con el codo.

Michael Gabriel abre los ojos.

—¿Ya vamos a abordar?

—Aún no, querido. ¿Por qué no traes unos cafés?

—Sí, seguro —Mick se levanta y bordea las hileras de asientos atestadas de pasajeros y equipaje de mano. Sale de la puerta C-47 y pasa la mirada por la terminal de vuelos trasatlánticos en busca de la cafetería más cercana. Sus oídos se tensan cuando oye su apellido.

"…El profesor Gabriel fue declarado muerto en el lugar. Aún no hay información sobre la magnitud de las heridas del subsecretario de la Defensa, ni de la identidad de su atacante."

Michael Gabriel mira absorto el reporte noticioso en la televisión. Le tiemblan los labios. Espera hasta que cambia la noticia y enseguida corre hasta donde está Adelina.

—¡Mi padre está muerto! ¡Sufrió un ataque cardiaco!

—Michael, cálmate.

—Acabo de verlo en la televisión. Adelina, no podemos viajar a París. Tenemos que ir a Boston.

Suena el localizador de Adelina en su bolso. Lee el mensaje de texto.

—¿Quién es? ¿Es acerca de mi padre?

—De hecho, sí.

—¿Y bien? ¿Qué dice?

—Que nuestro matrimonio se acabó. Lo siento —se pone de pie y reúne sus pertenencias—. No digo que no haya sido divertido. Lo que te falta en refinamiento social lo compensas de sobra en la cama. Te lo iba a decir en París…

—¿De qué estás hablando?

—El sacerdote era un actor, Michael. Nunca nos casamos. Nuestro encuentro, toda nuestra relación, fue una farsa. Mi misión era acercarme…

Michael la sujeta del brazo, con tanta fuerza que le corta la circulación.

—¿Quién te contrató?

—No lo sé. ¡Me estás lastimando! ¡Auxilio! ¡Policía!

Dos guardias de seguridad del aeropuerto oyen sus súplicas y se aproximan desde la puerta siguiente. Mick la atrae hacia sí, de modo que sus labios casi se tocan.

—Nos volveremos a encontrar. Hasta entonces, yo en tu lugar tendría mucho miedo.

La suelta, recoge su maleta de mano y desaparece entre la multitud.

El 10 de septiembre, el secretario de la Defensa, Donald Rumsfeld, declaró la guerra. No contra terroristas extranjeros. "El adversario está más cerca de casa. Es la burocracia del Pentágono. Según ciertos informes, no podemos localizar 2.3 billones de dólares en transacciones", reconoció Rumsfeld. Prometió un cambio, pero al día siguiente —el 11 de septiembre— el mundo cambió y en la premura por financiar la guerra contra el terrorismo parece haberse olvidado la guerra contra el desperdicio. [VINCE GONZALES, corresponsal de CBS News.]

25

Cárcel Middlesex
Cambridge, Massachusetts

21 de noviembre de 2001

Construida en 1971, la cárcel Middlesex es una instalación de máxima seguridad que ocupa los pisos superiores del rascacielos que alberga al Tribunal Superior de Justicia de Cambridge. Los detenidos en esas celdas están en espera de juicio o sentencia.

El hombre retenido en solitario ya fue declarado culpable por el magistrado James Thompson, un juez que debe su cargo al congresista republicano Robert Borgia.

El alguacil escolta al VIP, quien está fuertemente vendado del ojo derecho, por el corredor corto que conduce a la celda de aislamiento. Una silla plegadiza y una botella de agua están colocadas a tres metros de los barrotes de hierro. El prisionero espera sentado en el borde de su colchón.

—Gracias, alguacil. Me dijo que la cámara de video fue desactivada, ¿verdad?

—Sí, señor, como usted lo pidió. Oprima el timbre junto a la puerta cuando quiera marcharse.

Pierre Borgia espera a que su escolta policial haya salido antes de sentarse incómodamente en la silla plegadiza de metal corriente.

—Samuel Agler. No hay registro de tus huellas digitales, ni un acta de nacimiento, ni tu país de origen. Según Intel, no existías antes de 1990. Y por favor no me vengas con el cuento del "huérfano del Tercer Mundo" que tu abogado de oficio le inventó al juez. Quiero saber quién eres realmente.

El preso, un hombre atlético que apenas cabe en el júmper anaranjado, no expresa ninguna emoción; sus ojos negros escrutan la mitad no vendada del rostro de su interrogador.

—Eso se ve doloroso. ¿Te molesta mucho no tener el ojo derecho?

La boca de Borgia se tuerce en una sonrisa forzada.

—Intenta fastidiarme todo lo que quieras, amigo. Yo sé algo: tengo a tu esposa y a tu hija.

Samuel permanece sentado. Los músculos de su mandíbula se flexionan mientras aprieta los dientes.

—Una hija asombrosa. Una esposa asombrosa. Y pensar que la hermana menor de María Rosen sea una Nórdica... Es decir, qué pequeño es el mundo, ¿verdad? O mejor dicho, los mundos extraterrestres. Cómo desearía que Julius estuviera vivo para poder decírselo.

—Mi esposa es británica, se crió en España. No sé cuál sea tu juego, pero...

—Te aseguro que esto no es un juego. Mi equipo va a averiguar todo lo que pueda de tu esposa y tu hija mientras sigan con vida; después de que veamos cuánta tortura son capaces de soportar destazaremos sus restos y analizaremos sus órganos internos. Tú, en cambio, no serás tan afortunado. A sugerencia de mi familia, el juez Thompson ha decidido enviarte a un manicomio, donde pasarás el resto de tus días en confinamiento solitario. Estando a solas podrás pensar en todas las atrocidades que cometeré con tu familia, mientras el personal se divierte periódicamente con tu existencia miserable.

Borgia se pone de pie para irse.

—¿Quieres saber quién soy? Tú *sabes* quién soy, Siete Guacamaya.

Borgia se queda helado, con la cabeza inclinada hacia un lado. Después de una larga pausa voltea para hablar; su único ojo está inyectado de sangre y parece centellear; su voz es un cavernoso gruñido.

—¿Chilam Balam?

Sam se levanta y sujeta los barrotes.

—El profeta está en mi conciencia. Él te ve escondido en ese repugnante costal de carne. Él percibe tu esencia sulfurosa. Pero no me dice quién soy yo, ni por qué estoy aquí.

El alma que habita el cuerpo de Pierre Borgia camina despacio frente a la celda.

—Estás aquí porque yo estoy aquí. En cada encarnación, al parecer, nuestros caminos se tienen que cruzar, como si nuestro asunto pendiente fuera lo que hace correr en círculos al universo. Y sin embargo, en cada intersección la oscuridad se impone a la luz. ¿Comprendes el significado inherente a estas circunstancias, profeta? Significa que el Creador desea que la oscuridad habite la dimensión física. Significa que a Él ya no le importa su creación. Su indiferencia nutre la determinación de Satanás; antes de morir serás testigo de su gloriosa resurrección.

El Gran Colisionador de Hadrones
reanudará sus operaciones en el CERN

22 de febrero de 2010

Este mes marca la reanudación de las operaciones del Gran Colisionador de Hadrones (GCH), el enorme dispositivo experimental operado por el Centro Europeo de Investigación Nuclear (CERN, por sus siglas en francés) en Suiza. Es el aparato más grande y costoso jamás construido para realizar investigaciones físicas. El GCH estuvo parado para realizar reparaciones durante un año después de un accidente. Reanudará su operación de baja energía esta semana (22-24 de febrero) y está programado para operar a media potencia en marzo. Los ingenieros del CERN decidieron el mes pasado en una reunión en Chamonix, France, limitar el colisionador a media potencia, unos 3.5 billones de electronvoltios (TeV), durante los próximos 18 a 24 meses. El GCH operó por menos de un mes el año pasado, del 23 de noviembre al 20 de diciembre, como parte del proceso de recuperación tras el accidente ocurrido el 19 de septiembre de 2008. Un magneto ligeramente mal alineado hizo que el rayo del GCH vaporizara seis toneladas de refrigerante de helio líquido, provocando una explosión en el interior del detector. Durante el reinicio experimental, los dos rayos del GCH estuvieron centrados y estables. Cada rayo operó a 900 giga-electronvoltios (GeV), equivalentes a 13 por ciento de la energía plena. A ese nivel de energía fueron detectadas las primeras colisiones confirmadas del GCH.

Bryan Dyne, wsws.org

26

Once años después...

Chichén Itzá
Península de Yucatán

21 de marzo de 2012 (equinoccio de primavera)

Los peregrinos han llegado en un flujo constante a lo largo del día. El estacionamiento está lleno de autobuses y coches rentados; en las puertas del parque estatal hay largas filas. Pasando los puestos concesionados y los sanitarios, las masas siguen un sendero de tierra apisonada, un portal del tiempo que los conduce mil años atrás.

En maya, Chichén Itzá significa "boca del pozo del mago del agua", una alusión a Kukulcán y el cenote sagrado de la ciudad. Rodeada de una espesa selva tropical, la antigua ciudad conserva casi intacto su diseño original: un oasis de tierras llanas y abiertas y unas estructuras de piedra caliza interconectadas por caminos de tierra llamados *sacbé*. La gran atracción de Chichén Itzá es la Gran Plataforma del Norte, un imponente lugar de reunión dividido en varias subsecciones, donde se destacan el Templo de los Guerreros, el Gran Juego de Pelota y la estructura más majestuosa de todo Yucatán: la Pirámide de Kukulcán.

El templo diseñado y erigido por el legendario sabio maya es un zigurat perfecto de cuatro lados, formado por bloques de piedra caliza. Mide 53 metros de anchura y 24 de altura. Tiene 91 escalones por lado, y si a ellos se suma la plataforma de la cima, el total es de 365, en representación de los días del año. Una construcción ceremonial de seis metros de altura remata la pirámide y su piso carbonizado todavía tiene manchas de sangre de 10 mil sacrificios humanos.

La multitud se congrega alrededor de la balaustrada norte de la Pirámide de Kukulcán. El primer día de la primavera enciende una atmósfera de carnaval. Los tambores acompañan sones tradicionales, mientras va en aumento la anticipación por el acontecimiento equinoccial. Según cuenta la leyenda, dos veces al año, cuando el día y la noche son iguales, el espíritu de Kukulcán regresa ante sus devotos, la llegada del gran maestro es precipitada por la aparición de la sombra de una serpiente emplumada a lo largo de la balaustrada norte. Conforme el sol se eleva en el cielo los siete segmentos de la serpiente se alargan hasta que se desliza escaleras abajo y se reconecta con su cabeza en la base de la pirámide.

La gente vitorea el sol de media tarde cuando el primero de los triángulos de la criatura ensombrece una sección de la fachada de piedra caliza; la sombra es creada por la precisa alineación de la arquitectura a la rotación natural de la Tierra y el Sol.

★ ★ ★

Seis metros debajo de las piedras antiguas que han sido testigos de la concepción y la desaparición de toda una nación hay un segundo templo. Más pequeño y más antiguo, permanece oculto dentro de la Pirámide de Kukulcán como un bebé en el vientre de su madre. Siguiendo un túnel excavado a lo largo del lado norte de la estructura mayor se llega a un acceso claustrofóbico sellado por un bloque de piedra caliza, pulida y sudada. Una estrecha escalera conduce a una pequeña cámara custodiada por un *Chac Mool*, un jaguar tallado en piedra, cuajado de joyas.

Sentado a solas frente al ídolo, bajo las cien mil toneladas de la pirámide, está Michael Gabriel. El hijo de los difuntos Julius y María Gabriel sufre a sus 36 años de edad una existencia de soledad, rabia y angustia. Es un hombre varado en una misión, un asteroide condenado a orbitar un vacío en el espacio terrestre; su único contacto con otros humanos se limita a los conocidos que ve en sus migraciones anuales entre Nazca y Chichén Itzá.

Ha eliminado de su rutina los viajes otrora frecuentes a Cambridge, Massachusetts, donde sus apelaciones por la sentencia y encarcelamiento de Samuel Agler, su hijo que aún está por nacer, han sido bloqueadas durante años. El único rayo de sol fue la noticia reciente de que el vetusto hospital psiquiátrico cerraría sus puertas y los pacientes serían reubicados en diversas instalaciones alrededor del país.

Samuel Agler fue transferido al Centro de Evaluación y Tratamiento del Sur de la Florida, en Miami.

De una u otra manera, Michael Gabriel se propone liberarlo… y el tiempo se está agotando.

Con la llegada del equinoccio de primavera de 2012 el evento apocalíptico está a sólo nueve meses de distancia. A pesar de su exhaustivo trabajo de campo, Mick no está más cerca de resolver el misterio maya de lo que sus padres lo estuvieron alguna vez. Era como si la enigmática aparición de su hijo hubiera vuelto a barajar 40 años de investigaciones. Para empeorar el problema, el gobierno se negaba a discutir la desaparición de su tía Laura y su sobrina Sophie, y mientras más indagaba, más cerca estaba de ser "desaparecido" él también. Todo indicaba una amenaza de MAJESTIC-12, lo cual significaba que Laura y Sophia estaban cautivas en algún lugar del Área 51, suponiendo que siguieran con vida.

El sonido amortiguado de los vítores de la multitud lo hacen alzar la vista hacia la figura del jaguar. Chilam Balam conocía todas las piezas del rompecabezas del Apocalipsis. Samuel Agler estaba convencido de ser una encarnación del Profeta Jaguar. Tras 11 años de reclusión en solitario, Mick rezaba por que hubiera todavía una veta de lucidez en la conciencia de su hijo que él pudiera explorar.

Consulta su reloj. El avión rentado de Mérida aterrizó hace 20 minutos, con la pasajera procedente de la casa de sus padres adoptivos en Tampa, Florida.

Mick desciende por los resbalosos escalones de piedra caliza y sale por la puerta sellada del túnel a la luz del día.

* * *

El *sacbé* corre hacia el norte desde las dos cabezas de serpiente en la base de la Pirámide de Kukulcán por casi kilómetro y medio hasta culminar en el cenote sagrado. El sendero elevado de tierra está flanqueado por hombres y mujeres mayas que venden cerámica "auténtica", mantas, estatuas y dagas de obsidiana, todas abastecidas por el mismo fabricante mexicano.

La enjundiosa mujer maya de unos sesenta y tantos años, de ojos azul turquesa acentuados por sus pómulos prominentes, está sentada en una silla plegadiza de lona, fumando un cigarrillo hecho a mano y sacudiendo la cabeza mientras discute con una pareja estadounidense que regatea por la figura de un guerrero maya que lanza una flecha al aire.

Mick espera hasta que se marchan para acercarse a la anciana, dejando caer un grueso fajo de billetes de 20 dólares en su regazo.

Chicahua Aurelia mira al estadounidense alto y de cabello negro, cuyos ojos están ocultos tras unos anteojos oscuros.

—¿Qué quieres comprar?

—Una conversación. Con tu sobrina.

—¿Mi sobrina?

—Dominique Vázquez. Llegó en el vuelo de Mérida. Necesito hablar con ella acerca de algo importante.

—Mi *sobrina* habla libremente. No necesita que una anciana le negocie conversaciones.

—Se rehúsa a hablar conmigo. Créeme que lo he intentado.

—¿Qué necesitas discutir con ella?

—Dominique acaba de obtener un internado para trabajar en un hospital psiquiátrico en Florida. Mis contactos me dicen que fue seleccionada para atender a un paciente en particular. Ese paciente es mi pariente… un medio hermano mayor que yo. Necesito hacerle llegar un mensaje, comunicarme con él.

—¿Por qué no solicitas una visita simplemente?

—Le han negado el derecho de recibir visitas. Hace 11 años atacó a un hombre muy poderoso… un alma de las tinieblas. Mientras mi hermano sufra, sufrirá la humanidad.

—¿Cómo?

—Mi hermano posee un conocimiento que podría impedir la profecía del calendario…

—¿Tú otra vez? No lo puedo creer —la beldad guatemalteca de 31 años, pómulos prominentes y cabellera negra que le llega hasta la cintura, se acerca a Mick como una tigresa enfurecida. Antes de que él pueda pronunciar palabra le tira una feroz patada con la pierna derecha; el pie de la experta en artes marciales golpea al arqueólogo en el esternón y lo arroja de espaldas a los arbustos.

—¡Dominique!

—Chicahua, ese hombre me ha estado acechando durante tres semanas —Dominique toma una daga de obsidiana de la mesa de mercancías de la anciana.

Mick se pone de pie rápidamente y se refugia detrás de un antiguo árbol Acai.

—¡No te estoy acechando! Simplemente necesito hablar…

Blandiendo la cuchilla como una experta rebana el aire haciendo ochos y destaza un montón de hojas del árbol.

—Dominique, deja ese cuchillo. ¡Ahora mismo!

Vacila y luego retrocede, arrojando la daga a la mesa.

La anciana se dirige a Mick.

—¿Cómo te llamas?

—Michael Gabriel. Soy un arqueólogo, no un acechador.

—Eres un imbécil.

—Basta —Chicahua le hace una seña a Mick para que se acerque—. Dame tu mano.

Mick permite que la anciana examine la palma de su mano derecha. Chicahua cierra los ojos mientras con los dedos tantea la línea de la vida y su pulso.

Abre los ojos. Durante un largo e incómodo momento se queda mirando los ojos negros de Mick; después arranca una hoja de su bloc de recibos y garabatea algo con la pluma.

La anciana le da la información y le devuelve su dinero.

—Esta es mi dirección en Pisté. Esta noche vendrás a cenar con nosotras. Llega a las ocho en punto.

—Gracias —inclina la cabeza en dirección de Dominique y luego se retira.

La belleza de cabello negro sacude la cabeza.

—¿Por qué?

Chicahua Aurelia besa la mano de su hija.

—Cuando volví a hacer contacto contigo hace tres años me hiciste la misma pregunta. Quizá no te guste la respuesta, ni la entiendas, pero la razón por la que te envié lejos de aquí para reunirnos 20 años después fue justamente para que tu camino se cruzara con el de ese hombre.

La Casa Blanca
Washington, D. C.

El secretario de Estado, Pierre Robert Borgia, ve su reflejo en el espejo del baño. Ajusta el parche que cubre su órbita ocular derecha y alisa los mechones cortos de cabello gris a los costados de su calva. El traje negro y la corbata están inmaculados, como siempre.

Borgia sale del baño ejecutivo y da vuelta a la derecha, saludando con la cabeza a miembros del personal mientras avanza por el corredor hacia la Oficina Oval.

Patsy Goodman aparta la vista de su teclado.

—Adelante. Lo está esperando.

El rostro enjuto y pálido de Mark Maller muestra el desgaste de casi cuatro años en el cargo de presidente. El cabello negro se ha encanecido sobre las sienes; los ojos de un azul penetrante están más arrugados en los bordes. La complexión del ex jugador colegial de basquetbol ahora es considerablemente más delgada, pero sigue siendo fuerte.

Borgia le dice que parece que ha perdido peso.

Maller hace una mueca.

—Se llama estrés. Todo terminó entre Heidi y yo. Afortunadamente aceptó no divulgarlo hasta después de la elección de noviembre.

—Lamento escucharlo. Habría pensado que era por Viktor Grozny.

—Sí, bueno, el presidente ruso ha contribuido sin duda a mi úlcera sangrante. Vender a Irán esos misiles balísticos intercontinentales SS-27 fue una jugada astuta de cara a la cumbre del G-20 de la semana próxima.

—Señor, no puede cerrar HAARP. Son meras insinuaciones, no hay ninguna prueba…

—Pierre, no te llamé para discutir escudos furtivos de misiles. Joe ha decidido dejar la vicepresidencia. No preguntes. Digamos que es por razones personales. Ya tuve una reunión no oficial con los poderes fácticos. Está entre Ennis Chaney y tú.

El corazón de Borgia da un vuelco.

—¿Ya habló con él?

—No. Quise informarte primero.

—El senador Chaney dividiría al partido. Cuestiona públicamente nuestra presencia en Afganistán y ha criticado acremente a las grandes petroleras...

—Como la mayoría de los estadounidenses.

—Señor, ambos sabemos que Chaney se queda muy corto ante mí en materia de asuntos exteriores. Y mi familia ejerce todavía una considerable influencia...

—No tanta como crees. Mira, si dependiera sólo de mí, serías el candidato a vicepresidente, pero la elección será muy competida. Chaney nos daría una ventaja muy necesaria en Pennsylvania y en el sur. Tranquilo, Pierre. No se tomará ninguna decisión al menos en las próximas dos semanas. Pero necesito saber si hay esqueletos en tu armario que nos deban preocupar, algo que los medios puedan explotar.

—Estoy limpio.

—¿Qué hay del incidente de 2001?

—Yo fui la víctima, Mark. ¡Perdí un ojo, por Dios!

—Sabes cómo retuercen las cosas. Sólo te lo pregunto porque mis fuentes me dicen que tu atacante será sometido pronto a su evaluación médica anual, y esta vez se encuentra en un hospital que sí evaluará su estado mental. En otras palabras, no quiero que aparezca en programas de entrevistas de radio y televisión, ni en campañas de desprestigio en noviembre.

—Señor presidente, confíe en mí. El lunático que me hizo esto nunca volverá a ver la luz del día.

Pisté, Yucatán

Pisté es un pequeño pueblo yucateco ubicado a kilómetro y medio de Chichén Itzá, en la autopista 180 de México. Sus tiendas de estuco vistosamente pintado tienen estantes llenos de recuerdos mayas para turistas. Más allá de una calle de tiendas apretujadas junto a una posada hay un área residencial, cuya población indígena se aferra a una vida simple que rara vez rebasa los límites de la aldea.

El día ya se prolonga en el ocaso cuando Michael Gabriel maniobra su motoneta por las calles de tierra habitadas por nativos de piel café, niños descalzos y perros sin dueño. Mick localiza la dirección, deja la motoneta cerca del porche de la casa de estuco de un solo piso y toca la puerta de malla. La puerta interior está abierta y deja escapar el aroma del pan de maíz casero.

Dominique lo saluda. Lleva un vestido color marfil y una actitud de indiferencia.

—Para ti —Mick le da un ramo de flores silvestres.

—¿De qué jardín las robaste?

—Estoy bien, gracias. Aunque tengo el pecho lastimado desde la última vez que me saludaste. ¿Dónde aprendiste a patear así?

—Tú eres el que ha estado husmeando en mi vida. Dímelo tú.

—¿En el campamento para porristas?

Lo recompensa con una breve sonrisa que acentúa sus pómulos y aligera su corazón.

—Puedes pasar, señor Gabriel, pero ten en cuenta que conozco seis maneras de matar a un hombre.

—Espero que cocinar no sea una de ellas —la sigue a través de la pequeña estancia hasta la cocina, donde Chicahua sirve la comida en tres platones coloridos.

—Pasa, señor Gabriel. ¿No luce hermosa mi sobrina esta noche?

—Así es, en efecto.

La anciana le indica con un gesto que se siente en la mesa del comedor.

—Hice algunas indagaciones acerca de ti desde nuestro último encuentro. Tu padre fue Julius Gabriel y tu madre María Rosen. Pasaste muchos inviernos de tu niñez en esta región mientras tus padres proseguían sus investigaciones. Tu familia tiene muchos aliados entre mi gente. Lo que no tienes, señor Gabriel, es un hermano mayor.

Los ojos de Mick se humedecen y unas gotas de sudor escurren desde su axila.

—Es más bien un medio hermano, ya te lo dije. Al parecer, Julius tuvo una época alocada antes de conocer a mi madre. Es un tanto bochornoso.

—¿Los ancestros de tu madre eran de Sudamérica?

—De Perú. Pero sólo por el lado materno.

—El linaje materno de Dominique se remonta al Itzá. Mi bisabuela decía que Kukulcán mismo sembró nuestro árbol genealógico.

—Eso es... impresionante.

—Noté que observabas mis ojos esta tarde en el parque. Es un tono inusual, ¿verdad?

—Azul maya.

—¿Has visto este color con anterioridad? ¿Quizá en tu medio hermano...?

—En mi tía. La hermana menor de mi madre.

—¿Y dónde está tu tía en este momento?

Mick hace un esfuerzo para no apartar la mirada, preguntándose si la anciana es capaz de leer su mente.

—Se esfumó. Desapareció junto con su hija hace 11 años.

—Y ese medio hermano mayor que tú, el que está encerrado en el psiquiátrico, ¿quizá sepa dónde se encuentran?

—Es posible, sí. Pero quizá sepa también qué va a ocurrir dentro de nueve meses.

—Nada va a ocurrir dentro de nueve meses —dice Dominique con fastidio—. Todo ese asunto de 2012 es una necedad mitológica, una interpretación morbosa del final del ciclo natural del calendario. Un nuevo ciclo comenzará un día después del solsticio de invierno y la vida continuará como siempre.

Mick se ríe.

—Y lo dice una mujer cuyo linaje se remonta al caucásico de gran estatura cuyo conocimiento del cosmos causó que la sombra de una serpiente apareciera esta tarde en su pirámide.

—Yo no me crié en un país tercermundista como mi tía.

—Te refieres a tu madre, ¿no? O a tu padre biológico, un tratante de esclavos llamado Don Rafelo.

La expresión sobresaltada de Chicahua iguala la de Dominique.

—¿Quién ha revelado esa información?

—Como dijiste, mi familia estaba muy allegada a tu gente, incluyendo a miembros de la hermandad *Sh'Tol*. Esa sociedad secreta sabe todo lo que ocurre en su tierra.

Dominique se dirige a Chicahua.

—Dijiste que mi padre había muerto hace mucho tiempo.

—Así es. El día que recurrió al lado oscuro para ser un hechicero.

—Pero elegiste estar con él. ¿Por qué?

—Esto no debe oírlo el señor Gabriel.

—Tú lo invitaste a tu hogar, déjalo escuchar. A menos que ya lo sepa. ¿Es así?

Mick vacila, sintiendo los ojos de la anciana clavados en él.

—El linaje de tu padre es el de Quetzalcóatl. Sospecho que quería polinizar las dos líneas.

—¿Polinizar? ¿Acaso soy una abeja?

—En realidad serías la flor.

—Cállate. De hecho, creo que es hora de que te vayas.

—Me iré, pero debes saber esto: antes de morir, mi padre dedicó décadas de investigación a los orígenes de una raza superior de hombres cuyo tipo sanguíneo Rh negativo se remonta hasta los Grandes Maestros. Yo soy Rh negativo, tú también, lo mismo que el hombre encerrado en el manicomio de Miami que te será asignado cuando inicies tu internado este verano. ¿Ese hombre es mi hermano? No precisamente. Pero si te dijera más que eso probablemente cancelarías tu internado y entonces… —Mick se seca unas lágrimas al tiempo que sacude la cabeza al contener una carcajada—. ¡Dios mío, esto es una locura! O quizá yo soy quien está loco. He perseguido fantasmas por tanto tiempo que ya no lo sé.

—Como psicóloga a punto de titularme creo que puedo encerrarte en un psiquiátrico.

Los dos comparten una carcajada.

La anciana sonríe.

Se sirve la cena.

Instalación subterránea MAJESTIC-12 (S-66)
24 kilómetros al sur de la base de la Fuerza Aérea de Groom Lake (Área 51)
Norte de Las Vegas, Nevada

Como decía a menudo el difunto Julius Gabriel, básicamente hay dos maneras de hervir una rana. La manera difícil es arrojarla a una olla de agua hirviendo y forcejear con ella hasta que revienta. La manera fácil es dejarla en una olla de agua fría y aumentar la temperatura gradualmente hasta que la rana se cocine plácidamente.

El *Proyecto Ojos Azules* fue lo que hizo que el doctor Dave Mohr advirtiera que MAJESTIC-12 había cocinado lentamente su sentido de la moral en una olla de cinismo y codicia. A pesar de ser director del programa, llevaba ahí el tiempo suficiente para saber que en la instalación S-66 los títulos eran meras apariencias y que el auténtico poder era ejercido por una invisible junta de directores cuyos objetivos estaban basados en la ganancia monetaria, no en la ciencia.

El asistente de Mohr, Marvin Teperman, por fin había obligado al experto en cohetes a envalentonarse cuando el exobiólogo canadiense y su equipo se negaron tajantemente a practicar más procedimientos médicos a Laura Agler y su hija. La subsecuente reunión de Mohr con Joseph Randolph resolvió el asunto cuando el científico convenció al supervisor de MJ-12 que el ADN Hunahpú de Laura aún no había "evolucionado" y que convenía esperar a que adquiriera sus poderes antes de realizar procedimientos invasivos.

Durante años los resultados de los exámenes sanguíneos de Laura Agler habían permanecido estables. Luego, hace seis meses, el conteo de células blancas de la mujer de 39 años de edad comenzó a incrementarse a un ritmo constante, obligando a su médula ósea a liberar más células madre en sus vasos sanguíneos. Al principio Mohr sospechó una infección, pero los estudios demostraron que las células madre estaban atacando el cerebro de Laura, causando un aumento en sus sinapsis neuronales.

En cuestión de semanas la repentina "evolución" de Laura avanzó a sus músculos y tendones; las fibras ganaron densidad, haciéndola más fuerte, más veloz y más flexible, todo lo cual fue advertido discretamente, para que MJ-12 no lo descubriera. Lo más fácil de ocultar fue la agudización de los sentidos de Laura, en particular sus células olfativas.

Laura Rosen Agler evolucionaba a un nivel posthumano, obligando a Dave Mohr y Marvin Teperman a tomar una decisión: informar de los resultados de los exámenes y condenarla a muerte, o arriesgar sus vidas alterando los datos y rezar por que nadie se diera cuenta.

Los dos científicos no necesitaron debatir la decisión. Habían visto cómo se apagaban los signos vitales del Gris el 24 de agosto de 2001; la muerte del E.T. coincidió exactamente con el último suspiro de Julius Gabriel. La experiencia había sido devastadora, empeorada además por 16 meses de trabajo *post mortem,* tras los cuales tuvieron que dar parte de manera exhaustiva en el *Proyecto Ojos Azules.*

Para entonces Laura y Sophia ya habían sido adecuadamente "indoctrinadas" para su nueva existencia en su hábitat Bio-2. Mohr y Teperman se indignaron: mantener encerradas a una madre y su hija bajo sospecha de tener ADN extraterrestre era una bárbara atrocidad que a Marvin le hizo recordar las películas nazis que había visto de Joseph Mengele perpetrando sus inhumanos experimentos en niños judíos durante el Holocausto. Al final, los dos científicos aceptaron dirigir *Ojos Azules* por una razón: de no hacerlo, Joseph Randolph habría nombrado a dos curtidos comandantes militares en su lugar, condenando así a las Agler a lobotomías inmediatas.

El 21 de diciembre de 2003 fue el día en que el doctor Dave Mohr se zambulló en su propia olla de agua fría.

* * *

La sangre de Laura Agler está hirviendo; su cuerpo empapado de sudor tiembla mientras ella da vueltas en el área común de su "hábitat". Han transcurrido 11 años desde que los hombres de Borgia la raptaron del mundo real junto con Sophie; 11 años de la angustia de no saber si su esposo Sam estaba vivo o muerto... o peor. Como una tigresa enjaulada había peleado con sus captores y protegido a su cachorra, hasta que sucumbió al agotamiento físico; sólo el ácido humor de su hija la había mantenido cuerda al paso de los años. Una vez que cedió, sus ondas cerebrales pasaron gradualmente de la fase beta de excitación, baja amplitud y mayor velocidad, a la fase delta de ondas mucho más lentas.

Y fue entonces cuando descubrió el Nexo.

Incursionó en ese corredor una noche, justo antes de quedarse dormida. Fue una sensación similar a una experiencia de desprendimiento corporal. El ingreso a esa dimensión alterna de la existencia serenó sus nervios crispados y le dio una sensación de calidez y calma. Con práctica y paciencia aprendió finalmente a controlar las sesiones. Para no alertar a sus captores, que la tenían vigilada las 24 horas del día, solicitó un DVD de yoga y lo usó de excusa para meditar durante horas, sondeando cada vez con mayor profundidad ese nuevo dominio cerebral.

Hace dos días escuchó la voz.

Ocurrió en el equinoccio de primavera. Ella supo por instinto que esas absurdas peroratas provenían de Sam. ¿Estaba muerto? ¿O podía, como ella, acceder a ese corredor superior de la conciencia? Lo llamó en el vacío y la respuesta le provocó escalofríos.

—¡Yo no soy Sam! Déjame en paz, bruja. Vuelve a interrumpirme y arrojaré a tu Sam a los abismos de Xibalbá, donde los Señores del Inframundo devorarán sus ojos.

—Si no eres mi esposo, entonces ¿quién eres?

—¡Falsaria! ¿No te basta con haberme desterrado a las tinieblas y al sufrimiento eterno? ¿Además tienes que arrojarme tu excremento? ¿Exhibir mi desnudez? ¿Por qué atrajo tu ira mi existencia? No, bruja, ya no actuaré para ti. Me he saciado de dolor, tus amenazas de tortura me hacen reír. ¡Adelante! Desángrame hasta que mi miserable conducto físico quede exangüe. ¡Ya no me importa! ¡No me importa! ¡No me importa!

La respuesta esquizofrénica, evidencia de la angustiada existencia de su esposo, fue demasiado para Laura. Sintiendo una absoluta impotencia, irrumpe en el gimnasio, toma de un anaquel una pesa de 40 kilos y la arroja contra la pared de vidrio, haciéndola un millón de añicos; el esfuerzo hercúleo queda grabado en video y muy pronto lo verá una docena de ojos de MAJESTIC-12.

Ningún problema puede ser resuelto desde el mismo nivel de conciencia que lo creó...

Albert Einstein

27

8 de septiembre de 2012
Miami, Florida

8:47 AM

El Centro de Evaluación y Tratamiento del Sur de la Florida es un edificio de concreto de siete pisos, blanco con enredaderas, en un vecindario étnico venido a menos al oeste de la ciudad de Miami. Como en casi todos los negocios de la zona, el techo está protegido con rollos de alambre de púas. A diferencia de otros establecimientos, el alambre no está ahí para impedir que la gente se meta, sino para mantener recluidos a los residentes.

Dominique Vázquez serpentea entre el tráfico de la hora pico matutina, maldiciendo en voz alta mientras avanza por la Ruta 441. Es el primer día de su internado y va retrasada. Esquiva a un adolescente en patines motorizados que va en sentido contrario y entra al estacionamiento de visitantes, donde halla un lugar vacío, aunque muy estrecho. Sale de su coche y corre a la puerta del edificio.

Es recibida por un vestíbulo con aire acondicionado y una mujer hispana en el escritorio de información. La recepcionista está absorta leyendo las noticias de la mañana en su i-pad. Sin alzar la vista pregunta:

—¿Puedo ayudarla?

—Sí, tengo cita con Margaret Reinike.

—Hoy no. La doctora Reinike ya no trabaja aquí —la mujer da vuelta con un dedo la página electrónica, avanzando la pantalla a otro artículo noticioso.

—No comprendo. Hablé con la doctora Reinike hace dos semanas.

—¿Y usted quién es?

—Dominique Vázquez. Vengo a hacer un internado para el postgrado de la Universidad Estatal de Florida. Se supone que la doctora Reinike es mi asesora.

Ve a la recepcionista tomar el teléfono y marcar una extensión.

—Doctor Foletta, una joven llamada Domino Vass…

—Vázquez. Dominique Vázquez.

—Disculpe. Dominique Vázquez. No, señor, está aquí en el vestíbulo. Dice ser la interna de la doctora Reinike. Sí, señor —cuelga el teléfono—. Puede tomar asiento allá. El doctor Foletta estará con usted en unos minutos —una vez cumplido el requerimiento de su empleo, la recepcionista regresa al i-pad.

Dominique se sienta, sus pensamientos se disparan. *Mick tenía razón. Borgia remplazó a Reinike con Foletta.*

Diez minutos después aparece en un pasillo un hombre corpulento de cerca de 60 años de edad.

El doctor Anthony Foletta se ve como si debiera estar en un campo de futbol entrenando a los linieros defensivos, en vez de deambular por los pasillos de un centro para criminales declarados dementes. Una crin de cabello gris y abundante se extiende hacia atrás sobre una cabeza descomunal que parece estar pegada directamente a los hombros. Sus ojos de un azul grisáceo brillan en contraste con los párpados somnolientos y las mejillas abultadas. Tiene sobrepeso, pero su torso es firme y el estómago apenas asoma de la bata blanca abierta.

Sonríe forzadamente y le tiende una mano gruesa.

—Anthony Foletta, jefe de Psicología —su voz es grave y ronca, como una vieja podadora de césped.

—¿Qué fue de la doctora Reinike?

—Un asunto personal. Se rumora que a su esposo le diagnosticaron cáncer terminal. Supongo que decidió retirarse anticipadamente. Reinike me dijo que usted vendría. Si no tiene ninguna objeción, yo supervisaré su internado.

—No tengo objeciones.

—Bien —se da vuelta y regresa por el pasillo. Dominique tiene que esforzarse para ir a su paso.

Se acercan al control de seguridad.

—Dele al guardia su licencia de conducir.

Dominique busca en su bolso y le da la tarjeta laminada, intercambiándola por un pase de visitante.

—Úselo por ahora —dice Foletta—, y devuélvalo al final del día. Le daremos un gafete con código de interno antes del fin de semana.

Se coloca el pase en la blusa con un clip y lo sigue al ascensor, que ya los está esperando.

Foletta levanta tres dedos hacia una cámara montada sobre su cabeza. Se cierran las puertas.

—¿Ha estado aquí antes? ¿Está familiarizada con las instalaciones?

—No. Sólo hablé por teléfono con la doctora Reinike.

—Hay siete pisos. La administración y la central de seguridad están en el primer piso. La estación por la que acabamos de pasar controla los ascensores del personal y de los residentes. En el nivel 2 hay una pequeña unidad médica para los ancianos y los enfermos terminales. En el nivel 3 encontrará nuestras oficinas administrativas así como nuestra zona de comedor y el entrepiso con acceso al patio. Los niveles 4, 5, 6 y 7 son para los residentes —Foletta se ríe—. El doctor Blackwell se refiere a ellos como los "clientes". Un eufemismo interesante, ¿no le parece?, considerando que llegan aquí esposados.

Salen del ascensor. Un guardia abre con un botón la puerta de seguridad, permitiéndoles entrar al tercer piso, donde un pequeño corredor conduce a la oficina del doctor Foletta. Hay cajas de cartón apiladas por doquier, llenas de expedientes, diplomas enmarcados y objetos personales.

—Disculpe el desorden, todavía me estoy instalando —Foletta quita una impresora de una silla y le indica a Dominique que tome asiento. Apretujándose para llegar atrás de su escritorio, se arrellana en su silla de cuero para dar amplio espacio a su panza.

Abre la carpeta de Dominique.

—Buenos resultados en los exámenes, algunas referencias agradables. Hay varios centros psiquiátricos más próximos a la universidad que el nuestro. ¿Qué la trajo aquí?

Dominique se aclara la garganta.

—Mis padres viven en Sanibel. Son sólo dos horas en coche desde Miami. Ya están ancianos y no puedo ir a casa a menudo.

Foletta sigue con un grueso dedo índice su biografía.

—Aquí dice que nació en Guatemala.

—Sí.

—¿Cómo fue que llegó a Florida?

—Mis padres; mis padres verdaderos murieron cuando yo tenía seis años. Me enviaron a vivir con un primo en Tampa.

—¿Pero eso no duró mucho tiempo?

—¿Es importante?

Foletta alza la vista. Sus ojos ya no lucen somnolientos.

—No me agradan las sorpresas, interna Vázquez. Antes de asignar pacientes me gusta conocer la psique de cada miembro del personal. La mayoría de los residentes no nos causa mayor problema, pero es importante recordar que se trata de individuos bastante violentos. La seguridad es una prioridad para mí. ¿Qué sucedió en Tampa? Aquí dice que usted terminó en un hogar adoptivo temporal.

—Baste con decir que las cosas no funcionaron con mi primo.

—¿Él la violó?

Su franqueza toma por sorpresa a Dominique.

—Si debe saberlo, sí. Yo tenía apenas 10 años… la primera vez.

—¿Estuvo bajo el cuidado de un psiquiatra?

—Con el tiempo —le devuelve la mirada. *Conserva la calma. Te está poniendo a prueba.*

—¿Le molesta hablar de eso?

—Ocurrió. Ya pasó. Estoy segura de que influyó en mi elección de carrera, si es que eso es lo que le interesa saber.

—También sus intereses. Aquí dice que es cinta negra de segundo grado en taekwondo. ¿Se ha servido de eso?

—Sólo en torneos —sonríe—. Hace poco, en Yucatán. Estaba de vacaciones y un tipo me colmó la paciencia.

El rostro de querubín se ilumina con una sonrisa.

—Muy bien —Foletta cierra el expediente—. La tengo en mente para una asignación especial, pero necesito estar absolutamente seguro de que está preparada para la tarea.

Aquí viene.

—Señor, yo puedo con él.

—¿Él? —los ojos azul gris se ponen en alerta.

—O ella. Póngame a prueba. Yo vine aquí a trabajar, señor.

Foletta toma un grueso expediente café del cajón superior del escritorio.

—Como sabe, este centro cree en un enfoque multidisciplinario y de equipo. A cada residente se le asigna un psiquiatra, un psicólogo clínico, una trabajadora social, una enfermera psiquiátrica y una terapeuta de rehabilitación. Mi reacción inicial cuando llegué aquí fue que eso era un tanto exagerado, pero no puedo rebatir los resultados, en especial tratándose de casos de abuso de sustancias y cuando se prepara a los individuos para participar en sus juicios.

—¿Pero no en este caso?

—No. El residente que quiero que usted supervise es un paciente mío, un interno de un centro psiquiátrico en Massachusetts donde fungí como director.

—No comprendo. ¿Usted lo trajo consigo?

—Nuestro centro fue cerrado por razones presupuestales. Este paciente en particular no es ciertamente apto para vivir en sociedad y había que transferirlo a algún lugar. Como yo estoy más familiarizado con su caso que nadie, consideré que sería menos traumático para todos los involucrados si permanecía bajo mi cuidado.

—¿Quién es?

—Oficialmente, se llama Samuel Agler, aunque no ha respondido a ese nombre en 11 años. De manera extraoficial, es un misterio absoluto. No tiene acta de nacimiento, no tiene un pasado que hayamos podido descubrir. Está psicótico y es violento.

Dominique traga con fuerza.

—¿Qué hizo?

—Atacó al secretario de Estado, Pierre Borgia, durante una conferencia en Harvard en 2001. Asegura que su esposa y su hija fueron secuestradas por "Hombres de Negro" y que una conspiración del gobierno lo ha mantenido encerrado todos estos años. En la mente de *la Mula*, ése es su apodo, *la Mula*, Samuel-Necio-como-una-Mula, él es la máxima víctima, un hombre inocente que trata de salvar el mundo y se ve enredado en la ambición inmoral de un político egoísta.

—Disculpe, me perdí en esa última parte. ¿Cómo está tratando de salvar el mundo?

—De hecho, la respuesta a esa pregunta tiene que ver con el árbol genealógico de usted. Agler es un fanático del calendario maya. Nuestro hombre misterioso afirma que fue enviado aquí para salvar a la humanidad de la destrucción el 21 de diciembre.

* * *

Cada uno de los cuatro pisos superiores del centro alberga a 48 residentes, en unidades divididas en ala norte y ala sur. Cada ala contiene tres habitáculos, consistentes en una pequeña sala de recreación con sofás y un televisor, al centro de ocho dormitorios privados. Los pacientes más peligrosos son recluidos en el séptimo piso, el único que tiene su propia estación de seguridad.

Paul Jones, de 57 años, se encarga de la seguridad en el nivel 7 tal como había dirigido una crujía en la prisión del condado Polaski, en Arkansas. El doctor Foletta llama al guardia.

—Paul Jones, ella es mi nueva interna, Dominique Vázquez. ¿El señor Agler está listo para su entrevista?

Jones se ve incómodo.

—Está en el cuarto de aislamiento, como usted lo pidió; pero francamente, señor, si me pide mi opinión, hay candidatos mucho más adecuados en el nivel 4…

—No, tengo mis razones. Llévala con Agler. Observaré detrás del cristal.

Jones farfulla algo en voz baja y lleva a Dominique por la puerta de seguridad hasta una puerta de acero con un letrero que dice: "Cuarto de aislamiento".

—Escuche atentamente. Este tipo puede parecer tranquilo, pero es como cable electrificado, así que no haga movimientos bruscos —Jones le muestra un dispositivo de metal con forma de habano, con un botón rojo sobre el que apoya un pulgar—. Transpondedor remoto. Todos los pacientes del nivel 7 tienen un grillete electrónico en el tobillo. Si intenta algo lo neutralizaré enseguida. Tal vez trate de sujetarla primero, de modo que debe tener cuidado o despertará en el piso junto a él con un nuevo peinado.

Dominique no dice nada, su corazón late con demasiada fuerza en su garganta como para permitirle hablar.

Jones levanta una pequeña tapa de acero de la puerta y se asoma a la celda.

—Se ve todo en orden. ¿Está lista?

—Es mi primera vez.

—Felicidades. Recuerde: no haga movimientos bruscos. Él es un tigre, pero yo tengo el látigo.

—¿Por qué no me da el látigo y una silla?

—Créame que le conviene más que yo lo tenga. Intente hacerlo hablar; no ha dicho ni media palabra desde que llegó de Cambridge. Bien, aquí vamos.

Jones abre la puerta de acero para que ella entre a la celda.

Samuel Agler está sentado en el piso, recargado en la pared más alejada de la puerta. Viste camiseta y pantalones blancos. Su complexión es delgada y muy musculosa. Es alto, mide casi dos metros. Su cabello negro está grasiento y cae sobre su espalda. A no ser por su tez pálida, Dominique habría supuesto que tenía sangre amerindia.

Es enorme. Rodillas, garganta y testículos. Se estremece y hace una mueca cuando se cierra la puerta tras ella.

El cuarto de aislamiento mide tres por tres metros y medio. No hay muebles. Un panel de vidrio ahumado en la pared a su derecha es la ventana de observación. Huele a antiséptico.

Samuel Agler permanece inmóvil, con la cabeza ligeramente inclinada para que ella no pueda ver sus ojos.

—Soy Dominique Vázquez. Todavía no me gradúo, así que tómalo con calma.

Sam alza la vista, revelando unos ojos animales de una negrura tan intensa que es imposible determinar dónde terminan las pupilas y comienzan los iris. Pero no es su mirada lo que estremece a Dominique, sino el hecho de que él está oliendo el aire, olfateándola.

Con un solo movimiento se pone de pie, se inclina hacia ella e inhala su aroma.

Dominique retrocede, su corazón late furiosamente.

—Es un perfume nuevo, ¿te gusta?

—Sangre —la palabra es carrasposa, expulsada de su esófago con una mortal exhalación. Sam se acerca más a ella.

Dominique se tensa, sus músculos pulsan. *Al diablo con Mick Gabriel. Si este lunático invade mi espacio personal le partiré la rodilla como si fuera una rama.*

Sam cierra los ojos, las aletas de su nariz se ensanchan.

—Dos linajes. Kukulcán… y Quetzalcóatl —vuelve a abrir los ojos—. Tu sangre fluye por mis venas. ¿Cómo es posible?

La mente de Dominique es un torbellino. *Síguele el juego. Haz que siga hablando.*

—Buena pregunta. Te lo voy a decir, pero antes necesito hacerte algunas preguntas… por ejemplo, ¿cómo te llamas?

—Yo soy Chilam Balam.

—¿Sabes por qué estás aquí?

—Fui enviado de regreso para salvar a la Tierra.

¡Dios mío, es el prototipo de la esquizofrenia!

—¿Qué es la esquizofrenia?

Un escalofrío cimbra su columna vertebral y siente en todo el cuerpo la piel de gallina.

—¿Cómo pudiste…?

Cuidado, nos están vigilando. Siete Guacamaya tiene vasallos en todas partes.

Dominique se lleva las manos a la cabeza; el flujo de energía mental hace zumbar su cerebro como un diapasón.

Él se le acerca. Los focos fluorescentes realizan una danza lunar en sus ojos. *Necesitamos actuar rápidamente. El equinoccio se avecina, otro golpe es inminente. ¿Qué tan pronto puedes liberarme? No podré mantener las voces a raya por mucho tiempo.*

Las paredes dan vueltas, la sangre se drena del rostro de la estudiante de psicología.

La puerta se abre.

Dominique hace a un lado a Paul Jones y huye del cuarto de aislamiento, mientras la voz del paciente se apaga en su cabeza gradualmente.

★ ★ ★

Dominique sale del vestíbulo del centro de tratamiento seis horas después, con el calor de la tarde estallando en su rostro. A la distancia, un relámpago rasga el ominoso cielo vespertino mientras ella oprime el botón de la puerta del lado del conductor de su flamante convertible Pronto Spyder, un regalo de graduación anticipado de sus padres adoptivos.

La lluvia se desata con fuerza sobre el parabrisas cuando sale del estacionamiento, con los nervios todavía de punta tras la sesión de la mañana con su nuevo paciente.

⋆ ⋆ ⋆

Treinta minutos más tarde se estaciona en el rascacielos de Hollywood Beach. Sale del coche y toma el anticuado ascensor al quinto piso, deteniendo la puerta para que la señora Jenkins y su poodle diminuto puedan entrar.

El departamento de una recámara es la última puerta de la derecha. Al entrar la recibe el penetrante aroma de verduras frescas, ajo y salsa teriyaki; Michael Gabriel mezcla los ingredientes en una sartén wok.

—¿Qué estás haciendo aquí? ¿Cómo entraste? ¡Este es un edificio de alta seguridad!

—Les dije que eras mi prometida. Prácticamente me dieron la llave.

—No puedes allanar mi departamento cuando se te antoje y… ponerte a cocinar. ¿Qué estás preparando?

—Verduras salteadas con pollo.

—¿Ah sí? Bueno, sirve el platillo y márchate.

—Tenía razón acerca de Foletta, ¿no es cierto?

—No me dijiste que Agler estaba tan desquiciado.

—Ha estado encerrado en reclusión solitaria durante 11 años. Imagina cómo estarías después de 11 años de escuchar sólo tu voz interior.

—No, no, no. Esto va más allá de la privación sensorial. Prácticamente me olfateó como un perro y distinguió de algún modo mis dos linajes. ¡Y luego me habló por telepatía! ¿Quién es este tipo? ¿Un vampiro?

—No seas ridícula. ¿Qué dijo?

—Quería saber cómo iba a liberarlo, supongo que para que pueda salvar a la Tierra.

—¿A la Tierra? ¿No a la humanidad? ¿Estás segura?

—No seas más irritante de lo que ya eres. Sí, la Tierra. Todo el asunto sonó como los diálogos de una mala película de serie B. También dijo algo de otro golpe que habría en el equinoccio. Ah, sí, cuando le pregunté su nombre dijo que era Chilam Balam.

Mick hace una pausa. Apaga la hornilla de la estufa y se recuesta en un gastado sofá de piel y cierra los ojos.

Dominique lo mira con creciente agitación.

—Bueno, sí, claro, ponte cómodo. ¿Qué te ofrezco?

—Estoy pensando.

—Yo voy a comer —toma un cucharón y se sirve verduras y pollo en un tazón, luego toma una cerveza del refrigerador y se sienta a comer en la mesa de la cocina—. Oye, esto sí es comestible. ¿También limpias baños?

—Shh.

—¿Sabes? Serías un buen partido si no fueras tan extraño. ¿Por qué no te olvidas del calendario maya y te consigues un trabajo de verdad?

—Chilam Balam fue un vidente; el profeta más venerado por los mayas. Tal vez Sam realmente está canalizando una vida pasada.

—No eres de mal ver y pareces ser bastante listo. ¿Alguna vez has pensando en estudiar medicina?

—Suponiendo que Balam comparta también los conocimientos de Sam, lo que ocurra en el equinoccio podría darnos una pista de cómo podemos impedir la destrucción de la Tierra en el solsticio de invierno. ¿Cuándo será tu siguiente sesión con Sam?

—Hasta dentro de dos semanas. Tengo que asistir a su programa de orientación del personal.

—Descubre todo lo que puedas acerca de ese golpe en el equinoccio. Regresaré cuando pueda.

—¿Adónde vas?

—A Chichén Itzá. En algún lugar de la antigua ciudad podría estar la nave espacial de Chilam Balam. Si está ahí, necesito encontrarla.

¿El Gran Colisionador de Hadrones está siendo saboteado desde el futuro?

> El GCH, el acelerador de partículas más grande del mundo, ha estado en reparaciones por más de un año a causa de una falla eléctrica en septiembre de 2008. Ahora el entusiasmo y el misticismo van en aumento en torno a la máquina de 10 mil millones de dólares, porque el Centro Europeo de Investigación Nuclear (CERN) se prepara para hacer circular un rayo de protones de alta energía alrededor del túnel de 27 kilómetros del colisionador. El acontecimiento debe tener lugar este mes, dijo Steve Myers, director de Aceleradores y Tecnología del CERN. El colisionador acaparó los encabezados la semana pasada, cuando al parecer un pájaro dejó caer "un pedazo de baguette" en el acelerador, haciendo que la máquina se apagara. El incidente fue equivalente a un corte de energía estándar, dijo la vocera Katie Yurkewicz. Si la máquina hubiera estado en pleno funcionamiento no habría habido ningún daño, pero los rayos habrían sido detenidos hasta que la máquina se enfriara hasta la temperatura de operación, dijo. [CNN 11 de noviembre de 2009.]

28

Centro de Evaluación y Tratamiento del Sur de la Florida
Miami, Florida

21 de septiembre de 2012

Dominique estaciona su auto en el lote para el personal, exhausta porque apenas pudo dormir. Luego de dos semanas de orientación por fin tiene programada su primera sesión con Samuel Agler, y la idea de confrontar al paciente apodado por sus colegas "el Hombre de Marte" la tiene muy nerviosa. *Al menos es viernes, tendrás todo el fin de semana para recuperarte.*

Entra al edificio y se dirige al control de seguridad del primer piso. Hace una mueca de disgusto cuando la saluda Raymond Hughes.

—Buenos días, rayo de sol —el robusto levantador de pesas, de cabello rojo cortado al ras y barba de candado, le sonríe mostrando los dientes amarillentos desde el otro lado de la puerta de seguridad de acero—. Adivina qué vas a hacer este fin de semana.

—No necesito adivinarlo. Voy a pasar el fin de semana en la Isla Sanibel.

—Olvídalo. Este fin de semana compito en el torneo de forzudos de South Beach y tú eres mi invitada especial.

—Sí, suena tentador, Ray, pero...

—¿Qué pasa? ¿No soy lo suficientemente bueno para ti?

—Ray, tengo planes. Voy a ver a mis padres este fin de semana. Quizá en otra ocasión, ¿sí?

—Te voy a tomar la palabra —oprime el botón para abrir la puerta—. Vi en la bitácora que hoy vas a trabajar con "el Hombre de Marte". Si se sale de control, nada más avísale a tu viejo amigo Raymond, quien organizará una sesión de medianoche.

—¿Qué es eso?

—Una pequeña lección de buenos modales fuera de horario.

—Gracias, pero yo no creo en ese tipo de cosas. Y el director Foletta tampoco.

Reaparecen los dientes amarillos.

—Seguro que no.

* * *

El elevador la deposita en el séptimo piso. Paul Jones la escolta por el control de seguridad y el corredor que conduce a los cuartos de los pacientes.

—Recuerda, Dominique, esta vez entrarás a su territorio. No toques nada, no te distraigas. Estaré observando todo en mi monitor, pero si te sientes amenazada de cualquier modo oprime dos veces este dispositivo —le entrega el transpondedor—. Querías el látigo, es tuyo. Oprime dos veces y encenderás a Sam con 50 mil voltios.

—Es un tipo enorme. ¿Seguro que eso bastará para detenerlo?

—Digámoslo de esta manera: si no lo detiene, no quedará mucho de él para atacarte.

—No es precisamente la respuesta que esperaba, señor Jones —con el transpondedor en la mano sigue al guardia por un pequeño pasillo e ingresa al habitáculo central de los tres situados en el ala norte. El área de recreación está desierta.

Jones se detiene en la habitación 714 y habla por el intercomunicador.

—Residente, tu nueva interna está aquí para verte. Permanece sentado en el piso donde yo pueda verte —abre la puerta con una llave magnética.

—¿Algunos consejos finales?

—Igual que la otra vez, no le permitas acercarse demasiado.

—La celda mide tres metros. ¿Cuál es tu definición de cerca? ¿Que ponga sus manos alrededor de mi cuello?

Entra a la celda, que es del tamaño del baño de su departamento. La luz del día entra en haces por una franja de plástico de 10 centímetros que corre verticalmente por una de las paredes. La cama es de hierro y está atornillada al piso. A un lado hay un escritorio y unos bancos cúbicos, también sujetos. En la pared de la derecha hay un lavabo y un escusado de metal, en un ángulo que brinda al residente cierta privacidad respecto de la mirilla de la puerta de acero.

La cama está vacía. Samuel Agler está sentado en el suelo, sobre un colchón tan delgado como una revista y un montón de sábanas. Tiene la cabeza inclinada, como si estuviera dormido.

Temerosa, Dominique permanece cerca de la puerta.

—Buenos días, señor Balam. Me da gusto verte de nuevo. ¿Soy inoportuna?

No hay respuesta, ni verbal ni telepática.

Dominique dirige la vista a la pared, arriba de la cabeza de Sam, dominada por un mapa del mundo hecho a mano. Hay puntos de colores colocados aparentemente al azar alrededor del globo. Ecuaciones matemáticas enmarcan el mapa y continúan sobre las tres paredes, como graffiti einsteiniano.

Sobre la cama hay otro dibujo: un tridente, un icono extraño que semeja una horquilla de tres puntas.

—En caso de que lo hayas olvidado, me llamo Dominique Vázquez. Me da gusto informarte que trabajaré contigo los próximos seis meses…

Energía de pensamiento fluye desde la mente de Samuel Agler como un arroyo burbujeante, transportando una tristeza tan honda que las lágrimas asoman en los ojos de Dominique.

—*¿Por qué me haces sufrir? Libérame para que pueda sentir de nuevo la calidez de Kinich-Ahau en mi rostro. Déjame respirar con la galaxia... sentir la caricia de mi alma gemela una última vez, antes que el quinto Kinich-Ahau llegue a su fin y yo sea arrojado al infierno.*

Dominique vacila y enseguida enfoca la pregunta hacia su interior.

—*¿Dónde está tu alma gemela?*

—*Está encerrada en algún lugar en las tinieblas. Anclada por mis transgresiones en la undécima dimensión. Primera Madre, por favor, tienes el poder de devolvernos a la Luz. Libérame antes que el mal mancille nuestra alma dividida para toda la eternidad. Reabre mi conducto físico para que pueda morir cumpliendo mi destino y no en esta jaula. Por favor, Primera Madre, te lo suplico...*

—¡Basta! —sacude la cabeza, interrumpiendo la voz—. Es decir, basta de silencio. Estoy aquí para ayudarte. Sólo puedo hacerlo si te comunicas conmigo... ya sabes, hablando. En voz alta.

Sam la mira con ojos desolados y hundidos, negros estanques colmados por 11 años de privación sensorial y una soledad que cimbra a Dominique en todo su ser. En ese instante de claridad, un instinto superior enraizado en lo más profundo de su ADN brota en la superficie, purgando todos sus prejuicios y temores con su calidez. Se aproxima a él, se arrodilla a su lado y coloca sus brazos alrededor del cuello y la cabeza de Sam, apretándolo contra su pecho.

El contacto de su piel provoca una descarga de electricidad tan repentina y desconcertante como cuando se conecta una batería de carga positiva a un polo negativo, haciendo que las sinapsis de Sam se abran a la velocidad de la luz. Tan potente es la descarga eléctrica que provoca un corto circuito en el sistema de video de la celda y pone de punta el cabello de Dominique.

Como un niño hambriento que recibe sustento, Samuel Agler abraza a la mujer de cuyo vientre nació hace 50 años, aunque aún no ha sido concebido. La llama de Dominique reenciende el pabilo interno de su psique, la luz emitida se duplica entre ellos. Permanecen abrazados varios minutos; la energía fluye por su conexión hasta que el calor corporal generado se vuelve insoportable.

Samuel se aparta. Durante un breve momento sus ojos irradian un matiz turquesa.

Dominique no lo advierte, sus pensamientos se pierden en el caos de la conexión rota.

—*¿Quién eres?*

—*Ya no lo sé. Son tantas voces… tantos recuerdos de vidas pasadas que no puedo recordar, pero cuyas pérdidas resiento a cada momento.*

—*¿Quién soy para ti?*

—*De nuevo, no lo sé. Pero he estado a la espera de tu llegada. Sentí tu aura durante el equinoccio de primavera. Seas quien seas, de alguna manera has logrado extraerme de las profundidades del Inframundo.*

—*No fue obra mía. Michael Gabriel me envió.*

—*¿Michael?* —sus ojos se dilatan de reconocimiento. Retrocede a gatas, su mente se atropella tratando de asimilar esta nueva pista inesperada de su realidad siempre cambiante.

—Samuel Agler. Lauren y Sam. Laura y Sam, pero no Sam. No Sam. ¿Quién soy? —la ansiedad anega su repentina conciencia de sí como un dique que revienta—. Sam y Laura… ¡y Sophie! ¡Tienen a mi familia! —corre hacia la franja de plástico y la rompe de un puñetazo, clamando a la luz del día—: ¡Laura! ¡Sophie! ¡Ya voy! —como un toro enloquecido arremete contra la puerta de acero, embistiéndola una y otra vez con sus 110 kilos hasta que las bisagras comienzan a ceder…

¡Zap!

El choque eléctrico recorre su cuerpo y lo paraliza.

Se recupera y hay una segunda descarga.

Sam se tambalea. Sus músculos lo abandonan. De su boca balbuceante escurre saliva. Como un árbol talado, sus rodillas se doblan y se derrumba sobre el colchón delgado como una oblea, reducido a un montón de carne sudorosa y miembros que se retuercen.

> Hallar dimensiones extra sería mucho más emocionante que hallar un bosón de Higgs convencional. Posiblemente sería más emocionante que hallar materia oscura. Eso nos diría algo fundamental acerca de la forma en que está construido el universo. Si esa idea es correcta, entonces es posible que en algunas de esas colisiones de protones produzcamos un hoyo negro. Ahora, se trataría de un hoyo negro increíblemente microscópico, y la cantidad de energía que tendría sería absolutamente infinitesimal en términos humanos, así que no representa ningún peligro para nosotros. La cantidad total de energía que se libera es increíblemente pequeña.
>
> Profesor John Ellis
> Físico teórico del CERN

29

Isla Sanibel, Florida

22 de septiembre de 2012 (equinoccio de otoño)

Dominique reduce la velocidad de su convertible Pronto Spyder negro a unos 80 kilómetros por hora en el paso elevado a Sanibel, un área residencial y recreativa en una pequeña isla en la costa del Golfo en la Florida. Conduce por la Avenida East Gulf, pasando varios hoteles antes de entrar al barrio residencial.

Edith e Isadore Axler viven en una casa de playa de dos pisos ubicada en una esquina de dos acres frente al Golfo de México. A primera vista, los tablones de madera de sequoia que rodean la casa le dan la apariencia de una enorme lámpara para fiestas, sobre todo de noche. Esta capa protectora protege a la estructura de los huracanes, creando de hecho una casa dentro de otra.

El ala sur del hogar de los Axler ha sido remodelada para albergar un sofisticado laboratorio acústico, uno de los tres en la costa del Golfo con interfaz al SOSUS, el Sistema de Vigilancia Sonora Submarina de la Armada de los Estados Unidos. La red de micrófonos submarinos de 16 mil millones de dólares, construida originalmente por el gobierno federal durante la Guerra Fría para espiar submarinos enemigos, es ahora una herramienta empleada por biólogos marinos para rastrear la vida en el Golfo, particularmente después del desastre de la plataforma petrolera de BP que convirtió en zona muerta grandes extensiones del mar.

Dominique vira a la izquierda en el callejón y a la derecha en la última entrada de vehículos, reconfortada por el sonido familiar de la grava bajo el peso de su coche.

Edith Axler sale a recibirla mientras se cierra la capota del convertible. La madre adoptiva de Dominique es una mujer astuta de poco más de 70 años, de cabello canoso, ojos pardos que emiten la sabiduría de una maestra y una cálida sonrisa que proyecta el amor incondicional de una madre.

—Hola, muñeca. ¿Cómo estuvo el viaje?

—Bien —Dominique la abraza con fuerza.

—¿Sucede algo malo? —Edith se aparta y advierte sus lágrimas—. ¿Qué pasa?

—Nada, me da gusto estar en casa.

—No me trates como si estuviera senil. Es ese paciente tuyo, ¿verdad? ¿Cómo se llama? ¿Sam? Ven, charlaremos antes de que Iz sepa que ya llegaste.

Dominique la sigue a una banca de madera frente a la playa. El Golfo está sereno como un lago.

—Recuerdo que de joven, cuando tenía un mal día, siempre te sentabas conmigo en esta banca y mirábamos juntas el mar. Solías decir: "¿Qué tan mal pueden estar las cosas, si todavía puedes disfrutar de una vista tan hermosa?"

Edith aprieta la mano de su hija.

—Dime por qué estás tan turbada.

Dominique se enjuga una lágrima.

—¿Recuerdas cuando Chicahua se apareció en nuestra puerta y cómo Iz puso en duda sus motivos?

—Yo también los cuestioné. ¿Qué clase de madre envía a su hija a otro país, la convence de que es huérfana y luego trata de reconectar con ella 20 años después? Esa mujer tiene un tornillo suelto, si me lo preguntas.

—O quizá en verdad es una vidente. Eadie, ella sabía que Mick Gabriel vendría a encontrarme, tal como supo que establecería una conexión con Sam.

—¿Qué clase de conexión?

—Es difícil de explicar. Es como si nos conociéramos de una vida pasada.

—De acuerdo, hay una conexión. Úsala para ayudar a tu paciente a mejorar y luego pasa a otro asunto.

—Ése es el punto, la única forma de ayudarlo a mejorar es liberarlo.

—A ver, más despacio. ¿Cuándo tienen programado liberar a Sam?

—Su evaluación está próxima, pero Mick dice que Borgia se propone mantener a Sam encarcelado por el resto de su vida. Durante el juicio, Sam le dijo a Mick que Borgia había cambiado el medicamento de Julius para el corazón antes de la conferencia y luego lo provocó deliberadamente para que se estresara. El juez se negó a admitir toda esa evidencia. Mick dijo que lo que debió ser un simple caso de agresión resultó en una sentencia sin fin en un pabellón psiquiátrico.

—¿Eso dijo Mick? Dominique, por lo que me has contado de Mick, yo no me precipitaría a creer todo lo que dice. El secretario Borgia es una de las personas más poderosas del mundo. ¿Por qué habría de arriesgar todo su futuro por un arqueólogo? Olvida al señor Gabriel, olvida todas esas ridículas conspiraciones y profecías del Apocalipsis y concéntrate en terminar tu internado para que puedas graduarte y seguir con tu vida.

Dominique aprieta la mano de Edith.

—Tienes razón. Entre Chicahua y Mick y este paciente loco he perdido por completo mi brújula interior. El lunes le voy a pedir al doctor Foletta que me asigne otro paciente. Después de pasar 11 años en reclusión solitaria Samuel Agler es atormentado por demonios que ni Sigmund Freud podría comenzar a tratar.

—No me malinterpretes, no te digo que desistas. A veces nos cruzamos en nuestro camino con personas que necesitan nuestra ayuda, pero no sabemos cómo apoyarlas. Si bien su problema inmediato puede parecer importante, la causa de fondo de la mayoría de las situaciones es la ausencia de Luz en la vida de la persona.

—¿Cuando dices Luz te refieres a Dios?

Edith asiente con la cabeza.

—Al ayudar a otros a reconectarse con Dios de hecho disipamos las tinieblas de nuestra propia vida, al tiempo que ayudamos a la otra persona a sanar desde la raíz del problema.

—Sam está convencido de que fue enviado aquí para salvar al planeta.

—Todos necesitamos hacer nuestra parte. Entre las emisiones de carbono y los derrames de petróleo, la Tierra se está convirtiendo en un páramo tóxico.

—No, Edith, quiero decir que él literalmente cree que está aquí para salvar al planeta del Apocalipsis maya, ya sabes, el 21 de diciembre de 2012. Me dijo que hoy habría otro preludio al fin del mundo.

—Bueno, digamos que se le botó la canica, ¿qué más da? —hace una pausa—. ¿De veras te gusta trabajar en un manicomio? Recuerda que te aceptaron también en la escuela de derecho, no es demasiado tarde…

Dominique la abraza, justo cuando Isadore Axler sale corriendo de la casa. El anciano biólogo está fuera de sí.

—¿Ead? ¡Ead!

—Aquí estoy. ¿Qué sucede, por Dios?

—Un maremoto… ¡uno grande! En la plataforma de Campeche… al suroeste del arrecife Alacan —se inclina tratando de recuperar el aliento—. El suelo marino simplemente se colapsó… *¡Whoosh!* sosus está rastreando una serie de tsunamis que están surcando el Golfo de un extremo al otro —ve a Dominique—. Hola, pequeña.

—¿Alertaste a la Guardia Costera?

—Y a la FEMA. Y a la Oficina del Alguacil de Sanibel —alza la vista cuando oye sirenas a la distancia—. Tomen cuanto antes lo que quieran salvar y súbanse al coche antes de que nos topemos con un embotellamiento descomunal. La primera ola llegará aquí en 23 minutos. Quiero estar del otro lado del paso elevado en cinco.

Chichén Itzá

La antigua capital maya se sofoca bajo el cielo nublado. La ausencia de la sombra de la serpiente amilana los ánimos de los 78 mil visitantes, la mayoría de los cuales se reúne en torno a la pirámide de Kukulcán.

Michael Gabriel se retira de la explanada y se suma a la banda continua de turistas que se dirigen al norte por la selva para ver el cenote sagrado, uno de los cientos que constituyen la fuente primaria de agua dulce en Yucatán. Se formaron hace 65 millones de años, cuando un asteroide de 11 kilómetros de diámetro golpeó la Tierra, triturando el suelo marino y fracturando la cuenca sumergida de piedra caliza del Golfo. Cuando la masa de tierra de Yucatán emergió del mar, esas fracturas se convirtieron en los pozos de agua dulce que habrían de dar sustento a los futuros indios de Mesoamérica.

El claro de la selva está adelante; el cenote sagrado es una enorme fosa redonda de piedra caliza blanca. Mick espera su turno detrás de una procesión de turistas sudorosos; la multitud se desplaza gradualmente al promontorio que bordea la fosa. Luego de 10 minutos se retira el grupo que estaba adelante de él, lo que le permite pararse frente al cenote que según Chilam Balam y el *Popol Vuh* era la puerta al Inframundo.

El arqueólogo de 37 años mira el cenote por la que debe ser fácilmente la milésima vez. La fosa tiene 20 metros de profundidad hasta el agua estancada color verde olivo; sus muros curveados están cubiertos de vegetación.

Un temblor le pone la piel de gallina. La reverberación pasa a sus huesos. Por un momento supone que el rumor proviene de la masa de gente en movimiento. Es una sensación similar a la de estar junto a unas vías de tren cuando se acerca una locomotora.

Entonces advierte que la superficie del cenote burbujea.

¿Un terremoto? Mira a su alrededor, confundido pero emocionado.

Las mujeres gritan. Los hombres señalan con la mano.

Michael Gabriel voltea hacia abajo a tiempo para ver cómo el agua percolada del cenote de pronto desaparece en un remolino, como si fuera un escusado.

Washington, D. C.

El *maître* enciende su sonrisa cuando la cuarta persona más poderosa de los Estados Unidos entra al refinado restaurante francés.

—*Bonsoir, monsieur* Borgia.

—*Bonsoir,* Felipe. Creo que me están esperando.

—*Oui, certainement.* Sígame por favor —lo conduce entre las mesas iluminadas con velas hasta un salón privado junto a la barra. Toca dos veces en la puerta doble y luego voltea hacia Borgia—. Lo esperan adentro.

—*Merci* —Borgia coloca un billete de 20 dólares en la mano enguantada y la puerta se abre desde adentro.

—Pierre, pasa —el copresidente del Partido Republicano, Charlie Myers, aprieta la mano de Borgia y le da una afectuosa palmada en el hombro—. Tarde, como de costumbre. Ya te llevamos dos rondas de ventaja. Bloody Mary, ¿verdad?

—Sí, está bien —el salón privado está revestido de madera oscura como el resto del restaurante. Media docena de mesas con manteles blancos llenan el cuarto a prueba de ruido. Todas menos una están vacías.

Joseph Randolph abraza a su sobrino con un brazo y con el otro se apoya sobre su bastón.

—Pierre el Afortunado, o mejor dicho el señor secretario de Estado. Washington te sienta bien, parece que has ganado unos kilos.

Borgia se sonroja.

—Tal vez muchos.

—Únete al club —el hombre obeso sentado en la mesa se pone de pie y le tiende una mano gruesa—. Pete Mabus, Empresas Mabus, de Mobile, Alabama.

Borgia reconoce el nombre del contratista militar.

—Es un placer conocerlo.

—El placer es todo mío. Siéntate y relájate.

Charlie Myers le trae la copa a Borgia.

—Caballeros, si me disculpan, tengo que usar el cuarto de los niños.

Randolph espera hasta que Myers ha salido del salón.

—Pierre, vi a tu padre la semana pasada en Rehobeth. Todos estamos muy molestos porque no obtuviste la vicepresidencia. Maller está perjudicando al partido.

Borgia hace una mueca.

—El presidente reacciona a los sondeos. Su director de campaña cree que Chaney le brinda el apoyo que el partido necesita en el sur.

—Maller no está pensando a largo plazo —Mabus señala con un índice regordete—. Lo que este país necesita es liderazgo fuerte, no otra paloma como Chaney en el segundo puesto de mando.

—No podría estar más de acuerdo. Desafortunadamente, ese asunto está fuera de mis manos.

Randolph se inclina hacia Pierre.

—No te precipites a pensar que ese pastel ya está horneado.

El senador tiene muchos enemigos que acechan en las sombras. Lo mismo el presidente. Si ocurriera una tragedia después de los comicios de noviembre, serías designado para ocupar el cargo.

—¡Cielos, tío Joe! —Borgia se seca las perlas de sudor del labio superior con la servilleta de lino.

Peter Mabus se inclina también.

—Los ejercicios militares conjuntos de Irán, Rusia y China que se avecinan han enfurecido a mucha gente. Será necesario realizar cambios a fondo en el Estado Mayor y el Pentágono.

—Pete tiene razón, hijo. Necesitas prepararte ahora mismo. Una marea creciente levanta todos los botes. Tú eres la marea, Pierre.

La vibración del teléfono móvil en su pantalón hace saltar a Borgia. Verifica el código de la Casa Blanca y aparece el mensaje de texto.

—¡Dios mío!

Isla Sanibel, Florida

El tsunami mide nueve metros de altura cuando llega rugiendo desde el Golfo, una marea de agua espumosa que se desplaza tierra adentro con la velocidad y la potencia de una locomotora. La ola aplasta todo a su paso, lanza sillas de playa y mesas de patio por los aires, inunda las piscinas de los tres primeros pisos de cada casa y hotel de la isla. Para cuando esa fuerza de la naturaleza llega al otro extremo de la isla, se ha reducido a menos de tres metros y se descarga en la sonda de Isla de Pinos y la Bahía Tarpon, antes de azotarse de costado contra el tsunami que se dirige directamente al Fuerte Myers.

El convertible de Dominique, el jeep Grand Cherokee de los Axler y miles de otros vehículos que huyen del Golfo avanzan centímetro a centímetro por el embotellado Boulevard

McGregor. Todas las miradas se concentran en la masa de agua que recorre a gran velocidad la Bahía de San Carlos.

Isadore Axler asoma medio cuerpo por la ventanilla y le hace señas con la mano a su hija adoptiva, que va en el coche diminuto detrás del jeep.

—¡Súbete a nuestro coche! ¡Rápido!

Dominique trata de abrir la portezuela de su auto, pero se lo impide el costado del Lexus que está en el carril contiguo.

El tsunami azota la playa a 100 metros de ahí, arrojando arena 15 metros por los aires, y se lanza al asalto de los jardines manicurados y el asfalto.

Dominique abre la capota del convertible, pasa al frente del coche por encima del parabrisas y salta al techo del jeep Cherokee. Logra sujetarse de la rejilla de equipaje; su cuerpo cuelga contra la ventana posterior, justo cuando un torrente de mar con olor a pescado golpea de lado los carriles llenos de vehículos. El agua incontenible se eleva por abajo de su convertible y lo voltea sobre el Lexus con un devastador crujido de vidrios. La marea arrastra los vehículos pequeños y medianos sobre la autopista de cuatro carriles.

El jeep Cherokee se mece pero resiste; sus dos ocupantes ven con horror cómo su hija queda sumergida bajo la ola lodosa. Pasa un minuto antes que reaparezca la luz del día; Dominique ya no está.

Edith rompe en llanto.

—Quédate aquí —Isadore baja del jeep a una corriente que le llega a las rodillas y mira atónito la pila de vehículos arrojados al canal inundado como si fueran latas de cerveza.

—Eso estuvo demasiado cerca.

Iz alza la vista, feliz de ver a Dominique tendida como una estrella de mar sobre el techo del jeep Cherokee.

—¿Viste lo que esa maldita ola le hizo a mi coche?

—Esa maldita ola sólo fue la primera de una serie de malditas olas. Súbete al auto, pequeña, ¡tenemos que irnos de aquí!

Dominique salta al piso y se sube al asiento trasero, cuando una segunda pared de agua aparece en el horizonte.

La cuenta regresiva del Día D ya comenzó. Nuestro grupo se ha estado preparando para los datos del GCH desde hace varios años y estamos verdaderamente emocionados ante la perspectiva de por fin poder echar un vistazo a cualesquiera que sean las sorpresas que la naturaleza nos tenga deparadas.

Doctor Pedro Teixeira-Dias

Líder del grupo ATLAS en Royal Holloway, Universidad de Londres

30

Centro de Evaluación y Tratamiento del Sur de la Florida
Miami, Florida

6 de noviembre de 2012

Son las 10:57 de la noche cuando Dominique entra a su departamento, donde la recibe el aroma de una tarta de manzana en el horno y el dueto dispar de ronquidos proveniente de su recámara. Con cuidado para no despertar a sus padres cierra la puerta y enciende el televisor, a tiempo para ver los comentarios de *The Daily Show* acerca de la elección presidencial.

Como era de esperarse, la fórmula Maller-Chaney resultó vencedora, en gran medida por la forma en que el gobierno había manejado la tragedia del Golfo. Gracias a los planes de evacuación ideados después del desastre del huracán *Katrina* y el sistema de alerta temprana del SOSUS, menos de 500 vidas se habían perdido. Pero la devastación en la costa del Golfo y las islas aledañas era inmensa y el presidente Maller no había perdido tiempo y había puesto a su nuevo vicepresidente a cargo de organizar la ayuda.

Con amenazas de encarcelar a cualquier funcionario de FEMA o representante de las aseguradoras que provocara retrasos burocráticos, Ennis Chaney brindó techo y comida a los damnificados antes de que concluyera el primer día y poco después instaló a las familias en casas rodantes. Imágenes de satélite tomadas antes y después del desastre fueron utilizadas para que las aseguradoras ajustaran los siniestros, de modo que no se retrasara la remoción de escombros. Para mediados de octubre ya habían reabierto todas las carreteras costeras e iniciado los trabajos de reconstrucción.

Los sismólogos informaron que el maremoto había ocurrido bajo el cráter de impacto de Chicxulub, el sitio de la colisión del asteroide hace 65 millones de años. Aún estaban investigando las fuerzas que habían provocado el derrumbe de esa sección del suelo marino, fracturada desde tanto tiempo atrás.

Dominique no había perdido tiempo para confrontar a Sam acerca del desastre. Su respuesta fue mostrarle su mapa dibujado a mano en la pared, donde los puntos de color indicaban cada terremoto, tsunami y erupción volcánica ocurridos desde 2010, comenzando con el sismo de 7 grados de magnitud que devastó Haití el 12 de enero, seguido por el volcán que hizo erupción en Islandia tres meses después, el 15 de abril. Durante casi una hora intentó explicarle sus ecuaciones cuánticas, sus cálculos basados en toda clase de factores, desde el ángulo de inclinación del planeta sobre su eje hasta la atracción gravitacional generada por el enorme hoyo negro localizado en el centro de la Vía Láctea, una fuerza que hacía viajar por el espacio a la Tierra y a todos los objetos de la galaxia a la increíble velocidad de 217 kilómetros por segundo, un carrusel cósmico cuya trayectoria fue trazada en el calendario maya.

—No te puedo decir cuál fue la causa de estos terremotos y erupciones, Dominique, pero mediante estas ecuaciones matemáticas puedo decirte cuándo ocurrirá el próximo evento.

—¿Y cuándo sería eso? Espera, no me lo digas: el 21 de diciembre de 2012.

—Sí, pero la magnitud del evento del solsticio de invierno será mucho mayor que la del más reciente.

—Bien, digamos que creo en tu ecuación del Apocalipsis, ¿cómo impedimos que ocurra?

—No lo sé. Según el *Popol Vuh,* sólo Uno Hunahpú puede impedir el final del quinto ciclo.

—Genial. Más mitología maya —Dominique se acerca a la pared detrás de la cama y señala el dibujo del tridente—. ¿Qué se supone que es esto? ¿Es de un culto satánico?

—No sé qué es. El icono se me aparece en sueños, junto con los rostros de personas que estoy seguro que conozco pero que no logro recordar. Tal vez Michael podría saberlo.

—Olvídate de él. Tu amiguito Michael es tan útil como Uno Hunahpú. Se fue de la ciudad antes del equinoccio de otoño. Desde entonces no he vuelto a saber de él.

* * *

El irritante sonido la saca del sueño REM. Sus ojos buscan el reloj digital en la caja de la televisión por cable: 3:22 AM.

Se sienta en el sofá cama y oye el suave toquido en la puerta.

Trae puesta una camiseta de futbol de la Universidad Estatal de Florida que apenas oculta sus pataletas. Se dirige a la puerta del departamento y ve por la mirilla. "Increíble."

Dominique quita el cerrojo y abre la puerta. Se queda viendo a Michael Gabriel.

—¿Dónde demonios has estado? Te fuiste seis semanas... ¿Sabes que casi me muero?

—Bonitas piernas. Pero tu aliento apesta. ¿Puedo pasar?

Le hace una seña con la mano para que pase y verifica su aliento a espaldas de Michael.

—Son las tres de la mañana.

—Las tres y media. No quería despertar a tus padres adoptivos. Discúlpame por no haberte llamado, pero tus teléfonos están intervenidos.

—¿Intervenidos? ¿Por quién?

—Por las únicas personas que intervienen teléfonos, Dominique. Fuiste incluida en la lista negra de Borgia el día que empezaste a trabajar con Sam. Ahora eres lo que llaman una persona de interés.

—Basta de juegos, Mick. No te ayudaré ni un minuto más en tanto no sepa quién es Sam en realidad.

—Por eso estoy aquí. Haz una maleta, nos iremos por dos días.

—¿Dos días? ¡No puedo irme por dos días!

—Tienes días libres mañana y el jueves, ¿cuál es el problema?

—El problema… —baja la voz—. El problema es que no confío en ti.

—¿Confías en Sam?

—Sí.

—Entonces confía en mí, porque lo que hago ahora es por ustedes dos.

* * *

El aeropuerto regional está situado a media hora de Boca Ratón. El jet privado, un Hawker 900XP, se halla sobre la pista, abastecido de combustible, y el piloto aguarda la llegada de sus dos pasajeros.

Mick paga al taxista y conduce a Dominique a la puerta de seguridad.

—¿Un jet privado? ¿Cómo diablos conseguiste un jet privado? ¿Tienes un tío rico que no conozco?

—Le cobré un favor a un amigo.

—¿Qué amigo?

—Ennis Chaney.

Dominique deja de caminar.

—¿El vicepresidente de los Estados Unidos te prestó su jet privado?

—Es Ennis Chaney, no Dick Cheney. Al actual vicepresidente no le interesan los jets privados. Simplemente se encargó de que tuviéramos un medio de transporte.

—¿Y por qué lo hizo?

—Mi padre dedicó los últimos 10 años de su vida trabajando para un programa militar encubierto. Un día hackeó la computadora del director y halló un presupuesto secreto del Pentágono que había desviado dos billones de dólares de la Tesorería de los Estados Unidos. Mi padre envió el archivo al senador Chaney, así que está en deuda con nosotros.

—¿Y adónde vamos, exactamente?

—No te preocupes, es cerca de aquí.

* * *

La deslumbrante luz del sol se filtra por los párpados cerrados de Dominique como un velo rojo sangre, obligándola a voltearse. Casi se cae del sofá cuando la cabina se inclina con el movimiento del ala de estribor, al virar el jet para iniciar su descenso.

Minutos después están parados en la pista desierta. El sol se oscurece tras una cordillera.

Dominique se frota los ojos, exhausta.

—¿Dónde estamos? ¿En Arizona?

—En Nazca, Perú —empieza a caminar hacia un hangar de aluminio, Dominique trata de ir a su paso.

—¿Perú? ¿Estás bromeando? Me dijiste que iríamos a un lugar cercano.

—Perú está cerca. Ciertamente está más cerca de Australia.

—¿Por qué demonios estamos en Nazca?

—Te lo voy a mostrar.

Entran al hangar. En el interior, un estadounidense de unos sesenta y tantos años, vestido con un overol de la Armada, trabaja en el motor de un avión de combate de la segunda Guerra Mundial. El mecánico saluda a Mick con una rápida mirada; sus manos grasientas están ocupadas con una llave inglesa.

—BT-13 Valiant. La Armada los retiró después de la guerra. Con un poco de trabajo creo que puedo hacerlo volar otra vez. ¿Es ella?

—Lew Jack, Dominique Vázquez. Lew es un ex piloto de la Armada. Y según mi padre, también fue un campocorto bastante decente hace siglos, cuando estaban en el bachillerato.

—Segunda base, y no me quieras halagar. Así que tú eres Dominique Vázquez. Me alegra que Mick se interese en las mujeres otra vez, sobre todo una tan hermosa como tú. Claro que la última belleza mexicana le jaló el pito tan duro que me sorprende que todavía tenga dientes.

Mick le lanza una mirada a Lew.

—Eso fue hace mucho tiempo.

—Sí, es cierto. Dominique, ¿eres ciudadana estadounidense?

—Sí, ¿por qué? ¿La *jalapito* de Mick era una inmigrante ilegal?

—Bueno, ya basta.

Lew sonríe.

—Esta chica tiene lo suyo. Me agrada.

—No tienes una idea.

—Su vehículo está atrás, listo para partir. Hay emparedados y agua en la hielera —mira a Dominique y señala una puerta oxidada junto a una oficina saqueada—. El baño. Te sugiero que lo uses. Es un viaje largo. Se me acabó el papel higiénico, pero hay toallas de papel.

—Gracias, pero ya oriné en el jet de 20 millones de dólares.

—Simpática, eso me gusta en una mujer. Si Mick te decepciona no dejes de volver por aquí, te llevaré a pasear en mi Piper.

Dominique sigue a toda prisa a Mick por el hangar y la puerta trasera. Anclado afuera está el globo de aire caliente de Julius Gabriel, listo para despegar.

Dominique retrocede.

—¿Eso es tu vehículo?

—Es perfectamente seguro.

—¿Estás bromeando? Esa cosa tiene más parches que el edredón de mi madre adoptiva.

Mick trepa una pierna a la canastilla.

—Confía en mí.

—Olvídalo. Y todo ese asunto de la confianza se está volviendo anticuado. Ahora llama un taxi o algo, porque hace mucho calor.

—Dominique, vamos a cruzar la meseta de Nazca, donde están las líneas y los animales geniales. No puedes ir en coche en el desierto. Hace demasiado calor y queda demasiado lejos para ir a pie.

—Y yo tengo miedo a las alturas. En serio, me da pánico.

—Estuviste bien en el jet.

—Era un jet. Esto es más parecido a un terrible juego de feria.

—Bien. Quédate aquí con Lew. Tal vez te muestre su tatuaje.

—¡Espera!

* * *

El globo vuela sin esfuerzo sobre la pampa, el sol de media mañana hornea las piedras planas y redondas, dejándolas amarillas como la geología del lugar.

Dominique está sentada en la canastilla, temblando de pies a cabeza.

—Estamos a punto de sobrevolar la ballena de Nazca. Vamos, Dom, echa un vistazo. No es tan terrible.

—Estoy bien, gracias.

Mick la levanta de los codos, arrastrándola para que se ponga de pie.

Lo golpea con fuerza en el deltoides y casi le disloca el hombro.

—No me agarres así. Nunca.

—Lo siento —Mick se frota el brazo pulsante—. Sólo quería que vieras los dibujos. Al menos echa un vistazo.

Mira brevemente hacia abajo y sus ojos se ensanchan.

—Wow. ¿Es un pez? ¿Quién lo dibujó? ¡Y esas líneas! He visto fotos de esto, pero son tan perfectas... ¿Qué tan antiguas son?

—Las imágenes más sofisticadas tienen varios miles de años. Se remontan a Viracocha, un antiguo sabio que enseñó astronomía y agricultura a los incas. Viracocha antecedió a Kukulkán y Quetzalcóatl. Su sangre es la que corre por las venas de mis ancestros maternos.

—¿Por qué están aquí esos dibujos? ¿Qué finalidad tienen?

—Hay varias teorías, pero mi padre creía que eran parte de un antiguo mensaje dirigido a extraterrestres.

—¿Extraterrestres? ¿Unos hombrecillos verdes?

—Grises, de hecho.

Dominique sacude la cabeza.

—¿Sabes? Cada vez que empiezo a sentirme a gusto contigo tienes que estropearlo todo diciendo alguna estupidez.

—Lo siento. No tomé en cuenta que tú dominas todo lo que hay por conocer acerca de la existencia humana y el cosmos.

—Pensé que eras increíblemente inteligente, no un tipo de ésos que creen en los alienígenas. Aguarda, Lew dijo que tu última novia era *alien.*

—Graciosa. Muy graciosa. Para que quede asentado, mi última novia trabajaba para Pierre Borgia. Le pagaban para mantenerme ocupado, y eso incluía sexo, amor y una boda falsa, para que yo no pudiera ayudar a mi padre. En cuanto a tus opiniones acerca de la existencia humana, como todas las personas que viven en la bendita ignorancia, tu reacción inmediata procede del miedo, una emoción que aplaza el pensamiento racional e impide que los nuevos conocimientos entren a tu cerebro.

—¡Oye, no soy una *espalda mojada* que se escabulló por la frontera para cosechar fresas! ¡Estoy a seis meses de concluir mi doctorado!

—Y estamos a seis meses de ser aniquilados. Pero, bueno,

tú sabes más que nadie… Quédese muy a gusto en su tina caliente, señorita rana, mientras el calor convierte su carne en sopa.

—No sé ni qué demonios significa eso —se voltea, furiosa, preguntándose por la centésima vez por qué se ha dejado manipular por ese hombre. *Olvídate de él, olvídate de Sam y de la loca de tu madre biológica. En cuanto llegues a casa llama a tu asesor y solicita tu traslado a otra clínica. No importa que te gradúes más tarde. Tienes que alejarte de todos estos desquiciados apocalípticos.*

Después de varios minutos de silencio mutuo, se da cuenta de que están descendiendo.

La montaña es una mácula en la meseta desértica como una verruga sobre la piel; la cañada en forma de Y divide la tersa masa de roca en tres secciones. Tallada en la ladera sur está la imagen de 10 pisos de altura del astronauta de Nazca.

Mick aterriza el globo en la entrada de la cañada más ancha. En unos minutos desinfla el material anaranjado y azul para que no pueda ser visto desde las alturas.

—¿Por qué me trajiste aquí?

—Querías saber quién es Sam. Ahora mismo te lo voy a mostrar —la lleva al interior de la cañada, una sombreada avenida de desierto que rebana las paredes de roca.

El objeto es tan grande como su dormitorio en la universidad; una aeronave roja y blanca, oculta a las miradas con una red de camuflaje. Un par de enormes postquemadores en la cola antecede el resto del casco y una insignia.

—¿Proyecto HOPE? ¿Qué es esto? ¿Un viejo avión? ¿Estás diciendo que Sam es un astronauta?

—La nave es vieja, pero no es un avión común. Es un avión espacial. Su tecnología es mucho más avanzada que la de cualquier transbordador espacial en la flota de la NASA.

—¿Y eso qué quiere decir?

—Quiere decir que es una paradoja, un enunciado de hecho que contradice al universo tal como lo conocemos. El

Proyecto HOPE construyó esta nave. El Proyecto HOPE no existe. Samuel Agler piloteó esta nave. Samuel Agler no existe.

—Desde luego que existe. No sabemos de dónde vino, pero…

—Yo sé de dónde vino. Acompáñame y te lo mostraré.

La lleva por una estrecha escalerilla montada en el costado de estribor. Ingresan a los oscuros confines de la cabina principal de la nave. Avanzan hacia el frente hasta el centro de comando.

—Me tomó cuatro años entender cómo funcionan estos controles. No sé si podría pilotear esta cosa, pero sí sé cómo accesar la videobitácora de la nave. Será mejor que te sientes.

Dominique ocupa el asiento del copiloto. Lo ve tomar un casco de un depósito oculto.

—Todo está basado en el control mental. Los transmisores están en esta diadema electrónica. Es similar a los controles del piloto del helicóptero de combate *Apache*, pero mucho más sofisticado. Lo difícil fue hackear la unidad central de la computadora para crear una nueva contraseña.

Se abrocha el cinturón en el asiento del piloto y se coloca la diadema.

—Activar comando de voz. Autorización: Gabriel, Immanuel, Beta Alpha Gamma Delta Tango.

—¿Dijiste Immanuel?

La consola se ilumina como un árbol de Navidad.

Dominique sonríe.

—Qué genial.

—Prepárate. Lo que estás a punto de ver no es fácil de presenciar —Mick cierra los ojos y concentra sus pensamientos.

Una pequeña pantalla plana rectangular se enciende en la consola central.

—Ésta es la última entrada en la bitácora de la nave —la pantalla se oscurece. Aparecen una fecha y una hora:

4 de julio de 2047 – 19 hrs. 06 min.

—¿Julio de 2047? ¿Cómo es posible?

—Sigue viendo.

En esquina inferior izquierda de la pantalla aparece la nariz de la nave, que de pronto acelera por una pista a través de una neblina gris. Mick avanza mentalmente el video hasta que las nubes de polvo son remplazadas por el espacio, negro y aterciopelado, con mil millones de estrellas… y la Tierra, suspendida como una gigantesca pelota azul de playa.

El pequeño objeto, claro y parecido al mármol, está bajo el Polo Sur… y se aproxima cada vez más.

Dominique mira horrorizada cómo comienza a devorar el planeta.

—¡Ay Dios!… ¡Ay Dios mío! ¿Qué demonios es esa cosa?

—Es una especie de hoyo negro juvenil llamado *strangelet*. Una criatura indeseada, obra de unos físicos egoístas que decidieron que 10 mil millones de dólares y el futuro de nuestro planeta eran un precio aceptable para colisionar átomos y ganarse el Premio Nobel. No dejes de ver, la siguiente escena es importante.

Un agujero de gusano se materializa en el vacío del espacio que hace apenas unos momentos ocupaba la Tierra. El avión espacial cambia de curso y se dirige directamente al portal que se ha abierto.

La pantalla se va a negro.

Dominique sacude la cabeza, muy turbada.

—¿Sam viene de nuestro futuro?

—Correcto.

—Vino a advertirnos del *strangelet*.

—Correcto otra vez.

—Entonces esto es algo bueno. Gracias a Sam tenemos 35 años para impedir que el problema ocurra.

—Incorrecto. El *strangelet* ya ha sido concebido y está programado para nacer el 21 de diciembre de este año.

—Espera… ¿Qué? ¿Cómo es posible?

—Quizá resulte difícil de comprender, pero trata de imaginar tu vida viajando por una carretera enlazada a incontables intersecciones. Cada sendero está perfectamente mapeado; tu futuro se basa simplemente en el que elijas seguir. Algunos senderos pueden terminar en una tragedia, otros pueden conducir a la fama y la fortuna, o cualquier cosa entre esos dos extremos.

"La existencia humana viaja por un camino similar. El calendario maya predijo que la carretera llegaría a un punto sin salida el 21 de diciembre de 2012. Eso fue eludido de alguna manera en el 2012 que perteneció a los habitantes del mundo de Sam. Pero su rampa de emergencia no fue perfecta y condujo a otro punto final sin salida, por la misma causa que ahora nos amenaza, y aniquiló al planeta en 2047.

—¿Entonces cómo es que estamos vivos?

—Estamos vivos porque el agujero de gusano depositó a Sam de vuelta en el tiempo, en la autopista pre-2012, pero las variables han cambiado.

—¿Cómo sabes todo esto?

—He pasado meses en esta nave revisando los relatos históricos. En la versión del 2012 de Sam se abrió una brecha cósmica entre la Tierra y el Inframundo de Xibalbá. Lo que salvó al planeta fue un arma disparada desde una nave espacial más grande que ésta, sepultada bajo la Pirámide de Kukulkán. Hace seis semanas yo estaba en Chichén Itzá cuando se colapsó el lecho del Golfo. El sismo provocó que el cenote sagrado se drenara. Formé parte del equipo de excavación que exploró la fosa, en busca de una entrada al acuífero que corre bajo la pirámide. En el 2012 de Sam, el acuífero conducía a la nave espacial sepultada bajo la Pirámide de Kukulkán, una nave especial aludida en estos relatos históricos como la *Balam*.

—¿Balam? ¿Como en Chilam Balam?

—Sí. Pero la nave no está ahí en nuestro 2012.

—¿Por qué no?

—Porque el tiempo bajó por una rampa de emergencia diferente que en el 2012 de Sam, una rampa que hizo dar al tiempo una maroma de regreso a nuestro 2012, después de que la Tierra fuera destruida en 2047. Sólo que nuestro 2012 es el 2012 en que aparece el *strangelet*. El maremoto en el Golfo fue provocado por el paso del *strangelet* por el núcleo del planeta. Sé que es confuso, pero estamos en graves aprietos, Dominique.

Dominique se reclina, anonadada.

—Esto es increíble.

—¿Increíble? Ese tren ni siquiera ha salido de la estación. Según los registros históricos de esta nave, dos personas abordaron la *Balam* en diciembre del 2012 de Sam y activaron el arma. Una era una estudiante de postgrado de la Estatal de Florida que trabajaba en un manicomio de Miami.

—¿Qué?

—El otro era el paciente psiquiátrico que ella ayudó a escapar.

—¿Sam?

—En ese entonces no había un Sam. El tipo que piloteó esta nave por el agujero de gusano en 2047, el mismo que mi padre y yo encontramos en este desierto en 1990 y que ahora está senado en una celda en un manicomio de Miami, no había nacido en 2012. ¡Yo era el paciente psiquiátrico!

Dominique sonríe y luego es presa de un ataque de risa histérica; la situación es demasiado absurda para poder asimilarla.

—Es una broma, ¿verdad? Estoy en uno de esos programas de *reality* en los que ven hasta dónde pueden retorcerte la mente. Porque nada de esto puede ser real.

Mick cierra los ojos.

Una nueva imagen aparece en la pantalla: la nota principal de un periódico. Bajo el cabezal del *New York Times* se ve la fecha del 22 de septiembre de 2013, seguida del artículo:

Vázquez-Gabriel da a luz a gemelos varones.
El ADN confirma que Michael Gabriel es el padre
de Jacob e Immanuel.

La foto muestra a Dominique sonriente, en una bata de hospital, acunando en los brazos a sus dos recién nacidos.

—¡Ay Dios mío...!

—¿Ves al de cabello oscuro? Es nuestro hijo Sam, sólo que en realidad se llama Immanuel. Mira los ojos de Jacob, mira qué azules son. Del mismo color que los de tu madre biológica Chicahua y mi tía Laura. Nada más por su apariencia puedes ver que Jacob está más avanzado en su desarrollo. Según el artículo, yo desaparecí en el solsticio de invierno de 2012... ¿Dominique? ¡Oye!

La sostiene al momento que se desploma hacia adelante, inconsciente.

Ésta es en verdad una nueva era de la física y de nuestra comprensión del universo; nunca hemos visto estas energías sin precedente que desatarán las colisiones en el Gran Colisionador de Hadrones. La idea es que acelera partículas a una velocidad próxima a la de la luz y luego las hace colisionar unas con otras. Ahora, eso no suena necesariamente muy interesante, pero si vemos la ecuación de Einstein, $E=MC^2$, si tenemos una enorme cantidad de energía podemos hacer partículas realmente masivas, partículas que pueden no haber andado por aquí desde los inicios del tiempo. Así que podemos crear estas partículas masivas y podemos estudiarlas y eso nos da una plétora de información acerca de la etapa más temprana del universo y de cómo comenzó y cómo funciona realmente la naturaleza a una escala fundamental.

Claire Timlin

Física CMS del Imperial College de Londres

31

La Casa Blanca

22 de noviembre de 2012

Ubicado en el Ala Oeste de la Casa Blanca, el centro de mando conocido como la Sala de Situación es un complejo de 1 500 metros cuadrados diseñado para enlazar al presidente y su gabinete con personal y sectores clave alrededor del mundo. Surgida de la frustración del presidente Kennedy por la falta de información confiable que condujo a la fracasada invasión de Bahía de Cochinos, la Sala de Situación conjuga la información entre seguridad doméstica, el sector de inteligencia y las fuerzas armadas. Hay tres salas de conferencias para reuniones de Seguridad Nacional, cabinas privadas de acrílico para llamadas telefónicas internacionales seguras, cinco salas de video protegidas y dos hileras curveadas de terminales de computadora que procesan información proveniente de todo el planeta.

El vicepresidente Ennis Chaney avanza por el complejo, se detiene mientras la neblina de privacidad se disipa en una de las cabinas selladas, revelando a un médico que quita una banda de presión arterial del brazo del presidente Maller. Fingiendo no haberlo notado, Chaney continúa hacia la sala de conferencias principal, una habitación rectangular de alta tecnología, con muros inteligentes adornados con pantallas planas alrededor de una enorme mesa de caoba.

El nuevo vicepresidente toma su sitio en la silla gris vacía frente al secretario de Estado Pierre Borgia. El presidente Maller rompe el incómodo silencio al entrar a toda prisa a la sala y sentarse en la cabecera de la mesa frente a un centro de control de video.

—Antes de discutir Irán hay un asunto importante en la información de hoy que debemos revisar. Si no están familiarizados con la situación en el Parque Yellowstone, hay un sumario esperando en su buzón electrónico; asegúrense de leerlo. Para aquellos de ustedes que no están familiarizados con esto, básicamente la naturaleza depositó una bomba de tiempo debajo de Yellowstone en la forma de un supervolcán que recibe el nombre de caldera. Definir esto como un escenario apocalíptico no sería una exageración; si la caldera llegara a estallar, estaríamos contemplando una devastación equivalente a diez mil erupciones del Monte St. Helen. El USGS monitorea la situación las 24 horas del día y aunque ha habido algunas preocupaciones a lo largo de los años, la situación ha permanecido razonablemente estable en general... hasta ahora.

El presidente oprime un botón en su panel de control para recibir una transmisión en vivo desde el Parque Yellowstone en las seis pantallas planas de plasma de la sala de conferencias. Un hombre de unos cuarenta y tantos años aparece en pantalla, con una camisa negra y una gorra de beisbol, ambas con el logo del USGS.

—El doctor Mark Beckmeyer es el director asociado del Programa de Riesgos Sísmicos del Servicio Geológico de los Estados Unidos. Está a cargo de Yellowstone. El doctor Beckmeyer y yo hemos estado en comunicación desde anoche. Doctor, le pido que presente a mi equipo un breve resumen de lo que hemos discutido.

—Sí, señor. No voy a ponerme a definir la caldera, ni la subestructura de Yellowstone, pues eso ya lo incluí en el correo electrónico. Nuestra mayor preocupación es que un terremoto provoque una erupción. Los terremotos se producen en enjambres en Yellowstone; en su mayoría, la acumulación sísmica se debe al tamaño y la forma de la fractura del anillo de la caldera. Por ejemplo, durante el mes de julio registramos 152 sismos en la región de Yellowstone, 17 más que en 2011. Por fortuna, estos eventos tienden a ser benignos y de hecho nuestros datos de deformación del suelo muestran que la elevación de la caldera debajo del Lago Yellowstone ha cesado. Ésa es la buena noticia. La mala es que el evento sísmico del 22 de septiembre no sólo afectó al Golfo de México, sino también a la geología de Yellowstone, provocando el colapso de las tres cámaras volcánicas de la caldera, creando en esencia un descomunal bolso de magma. La presión al interior del bolso sigue en aumento. Nuestros geólogos han estado trabajando con el cuerpo de ingenieros del ejército en un intento por diseñar maneras de ventilar la cámara, pero si llegase a ocurrir otro terremoto como el del equinoccio de otoño entonces una erupción sería inminente.

—Doctor Beckmeyer, descríbanos el peor escenario.

—Dicho llanamente, la erupción de una caldera tan grande como la de Yellowstone es un evento que altera el planeta. La más reciente ocurrió hace alrededor de 70 mil años en el Lago Toba, en Sumatra, y estuvo a punto de borrar de la faz de la Tierra a todos los seres vivos con órganos respiratorios. La caldera de Yellowstone es mucho más grande que la de Toba. Si estallara, la explosión aniquilaría de inmediato a toda la población de los alrededores y la lava fluiría sobre miles de kilómetros cuadrados. Los estados del Medio Oeste se convertirían en la zona cero, nuestras cosechas serían arrasadas. Y si bien eso suena espantoso, el problema mucho más grave sería el de los desechos en la atmósfera, que la cubrirían por completo e impedirían el paso de los rayos solares. Estamos hablando de un invierno volcánico con un descenso hasta de 37 grados en las temperaturas globales. Las redes de energía se colapsarían, habría poblaciones aisladas y la economía llegaría dando tumbos a un alto total. Millones perecerían durante las primeras semanas simplemente por el frío. Los caminos serían intransitables. En el lapso de uno o dos meses, aquellos que no hubieran muerto congelados se morirían de hambre.

El vicepresidente se afloja la corbata, tiene dificultades para respirar.

—Tiene que haber algo que nuestros científicos puedan hacer.

—Tenemos equipos trabajando en eso —responde Beckmeyer—. Hasta ahora nada luce prometedor.

—Gracias, doctor Beckmeyer, lo veré en Washington —el presidente desconecta la línea—. Sé que muchos de ustedes están impactados, y desde luego todos rezamos por que no ocurra otra perturbación sísmica como la que experimentamos en septiembre pasado, pero la verdad es que nuestros expertos han estado analizando esta amenaza con la misma veracidad con que el Pentágono realiza juegos de guerra y ya hay planes de continencia en marcha. ¿Señor secretario?

Pierre Borgia voltea para quedar frente a los miembros del gabinete sentados a su izquierda.

—Yellowstone es una cuestión de supervivencia. Sobrevivir significa tomar decisiones difíciles. Significa aceptar la dura realidad de que si hay una erupción en Yellowstone entonces seis mil millones de personas, excepto un puñado de las preparadas y protegidas, van a morir… atrozmente.

Borgia usa su laptop para subir una serie de gráficas que son proyectadas en las pantallas de plasma.

—Nuestro objetivo es almacenar grandes cantidades de alimentos, agua, animales de cría y semillas en las 106 instalaciones subterráneas de emergencia ubicadas fuera de los estados de la zona cero. Los cálculos iniciales sugieren que podemos albergar hasta 27 mil personas durante cinco años, 11 mil en una década, cinco mil por 20 años. Estas cifras reflejan una tasa proporcional de 3 a 1 entre nacimientos y decesos en cada una de las colonias.

Chaney sacude la cabeza.

—¿Qué hay de los residentes de la zona de muerte? ¿Vamos a advertirles con antelación para que se puedan ir de ahí?

Borgia mira con dureza al vicepresidente, con su único ojo.

—Si alertamos a las masas se desatará el pánico. Habrá anarquía. Las autopistas y los sistemas de ferrocarriles quedarían inutilizables. Podrá parecer cruel, señor Chaney, pero morir calcinado probablemente sea más humano que perecer de hambre.

—¿Por qué no prueba usted ambas cosas y nos lo hace saber?

El presidente Maller golpea la mesa con ambas palmas.

—Ennis, esto no es cuestión de política. Se trata de la supervivencia de nuestra especie.

—Querrá decir la supervivencia de la élite. ¿Alguien que no sea un millonario o un político será invitado a esos refugios subterráneos? Cinco mil jefes inútiles y ni un solo indio. Si ése es el acervo genético que representa el futuro de este planeta, me alegra que no estaré aquí para presenciarlo.

El vicepresidente se pone de pie y se dirige a la puerta.

—¿Ésa fue su renuncia oficial? —le pregunta Borgia—. ¡Porque la aceptamos!

Chaney le hace una seña con el dedo medio y se marcha.

El presidente Maller lo alcanza en el corredor.

—Cuarto de privacidad. Ahora mismo, señor Chaney.

El vicepresidente mira con rabia a su comandante en jefe y luego lo sigue a una de las cabinas de privacidad insonorizadas.

Maller empaña los vidrios.

—¿Qué te pasa? ¿Desde cuándo permites que Borgia te saque de tus casillas por una catástrofe hipotética? Eres más listo que eso.

—Quizá ya me cansé de lidiar con estúpidos, Mark. Mira, el problema de la estupidez es que es para siempre. No puedes cambiar a un estúpido. Créeme, lo he intentado.

—Necesito que te esfuerces más —el presidente lo mira a los ojos—. Tengo que enfrentar mi propia bomba de tiempo. El primero de diciembre será mi último día en el cargo.

Las lágrimas nublan los ojos de Chaney.

—¿Hace cuánto lo sabes?

—Desde hace unos siete meses.

—¿Y aún así te presentaste a la elección?

—Lo hice para que resultáramos electos, de modo que tú estuvieras aquí para tomar la estafeta.

—¿Por qué yo?

—Por todas las razones que acabas de demostrar en esa reunión. Porque para ti la gente es la prioridad. Porque te preocupas por lo que realmente importa. Ahora el espectáculo es todo tuyo. Si quieres cambiar la estupidez, tendrás la oportunidad. Emprende una limpieza general. Haz lo que sea necesario.

—¿Y la caldera?

—Ruega que no suceda. Advierte a las personas si consideras que es lo mejor. La mayoría no se mudará, pero hazlo si crees que es lo correcto. Entre tanto, alista las instalaciones discretamente, por si acaso. Pero recuerda que es mucho más fácil vetar nombres en la lista que elegir a los que sí habrán de salvarse.

Centro de Evaluación y Tratamiento del Sur de la Florida
Miami, Florida

—De ninguna manera —el doctor Foletta avanza por el corredor sin detenerse. Dominique lo persigue—. *La Mula* ha estado en reclusión solitaria durante mucho tiempo. Sacarlo de ahí repentinamente, aunque sólo fuera por una hora al día, representaría un peligro potencial para los otros residentes.

—Ya pensé en ello, señor. El patio está desierto entre las 2:15 y las 3:15 todos los días.

—Tendríamos que apostar más guardias y apartar al paciente de su rutina. Hoy es el primer día después de mis vacaciones. Deme una semana para entrar en ritmo.

—Con todo el debido respeto, señor, Samuel Agler ha estado en solitario durante 11 años. Tal vez eso sea admisible en Massachusetts, pero nunca lo permitirán en esta clínica. O me autoriza para organizar un tiempo en el patio para mi paciente o podrá explicarle a la junta de regentes por qué él es la excepción a la regla.

Foletta se voltea para verla, su rostro de querubín se ha teñido de un rojo encendido.

—¿Quién demonios se cree usted, interna? Yo he dirigido manicomios desde antes de que usted naciera.

—Entonces sabe que lo que digo es cierto. Una hora al día, es todo lo que le estoy pidiendo.

—¿Y si acepto?

—Firmaré con usted su evaluación, como me lo solicitó.

Los ojos grises de Foletta la examinan detenidamente. Perlas de sudor escurren desde sus sienes.

—Una hora. Nada más. Y usted firmará la evaluación hoy mismo, antes del almuerzo.

★ ★ ★

El patio del Centro de Evaluación y Tratamiento del Sur de la Florida es un rectángulo cubierto de césped rodeado por los cuatro costados. El edificio principal, en forma de L, cierra el perímetro al este y al sur; los linderos norte y oeste están delimitados por una muralla blanca de concreto de siete metros, en cuya cima hay rollos de alambre de púas.

No hay puertas en el patio. Para salir de la restringida área de recreo hay que subir tres tramos de escalones de cemento que conducen a un entrepiso abierto que corre a lo largo del costado sur de la instalación.

Samuel Agler camina por el césped, disfrutando con cada hoja de hierba entre los dedos de sus pies, deleitándose con cada bocanada de aire fresco no filtrado. Inclina la cabeza hacia atrás para que los rayos de sol caigan sobre su rostro. Su piel vibra de emoción y sus vasos sanguíneos se dilatan.

Dominique lo observa y siente que los ojos de todos los guardias están puestos sobre ellos.

—¿Cómo te sientes?

—Renacido.

—*Mick y yo por fin tenemos todo dispuesto. Te vamos a sacar de aquí esta noche.*

—*¿Cómo?*

—*Me he estado quedando tarde, fingiendo que estudio para mi certificación. Paul Jones hace su última ronda a las 8:15; después se hace cargo el del turno nocturno, Luis López, quien tiene dos empleos y su esposa acaba de dar a luz, de modo que él generalmente se queda dormido a las 11 en uno de los habitáculos. Le pondré un somnífero a su café, para estar seguros.*

—*La seguridad del primer piso está conectada a todas las cámaras de video, ¿cómo lograremos eludir ese sistema?*

—*Raymond está trabajando el último turno esta semana. Voy a provocarlo para que te haga una visita nocturna. Te dará una descarga eléctrica antes de golpearte. Mick me dio un dispositivo que interferirá con el transpondedor de tu grillete electrónico. Ponlo en tu zapato antes de retirarte del patio y una vez que estés solo en tu celda pégaselo al brazalete de tu tobillo de modo que cubra la antena. Mick te estará esperando afuera en una camioneta blanca.*

Pasean junto al muro de concreto. Los ojos de Sam inspeccionan discretamente cada grieta y fisura.

—*¿Qué hay de ti? Serás una fugitiva.*

—*Cuando Raymond despierte yo estaré tirada junto a él, inconsciente. Antes de irte borrarás las cintas de seguridad para proteger mi coartada. Nos reuniremos en cuanto podamos.*

—*¿En Nazca?*

—*¿Cómo lo supiste?*

—*Mick te llevó allá hace tres semanas. Lo que sea que hayas visto te hizo sentir miedo.*

—*Concentrémonos en esta noche* —consulta su reloj—. *Deja de caminar y ponte los zapatos. Necesito darte el dispositivo.*

Sam se detiene, se arrodilla sobre el césped y se pone los zapatos.

Dominique extrae de su bolsillo una oblea de metal del tamaño de una estampilla postal y la deja caer al piso disimuladamente.

Sam la pone dentro de su zapato.

—*Un último detalle: tenemos que pelearnos. Te voy a pedir que te vayas a tu celda. Camina en la dirección opuesta. Eso alertará a los guardias. Impediré que te disparen descargas eléctricas e insistiré en que yo puedo manejar la situación. Cuando me acerque a ti, quiero que me des una bofetada. Con fuerza.*

—*No puedo hacer eso.*

—*Sí puedes. Piensa en Laura y Sophie. Ésta es tu única oportunidad de salvarlas*

Dominique vuelve a consultar su reloj.

—Deja de darle largas al asunto, Sam. Es hora de regresar a tu celda.

Sam vacila un momento y luego camina en la dirección opuesta.

★ ★ ★

Lowell Foletta observa el patio desde su oficina en el tercer piso, su mirada concentrada en Samuel Agler, su mente en la voz del otro lado de su teléfono celular:

—Llegará para remplazar al guardia del turno nocturno, quien tendrá problemas con el coche. Extrae el fusible de las cámaras de seguridad del séptimo piso a las 10:15 de la noche y no lo repongas sino 20 minutos después. Es todo el tiempo que necesita para despachar a nuestro amigo.

—¿Qué hay de la autopsia?

—La autopsia indicará que Agler falleció de un paro cardiaco.

—Entendido... ¡Por Dios! —Foletta salta de su silla cuando ve que su interna recibe una bofetada.

—¿Qué sucede?

—Tu muchacho acaba de enloquecer en el patio. ¡Será mejor que vaya yo mismo allá afuera, antes que lo envíen a la enfermería! —Foletta corta la llamada y sale corriendo de su oficina.

Mil quinientos kilómetros al norte de ahí, Pierre Borgia cuelga el auricular en una de las cabinas acrílicas de privacidad de la Sala de Situación. El secretario de Estado sonríe para sus adentros.

La falla del magneto en el Gran Colisionador de Hadrones (GCH) cerca de Ginebra la semana pasada significa que el acelerador no estará listo y operando sino hasta la primavera de 2009, según funcionarios del CERN. El GCH perdió una tonelada de helio líquido luego de que algunos de sus magnetos superconductores se calentaran accidentalmente. El colisionador está diseñado para acelerar partículas subatómicas conocidas como protones a energías de siete billones de electronvoltios, superando con mucho cualquier otro acelerador en la Tierra, y estrellarlas unas con otras en busca de nuevas partículas, fuerzas y dimensiones. Para mantener el proyecto dentro de lo programado, el equipo a cargo del acelerador ha decidido saltarse una prueba que estaba programada a un nivel de energía intermedio y reiniciar el GCH en 2009 a la energía máxima del rayo, que es de 7 TeV.

Physicsworld.com

24 de septiembre de 2008

32

Centro de Evaluación y Tratamiento del Sur de la Florida
Miami, Florida

8:23 PM

Paul Jones termina sus rondas y regresa a su estación de vigilancia para recoger su lonchera y las llaves de su coche. Se topa con Dominique, quien está estudiando acostada en el sofá de vinil.

—O de repente te volviste estudiosa o hay algo entre López y tú.

—Por favor. Está casado y acaban de tener un bebé. Estoy estudiando a marchas forzadas para mis exámenes escritos y este lugar es bastante más tranquilo que mi departamento con mis padres ahí.

—¿Cuánto tiempo más se van a quedar contigo?

—Por lo menos otro mes.

—¿Cómo está tu cara?

—Sigue hinchada. Supongo que hoy aprendí que nunca debo bajar la guardia.

—Debiste darle un choque eléctrico en el instante en que se alejó de ti en el patio. No vaciles. Rara vez tendrás una segunda oportunidad con estos locos de remate.

—Entendido. Buenas noches —espera hasta que Jones se ha ido y entonces prepara una jarra de café, añadiéndole una docena de sedantes.

Pasa una hora y Luis no llega. Ansiosa, toma el ascensor al primer piso y se desabrocha los tres botones superiores de su blusa.

Raymond tiene los pies encima del escritorio. El guardia de seguridad está absorto viendo un partido de futbol colegial en un televisor que cabe en la palma de su mano.

—¿Ya te vas a casa, rayo de sol?

—Todavía no. ¿Qué le pasó a Luis López?

—Llamó para avisar que tiene problemas con el coche. La agencia ya envió un sustituto. ¿Por qué? ¿Te gusta el mexicanito?

—De hecho prefiero a los pelirrojos fortachones.

Raymond voltea a verla y le muestra su sonrisa amarillenta.

—Ya era hora de que entraras en razón —se le acerca, con los ojos clavados en su escote—. No sabes cuántas veces he imaginado este momento.

Dominique retrocede cuando él se le arrima. Sus dedos callosos le acarician el trasero.

—Ray, ve más despacio. ¿Podemos charlar un segundo?… Ray, mira mi rostro. ¿Notaste siquiera mi mejilla hinchada? ¿Sabes quién me hizo esto? Fue mi paciente, el tipo por quien arriesgué mi internado. Me golpeó tan fuerte que vi estrellas.

—No te preocupes. Cuando termine con él estará enyesado de los pies a la cabeza.

—¿Harías eso por mí?

—Seguro, después de lo nuestro.

—Ray, detente. ¡Ray, alguien viene!

Es un hombre de casi 40 años, con una gorra de los Mets de Nueva York que oculta su cabeza rapada y sus ojos oscuros. El uniforme de guardia de seguridad luce tensado sobre su firme musculatura.

—La agencia me envió. Abre.

Raymond lo mira de arriba a abajo.

—¿Tienes alguna identificación?

El tipo le muestra una tarjeta de seguridad. Sus gestos son demasiado profesionales para este campo de trabajo. Dominique se estremece. *¿Un asesino a sueldo?*

—Te toca el séptimo piso —Raymond oprime el botón para que entre y después le entrega un transpondedor y una llave magnética con una cadena—. Supongo que sabes usar esto.

—No hay problema, grandulón.

Raymond frunce el ceño. Espera hasta que sube al ascensor para volver a dirigir su atención a Dominique.

—Bien, ¿dónde estábamos?

★ ★ ★

Samuel Agler oye el ascensor. Aguza el oído para escuchar los pasos del guardia, pero no hay ningún ruido.

El asesino de la CIA se desliza por el pasillo sin zapatos, avanzando silenciosamente hacia la celda 714. Tiene órdenes de someter al objetivo y luego inyectarle la droga. Se detiene afuera del habitáculo y consulta su reloj: 9:58 PM.

Demasiado pronto. Reduce el ritmo de su respiración, examina el transpondedor y aguarda…

★ ★ ★

Lowell Foletta se pone unos guantes de hule y usa la llave para abrir el clóset eléctrico del tercer piso. Rápidamente localiza la caja metálica rectangular de fusibles con la etiqueta del nivel 7 y la abre. Con ayuda de una linterna revisa las hileras de fusibles de ocho centímetros hasta que encuentra el que dice "Vid Cam". Con un desarmador plano extrae el fusible de la ranura y enseguida regresa a su oficina y se dispone a esperar.

* * *

Raymond está encima de ella, jaloneando su ropa; es demasiado corpulento y está demasiado cerca para poder empujarlo, igual que su primo hace tantos años.

El corazón de Dominique late rápidamente en su pecho, la ansiedad le impide respirar. Mientras más empuja las manos de Raymond lejos de su cuerpo, más se enardece el guardia y el pánico de Dominique se vuelve un frenesí. Intenta gritar, pero la lengua con hedor de ajo del levantador de pesas asfixia sus palabras. Lo muerde y siente el sabor de la sangre, mientras su mente grita:

¡Sam! ¡Auxilio!

* * *

La puerta de la celda se abre. El asesino apunta el transpondedor.

Sam se derrumba de espaldas en el piso, su boca espumea con la mezcla de agua y pasta de dientes que preparó con antelación, su mente se concentra en el giro que han dado los acontecimientos. *Un guardia nuevo. Me quiere someter.*

El guardia se mueve con rapidez. Esconde la jeringa hipodérmica en la mano derecha.

¡Wham! El talón del pie de Sam lo golpea de lleno en el pecho. El fuerte impacto le destroza el esternón y provoca un espasmo en la red de nervios de su plexo solar. Se retuerce en el piso junto a la puerta abierta, exhalando aire con un silbido.

Sam está considerando ponerse el uniforme del guardia cuando oye el grito desesperado proveniente del vacío:

¡Sam! ¡Auxilio!

—¡Auch! —mira hacia abajo con incredulidad: la jeringa hipodérmica asoma en el músculo de su pantorrilla y el guardia está tendido a un lado, sonriendo.

—Dulce o truco.

Sam le borra la sonrisita de una patada, antes de tambalearse hacia adelante. La celda gira a su alrededor, su corazón late con fuerza y su mente rastrea la gélida presencia en su vena, a medida que la sustancia extraña circula metódicamente por su torrente sanguíneo, reduciendo de pronto su velocidad hasta apenas reptar, cuando Sam se desliza a un corredor de la existencia que le resulta curiosamente familiar. El aire está helado. Sus movimientos lo impulsan a salir de la celda y abordar el ascensor que está ahí esperando.

★ ★ ★

Los esteroides han acortado la mecha de Raymond, convirtiendo la lujuria en un acto de agresión. Escupe sangre y luego cierra el puño y golpea a Dominique en plena cara, rompiéndole la nariz.

Se desmaya a sus pies.

El sonido del ascensor lo obliga a levantar la vista. Se abren las puertas.

Unos ojos azul turquesa se abalanzan sobre él tras una mancha blanca informe, arrollándolo con la fuerza de un tanque. Sus costillas trituran sus órganos internos y exprimen a tal grado su corazón que la aorta estalla un segundo antes de que su columna vertebral reviente contra la pared.

Al despertar, Dominique siente que su piel está tan caliente que la abrasa. Se desplaza a una velocidad imposible por el área de la recepción en una camilla, sólo que de alguna forma no es una camilla. Antes de poder descubrir quién la está cargando ya está afuera, contemplando un cielo nocturno fuera de foco.

La bóveda celeste es remplazada por la parte trasera de una camioneta. La voz de Mick resuena en su cerebro; el sonido se moldea como palabras, escoltadas por el dolor explosivo de su rostro.

—...Lo drogaron. Dom, necesito que tú conduzcas la camioneta. ¡Dominique!

—¡Está bien! —se sienta al volante y acelera, alejándolos del manicomio. Con la manga se limpia la sangre y las lágrimas de su rostro hinchado.

Nacemos con la esquizofrenia del bien y el mal en nuestro interior, de modo que cada generación debe perseverar en el autorreconocimiento y el autocontrol. Al ceder a la tranquilidad automática de nuestra lógica hemos abandonado una vez más esos poderes de reconocimiento y control. La oscuridad casi no se distingue de la luz cuando la red de la estructura y la lógica se entreteje densamente sobre ambas. Así que tenemos que cortar esas capas de falsa protección si queremos recuperar el control de nuestro sentido común y nuestra moralidad.

JOHN RALSTON SAUL
Los bastardos de Voltaire, 1992

33

"Yo soy grande. Ahora mi sitio está más elevado que el de la obra humana, el diseño humano. Yo soy el sol y la luna. Yo soy la luz y también soy los meses. Yo soy el sendero y el punto de apoyo del pueblo... Yo soy el vencedor."

Siete Guacamaya baila frente a Chilam Balam y sus seguidores a la sombra del gran templo. Los ojos del perverso son rojos y viperinos; sus afilados dientes están teñidos de azul. Cada centímetro de su piel está tatuado, sus dedos están rematados por uñas punzantes como garras.

El olor del polvo de burundanga abruma la nariz de Chilam Balam. Siente cómo la toxina circula por su torrente sanguíneo, esparciendo una fría dosis de parálisis a sus músculos. El terror se vuelve pánico cuando pierde la capacidad de respirar; el aire silba por su boca como un ciervo alcanzado por una flecha mortal.

—*Yo soy Chilam Balam, el que los condujo a través del páramo congelado y el litoral ennegrecido por la muerte. Yo soy el Profeta Jaguar que los guió a esta tierra fértil. ¿Acaso nadie vendrá a socorrerme?*

Una cálida luz, de un brillo tranquilizante, aparece por encima de su cabeza. La voz de Viracocha llega hasta él desde el vacío:

—*Les has dado todo y ni siquiera eso fue suficiente. La codicia los ha conducido al lado oscuro, donde abunda el caos. Y sin embargo podrían haberlo tenido todo: felicidad y realización eterna más allá de todas las riquezas.*

—*¿Cómo, Señor? ¿Cómo podrían haberlo tenido todo?*

—Simplemente comprendiendo la verdadera prueba de la existencia: que fuimos creados para amarnos unos a los otros, que nuestra realización ocurre cuando tratamos a los demás con dignidad.

—¿Y qué hay de Siete Guacamaya?

—El mal es la prueba necesaria que determina si una nación es digna del don de la inmortalidad. Esta generación no lo es. El pueblo está cargado de egoísmo y penuria y han transmitido a sus hijos la semilla del mal. Sus manos están manchadas con la sangre de sus enemigos, sus altares están maculados por los sacrificios humanos. ¿Crees que esto es lo que el Creador desea? ¿Crees que el Santo engendró al hombre para poder ver cómo sus hijos se destruyen unos a otros a través de la autovalidación del odio y la intolerancia? La plegaria no es más que una carga cuando la asamblea pisotea las flores del jardín del Creador. La justicia purifica el alma sólo cuando los oprimidos reciben socorro, los poderosos son reprendidos y los huérfanos obtienen amparo.

El corazón de Chilam Balam guarda silencio. El aire está inmóvil, excepto por el movimiento de la espada de Siete Guacamaya que le corta la cabeza de un solo tajo.

Su cuerpo se desprende y cae; la cálida luz atrapa su alma y la envuelve. Observa su conducto físico y a su nación caída; el pueblo grita horrorizado al ver que el más sagrado de sus templos se cimbra con el cuerpo de su profeta muerto y la base de la pirámide se derrumba bajo una avalancha de codicia y negatividad, envidia y odio.

* * *

"Trata de abrir los ojos."

La voz femenina lo desconcierta y lo hace reaccionar. Lucha contra un peso inamovible hasta que se da cuenta de que no tiene brazos.

"Lucha para salir. Crea dolor."

Se pone de pie en medio de la oscuridad y tantea la pared, ensangrentando la fría piedra con su rostro. Una y otra vez golpea lo que parece ser un estrecho calabozo, hasta que siente que sus manos cosquillean en algún lugar del abismo. Alentado por eso, golpea con más fuerza las paredes redondeadas del foso, abriendo y cerrando sin cesar sus extremidades perdidas hace mucho tiempo. El dolor le engendra brazos. Sus dedos caminan sobre su torso destrozado hasta la carne enferma que él ha reducido a una pulpa al azotarse contra la pared, y clava las uñas en el ámbar que sella sus ojos hasta que desvela la luz; una angosta faja de geografía parece burlarse de él desde lo alto, una grieta de roca situada entre la luz del día y la pocilga infestada de ratas que ahora ocupa. Mira a su alrededor; su mente lucha por despertar de su hibernación forzada y aún está demasiado aletargada para comprender su entorno.

Estira las manos por el techo agrietado y logra sujetarse precariamente de la roca. Haciendo palanca con sus pies desnudos sobre el techo se impulsa hacia el interior de la fisura y comienza a escalar, avanzando por el tiro estrecho. Afiladas piedras calizas rebanan su carne, raíces de árboles lo obligan a hacer dolorosas contorsiones que lo aplanan tanto contra la tierra que apenas logra respirar.

Finalmente emerge a la luz del día; su esfuerzo es recompensado por una ráfaga de aire salado.

Su promontorio está en la cima de una montaña. Una fina niebla blanquecina oculta el mar al oeste. Escucha las olas que rompen contra la costa rocosa. Mira hacia abajo y distingue un símbolo que refulge al sol bajo una capa de humedad, en la ladera occidental de la montaña: un enorme tridente tallado profundamente en la roca.

Entonces ve al hombre.

Alto y pálido como la niebla, de cabellera y barba blancas y sedosas y ojos color azul maya. Está de pie en el borde de la cima, esperando.

—¿Tú eres mi guía? ¿El que habrá de conducirme a *Hunab K'u*?

—No te has ganado el derecho de ver al Creador.

—¿Quién eres tú para hablarme de esa manera? Yo soy Chilam Balam, el profeta más grande de la historia.

—Si eres tan gran profeta, Chilam Balam, entonces ¿cómo fuiste derrotado en la batalla? Debiste presagiar la maldad de Siete Guacamaya y acabar con él. En cambio, seguiste alimentándote del Árbol del Conocimiento hasta que sació tu ego y te cegó para tu búsqueda.

—¿Búsqueda? ¿Qué búsqueda?

—Recibiste la misión de avanzar la evolución de los Hunahpú. Tu deseo de bañarte en la luz de *Hunab K'u* sólo para tu propio beneficio ha acarreado la oscuridad para tu pueblo.

La niebla se disipa al oriente, revelando una ciudad situada en un valle montañoso. Lo que fue tierra fértil se ha secado hasta convertirse casi en un desierto y las colinas circundantes han sido saqueadas de sus minerales.

Una pirámide rojo sangre domina la ciudad; su superficie tiene el destello de joyas incrustadas. Miles de fieles se han reunido abajo. Una docena aguarda para ser sacrificada.

Siete Guacamaya emerge en la plataforma superior de la pirámide y su voz resuena en las ruinas de la ciudad: "Yo soy grande. Ahora mi sitio está más elevado que el de la obra humana, el diseño humano. Yo soy el sol y la luna. Yo soy la luz y también soy los meses. Yo soy el sendero y el punto de apoyo del pueblo... Yo soy el vencedor. Traigan al alma gemela de Chilam Balam".

Una mujer desnuda y teñida de azul es conducida por la escalinata del templo. Su presencia impone silencio a los espectadores. Cuatro sacerdotes la escoltan hasta un ídolo, donde la acuestan boca arriba sobre la piedra convexa, con los brazos y las piernas sujetos en su sitio. Las miradas de los hombres se extravían.

Siete Guacamaya mira con lujuria a Mujer Sangre y luego, con un alarido que hiela los huesos, le encaja la daga de obsidiana justo abajo del seno izquierdo. El sacerdote *nacom* mete rápidamente la mano en la herida y extrae el corazón aún palpitante de la víctima por entre la cavidad del pecho, de donde mana la sangre a borbotones, y se lo pasa a uno de los cuatro sacerdotes, quien embarra la sangre en el ídolo de piedra.

Volviendo al cadáver destazado, Siete Guacamaya patea los restos de Mujer Sangre, que caen rodando por la escalinata de la pirámide. El cuerpo se quiebra y se retuerce hasta llegar al suelo, donde lo recogen sacerdotes de menor jerarquía. Los bárbaros la desuellan enseguida, dejando las manos y los pies pegados a la piel que desprenden del cadáver.

Presentan el traje de piel así confeccionado al hijo de Siete Guacamaya, Terremoto. Se lo pone sobre el cuerpo y danza entre los solemnes espectadores, reanimando de esta manera a la muerta.

"Busquen en las montañas y la costa. Tráiganme a Hunahpú y Xbalanqué. Los hijos de Chilam Balam honrarán mi grandeza con su sangre antes de la próxima luna llena."

La niebla regresa y de nuevo cubre el valle con su manto.

Chilam Balam se arrodilla, las lágrimas nublan su vista.

—¿Estoy muerto?

El pálido guerrero de blanca cabellera y barba se voltea para mirarlo.

—Chilam Balam está muerto, pero el espíritu que te rige habrá de renacer. ¿Estás listo para continuar tu viaje?

—¿Y mi alma gemela?

—Ella también renacerá.

—¿Nuestros caminos se volverán a cruzar?

—Si se hacen merecedores de ello.

—Entonces llévame con ella, pero antes dime tu nombre.

—Me llamo Jacob. Soy tu hermano.

★ ★ ★

Languideciendo en un delirio febril, Immanuel Gabriel abre los ojos, su corazón late furiosamente en su pecho y tiene un tubo metido en la garganta. A través de una rendija de su visión desenfocada por lágrimas ardientes ve a un hombre, parecido a Mitchell Kurtz cuando era joven, cernirse sobre él y conectar a toda prisa una bolsa intravenosa en sus venas.

Gotas de un alivio tranquilizante y cálido ingresan lentamente a su torrente sanguíneo, derritiendo el hielo e impulsando a su mente hacia la bendita inconsciencia.

Dios coloca la carga más pesada sobre aquellos que pueden soportarla.

Reggie White
Liniero defensivo, miembro del Salón
de la Fama de la NFL y ministro religioso

34

"De modo que con el corazón apesadumbrado pero con una inalterable confianza cedo la primera magistratura al vicepresidente Ennis William Chaney. Que Dios bendiga a nuestro nuevo presidente, a su familia y al pueblo de los Estados Unidos de América."

El cubo de plástico que contiene la pelota de beisbol autografiada por Ted Williams se estrella contra el televisor HD de 52 pulgadas con tal fuerza que derriba la pantalla plana de su pedestal y la hace añicos sobre el piso de mármol.

Pierre Borgia busca en su escritorio otra cosa que aventar. Toma la botella casi vacía de Jack Daniels, bebe lo que queda del whisky color cobrizo y la arroja contra una fotografía blanco y negro enmarcada de Ansel Adams del Parque Nacional Yosemite, pero no acierta y hace un hoyo en la pared.

El teléfono celular vuelve a sonar. Borgia ve el número. Gruñe, pero contesta.

—¿Qué?

—Esto no cambia nada, hijo. Confía en mí.

—¿Que confíe en ti, tío Joe? Marion Rallo será nombrada vicepresidenta. Chaney me pidió la renuncia. Y en cuanto a la guerra, puedes contar con que anunciará la retirada completa de nuestras tropas en su discurso del Estado de la Unión en enero.

—Nos encargaremos de eso. El mayor problema son todos los cabos sueltos de tu numerito en Miami.

—No hay cabos sueltos. Quien haya huido con Agler probablemente arrojó su cadáver en los Everglades. Por lo que toca a la chica, hay una extensa cacería por todo el estado, aunque lo más seguro es que ella también esté muerta.

—¿Y el guardia de seguridad?

—La oficina del alguacil está culpando a Raymond por la muerte de Agler. Yo hice una declaración. ¿Qué más quieres de mí?

—Aún no has visto la cinta, ¿verdad?

—¿Qué cinta?

—Pierre, ¿no recibes mis telefonemas y mis correos electrónicos? Te envié un extracto de la cámara de vigilancia del primer piso.

—Vi el pietaje original, tío Joe. No había nada que ver.

—En la cinta aparece una mancha un segundo después de que se abren las puertas del ascensor. Esa mancha, viendo la cinta cuadro por cuadro, era Samuel Agler.

Pierre se tensa.

—Mi agente jura que le inyectó a Agler el inhibidor cardiaco. Es imposible que…

—Sus ojos eran azul nórdico, se desplazaba por un plano superior de la existencia cuando golpeó al idiota de Raymond. Tu guardia no murió simplemente por una hemorragia interna, Pierre. Sus órganos estallaron.

—Suponiendo que Agler siga vivo, intentará encontrar a su esposa y su hija.

—Coincido contigo. Te quiero aquí en Lago Groom. Un jet privado te espera en el aeropuerto Dulles.

—No puedo irme así nada más. Si algo le va a ocurrir a Chaney necesito estar disponible.

—Te equivocas por dos razones. La primera es que en tu actual estado mental no te quiero cerca de las cámaras de televisión. La segunda es que Agler no sabe dónde están su esposa y su hija. Eso significa que irá tras de ti.

Nazca, Perú

—¡Aaaaah!

Immanuel Gabriel se incorpora en la cama de un salto con un rugido en los oídos y un dolor punzante en el costado izquierdo de su cavidad pectoral.

Mitchell Kurtz extrae la aguja hipodérmica de su corazón.

—Lo siento, amigo. Tenía órdenes de despertarte. Una inyección de adrenalina parecía ser la mejor opción.

Manny jala aire, el clamor en sus oídos se reduce a una sirena irritante. Sus extremidades cosquillean, su garganta está demasiado reseca para hablar.

Como si le leyera la mente, Kurtz le acerca una botella de agua a los labios.

Bebe, se atraganta y bebe un poco más; sus ojos se ensanchan cuando ve entrar a Ryan Beck, quien también luce muy joven.

—Amigo, no vas a creer las cosas que están sucediendo. ¿Está despierto?

—Aún se está reanimando. ¿Dónde están Dom y Mick?

—Vienen en camino.

—Ponlo de pie. Ve si puedes ayudarlo a encontrar sus piernas —Kurtz se dirige a Manny—: Alguien contrató un asesino a sueldo para matarte. Te inyectó un agente de muy rápido efecto diseñado para detener el corazón. Has estado en coma durante cuatro semanas; la lógica indica que deberías estar muerto. De alguna manera lograste reducir tu ritmo cardiaco al grado que la droga se estancó en tu arteria femoral. Tuviste la suerte de que Mick me llamara. Estoy familiarizado con la droga empleada y pude asesorar al médico de emergencias sobre cómo debía atenderte. Te sacamos de *Dodge* dos horas después. Estás en Nazca, Perú. Esta mañana se desató el infierno y decidimos correr el riesgo y despertarte.”

—¿Qué día… es hoy?

—Viernes.

—Se refiere a la fecha —dice Beck, quien sostiene a Mick en sus brazos y lo ayuda a incorporarse—. Hoy es el 21 de diciembre. Por cierto, yo soy Beck y él es Kurtz. Trabajamos para el presidente Chaney.

—Yo sé quiénes son. Los conozco desde el día en que espero venir al mundo.

A espaldas de Mick, Kurtz le hace una seña a Beck para indicar que está chiflado.

—Sal y Pimienta, así los llamábamos mi hermano y yo. Mitch, la última vez que te vi, tu cabello era del color de la sal y les decías a las mujeres que eras un productor de cine para acostarte con ellas. Pimienta ya era abuelo y seguía siendo corpulento a los 65 años.

Los dos guardaespaldas se miran entre sí, dudosos.

La puerta principal de la casa de los Gabriel se abre y Mick y Dominique se ven confrontados por los cañones de los rifles de asalto de los dos guardias.

—¡Oigan! ¡Tranquilos, amigos!

Kurtz guarda su arma.

—Te dije cómo debías tocar la puerta, Mick. Hazlo así o recibe un balazo. Tú eliges.

—¿Está despierto? —Dominique corre al lado de Manny y lo ve a los ojos—. Son negros otra vez. La última vez que los vi eran azul maya. Sam, ¿recuerdas algo de lo ocurrido?

—No soy Sam. Sam nunca fue mi nombre, era sólo un alias que usaba cuando era adolescente… cuando me rehusaba a aceptar quién soy en realidad. Mi nombre es Immanuel Gabriel. Tú y Michael son mis padres.

Dominique lo mira fijamente, su labio inferior tiembla.

—Mick me lo dijo, pero no quise creerlo.

Kurtz sacude la cabeza.

—Estoy viviendo un episodio de *La dimensión desconocida*.

—No tenemos tiempo de hacer la sinopsis —dice Mick—. Manny, hoy es el último día del Quinto Ciclo. La caldera de Yellowstone explotó hace una hora. Hay erupciones volcánicas por todas partes.

—Lo mismo ocurrió en 2047. El *strangelet* está atravesando por última vez el núcleo de la Tierra.

—Dime por favor que sabes cómo detener esta cosa.

—No, pero sé quién sí lo sabe.

★ ★ ★

Una ominosa bruma parda se ha extendido rápidamente al norte en el cielo distante, cuando el globo de aire caliente aterriza en la meseta de Nazca. Beck y Kurtz aseguran al piso la canastilla; Mick y Dominique escoltan a Immanuel al centro de la espiral de Nazca.

—Manny, ¿estás seguro de que mi padre dijo que sólo Uno Hunahpú podía detener al *strangelet*?

—Fueron las últimas palabras de Julius.

—No lo entiendo —dice Dominique—. ¿Quién es Uno Hunahpú?

—Será mejor que no lo diga.

Ceniza parda cae del cielo como ráfagas de nieve cuando los tres llegan al centro de la espiral.

Mick se tapa la boca con su camiseta para poder hablar, mientras sus ojos recorren el cielo que se oscurece.

—¿Sabes, Manny? Toda mi vida Julius ha estado en mi cabeza, preparándome para este día. Tengo que confesar que no creí que pudiera ocurrir hasta que vi los registros en video de tu avión espacial. Y aún entonces… Pero ahora que está aquí… la situación es verdaderamente atroz.

—Mi hermano Jacob también me insistía todo el tiempo: "Tienes que entrenar más duro, Manny, los Señores del Inframundo nos quieren muertos". Me sacaba de quicio. Y entonces llegó el día y la *Balam* apareció del cielo y de repente era hora de partir. Y yo me negué. Todo lo que quería era jugar futbol profesionalmente, vivir en una enorme mansión y ser una estrella. Pasé los siguientes 14 años escondido.

Dominique le soba la espalda.

—Eadie solía decirme que Dios sólo nos da la carga que sabe que podemos soportar.

—Sin ofender a Dios, pero creo que nuestra familia ha tenido una mayor de la que le correspondía —los ojos de Manny se ensanchan—. Dominique, ¿tus padres adoptivos siguen viviendo en tu departamento?

—Sí. ¿Qué ocurre?

—Un tsunami se dirige hacia allá. Uno enorme; más alto que tu edificio.

—¡Ay Dios mío! —enciende su celular para textearle a Eadie, ya sin preocuparse de que el FBI rastree su ubicación.

Los ojos de Mick perciben un movimiento en las alturas, un brillo de metal que desciende de las nubes de ceniza volcánica.

—Dom, nos tenemos que ir de aquí.

—Aún no termino el mensaje…

—Hazlo en el globo, nuestros amigos ya llegaron —se voltea hacia Manny—. Julius tenía razón, no hay coincidencias. Pase lo que pase, me alegra que hayamos tenido la oportunidad de conocernos.

Manny se enjuga las lágrimas.

—A mí también.

Padre e hijo se abrazan. Después Michael Gabriel toma a Dominique de la mano y ambos se retiran apresuradamente hacia el globo, justo cuando una luz blanca envuelve a Manny en su serena brillantez. La centelleante aura de energía lo hace levitar y lo aleja de la pampa de Nazca, hacia la apertura de la bulbosa nave extraterrestre.

Durante un largo momento el *Pasoveloz* permanece inmóvil sobre la espiral tallada en el desierto. De pronto asciende al cielo a la velocidad de la luz, donde se le unen cientos más, cuyos diseños representan docenas de subespecies diferentes, todas surgidas del lado oscuro de la Luna para escoltar a su profeta perdido por tanto tiempo hacia el destino que lo aguarda.

35

La bruma blanca se filtra en un rocío refrescante que se disipa sobre la laguna azul del jardín.

Immanuel Gabriel abre los ojos. Camina sobre la arena rosa, pasando por la cascada prístina hasta el árbol invertido del tamaño de una montaña, cuyas tres ramas superiores quedan fuera del alance de su vista; el cúmulo de seis ramas que siguen a continuación se extiende majestuosamente en todo el espacio que su conciencia puede percibir. Adelante, el tronco se funde en el hombre y la mujer desnudos, de pie espalda con espalda; gigantes de 30 metros unidos por las vértebras.

Manny se acerca a la ilusión proyectada a través del cosmos por los pensamientos unificados de sus padres.

—La última vez que estuve aquí fue porque ustedes así lo quisieron. Esta vez la elección es mía. Díganme qué debo hacer para salvar a la Tierra.

La voz de su padre le habla telepáticamente.

—*¿Te consideras digno de semejante tarea?*

Manny está de pie frente al Árbol de la Vida; todo su ser se estremece.

—¿Que si soy digno? He sufrido la pérdida de dos almas gemelas. He pasado una eternidad sometido a tortura por Siete Guacamaya. No he visto a mi esposa y mi hija en 11 años. ¿Qué más quieren?

—*Transformación. Te sigues viendo a ti mismo como una vícti-*

ma de la existencia. La salvación requiere de una conexión con las dimensiones superiores, una conexión con la Luz del Creador. Las víctimas no pueden acceder a esa energía, permanecen consumidos por el ego.

—No estoy aquí como víctima. Denme la oportunidad y les demostraré que soy digno. Déjenme exterminar a la serpiente de su jardín.

—*Lo que no atinas a ver, Immanuel, es que tú eres la serpiente.*

—¿Qué? ¿Cómo voy a...?

—*Los Héroes Gemelos fueron concebidos con una relación simbiótica. Tu hermano Jacob se aferró al Árbol de la Luz que ves frente a ti y por eso su alma permaneció pura. Tú estás atado al Árbol del Conocimiento, un lado oscuro conectado al ego humano. A falta de restricción, consumiste el fruto prohibido del árbol hasta que te volviste su esclavo. Como Chilam Balam, tu alma buscó el don oscuro para convertirte en un poderoso hechicero y vidente, pero nunca desafiaste a los mayas para poner fin a su violencia salvaje, porque temías enfrentarte al consejo y perder tu poder. Como Immanuel Gabriel, te rehusaste a acompañar a Jacob a Xibalbá, empeñado en vivir el resto de tus días dedicado sólo a ti mismo.*

—Tenía miedo. Y sí, es cierto, fui egoísta. No quería perder todo lo que había obtenido con tantos esfuerzos, sólo para complacer a Jacob. Era su misión, no la mía. Él estaba mucho más avanzado que yo y era mucho más fuerte.

—*Y sin embargo, sin importar lo poderoso que era Jacob, no pudo triunfar en la undécima dimensión del Infierno sin tu habilidad para adaptarte al lado oscuro. Tú eras el Yin de su Yang. A través de la causa y el efecto lo perdiste todo. A través de la causa y el efecto fuiste tú quien trajo la singularidad al solsticio de invierno de 2012.*

—¿Yo la traje? ¡Eso es una locura! Jacob me dijo que regresara a este tiempo.

—*Y como carecías de una conexión con la Luz, tu viaje por el agujero de gusano sirvió como un conducto para el* strangelet. *Ahora es demasiado tarde. La Tierra, y con ella la humanidad, perecerán.*

La bruma blanca se eleva desde el suelo, ocultando a sus padres y al Árbol de la Vida. Cuando se disipa, Immanuel se halla en la nave extraterrestre, contemplando el espacio profundo a través de un vasto portal.

La nave está orbitando a Marte, por encima de otro objeto en el espacio: un objeto esférico color gris ratón, de 30 kilómetros de largo y 20 de ancho, en cuya superficie vapuleada hay un enorme cráter.

El pulso de Immanuel Gabriel se acelera mientras ve pasar la masa lunar por el portal de estribor.

—*Fobos…*

Sala de Situación, la Casa Blanca

La sala se ha sumido en el silencio; cada hombre y cada mujer se concentran en la pantalla plana de televisión más cercana, donde aparecen las imágenes de Campo Borneo.

Las densas nubes que se habían posado sobre el Polo Norte ejecutan ahora una poderosa danza en el sentido de las manecillas del reloj; el vórtice arremolinado arroja al espacio exterior la capa tóxica de ceniza volcánica, como si un torbellino celestial la inhalara.

—Señor, la NASA está recibiendo imágenes del *Hubble*. Confirman que el embudo de nubes está lanzando al espacio los desechos atmosféricos.

—¡Es un milagro! —exclama una asistente, y su exabrupto provoca una avalancha de aplausos.

—¡Silencio! —un agobiado presidente Chaney contempla el furioso río pardo-grisáceo de desechos atmosféricos, tan perplejo como la docena de científicos en la sala—. Dicen que está arrojando los desechos al espacio; ¿adónde se dirige exactamente? ¿Está orbitando nuestro planeta?

—No, señor. La NASA dice que fluye al espacio exterior y se disipa, al menos hasta donde ellos saben. Hay mucha interferencia atmosférica. Tal vez sí sea un milagro.

Hay gestos de asentimiento.

—¡Escúchenme bien! —dice Chaney con voz estentórea—. No quiero oír hablar de milagros, ni de segundas venidas, ni de ninguna necedad parecida. Quiero respuestas y las quiero rápido. ¿Dónde demonios está esa maldita megaola?

—Acaba de azotar Jacksonville y ahora se dirige a la costa de Miami.

Centro de Evaluación y Tratamiento del Sur de la Florida
Miami, Florida

Lowell Foletta sigue avanzando por el pasillo desierto del séptimo piso, acosado por su nuevo jefe de seguridad.

—Señor, el autobús está cargado y esperando —dice Paul Jones en tono implorante—. Sólo quedan los pacientes del nivel 7…

—…Quienes permanecerán encerrados, señor Jones. ¿Por qué le permití convencerme de adoptar estas medidas? Debería someterme a un examen psiquiátrico. Ninguna ola va a llegar tan tierra adentro, no me importa cuán grande sea.

—Señor…

—Suba al autobús y márchese. Ahora, señor Jones, antes que cambie de parecer, y ordene que todos los pacientes regresen a sus celdas.

Jones menea la cabeza y corre al elevador.

Foletta se sienta en el vestíbulo de seguridad y regresa su atención a su laptop y su solicitud para la vacante de director en Ontario, Canadá. El salario es mucho menor que el que percibe en Miami, pero el costo de la vida en Ontario es más bajo y necesita romper sus lazos con Pierre Borgia por el bien de su salud mental.

Continúa trabajando en la solicitud otros 15 minutos y entonces oye el estruendo.

Foletta guarda el archivo y camina a la alcoba y la escalera de incendios que conduce a la azotea. Considera el esfuerzo de subir y luego asciende un escalón a la vez, mientras el ruido va en aumento.

El doloroso impacto de su hombro derecho contra la escotilla de metal abre la salida. Trepa a la azotea y mira hacia el este.

El edificio de siete pisos es demasiado bajo y está demasiado tierra adentro para poder ver el Océano Atlántico, pero no hay duda de que algo enorme se aproxima. Sus ojos enfocan un rascacielos que bloquea su visión; su pulso trepida, sus huesos registran las reverberaciones.

Hace una mueca cuando el rascacielos se derrumba de manera surreal delante de él, revelando un horizonte de océano embravecido. Se rehúsa a moverse, incluso cuando las primeras gotas de mar cargadas de concreto le golpean el rostro, y cuando el megatsunami azota las calles y llega espumeante hasta el asilo mental en busca de una forma de entrar.

No halla nada.

Foletta sonríe cuando la ola de cinco pisos de altura convierte en una isla su santuario de la azotea, brindándole la mejor vista de Miami.

Y luego, como un dique que se quiebra lentamente, la vieja estructura construida con bloques se derrumba por su costado oriental junto con los fragmentos de la azotea, y el Océano Atlántico se traga a su paso el edificio.

Nazca, Perú

La espesa y parda nube volcánica que cubre el cielo otrora azul cobalto se ha convertido en un tumultuoso río de fango, arrastrando el globo de aire caliente y a sus cuatro espantados ocupantes hacia el noreste, a la aterradora velocidad de 125 nudos.

—Es el Éxtasis Final —grita Beck, persignándose.

—Es la caldera —revira Kurtz—. Nada de trompetas, nada de Jesús cabalgando en un corcel blanco; nada más un montón de nieve y hielo y la hambruna masiva.

—¡Ninguna caldera provoca este viento! ¡Esto es el Apocalipsis!

El Océano Pacífico asoma más allá de la meseta, prometiendo una muerte segura. Mick avista la cima de la montaña y apaga la llama, colapsando el lienzo. Dominique grita mientras el globo se precipita en picada. La canastilla pasa rozando la ladera occidental de la montaña, rebota en la cumbre y se estrella abruptamente contra una roca, con una sacudida que les cimbra los huesos, arrojando a los azorados tripulantes sobre la puntiaguda cresta.

En cuestión de segundos, vientos huracanados alzan por los aires el globo desinflado. Durante varios minutos gira fuera de control, hasta que la cauda del viento se adueña de él y lo arrastra hasta las crestas espumeantes del Pacífico embravecido.

Dominique está de rodillas. Está golpeada y amoratada, pero su atención se concentra en una talla monolítica labrada en la cara oriental de la montaña.

Mick se arrastra hacia ella, gritando para que lo oiga sobre el vendaval.

—¿Estás bien?

—¿Qué es eso?

—El Tridente de Paracas. Se remonta a Viracocha. Vamos, vi una cueva al este, ¡ahí podremos refugiarnos! —la ayuda a incorporarse y conduce a Dominique y los dos guardias hacia el vacío oscuro que está parcialmente oculto por las enormes rocas.

Kurtz menea la cabeza.

—Ustedes entren ahí, yo soy un poco claustrofóbico.

Beck asiente con la cabeza.

—Yo me quedo aquí con el pequeñín.

Kurtz espera hasta que Dominique y Mick se adentran en la cueva antes de empezar a hablar.

—Logré comunicarme con la Sala de Situación —grita sobre el rugido atmosférico—. Hay una especie de remolino sobre el Polo Norte, arrastrando hacia el espacio toda esta ceniza.

—¿Crees que sea HAARP?

—Esperemos que sí. Envié a POTUS una foto que tomé de la nave alienígena.

—¿Piensas que lo creerá?

—Rayos, yo mismo no lo creo, y eso que vi la condenada nave. Pero él necesita estar advertido, por si acaso el objeto que está chupándose la atmósfera no es de los nuestros.

* * *

Mick y Dominique entran a la cueva, un túnel de roca de 2.10 de altura que serpentea y desaparece en la oscuridad.

—Mick, ese Tridente... Lo he visto antes. Sam lo dibujó en la pared de su celda. ¿Qué crees que signifique?

—No lo sé, pero como solía decir mi padre, no hay coincidencias. Veamos adónde nos lleva esta cueva.

Siguen el túnel de roca hacia la oscuridad; la cueva se vuelve una caverna de pronunciadas curvas descendientes, cuya geología está iluminada por una luz azul que proviene de algún sitio más abajo.

—Mick, ¿de dónde viene esa luz?

—Vamos a averiguarlo. Toma mi mano, el camino está muy empinado.

Él va al frente. La pendiente de 30 grados lo obliga a ir inclinado, dando grandes pasos laterales. La roca bajo sus botas le brinda tracción natural.

—¡Dom, escucha! ¿Oyes eso?

—¿El aire que corre?

—No. Algo más profundo… como un generador que se encendiera.

La caverna sigue descendiendo en espiral, adentrándolos más en la montaña, hasta que el camino se termina de repente y se topan con un objeto inmenso, un rectángulo de cuatro metros de altura, de un metal extremadamente pulido.

En el centro del objeto, brillando en la luz de neón azul, está el Tridente de Paracas.

—¿Mick?

—No puedo estar seguro, pero creo… que es la *Balam*.

—¿Cómo es posible? Me dijiste que Jacob y yo nos fuimos en la *Balam* en 2032.

—Manny hizo un bucle en el tiempo, quizá la *Balam* también.

—¿Cómo entramos?

—Poseemos la genética de los gemelos. Intentemos con la telepatía. Toma mi mano y cierra los ojos. A la cuenta de tres imagina que el pasaje se abre. Uno… dos…

El portal se abre deslizándose, invitándolos a entrar.

Dominique alza los hombros.

—Disculpa. Me adelanté a la cuenta.

Ingresan a un corredor poco iluminado. El piso, las paredes y el techo abovedado de 10 metros de altura están hechos de un polímero negro translúcido sumamente pulido. El lugar es cálido. La luz proviene del brillo azul de los páneles de obsidiana.

Mick se detiene para poner su rostro contra el vidrio oscuro, intentando asomarse al interior.

—Creo que hay algo detrás de estas paredes, pero el vidrio está tan tintado que no puedo ver maldita la cosa —voltea hacia Dominique, quien lo mira aterrada—. ¿Estás bien?

—¿Bien? —sonríe con nerviosismo. Su labio inferior tiembla—. No, creo que no he estado *bien* desde el día en que te conocí.

La toma de la mano.

—No te asustes. Esta nave pertenece a nuestro hijo.

—Mick, no tenemos un hijo. Otros Michael y Dominique tuvieron gemelos en otra vida. ¿Tú y yo? Nunca sucedió. Y nunca sucederá. No es que no me gustes —se enjuga unas lágrimas—, sino que no creo que sobrevivamos a este día.

Se le acerca y la estrecha contra su pecho.

—Sobreviviremos.

—¿Cómo lo sabes?

—Lo sé porque estoy en una nave espacial que probablemente es más poderosa que cualquier otra cosa en la galaxia. Lo sé porque la sangre de una raza superior de seres humanos corre por nuestras venas. Y sobre todo, lo sé porque tengo fe.

Ella lo abraza con fuerza, mira sus ojos de ébano y lo besa.

No sabemos nada. Todo nuestro conocimiento es apenas el conocimiento de los colegiales. Nunca conoceremos la verdadera naturaleza de las cosas. La realidad es una mera ilusión, pero una ilusión muy persistente.

ALBERT EINSTEIN

36

Fobos

Descubierto en 1877, el objeto celestial llamado Fobos es siete veces más grande que Deimos, la otra luna del Planeta Rojo, y gira tan cerca de Marte que de hecho orbita más rápido de lo que el planeta puede rotar. Esta característica inusual, combinada con la peculiar densidad de su superficie, ha llevado a los astrofísicos a postular que Fobos no es una luna ni un asteroide, sino una esfera hueca de hierro.

Una bruma blanca oscurece la visión de Immanuel Gabriel y luego lo absorbe; sus partículas danzan a través de su piel, penetrando sus músculos y su médula. Su cuerpo se estremece, como si la niebla hubiera invadido cada célula de su cuerpo, estirando los espacios entre cada protón, neutrón y electrón; el efecto culmina en una repentina sensación de gravedad que literalmente jala su conjunto de moléculas *a través de* la estructura atómica de la nave extraterrestre, habiéndose separado sus átomos apenas lo suficiente para permitirle deslizarse a la helada vastedad del espacio; pero no puede sentir el frío, sólo la oleada de vértigo cuando entra por un orificio de la superficie metálica y rocosa de Fobos.

Immanuel se dobla de dolor cuando las brechas microscópicas entre sus células se encogen de nuevo a su tamaño natural. La extraña sensación le produce un cosquilleo y comezón.

Entonces advierte que no tiene comezón en la piel, sino en una delgada envoltura dérmica luminosa que cubre todo su cuerpo como una segunda piel, calentando y protegiéndolo al tiempo que le permite respirar.

Mira a su derredor; la luz de su traje revela un interior metálico calcinado hace mucho tiempo por lo que parece haber sido una llamarada.

Immanuel recuerda las palabras que su hermano le dijo afuera de la cueva de Rabí Shimon bar Yochai:

—*Nuestros padres nunca murieron, Manny. Su conciencia colectiva permanece atrapada.*

—*¿Atrapada? ¿Dónde? Jake, ¿dónde están atrapados?*

—*En Fobos. Nuestros padres fueron llevados a bordo de un transporte posthumano antes que el sol se volviera una supernova. El transporte entró al agujero de gusano, seguido por la* Balam. *El agujero de gusano depositó ambas naves en un sitio muy distante en el pasado. Fobos no es una luna, es todo lo que queda de la nave de transporte posthumana. Nuestros padres están en el interior, su conciencia está atrapada en una estasis criogénica.*

Guiado por la luminosidad que emite su segunda piel protectora, Immanuel Gabriel se desplaza por un corredor de acceso, donde halla evidencia de un boquete letal en el casco de la nave. La hendidura parecida a un cráter, tan grande como un edificio de tres pisos, ha sido sellada pero no antes que el impacto del asteroide provocara una tremenda explosión, vaciando el interior de la nave de transporte.

El corredor conduce a la sección superior de un enorme domo de acrílico cubierto de polvo. Manny sacude los detritos y se asoma por el vidrio, una enorme cámara de partículas, una de las varias docenas que brindan servicio a un reactor fotónico, una planta de energía antimateria que genera cientos de billones de protones que viajan a la velocidad de la luz. Estas avalanchas de energía potencial están separadas de su contraparte de materia por unas cámaras de recolección constituidas por poderosos campos magnéticos rotacionales.

Durante varios minutos Manny se limita a observar, hipnotizado por los remolinos verde esmeralda de antimateria, el centro de poder de la nave.

Sigue adelante y entra a una cámara imponente, similar a una catedral, del tamaño de tres superdomos. Colocados en innumerables niveles e hileras, como fichas de dominó alienígenas, hay capullos de dos metros y medio de altura, decenas de miles de ellos. La mayoría de los receptáculos están rotos y vacíos; sus contenidos fueron succionados hacia el espacio por el boquete del casco de la nave.

Manny se acerca a una hilera de contenedores que parecen intactos. Frota el vidrio esmerilado de un capullo, revelando los restos inertes de un ser de gran estatura, de cráneo calvo y alargado, cuyo cuerpo está desnudo y congelado.

Posthumanos. Los donantes genéticos de los Hunahpú.

El pensamiento es proyectado en su mente con tal rapidez que lo desconcierta.

"¿Mick?"

Sigue la dirección percibida de la sensación zumbante en su cráneo y cruza un puente hacia la inmensa puerta de una bóveda. Las luces del panel relucen con energía.

Arrastra la puerta para abrirla y entra a un pequeño laboratorio. Sus sentidos son bombardeados por "fantasmas" de energía de pensamiento proyectados en los muros de la cámara esférica.

Oye a su madre preguntar: *"¿Qué lugar es éste?"* Está a punto de responder cuando oye la voz de una segunda mujer. Ambas entablan una conversación que tuvo lugar hace muchos eones en esta misma cámara.

"Dominique, esta bóveda es un capullo sensorial seguro; su fuente de poder y sus sistemas de mantenimiento de la vida son independientes del resto de la nave. Sus paredes generan ruido blanco para escudar a sus ocupantes de cualquier comunicación telepática, convirtiéndola en esencia en una zona silenciosa."

Manny mira en torno suyo. Al centro de la cámara hay dos capullos criogénicos. Miles de mangueras y cables corren desde cada máquina por el piso, enlazando a los capullos entre sí.

La fuente de poder parpadea la señal ACTIVA. Manny frota el vidrio esmerilado del capullo de la derecha, revelando un cuerpo en el interior. "¡Dios mío!"

Michael Gabriel está inconsciente y desnudo, sellado en una cera parecida al ámbar. Electrodos con forma de estrella están fundidos en varios puntos de su cráneo, la coronilla, la frente, el plexo solar, el corazón, el sacro y los pies.

Su madre está sellada en un capullo idéntico a la izquierda.

Más pensamientos espectrales son purgados de la cámara.

"¿Por qué está Mick ahí adentro? ¿Qué le están haciendo?"

"La experiencia de combatir por tanto tiempo para repeler a la Abominación ha dañado la mente de Uno Hunahpú. La única manera de devolverle la cordura es reconstruir su memoria. La tecnología posthumana nos da la capacidad de manipular la mente de Michael y colocarlo en entornos virtuales tranquilizantes y seguros que nos permitan brindarle los cuidados necesarios para traerlo de regreso al sano juicio. Pero la terapia requiere de una guía activa, alguien que conozca íntimamente a Uno Hunahpú... alguien en quien él confíe. La terapia no sólo sanará su mente dañada, sino que les permitirá a ustedes dos estar juntos. Una vez dentro del capullo no podrán distinguir del mundo real su existencia virtual compartida."

Manny mira los capullos que contienen a sus padres.

—Miserables mentirosos. Los sellaron con su melaza criogénica y los abandonaron sólo Dios sabe por cuánto tiempo.

—*127 millones de años.*

—¿Papá? ¿Cómo...

—*Tu madre y yo fuimos unidos en una realidad virtual sin fin; nuestra conciencia programa su propia inmortalidad y realización. Al igual que la* Balam, *esta nave espacial es controlada por una inteligencia artificial diseñada para estar al servicio de nuestro linaje. A lo largo de los eones, nuestra conciencia fusionada pudo realizar reparaciones y mantener la cámara de antimateria, para impedir que la órbita de la nave decayera. Imposibilitadas de morir, nuestras almas permanecen ancladas a nuestros cuerpos, los cuales nunca podrán ser revividos. Permítenos seguir nuestro camino, Immanuel. Libéranos de este purgatorio.*

—¿Cómo?

—*Apaga la fuente de poder de nuestros capullos. Pon fin a nuestra existencia en el mundo físico, para que nuestras almas puedan seguir adelante.*

—Lo haré. ¡Lo haré! Pero antes necesito su ayuda. Julius me dijo que sólo Uno Hunahpú podía impedir que el *strangelet* consumiera a la Tierra.

—*El hoyo negro que amenaza a la Tierra es un conducto a la undécima dimensión, Xibalbá Be, el tenebroso camino que desciende a Xibalbá... el Infierno. El pasaje sólo puede ser sellado desde el Inframundo. Julius sospechaba que yo era Uno Hunahpú y creía que yo podía sellar el* strangelet *desde Xibalbá, conforme a su interpretación del relato maya de la creación asentado en el* Popol Vuh. *Cuando ingresé al agujero de gusano de la serpiente en mi propia época, me convertí en Uno Hunahpú y fui atrapado en Xibalbá por el hijo de Lilith. En esa rampa de emergencia de causa y efecto de la existencia, tu hermano Jacob me liberó. Atrapado en este estado sin fin de conciencia atenazada ya no puedo acceder a la onceava dimensión. Ya no soy Uno Hunahpú.*

—La Tierra está condenada. Como tú mismo lo dijiste, no soy digno de salvarla.

—*Immanuel, la prueba de la existencia no es una prueba de perfección, sino de transformación.*

—Tú quedaste atrapado en Xibalbá; Jake fue derrotado. Si ustedes dos fracasaron en el Infierno, ¿qué probabilidades tengo yo? ¿Hola? ¡Maldita sea, respóndeme!

Colmado de ira, Manny sujeta las terminales de energía conectadas a las cámaras de sus padres y arranca con fuerza las mangueras de los páneles de control, rompiendo la conexión.

Las luces de los páneles se extinguen.

La cámara se estremece.

A Manny se le pone el cabello de punta; la habitación se carga de pronto de partículas electromagnéticas, al tiempo que las almas liberadas de su madre y su padre giran en torno a él, provocando que su carne, por abajo de su piel falsa, lance chispas.

La voz de su madre resuena en sus oídos. *Fuiste elegido para esta misión, Manny. Descubre por qué.*

La gravedad tira de su ser con una fuerza de varias G, expandiendo su estructura atómica y lanzándolo por el espacio, de regreso a la nave extraterrestre. Se retuerce de dolor, de modo que no se da cuenta de la aceleración a la velocidad de la luz hasta que el *Pasoveloz* reingresa a la atmósfera de la Tierra. La banda transportadora de ceniza volcánica, cargada de electricidad, provoca un corto circuito en los motores de la nave extraterrestre.

Girando fuera de control se desploma hacia una llanura desértica antes de recuperar la suficiente propulsión antigravitacional para evitar caer en picada. El vientre de la nave extraterrestre roza la arena y las rocas y aterriza en el lugar al que se proponía llegar… el Área 51.

Estoy convencido que Él (Dios) no juega a los dados.

ALBERT EINSTEIN

37

A bordo de la Balam
Nazca, Perú

En el corredor de una nave espacial que antecede su propia existencia, un hombre y una mujer desnudos atrapados en un bucle del espacio-tiempo se unen en un solo ser, haciendo lo que les corresponde para concebir a la primera generación de una raza avanzada que algún día quizá construya la misma nave que ahora ocupan.

Finalizado el acto de copulación, Mick se apoya sobre sus codos y contempla a su alma gemela predestinada. "Tan hermosa."

Con los ojos cerrados en un estado de dicha pura, Dominique sonríe y aprieta más sus piernas alrededor de la parte baja de la espalda de Mick.

—Reconócelo, todo este asunto del Apocalipsis... fue una mera excusa para acostarte conmigo.

—La primera vez que te vi... supe que eras mi alma gemela, la mujer con la que habría de pasar la eternidad.

Ella abre los ojos y nota que los iris de Michael irradian una intensa luz azul.

—¡Mick, tus ojos!

—Los tuyos también —se rueda para separarse del cuerpo de Dominique; su mente es un torbellino de ideas.

—¿Qué nos está pasando?

—Nuestros genes Hunahpú se activaron —se pone los pantalones.

—¿Adónde vas?

—Al centro de mando. Si tengo razón, ahora tenemos el control de la nave.

—Dominique se viste rápidamente y lo sigue a la sala de control, un cuarto con forma de cebolla con un techo abovedado de tres pisos de altura. Mick está de pie en el centro de la cámara. Cierra los ojos…

Un rayo color azul neón ilumina la parte superior de su cráneo. Segundos después, los páneles de vidrio de ónice se iluminan como un árbol de Navidad. El piso reverbera bajo sus pies al activarse la planta generadora de energía de la *Balam*, por primera vez desde que los dinosaurios rondaban la Tierra.

—Mick, ¿qué estás haciendo?

—Necesito ver ese hoyo negro. Voy a navegarla al espacio.

—¿Navegarla?

—O navegarlo. ¿La inteligencia artificial tiene género?

—¿Qué hay de Beck y Kurtz? Si desprendes a la nave de esta montaña los sepultarás bajo los escombros.

—Sí, tienes razón. Espera aquí, voy por ellos. No toques nada en mi ausencia. Ni siquiera pienses. Piensa en el beisbol.

—Detesto el beisbol.

—Entonces piensa en el óvulo fertilizado que está creciendo dentro de tu vientre.

—¡Michael, cierra la boca y vete!

Instalación Subterránea MAJESTIC-12 (S-66)
24 kilómetros al sur de la Base de la Fuerza Aérea en Groom Lake (Área 51)
Norte de Las Vegas, Nevada

Tendido boca arriba en la arena del desierto, Immanuel Gabriel mira el turbulento cielo café; las nubes aparentemente interminables de ceniza volcánica corren hacia el norte a una velocidad cinco veces mayor que la de un jet comercial. Superando la velocidad supersónica, las fuerzas desatadas hacen que la atmósfera cruja y gruña, y que la tierra retumbe.

Voltea a su izquierda y ve los restos humeantes de la nave extraterrestre. La electricidad generada por los detritos que se desplazan con gran rapidez provocó un corto circuito en la nave de transporte de sus "anfitriones" desconocidos. No tiene idea si el aparato era piloteado a control remoto o si hay seres vivos en el interior.

Voltea a su derecha y ve a los policías militares fuertemente armados. Salen del búnker, se agachan, temerosos de que irrumpan tornados de manera espontánea en el terreno descampado. Lo sujetan por los brazos y las piernas y lo cargan con violencia hasta el interior del búnker.

A bordo de la Balam
Nazca, Perú

La tierra tiembla. El Tridente que marca la ladera oeste de la montaña se desliza al mar mientras las fracturas se ensanchan, desgajando la geología que se dispersa en una avalancha de roca y tierra y se colapsa sobre el litoral de Paracas, revelando la nave espacial *Balam*.

El crucero estelar con forma de daga de 40 metros de largo se eleva por los cielos. En el interior del centro de mando, Michael Gabriel sonríe como un adolescente que acabara de recibir las llaves de un auto deportivo nuevo. El control mental reveló un ventanal de 360 grados que brinda a los cuatro tripulantes una vista de la costa peruana que se empequeñece progresivamente.

Dominique aprieta la mano de Mick cuando pasan por el remolino de ceniza volcánica; el tsunami atmosférico pule el casco de la *Balam*, que recupera así su brillo dorado original, al tiempo que sacude la nave.

Y después lo atraviesan; el cielo se oscurece al pasar al espacio. Mil millones de estrellas los saludan, junto con la aurora boreal. Abajo, el hemisferio occidental del planeta es visible; sus latitudes más bajas, desde el Polo Sur hasta la línea de hollín justo al norte del Ecuador, ya han quedado libres de ceniza volcánica. El resto de los cielos congestionados de la Tierra siguen derramándose hacia el espacio exterior, como la arena de un reloj invertido. Los átomos cargados de este arco iris cósmico se desangran desde el Polo Norte en un flujo revolvente de partículas que se eleva 15 mil kilómetros sobre el planeta, donde se arremolina y se precipita en la boca del horizonte de evento del *strangelet*.

Kurtz mira la ominosa apertura, el ojo de la tormenta galáctica es tan grande como el diámetro de la Luna.

—¿Qué demonios es eso?

Michael Gabriel ya no sonríe.

—Se conoce como un *strangelet*. Aunque no lo creas, es un hoyo negro hecho por el hombre.

—¿El hombre creó esa cosa? —Beck carraspea—. ¿Por qué?

—Olvida el porqué —responde Kurtz, cortante—. ¿Le hará daño a la Tierra?

Mick señala la cauda de detritos que inhala el horizonte de evento del hoyo negro.

—Toda esa ceniza alimenta al monstruo con partículas atómicas de carga positiva. Las partículas le han dado tamaño y masa, lo suficiente para estabilizarlo dentro del universo físico. Cuando lo que queda de la ceniza volcánica haya sido barrido al espacio, el *strangelet* será atraído hacia el planeta para seguir alimentándose. Y esa vez, cuando pase por el núcleo, consumirá por entero a la Tierra.

—¿Cómo lo detenemos?

—No tengo ni la más remota idea.

Instalación subterránea MAJESTIC-12 (S-66)

El elevador desciende por el cubo subterráneo y se detiene en el Nivel 29. Sujeto con grilletes, Immanuel Gabriel es arrastrado por un corredor vacío muy iluminado y a través de un control de seguridad.

El prisionero no ofrece resistencia. El ojo mental de Manny está absorto en un extraño desfile de imágenes subliminales *—el viaje de Chilam Balam por el agujero de gusano del cenote sagrado… su captura a manos de Siete Guacamaya… la ejecución de Mujer Sangre… el cuerpo decapitado de Lilith… su propio viaje por el agujero de gusano del año 2047—*, las imágenes se repiten una y otra vez, acompañadas por el ritmo pulsante de dos corazones sincronizados.

El dolor es repentino, mil clavos martillados en su carne, encajados hasta sus huesos. Grita, sabiendo instintivamente de dónde proviene. *Los latidos de los dos corazones… Jake y yo acabamos de ser concebidos. Una misma alma no puede existir en la misma dimensión dentro de dos conductos físicos diferentes. ¡Estoy siendo desgarrado por la presencia de mi propio feto!*

Cierra los ojos con fuerza y se desliza al Nexo.

El alivio es inmediato, las fuerzas gravitacionales se aligeran. Mira en torno suyo y advierte que ese corredor de la existencia, que es un puente entre el universo físico y las dimensiones superiores, ha cambiado. Abajo del éter reconfortante hay un hoyo negro, cuya masa intenta atenazarlo y arrastrarlo hacia su orificio arremolinado.

El strangelet… *Logró cruzar hasta el Nexo.*

En el portal de la undécima dimensión se yergue Siete Guacamaya.

La abominación de colmillos azules se desplaza en círculos en torno a Manny. Su gélida presencia es aterradora. *Chilam Balam… He esperado toda la eternidad por este momento. Adéntrate por la senda oscura y yo seré tu escolta personal hacia Xibalbá.*

* * *

La sala quirúrgica tiene tres mesas de operaciones. Laura Agler está atada a la primera; su hija Sophia, de 20 años, a la segunda. Pierre Borgia está de pie junto a la hermosa joven. Con la mano derecha le acaricia el cabello como si fuera su mascota; con la izquierda sostiene un escalpelo.

Apoyándose en su bastón, Joseph Randolph instruye a los policías militares para que esposen a la tercera mesa al prisionero apenas consciente. Después les ordena retirarse.

El director de cabello blanco se inclina sobre Manny.

—Despierte, señor Agler —le da una bofetada. No hay respuesta—. ¿Qué le pasa, Pierre?

—Se ha refugiado en el Nexo.

—Sácalo de ahí.

—¿Cómo?

Randolph señala a Sophia.

—Córtala.

Laura cierra los ojos, deslizándose al Nexo. Halla la luz del alma de su esposo enfrascada en un forcejeo con las fuerzas gravitacionales de un hoyo negro, su ser rodeado por una malévola fuerza de la naturaleza, cuya presencia le hiela la sangre.

Los ojos rojos de Siete Guacamaya aparecen entre el vapor, paralizando de miedo a Laura. *¡Mujer Sangre! ¡Cuánto he echado de menos el sabor de tu sangre! Tengo al Sol y ahora tengo a la Luna. Y pronto poseeré las almas de cada una de las chispas del destrozado conducto de la Creación. ¡Y la serpiente del jardín será el Creador!*

La serpiente del jardín…

La serpiente del jardín.

Un torrente de adrenalina sacude el ser de Manny al momento que las palabras, codificadas en su subconsciente por su padre durante su último encuentro, revelan su verdadero significado.

Jacob se aferró al Árbol de la Luz que ves frente a ti y por eso su alma permaneció pura. Tú estás atado al Árbol del Conocimiento, un lado oscuro conectado al ego humano. Y sin embargo, sin importar lo poderoso que era Jacob, no pudo triunfar en la undécima dimensión del Infierno sin tu habilidad para adaptarte al lado oscuro.

Immanuel... tú eres la serpiente en el jardín.

Manny huye del Nexo y abre los ojos. Sus pensamientos permanecen enfocados a pesar de la oleada de agonía que lo recibe. La presencia dividida de su alma en el universo físico amenaza con desatar todas las células de su cuerpo como un Big Bang en miniatura.

El dolor es necesario. Para liberar la conciencia de Laura de las garras de Siete Guacamaya tiene que atraer al diablo fuera del Nexo.

Alza la cabeza en la mesa de operaciones y mira a Pierre Borgia.

—Puedo olerte, Siete Guacamaya. Puedo oler la basura sulfurosa de tu alma. Encárame como una auténtica deidad; deja de ocultarte tras la carne de este humano patético. ¿Te llamas a ti mismo el Sol y la Luna, te consideras un Creador? ¡Ja! No eres nada. Muéstrate, cobarde, y descenderé por el Xibalbá Be a la undécima dimensión. Si persistes en esconderte, todos conocerán tu debilidad.

Pierre Borgia se congela, con la cabeza ladeada. Después de una larga pausa reacciona para hablar. Su único ojo es de un rojo encendido por la sangre acumulada; su voz es un rumor gutural.

—¿Chilam Balam?

La figura inerte de Laura se reanima. Exhala un profundo gemido al liberarse del Nexo.

—Laura, ¿puedes oírme?

—Sí, Sam.

—Pase lo que pase, no me sigas al Nexo.

Joseph Randolph se voltea hacia su sobrino.

—¿Qué está pasando? ¡Explícamelo!

—Respóndele a tu amo, Siete Guacamaya. Póstrate como el perro en que te has convertido. Lámele la mano en señal de obediencia.

—Pierre, basta de juegos. Interroga al Nórdico. Si no responde, empieza a trabajar en su hija.

—Ya oíste a tu amo humano. Le ha dado al Sol una orden directa, le ha exigido a la Luna que haga su trabajo sucio. ¡Obedece, patético costal de huesos! ¡Obedece a tu amo!

Pierre Borgia aprieta con más fuerza el escalpelo y lo blande por lo alto, rebanando la garganta de Joseph Randolph. Immanuel Gabriel vuelve de un salto al Nexo, llamando a su gemelo nonato Jacob desde el vientre compartido de su madre...

* * *

El rostro de Dominique se demuda, su cuerpo se torna rígido y sus ojos color turquesa al momento que su mente Hunahpú recibe instrucciones de su hijo nonato. Hace a un lado la conciencia de Mick y toma el control de la *Balam*.

Entre el vacío del espacio, la nave localiza la isla de antimateria que traza una órbita alrededor de Marte.

La inteligencia artificial de la *Balam* se comunica con la nave transhumana, activando su sistema de propulsión como Dominique lo ha ordenado.

* * *

La semilla del pensamiento fue sembrada en Immanuel por su padre, nutrida por una sola idea trémula: después de 127 millones de años, ¿por qué seguían con vida sus padres?

Las conciencias fusionadas de Michael y Dominique controlaban la nave de transporte. De haber querido realmente liberar sus almas cautivas por medio de su muerte física, podrían sencillamente haber permitido que la órbita de la nave decayera muchos eones antes, provocando que Fobos se desplomara sobre la superficie de Marte.

Pero no lo hicieron. Mantuvieron el control.

¿Por qué?

La respuesta era tan simple como desinteresada: sabían que Manny necesitaría la nave el último día del quinto ciclo.

Ahora, mientras Fobos vuela a la velocidad de la luz rumbo a la Tierra, Manny se desprende del Nexo y su conciencia cae a las negras profundidades; su alma ingresa al Infierno.

El infierno es un lugar, un tiempo, una conciencia donde no hay amor.

RICHARD BACH

38

Xibalbá
Undécima dimensión: el Infierno

El cielo es de un color bermejo fundido y lo oscurecen nubes grises asfixiantes como el humo de un incendio de petróleo. Mientras sus ojos llorosos se adaptan al calor tremendo, Chilam Balam se da cuenta de que no está viendo un cielo verdadero sino un hirviente techo subterráneo, colocado muy en alto sobre un terreno montañoso.

El Profeta Jaguar contempla lo que antaño fue el fértil valle de Nazca. El paisaje está cubierto de ceniza volcánica de un gris plomizo; los arroyos de las montañas se han reducido a miasmas rebosantes de una brea parda de heces y huesos y los restos calcinados de carne cenicienta. Decenas de miles de escarabajos de 50 centímetros se ceban en ese banquete y sus afiladas mandíbulas producen al comer un sonido crujiente que crispa los nervios.

La ciudad maya que bullía de vida, con vegetación, tierras cultivadas y canales de irrigación, ahora es una zona muerta, un arrabal inmundo de viviendas cubiertas de hollín y calles repletas de ceniza. El templo derruido de Chilam Balam ha sido remplazado por una pirámide de 10 niveles, en cuya cumbre hay una estructura adornada con jade.

El Profeta Jaguar está de pie entre las dos columnas principales del templo, con los brazos extendidos y atados a ellas. La piedra bajo sus pies descalzos está teñida de negro por la ceniza, excepto por un arroyo carmesí de sangre seca que proviene del inmenso *Chac Mool* situado frente a él, hacia los estrechos escalones del costado sur que conducen a la base.

La mujer está tendida sobre el *Chac Mool,* su cuerpo desnudo sujeto por las cuatro extremidades al ídolo de piedra. Mujer Sangre gira la cabeza para mirarlo, sus ojos color turquesa llenos de terror.

—¿Balam? ¿Cómo es que estamos vivos?

—No estamos vivos, mi amor. Entré a Xibalbá y como tú eres mi alma gemela has sido arrojada al Infierno conmigo. No temas…

Su respuesta es interrumpida por las tronantes reverberaciones metálicas de un gong, cuyo sonido convoca al pueblo a la base del templo. Una procesión de transhumanos mutilados que gruñen y gimen sale de las covachas y avanza por las calles. Algunos de esos seres carecen de piernas, otros de brazos. Visten atuendos pesados, cubiertos de hollín, con capuchas que cubren sus cráneos alargados. La carne expuesta desapareció hace mucho bajo capas adherentes de silicón color gris rata, que da a sus rostros un aspecto arrugado como de ciruela pasa. La frente tipo Neanderthal protege sus ojos oscuros y hundidos. No tienen nariz ni cartílagos circundantes, dejando sólo los conductos nasales abiertos, de los cuales expelen un vaho fino color ébano con cada dolorosa exhalación. Sus bocas sin labios están siempre entreabiertas, mostrando los dientes recubiertos de polvo atmosférico.

Como ganado, esas almas torturadas se empujan y se tantean mientras se acercan lentamente a la pirámide, para recibir de manos del opresor un bocado de la Luz que les da sustento.

Siete Guacamaya sale del templo de jade para saludar a sus seguidores, levantando sus brazos tatuados en un gesto triunfal hacia el rebaño reunido. "Yo soy grande. Mi sitial está ahora más elevado que el del diseño humano. Yo soy el Sol y la Luna.

Yo soy la Luz y soy también los meses. Yo soy el camino y el estribo del pueblo. Y ahora soy el vencedor del hombre; mi poder es tan grande como el del Creador."

Siete Guacamaya encara a su prisionero; sus ojos rojos danzan al fulgor de una docena de antorchas, sus colmillos azules asoman por entre la mueca que es su sonrisa.

—Chilam Balam… por fin. He perseguido tu alma desde que el Conducto Adán rechazó la Luz del Creador. Nuestros destinos han permanecido conectados a lo largo de la existencia; cada renacimiento de tu realidad física ha engendrado a su vez el mío; cada reencarnación ha culminado con tu muerte a manos mías, junto con la de tu alma gemela. Las almas de tus difuntos seguidores me han nutrido durante los últimos 600 años; ahora, con el final del Quinto Ciclo, beberé finalmente de tu Luz. Bienvenido a Xibalbá, Chilam Balam. Tu alma me pertenece por toda la eternidad.

Balam le sonríe al dios maya de la muerte.

—No, Siete Guacamaya, tú me perteneces a mí.

El techo subterráneo se fractura y se desmorona, dejando al descubierto el portal transdimensional que conduce al Inframundo, un vórtice verde esmeralda. El ojo del *strangelet* se abre hacia las estrellas, revelando una mancha anaranjada brillante que surca el oscuro cosmos. Guiada por la conciencia del Héroe Gemelo, avanza como una exhalación hacia la apertura, agrandándose con cada segundo que pasa.

Atenazado repentinamente por el pánico, Siete Guacamaya sujeta a Chilam Balam de su larga cabellera negra y oprime su boca contra la oreja derecha del profeta.

—¿Cómo estás haciendo eso? ¡Por ser una chispa del Creador no tienes ningún poder en la undécima dimensión!

—Comparto un alma con mi gemelo. Su mitad fue nutrida por el Árbol de la Vida, la mía por el Árbol del Conocimiento. Fui concebido para este preciso instante. Yo soy Chilam Balam, el profeta oscuro. ¡Yo soy la serpiente en tu jardín!

El objeto celestial ocupa por entero el ojo del horizonte de evento del *strangelet*; su Luz limpia a las almas perdidas de Xibalbá. El silicón gris se derrite, cediendo su sitio a la carne y los miembros revitalizados. Los seguidores de Chilam Balam suben por los escalones de la pirámide, atraídos por la Luz del Profeta Jaguar.

El rostro de Siete Guacamaya se transforma en el semblante angelical de Devlin Mabus. Al serafín le brota un par de alas gigantescas que mantienen a raya a la gente.

—No puedes ganar, tío.

—No es cuestión de ganar. El final del Quinto Ciclo es cuestión de que los seres humanos transformen su conducta negativa, reconociendo finalmente que todos somos chispas del alma colectiva. El amor, Devlin, puede transformar los más negros abismos del infierno en el cielo más deslumbrante.

* * *

Nacido de la energía dispersada durante la colisión de materia a una velocidad cercana a la de la luz, el monstruo había crecido en una dimensión paralela. Se nutrió del núcleo de la Tierra hasta que no cupo más en el vientre que lo alojaba. Sus fuerzas gravitacionales se fusionaron y horadaron un camino al universo físico. Inhalando una dieta de ceniza volcánica que estabilizó su masa, pasó de la adolescencia a la madurez para convertirse en un hoyo negro en plena forma, cuyo orificio infinito consumía cuanto se aproximaba a su horizonte de evento, desde detritos gaseosos hasta luz estelar.

El monstruo registra las fuerzas gravitacionales de la Tierra. Incapaz de mover al enorme planeta, el *strangelet* se precipita sobre ese mundo acuoso como metal atraído por un imán. Aunque es más pequeño que la Tierra, la masa del hoyo negro equivale a la de una docena de soles. En el universo físico las reglas son sencillas: la densidad le gana al tamaño y la gravedad a la estructura atómica.

El monstruo consumirá el planeta y anidará en la vacante cósmica que éste habrá dejado. Con el tiempo continuará creciendo, hasta que sustituya al Sol como el centro gravitacional del sistema. A la larga devorará a todos los planetas, asteroides y lunas atrapadas en su vórtice, y finalmente al Sol, extinguiendo la Luz.

El monstruo no detecta el objeto del tamaño de la Luna hasta que se precipita por su garganta sin ser anunciado y estalla. Como ácido sobre carne, la onda de partículas de antimateria liberada de los motores de la nave de transporte quema la estructura atómica del *strangelet,* trastornando el ímpetu avasallador de su vórtice gravitacional.

El horizonte de evento deja de girar. El ojo de la bestia parpadea y se cierra.

Habiendo nacido en un instante, el *strangelet* muere también en un instante, asfixiándose en un eructo de antimateria.

★ ★ ★

Mick aprieta la mano de Dominique cuando un relámpago de luz anaranjada pasa volando sobre la *Balam* y desaparece en el hoyo negro, como si lo guiara la mano de Dios.

Durante una fracción de segundo nada sucede. Después una luz blanca, tenue y etérea, irrumpe en el espacio y luego desaparece, sellando tras de sí el hoyo negro.

Los cuatro pasajeros exhalan. Después sonríen y lloran y se abrazan. Sus cuerpos tiemblan por la adrenalina y la fatiga.

Abrazando a su alma gemela, Michael Gabriel contempla la Tierra a través del inmenso portal de la *Balam.* La atmósfera del planeta luce azul y diáfana. Su hogar preservado ofrece a la humanidad una segunda oportunidad.

El destino no es una cuestión de azar. Es una cuestión de elección. No es algo que haya que aguardar, sino algo que se debe lograr.

William Jennings Bryan

39

—Manny, sigue mi voz…

Tendido en la fosa, con un frío que cala los huesos, tras una eternidad de vacío y oscuridad, detecta un patrón rosa a través de los párpados sellados con ámbar.

—…Trata de abrir los ojos.

Forcejea con un peso inamovible hasta que se da cuenta que carece de brazos.

—Lucha para salir. Crea dolor.

Está de pie en la oscuridad y tantea la pared, ensangrentando la piedra fría con su propio rostro. Una y otra vez golpea el recinto similar a un calabozo, hasta que encuentra sus manos que hormiguean en algún lugar del abismo. Alentado por ese hallazgo se azota con más fuerza contra las paredes redondeadas del foso, al tiempo que abre y cierra sus extremidades perdidas hace tanto tiempo, de modo que el dolor le genera brazos. Sus dedos caminan sobre su torso hasta la carne enferma que él mismo ha reducido a una masa sanguinolenta y rasgan el ámbar que sella sus ojos hasta que desvelan la luz, una cámara con forma de cebolla, de paredes curveadas de ónice, iluminadas por controles multicolores, con un mirador de 360 grados donde aparece la Tierra vista desde el cielo.

Su alma gemela se inclina sobre él y lo besa.

—Bienvenido de regreso.

—¿Laura? —se incorpora hasta quedar sentado y abraza a su esposa. Ya no le queda nada de energía—. Te eché terriblemente de menos. ¿Qué sucedió? ¿Dónde estamos? ¿Dónde está Sophia?

—Aquí estoy, papá.

Immanuel voltea hacia el holograma. La imagen de una suite en un hotel de Las Vegas aparece en el centro del puesto de mando. Su hija está flanqueada por Mick y Dominique. Kurz y Beck están sentados en segundo plano; los dos guardaespaldas comen en un balcón con vista al Strip.

—No entiendo. Laura, ¿dónde estamos? ¿Dónde está Sophia?

—Está a salvo, en la Tierra. Nosotros estamos a bordo de la *Balam*... dentro del Nexo.

—¿La *Balam*? ¿Cómo? ¿Por qué?

—Tú estás a bordo de la *Balam* porque yo estoy embarazada —responde Dominique, con una sonrisa irónica—. No teníamos alternativa. Te estabas muriendo, Manny. Al parecer, una misma alma no puede existir simultáneamente en dos conductos físicos diferentes.

—Aterrizamos después de que la luna de Marte selló el *strangelet* —explica Mick—. La nave espacial los protegió trasladándose al Nexo. El corredor dimensional la mantendrá oculta de los radares y los telescopios.

—¿Pero qué sucederá cuando yo nazca... de nuevo?

Laura lo ayuda a ponerse de pie.

—Todo estará bien. Ven, te quiero mostrar algo —lo escolta al mirador.

—¡Dios mío! —afuera, girando en el espacio, hay un agujero de gusano. Su horizonte de evento está estable y luce invitante. Suspendidas en el espacio cerca de la entrada hay cientos de naves extraterrestres de distintos tamaños y formas.

—¿Qué hacen allá afuera?

Laura le aprieta la mano.

—Te están esperando.

—El agujero de gusano... ¿adónde crees que conduzca?

—No lo sé, amor. ¿Qué te parece si lo averiguamos juntos?

—Laura, no... No puedo permitir que hagas eso.

—Iré contigo, Sam... digo, Manny. Disculpa, me va a tomar un tiempo acostumbrarme a llamarte así. Pero nuestro destino es estar juntos; de eso estoy absolutamente segura. Así que olvídate de la idea de marcharte sin mí. Esperé 11 años para estar contigo; ahora ya no puedes librarte de mí. Además, yo también soy Hunahpú.

Manny se inclina y la besa.

—¿Y qué hay con Sophia?

—Yo me voy a quedar aquí —responde su hija—. Mick y Dom dicen que puedo quedarme con ellos. Resultará difícil ser normal otra vez, pero lo tengo que intentar. Además, ellos van a necesitar ayuda con los gemelos —sonríe—. ¿Cuántas personas pueden decir que fueron la niñera de su propio padre?

—Ese niño no será tu padre —dice Mick—. El bucle del tiempo se ha destrenzado, la vida de tu padre es un cabo suelto, no un circuito recurrente del espacio-tiempo. Es imposible profetizar lo que sea que ocurra desde este momento en adelante. Quizá eso sea algo positivo.

Kurtz se les une.

—El presidente sabe lo que hiciste, Manny. Lo mantendrá en secreto, pero tu familia estará siempre muy bien cuidada. Mick usó la *Balam* para destruir el complejo subterráneo de Groom Lake. MAJESTIC-12 ya es historia.

—¿Y qué fue de Borgia?

—Borgia está preso por el asesinato de Randolph. Ambos deberían pudrirse en el infierno.

—Mitch, necesito que Beck y tú hagan algo por mí. Es muy importante.

—Sólo dilo.

* * *

La *Balam* sale de la órbita de la Tierra, deslizándose silenciosamente hacia la entrada del agujero de gusano. Immanuel Gabriel abraza a su esposa y alma gemela, con el corazón desbordante, y su destino esperando por él.

Con un impulso repentino la nave dorada ingresa al agujero y la flotilla extraterrestre la sigue.

Segundos después el agujero de gusano desaparece, transportando a los pasajeros a través del tiempo y el espacio.

Una vez más a la brecha, queridos amigos…

Enrique V, de William Shakespeare

40

Belle Glade, Florida
22 de septiembre de 2013

12:21 AM

Madelina Aurelia, de 17 años de edad, se retuerce desnuda bajo una sábana empapada de sudor y le grita a su padre adoptivo.

—¡Sácame este maldito bebé!

Quenton Morehead, un ministro religioso que lucha con escaso éxito con su propio alcoholismo, le aprieta la mano a la adolescente mientras su negra mirada se detiene en la pelvis que asoma de la sábana.

—No blasfemes, niña. La partera está en camino.

—¿Dónde está Virgil?

—No lo sé.

—¡Encuéntralo!

El ministro hace una mueca de dolor cuando el alarido agudo de la chica penetra su cerebro como un diapasón. Oye que se abre la puerta principal y dice *amén* en un breve suspiro.

—¿Virge? —Madelina deja de retorcerse—. ¿Virgil, cariño? ¿Eres tú?... ¡Hijo de perra, adúltero, seguro estabas con tus rameras!

Una negra obesa entra a la habitación.

—Cálmate, pequeña, todo va a estar bien.

Madelina rasga el colchón cuando otra contracción sacude su torso.

—¡Vir… gil!

La partera se dirige al ministro.

—Vaya a buscarlo. Yo me encargo de todo aquí.

Quenton se retira del cuarto caminando hacia atrás y luego sale corriendo hacia la noche por la puerta de la casa de estuco insoportablemente caliente.

* * *

El reverendo Morehead entra al club de desnudistas 15 minutos más tarde. El olor de alcohol, humo y sexo asalta enseguida sus sentidos. Se dirige al bar y ve a su yerno en un salón del fondo, recibiendo un baile privado.

—¡Virgil! ¡Mueve tu trasero pagano a la casa, tu hijo viene en camino!

—¡Maldición, Quenton, dame dos minutos!

—¡Ahora, muchacho!

—¡Infeliz! —Virgil se desprende de la desnudista que está encima de él, le aprieta un pecho y murmura—: Luego te llamo, nena —y luego sigue a Quenton al estacionamiento.

Hospital de la Universidad Temple
Filadelfia, Pennsylvania

12:43 AM

Dominique Gabriel mira con ojos febriles a su madre adoptiva, Edith Axler, cuando comienza otra contracción. La ola de dolor llega más alto esta vez; el dolor es espantoso.

—¡Eadie, consígueme sedantes!

—Aguanta, muñeca. Mick fue por el médico.

—¡Necesito sedantes ahora mismo!

—Está bien, está bien.

Edith sale a toda prisa de la sala de parto para buscar a la enfermera.

—No necesitas sedantes —dice Chicahua—. El útero es el centro de la mujer. Si el útero no está en la posición correcta durante el nacimiento, nada estará bien en la vida del bebé —coloca sus manos sobre la pelvis de Dominique y empieza a masajear el exterior del abdomen hinchado de su hija, así como la parte baja de la espalda, destensando los músculos y reposicionando el útero.

Mick entra al cuarto un momento después, a tiempo de ver cómo la anciana extrae del vientre de su esposa un recién nacido con la cara enrojecida.

—¿Qué demonios estás haciendo?

—Lo que he hecho desde antes que tú nacieras —le da una nalgada al bebé de cabello rubio manchado de sangre, alentándolo a respirar hondo—. Carga a tu hijo mientras saco a su hermano.

Michael Gabriel contempla entre lágrimas a su retoño, cuyos ojos de un azul intenso están muy abiertos.

—Hola, Jake. Esta vez papá está aquí para ayudarte, amiguito.

Momentos después nace el hermano de Jacob Gabriel, de cabello oscuro, quien anuncia su llegada con un saludable alarido.

Belle Glade, Florida

12:57 AM

El reverendo Morehead oye el llanto de un bebé cuando vuelve a entrar a la casa de estuco.

—¿Madelina?

La partera gorda está en la cocina con un bebé en sus brazos.

—Mira. Ahí está tu abuelo. ¡Dile "Hola, abuelo"!

—¡Dios mío, mira los ojos del niño! Nunca había visto unos ojos tan azules.

—Tonto, no es niño, es niña.

—¿Niña? —Quenton siente que se le eriza el pelo de la nuca.

—¿Dónde está el papá?

—Está vomitando las entrañas allá afuera. Rápido, tome a la bebé y...

La puerta de malla se azota y Virgil se acerca, con un hilo de baba que va del labio inferior a la camiseta manchada y un anillo de polvo blanco claramente visible en la fosa nasal izquierda.

—Muy bien, quiero ver a mi niño.

Quenton y la partera intercambian miradas aterradas.

—Mira, Virgil, tómalo con calma. Tenemos que hablar —el ministro se para frente a la bebé que llora ruidosamente.

—Apártate de mi camino, Quenton. Dije que quiero ver a mi hijo.

—Virgil, el Señor... el Señor te ha bendecido con una hija.

Virgil se detiene. Sus músculos faciales se contorsionan en una máscara de rabia.

—¿Una niña?

—Tranquilo, hijo...

—¡Una niña no vale ni la mierda que hace! Una niña no es nada más que otra maldita boca que alimentar. Hay que vestirla y oír sus berridos —señala a la bebé, que ya está gritando—. ¡Dámela!

—No —Quenton no cede ni un centímetro. La partera está lista para salir corriendo con la niña.

—Quiero que te despejes, Virgil. Quiero que vayas a mi casa y...

Virgil lo golpea en el estómago y el ministro cae de rodillas.

La partera sujeta a la bebé con un brazo y con la otra mano blande un cuchillo de cocina.

—Te vas a largar de aquí, Virgil. ¡Andando!

Virgil mira el acero que tiembla en la mano de la corpulenta mujer. Con un solo movimiento la toma de la mano y le arranca el cuchillo.

La partera grita y retrocede.

Virgil contempla a la bebé y luego oye a alguien gemir en la habitación.

—¿Madelina? Estás muerta… —empuñando el cuchillo entra al cuarto y cierra la puerta con seguro, y para su sorpresa se topa con un negro enorme sentado en una silla plegadiza.

Ryan Beck alza la vista del periódico que está leyendo.

—Buenas noches, Virgil.

—¿Quién diablos eres tú? ¿Dónde está mi esposa?

—En un lugar seguro. Te dará gusto saber que su Tío Sam se va a encargar de ella a partir de hoy, al igual que de tu hija Lilith. Tu pequeña se va a criar en un ambiente seguro, lleno de amor, lejos de ti y del pedófilo de su abuelo.

—No me digas —lo amenaza con el cuchillo—. ¿Y yo qué gano con eso?

—¿Tú? Una calurosa felicitación —Beck sonríe—. Te has hecho acreedor del premio Darwin.

—¿El premio Darwin? ¿Qué diantres es eso?

—Es un premio que se otorga a quienes se retiran del acervo genético humano con el fin de mejorarlo.

★ ★ ★

Beck se reúne con Kurtz en la camioneta 10 minutos más tarde. El ex asesino de la CIA está cargando a la recién nacida de ojos color turquesa. Madelina está sedada en la parte trasera del vehículo.

—Es un primor, ¿verdad?

—Sí.

—¿Cómo murió su padre?

—Se encajó accidentalmente un cuchillo de cocina en el culo.

—Ni hablar, esas cosas pasan —Kurtz pone a Lilith Eve Aurelia en brazos de su amigo y conduce la camioneta en dirección del aeropuerto.

Cuando el poder del amor se imponga al amor por el poder el mundo conocerá la paz.

JIMI HENDRIX

EPÍLOGO

Evelyn Mohr abre los ojos. El mundo da vueltas vertiginosamente; su piel cosquillea. Por un momento teme haber sido fulminada por un relámpago, pero luego recuerda.

El crucero… ¡el agujero en el Atlántico!

Está tendida sobre un costado, en una oscuridad tan completa que no alcanza a ver su mano frente a su rostro. Oye gruñidos y quejidos, pero no tiene idea de dónde se encuentra. Tantea la alfombra y localiza sus i-lentes. Intenta contactar a su esposo Dave, pero sólo escucha estática.

Ajusta la configuración de los lentes inteligentes y cambia las micas de polarizadas a visión nocturna. La oscuridad impenetrable se convierte en un corredor verde olivo que alberga a varias docenas de pasajeros del crucero en traje de baño, apiñados en varios grupos. La mayoría permanece inconsciente; algunos comienzan a reanimarse; unos cuantos están sentados, desorientados, con un brillo plateado nocturno en los ojos.

Buscando a lo largo del corredor, Evelyn encuentra la escotilla de acero que permite acceder al exterior. Sosteniéndose en sus piernas temblorosas abre de un empujón la puerta hermética y sale a una de las cubiertas privadas del barco.

"¡Atiza!"

El sol desapareció hace mucho, el cielo nocturno centellea con constelaciones, nebulosas y galaxias remotas en forma de espiral, tan vívidas como las imágenes tomadas por los más recientes telescopios en órbita alrededor de la Tierra. Al norte ve Júpiter, tan grande como la Luna, y sus satélites que refulgen como polvo de diamante. Al oriente está Saturno; más allá Neptuno, una mota azul neón parcialmente eclipsada por los anillos de hielo de su planeta hermano.

Sus ojos perciben un movimiento en el cielo, dos lunas pequeñas. Una traza su órbita directamente arriba, la otra se desplaza con una rapidez inusual, precipitándose hacia el horizonte marino, negro como la tinta.

—¿Dónde demonios estamos?

—Una época diferente, un lugar diferente.

Lo ve de pie junto a la barandilla, un Adonis desgarbado, de larga cabellera oscura y cuerpo de levantador de pesas. Sus ojos parecen ser de un azul intenso bajo la luz de la luna.

Evelyn se le acerca.

—Eres el amigo de Anna, el que me salvó.

—Julian. Y tú eres Evelyn, la esposa de Dave Mohr.

Su corazón se acelera.

—¿Lilith te envió?

—Mi madre me envió. Puedes confiar en mí, soy un amigo.

—¿Qué nos ocurrió?

—El crucero fue arrastrado a un agujero de gusano. Nuestra presencia en el portal creó un universo alterno de espacio-tiempo.

—Hablas como mi esposo.

—Tu esposo ya no existe. No nacerá sino hasta dentro de 127 millones de años.

—¿Qué? —se le cierra la garganta. Otros pasajeros los rodean—. ¿Cómo es posible algo así?

—Mira alrededor. Esto no es la Tierra, Evelyn. Es Marte, tiempo atrás, cuando el planeta rojo era verde y tenía atmósfera... justo antes del gran cataclismo —hace una pausa repentinamente, sus ojos se concentran en el agua—. Nos encontraron. ¡Todos adentro del barco!

La multitud regresa a empujones al corredor.

Evelyn se aferra a Julian para que no la arrastren los demás. Sus ojos alcanzan a ver a las aterradoras criaturas semejantes a lagartos que aparecen cerca de la proa, a estribor.

—¿Quién eres? ¡Dime la verdad!

—Me llamo Julian Agler Gabriel. Mis amigos me dicen Jag. Al igual que mi madre, soy un Hunahpú de pura sangre.

—¿Por qué estás aquí?

—Estoy aquí para garantizar el futuro de la humanidad.

La lleva adentro y cierra la escotilla; mientras la depredadora raza marciana comienza su asalto al *Paraíso Perdido*, Fobos reaparece en el horizonte occidental, emitiendo un fulgor anaranjado en el cielo nocturno alienígena.

Continuará…

AGRADECIMIENTOS

Es con gran orgullo y aprecio que reconozco aquí a quienes han contribuido a la conclusión de *El apocalipsis maya: la era del miedo*, así como al éxito de toda la serie de la Profecía Maya 2012.

En primer lugar a Cristóbal Pera, Arnoldo Langner, Alfredo Gurza y la gente maravillosa de Random House Mondadori en México, Random House España, Heyne Verlag, Newton-Compton, y mis otras editoriales en el mundo. Me honra y me llena de humildad ser uno de sus autores. Mi gratitud y aprecio a mi editor personal, Lou Aronica, en el Fiction Studio (laronica@fictionstudio.com), cuyos consejos fueron invaluables, y a mi agente literario, Danny Baror, de Baror International, por su amistad y dedicación. Gracias también a su asistente, Heather Baror-Shapiro.

Un agradecimiento especial al doctor Steven Greer, ex presidente del Departamento de Medicina de Emergencia del Hospital Caldwell Memorial en Carolina del Norte, y fundador y director de CSETI y del Proyecto Revelación, quien generosamente me permitió usar citas de su increíble rueda de prensa del 9 de mayo de 2001 en el Club Nacional de Prensa en Washington, D. C. Recomiendo a todos visitar su sitio de internet en www.DisclosureProject.org y ver la rueda de prensa en su totalidad. Como siempre, mi gratitud para el diseñador de la portada, Erik Hollander (www.HollanderDesignLab.com) por su arte asombroso, y al artista forense William

McDonald (www.alienUFOart.com) por las ilustraciones originales que se encuentran en estas páginas.

Un cordial agradecimiento al brillante Jack Harbach O'Sullivan, quien me brindó su asesoría científica; y a mis asesores espirituales: Eliyahu Jian, Yaacov Bourla y Chaim Solomon, junto con toda la familia Berg: Rav Philip S. Berg, su esposa Karen y sus hijos Yehuda y Michael, por haber logrado llevar a la gente común una sabiduría de cuatro mil años de antigüedad. Sus libros y enseñanzas han influido profundamente en mi vida, en mis novelas y en los personajes de este libro.

Gracias a mi esposa Kim, nuestros hijos y mis padres por su amor y su tolerancia de las largas horas que implica mi carrera de escritor. Por último, a mis lectores y fanáticos que han dado vida a esta serie más allá de 2012… No hay palabras para expresarles mi gratitud.

Sinceramente,

Steve Alten
www.SteveAlten.com